DE PORSELEINMAKER VAN DACHAU

SARAH FREETHY

De porseleinmaker van Dachau

Vertaling Caspar Wijers

HarperCollins

MIX
Paper | Supporting responsible forestry
FSC® C021394
FSC www.fsc.org

Voor het papieren boek is papier gebruikt dat onafhankelijk is gecertificeerd door FSC®
om verantwoord bosbeheer te waarborgen.
Kijk voor meer informatie op www.harpercollins.co.uk/green.

HarperCollins is een imprint van Uitgeverij HarperCollins Holland, Amsterdam.

Oorspronkelijke titel: *The Porcelain Maker*

Vertaling: Caspar Wijers
Omslagontwerp: Pip Watkins / S&S Art Dept.
Bewerking: Pinta Grafische Producties
Omslagbeeld: © ArcAngel / Shutterstock
Zetwerk: Mat-Zet B.V., Huizen
Druk: ScandBook UAB, Lithuania, met gebruik van 100% groene stroom

ISBN 978 94 027 1281 0
ISBN 978 94 027 6885 5 (e-book)
NUR 302
Eerste druk oktober 2023

Originele uitgave verschenen bij Simon & Schuster UK Ltd, 1st Floor, 222 Gray's Inn Road, London, WC1X 8HB, A Paramount Company.

HarperCollins Holland is een divisie van Harlequin Enterprises ULC.

www.harpercollins.nl

Voor Mama Bean en mijn lieve muis, 143

BOEK EEN

Op een glazen plank in een hoge kast ligt een wit porseleinen konijn. Fluorescerend licht weerkaatst tegen zijn glanzende vacht. Je kunt je bijna voorstellen dat je het op je schoot trekt om te aaien – levensecht, mollig en mooi – maar er zit nogal wat spanning in. De fijn gebeeldhouwde oren liggen plat en zijn uitdrukkingsloze melkwitte ogen rollen angstig naar achteren. Een opgejaagd huisdier.

De onderkant, waar de zachte vacht van zijn buik zou moeten zitten, is helemaal glad en verbergt het merk van de maker. Het woord Allach is gestempeld in een hoekig lettertype, dat doet denken aan bierkelders, dennenbossen en alpenhutten. Daarboven, geschilderd met platte zwarte penseelstreken, twee bliksemschichten: ᛋᛋ.

Hoofdstuk een

Donar, Cincinnati
Augustus 1993

Het asfalt van de parkeerplaats voor Forsythe's Bargain Auctions was plakkerig aan je voeten en gescheurd, zodat bitterkruidklauwen zich er een weg doorheen hadden gebaand. De vale zon wierp een sluier over de laagbouw. Donderwolken verzamelden zich en de lucht voelde statisch aan.

Tussen een bar en een baptistenkapel lag het onopvallende veilinghuis zelf, dat was bekleed met goedkope aluminium platen. De kapel en de bar vertoonden weinig tekenen van leven, maar buiten Forsythe's stonden een stuk of vijf auto's en pick-uptrucks geparkeerd.

Binnen het metalen omhulsel van het gebouw was het constante gebrom van de airconditioner hoorbaar, maar het deed niets af aan de hitte die dag. De grote zaal was rommelig: aan één muur hing een reeks door de zon gebleekte prenten en schilderijen en er stond een rek met vuurwapens naast een hoge, spaarzaam gevulde glazen vitrinekast. Voor een kleine lessenaar stonden rijen klapstoelen opgesteld, al waren er maar weinig bezet. Een schimmelgeur steeg op uit de verbleekte blauwe linoleumvloer en was blijven hangen in de kamer.

Om tien uur kwam een gedrongen vrouw binnen met een stevige draf, een stapel papieren en een kleine houten voorzittershamer tegen haar borst gedrukt. Haar gezicht werd omlijnd door stug tinkleurig haar, en door de brede schouders van haar jasje kreeg ze het silhouet van een rugbyspeler. Ze legde haar spullen neer op de lessenaar en keek op naar de aanwezigen, stralend van plezier.

'Goedemorgen! Hoe gaat het met jullie?'

Een stuk of tien verveelde lichamen zaten ineengezakt te wachten, maar de veilingmeester leek desondanks te genieten van haar taak.

'Oké, mensen, ik laat jullie even naar het verkoopformulier kijken zodat we kunnen beginnen.'

Sommigen raapten theatraal de geniete pagina's op die op hun stoelen waren neergelegd, hoewel bijna niemand van plan was zijn geld af te staan.

De veilingmeester werkte zich methodisch door de kavels van de ochtendveiling heen: een combinatie van cateringapparatuur en landbouwmachines, hightechkantoorartikelen en versleten meubilair. Soms was er geen touw vast te knopen aan haar hoogdravende, zangerige gepraat, maar iedereen in de zaal leek haar min of meer te begrijpen. Onder de tl-buizen cirkelden bromvliegen langzaam door de kamer en in de verte was het dreigende, lage gegrom van onweer hoorbaar. Het werd beklemmend stil.

De betovering werd verbroken door het plotselinge kabaal van de deur van het veilinghuis. Een vrouw kwam binnen met een golf van grimmige hitte in haar kielzog. Ze was begin vijftig, lang en slank, met een bijna buitenaardse elegantie.

Overduidelijk schuldbewust liep ze snel naar een rij lege stoelen achter in de zaal. Ze nam plaats en pakte het verkoopformulier op van de stoel naast haar en leek het te bestuderen, hoewel haar ogen werden verborgen door een ovale zonnebril met een dik zwart montuur.

De veilingmeester begon het bieden op een luchtbuks. Na een korte vlaag van activiteit ging die naar een man die hevig zweette en zijn zwarte T-shirt van zijn buikrollen plukte. Daarna haalden een jetski en een motorboot – kort na elkaar – hun beginprijs niet, te kostbaar voor de dunne portemonnees van de toeschouwers. Ze begonnen te schuiven in hun stoelen toen ze het einde van de veiling aan voelden komen.

'Okidoki, we zijn aanbeland bij onze laatste kavel.'

Ze zwaaide met de korrelige zwart-witafbeelding van een nogal kitscherig porseleinen konijn, zittend op zijn hurken.

'Wie biedt er twintig dollar op dit schattige konijntje?'

De zaal was stil; bijna niemand hier had geld voor dit soort snuisterijen. Toen pakte de donkerharige vrouw op de achterste rij het verkoopformulier en hield het in de lucht. De veilingmeester accepteerde haar bod met een licht knikje.

'Dank u, mevrouw.'

Alle hoofden in de zaal keerden zich naar de vrouw, verbaasd dat deze vreemdelinge belangstelling had voor zo'n eigenaardig ding.

'Hoor ik vijfentwintig dollar? Nee? Eenmaal twintig... andermaal...'

Met een klap liet ze de veilinghamer neerkomen.

'Hij is voor u.'

De veilingmeester ging verder. 'Zo, en dan nu naar dit schattige lammetje. Ik vind dit echt iets voor jou, Roger!'

Ze knipoogde speels naar een boer met een vuurrood gezicht op de eerste rij, die gniffelde en haar wegwuifde.

'Ik begin met vijftien dollar voor dit enige dingetje.'

Weer hield de vreemdelinge op de achterste rij haar papier omhoog. De veilingmeester knikte.

'We hebben vijftien dollar, gaan we naar de twintig? Nee?' Ze bracht de hamer nogmaals naar beneden. 'U hebt nu een setje.'

Een donderslag bulderde boven het gebouw, gevolgd door het plotselinge getrommel van zware regen op het dak. De veilingmeester ging verder en moest boven het lawaai uit spreken. In het volgende kwartier haalde de donkerharige vrouw nog eens acht porseleinen beeldjes binnen: een Viking, een lachend herderinnetje, een sierlijke kandelaar, een beer die hoog op zijn achterpoten stond, een zwaluw, een hazewindhond met natte tong, een melkmeisje en een steigerende hengst. Ze hadden verschillende verhoudingen, maar waren allemaal levensecht gebeeldhouwd.

Toen ze voor het laatst de hamer liet neerdalen, bleef de veilingmeester de vreemdelinge in hun midden nieuwsgierig aanstaren. De donkerharige vrouw verzamelde haar spullen en stopte haar zonnebril in haar handtas. Ze leek op de een of andere manier de blik van de veilingmeester te voelen en keek terug, met een strakke en vluchtige glimlach. Er zat geen vreugde of triomf in, alleen maar vastberadenheid.

Een kwartier later nam Clara Vogel plaats buiten het betaalkantoortje en wachtte totdat ze kon afrekenen voor de porseleinen beeldjes, die ze nu op haar schoot hield. Ze worstelde met het lege gevoel dat haar altijd overviel na een langeafstandsvlucht. Ze zag zichzelf al tussen de schone, koele lakens in het vliegveldhotel kruipen, maar dat zou nog even duren. Ze moest hier nu een betaling doen en een belofte aan zichzelf nakomen.

In het kantoortje betaalde de man in het zwarte T-shirt zijn luchtbuks. De veilingmeester borg zijn dollarbiljetten op in een geldkistje en overhandigde het geweer.

'Alsjeblieft, Nathan. Wees wel voorzichtig en doe de groeten aan je moeder.'

Hij nam het geweer van haar aan en passeerde Clara op haar stoel terwijl hij even aan de rand van zijn verweerde pet trok. De veilingmeester wenkte haar. 'Kom binnen en neem plaats. Ik ben zo klaar, ik moet alleen even uw rekening optellen.'

Het kantoor was volgestouwd met dossiers, torens van papier die overal vanaf dreigden te vallen, en een verzameling souvenirs. Clara ging voorzichtig zitten en observeerde de oude vrouw die op haar rekenmachine tikte.

'U hebt... tien stukken, dat wordt samen tweehonderdachtenvijftig dollar.' Ze keek op naar Clara. 'Ik wist eerlijk gezegd niet zeker of iemand ze zou kopen. Vanwege hun... historische betekenis, als u begrijpt wat ik bedoel.'

'Het meesterteken.'

Het gezicht van de vrouw verraadde haar afschuw.

'Ik wil natuurlijk niets insinueren.'

'Het geeft niet, ik weet waar ze vandaan komen. Het komt waarschijnlijk nogal macaber over.'

Clara's Engelse intonatie was onmiskenbaar; de veilingmeester hield een hand tegen haar borst. 'Ik ben echt dol op uw accent. Waar komt u vandaan?'

'Ik ben in Duitsland geboren, maar we verhuisden naar Engeland toen ik heel jong was. Bent u er ooit geweest?'

'Mijn hemel, nee zeg!' De veilingmeester schudde haar hoofd bij het idee alleen al.

Clara deed haar handtas open en trok er een envelop met reischeques uit. Ze ondertekende ze en gaf ze aan de veilingmeester.

'Dank u!' De veilingmeester propte ze in een geldkistje en stak haar hand uit. 'Ik ben trouwens Peggy Forsythe. Vertel eens, bent u een verzamelaar? Want er komen over een paar weken een paar prachtige porseleinen vazen binnen, die ik graag –'

'Nee, ik ben geen verzamelaar.' Clara ging verzitten. 'Maar ik vraag me af... of ik u om hulp mag vragen?'

'Maar natuurlijk, liefje. Vertel.'

'Zou ik de gegevens kunnen krijgen van degene die de beeldjes verkocht?'

De teleurstelling droop van de mollige wangen van de vrouw. 'Het spijt me, maar nee. Dat kan ik echt niet, naar eer en geweten. De mensen hier hechten veel waarde aan hun privacy.'

Clara was ervan uitgegaan dat dit deel van de transactie ongecompliceerd zou zijn. Ze had dit gesprek al gerepeteerd, maar verder geen plan getrokken. Ze voelde het warm worden op haar borst. 'Natuurlijk, ik begrijp het. Ik ben alleen zo vreselijk lang onderweg geweest...'

Ze stopte toen ze ineens tranen in haar ogen voelde opwellen. Ze werd verrast door haar eigen plotselinge gevoel.

'O. Het spijt me zo, neem me niet kwalijk.'

'Gaat het, liefje? Wilt u een glas water?'

De veilingmeester greep over de tafel naar haar hand.

'U vindt me vast heel stom. Ik ben gewoon een beetje oververmoeid. Ik ben gisteravond vanuit Londen hierheen gevlogen met het plan deze beeldjes te kopen.'

Een vaag argwanende frons flikkerde over het gezicht van de oudere vrouw.

'U bent helemaal uit Engeland gekomen voor wat porseleinen hebbedingetjes?'

Clara onderbrak haar snel. 'Ik ben gewoon al een hele tijd op zoek naar één stuk in het bijzonder. Daarom ben ik zelf gekomen, begrijpt u? Ik heb maanden gezocht naar *De Viking*. Ik heb er al een, maar dit is het enige andere exemplaar dat ik heb ontdekt. Daarom moet ik degene spreken die ze heeft verkocht.'

'Maar hoe bent u er überhaupt achter gekomen dat ik ze verkocht?'

Clara zuchtte, te moe om haar nu iets anders te vertellen dan de ongezouten waarheid.

'Ik betaal mensen in verschillende landen provisie. Ze hebben hun ogen opengehouden voor dit soort porselein in het algemeen, en dat ene stuk in het bijzonder. Een verzamelaar in New York nam contact met me op toen hij het te koop zag staan op uw mailinglijst.'

Clara zweeg en leunde toen aandachtig naar voren.

'Peggy, kan ik je vertrouwen?'

'Natuurlijk,' zei ze, haar ogen nu heel belangstellend.

'Ik moet erachter komen van wie *De Viking* komt, want diegene kan me misschien als enige vertellen wie mijn vader is.'

Hoofdstuk twee

Weimar, Duitsland
Zomer 1925

Er steeg nog steeds een warme gloed van de avondzon op uit de straatstenen toen Max Ehrlich naar huis terugkeerde. De straatlantaarns van de Asbachstrasse waren ontstoken en zijn slanke gestalte liet een lange, lome schaduw achter.

Een groep medestudenten kwam hem tegemoet lopen over het uitgestrekte groene grasveld van het Park an der Ilm. Hun sprankelende kostuums doorkliefden het verduisterende avondcanvas – mandarijnkleurige tinten, maar ook oker en scharlaken. Max stak ter begroeting een hand naar hen op; hij was zich ervan bewust dat zijn formele smokingjasje misschien wel ontzettend conventioneel was en beter paste in een rustigere omgeving.

Max had zijn geboorteplaats Wenen op negentienjarige leeftijd verlaten en vond zichzelf nu al een man van de wereld. Hij was geboren als zoon van een textielmagnaat en had makkelijk in Oostenrijk kunnen blijven om het familiebedrijf over te nemen, maar hij moest en zou zijn eigen weg gaan. Het bracht hem naar de geplaveide straten van Weimar en het Bauhaus, de avant-gardistische kunstacademie waar alle studenten als beeldenstormers vandaan kwamen. Dat gold ook voor Max, die zijn eigen religieuze opvoeding vaarwel zei en een liberale en expressieve levensstijl verwelkomde.

Het Bauhaus onderging zijn eigen metamorfose en verhuisde naar een nieuw pand in de stad Dessau. Max hoopte dat er snel een faculteit voor architectuur zou volgen waardoor hij zijn dromen kon verwezenlijken. Tot die tijd was hij vastbesloten het beste te maken van een laatste zomer in Weimar.

Toen hij aankwam bij de brede trappen van zijn gepleisterde onderkomen werd Max overvallen door een spervuur van lawaai. Hij maakte zich even zorgen: was het feest begonnen zonder hem? Maar het was nog geen negen uur, veel te vroeg voor de start van een serieus feest.

Hij duwde de zware voordeur open en stapte de koele hal binnen, waar twee jonge vrouwen in gesprek waren, hun korte bobkapsels samen dansend en hun donkergekleurde tuitlippen bijna kussend. Een lethargische jongeman leunde tegen een nabijgelegen pilaar, zijn gespierde gestalte gekleed in een donkerblauw ketelpak, dat bedrukt was met witgekopte golven. Hij keek aandachtig naar de vrouwen toen Max hem op de schouder klopte.

'Goedenavond, Richard. Was je iets van plan?'

De jongeman sprong op, veegde zijn dikke blonde haar naar achteren en bekeek Max' kleding afkeurend.

'Trek je dat aan?'

'Rustig maar. Ik ga me nog omkleden. Hoe gaan de voorbereidingen?'

'Alles onder controle.' Richards ogen glinsterden terwijl hij Max wenkte hem te volgen. 'Kom mee, je moet de muurschildering zien.'

'Ik hoop dat je de ruimte respectvol hebt behandeld?'

'Niet meer dan noodzakelijk. Trouwens, je gaat binnenkort verhuizen, dus wees niet zo gevoelig. Dit feest komt veel te laat, dat weet je best.' Hij keek zijn vriend aan, plotseling serieus: 'Hoe ging het met je ouders?'

'Ze hebben besloten vanavond de trein terug naar Wenen te nemen, godzijdank.'

'En?'

'En... ze gingen akkoord.' Hij grijnsde. 'Ze blijven me onderhouden, zodat ik mee naar Dessau kan met jullie onverlaten.'

Richard klopte hem op de schouder. 'Waarom kijk je dan zo somber, ouwe reus? Kop op, dit is reden voor een feestje!'

Toen ze het appartement binnenkwamen werden ze meteen overspoeld door lawaai. De radio kraakte en schalde, en een zwierige klarinet vermengde zich met een koor van opgewonden jonge stemmen, die de hoge kamers vulden.

Bijna al het meubilair was uit het huis verwijderd. Een groep jonge mannen rolde een zwaar wollen tapijt op, waardoor de gepolijste parketvloer eronder zichtbaar werd. Weer anderen spanden vanaf ladders stukken parachutezijde in parkietachtige tinten aan het plafond in elkaar overlappende lagen, waardoor kamers in kamers leken te ontstaan.

Aan de ene kant was een smalle keuken waar volop werd gekletst en een zoetige geur van rook en alcohol hing. Een slanke blondine met een handspiegel maakte zich op met kohl, terwijl haar roodharige gezelschap de conversatie constant op gang hield en in een dampend vat wijn roerde, haar gezicht blozend en stralend. De blondine keek Max aan en trok een dunne wenkbrauw op vanwege het enthousiasme van haar vriendin. Richard overhandigde hem een flesje bier, erop gebrand de betovering te verbreken.

'Kom, dit moet je even zien.'

Helemaal achter in de kamer boden een paar hoge, openslaande deuren uitzicht op een stijltuin. De warme avondlucht bracht de zijden gordijnen in beweging waardoor ze even openvielen, zodat Max nog net de donkere randen kon zien van een muurschildering die aan weerszijden was aangebracht. Hij liep erheen voor nadere inspectie.

Er waren twee reusachtige vrouwenfiguren op de muur geklad alsof ze de weg naar de tuin bewaakten. Ze vulden de ruimte van vloer tot plafond, hun dikke benen stevig in de grond geplant, met gespierde armen die boven hun hoofd uitstaken en het hele gewicht van het gebouw erboven leken te dragen. Het leek alsof ze uit ruwe klei waren opgetrokken: hun dijen en borsten net leigrijze plakken, hun geslachtsspleet donker en modderig, hun gezichten karakterloos en genadeloos. De dikke penseelstreken van de kunstenaar hadden hun bewegingsenergie vastgelegd, maar iets aan hun uiterlijk verontrustte Max. Ze leken niet op de klassieke vormen uit de Griekse architectuur, die vrij gracieus zware lasten tilden. Dit waren eerder amazones, oprijzend uit de aarde, met een brute en basale kracht.

'Best indrukwekkend, nietwaar?'

Max herkende iets in Richards toon, een mengeling van opwinding en afkeer. Hij keek op naar de donkere, onbewogen gezichten van de vrouwenfiguren en lachte.

'Ik weet niet of ik ze mooi of angstaanjagend vind.'

'Ik vind dat je hun maker moet ontmoeten.' Richard stapte door de deuren naar buiten.

De gemeenschappelijke tuin was een labyrint van bloemperken en gestileerde heggen, en was volledig omringd door een hoge muur. Een rij schitterende papieren lantaarns verlichtte een pad door de tuin en leidde naar het terras, waar stoelen en tafels waren neergezet. Ze hingen als buikige vruchten – zonlicht door gebrandschilderd glas – en waren versierd met naïeve gezichten. Hun doffe ogen en gapende monden waren maskers van de elementaire vormen aarde, lucht, vuur en water.

Deze lichtgevende parelsnoer kwam uit bij een jonge vrouw op een houten trapje. Ze kliederde een gezicht op de laatste lantaarn; halvemaanogen boven lachende appelwangen. Haar donkere haar – een kort, woelig bobkapsel – was achterovergekamd en werd op zijn plaats gehouden door een zijden zakdoek, en ze had een vormeloze tabaksbruine kiel aan. Richard stopte bij de voet van de ladder, stak twee sigaretten op en hield er een omhoog. De schilderes nam hem zonder commentaar aan en ging verder met haar werk.

Max wachtte heel even tot ze zijn aanwezigheid erkende en besloot vervolgens de stilte te verbreken.

'Richard zegt dat ik de muurschildering aan jou te danken heb.'

Ze reageerde niet, dus ging hij verder.

'Ik weet niet zeker of mijn huisbaas de overweldigende vleestentoonstelling kan waarderen, maar...' Hij gebaarde naar de stralende gezichten die wiegden in de hitte. 'Deze zijn in ieder geval best mooi.'

De schilderes keek hem eindelijk aan, met grote, ernstige grijze ogen.

'En nuttig, mag ik hopen? Tenzij je wilt dat je gasten hun enkeltjes breken.'

Ze begon van de ladder af te klimmen, haalde een lap uit haar zak en veegde onderweg de verf van haar kwast.

'Wat de muurschildering betreft, die is inderdaad van mij. Persoonlijk ben ik dol op een overweldigend stuk vlees, maar... jij misschien niet.'

Er verscheen een kleine groef tussen haar wenkbrauwen. Ze keerde zich tot Richard.

'Is hij altijd zo preuts?'

Max beweerde dat ze het verkeerd begrepen had, tot hij Richards grijns in de gaten kreeg. De ogen van het meisje fonkelden stiekem van vreugde vanwege zijn overduidelijke ongemak. Ze kon de schijn niet langer ophouden en barstte in lachen uit waarna Max' ernstige gezicht veranderde in een opgeluchte glimlach.

Richard viel in. 'Bettina Vogel, dit is Max Ehrlich, onze gastheer. Toekomstig Bauhaus-architect extraordinaire.'

Max maakte op een theatrale, formele manier een lichte buiging. 'Aangenaam kennis te maken.'

'Dus Herr Ehrlich, u keurt mijn golem niet goed?' Ze trok spottend een wenkbrauw op.

'Wat is in godsnaam een golem?' vroeg Richard.

'Altijd weer zo vulgair.' Ze rolde met haar ogen. 'Golems zijn uit klei opgetrokken figuren. Volgens de legende maakte een rabbijn er een en bracht hem tot leven, zodat hij de Joden in het getto tegen vervolging kon beschermen.'

Ze betrapte Max erop dat hij naar haar glimlachte.

'Wacht, heb ik iets verkeerd begrepen?' vroeg ze.

'Helemaal niet. Ik denk alleen dat ik nog nooit een Duitse niet-Jood heb ontmoet die de legende van de golem kende.'

Bettina haalde haar schouders op. 'Professor Adler had het over ze in een lezing over folklore en ze zijn me echt bijgebleven. Toen Richard zei dat het thema van je feest de elementen was, leek zoiets aards me wel toepasselijk.'

'Helemaal waar. Maar volgens mij heb je één ding verkeerd begrepen: golems zijn altijd mannelijk.'

'Wie bepaalt dat?' brieste Bettina.

'Nou, het lijkt me nogal vanzelfsprekend. Ze zijn geschapen vanwege hun brute kracht.'

'Kariatiden zijn vrouwelijk en zij houden hele gebouwen overeind. Waarom kunnen golems dan niet hetzelfde zijn?'

Max glimlachte droogjes. 'Ik ben geen autoriteit op het gebied van golems. Of vrouwen, bedenk ik me nu.'

Hij wendde zich tot Richard, die tegen de ladder stond geleund en hen zag bekvechten.

'Steun me nou even, Richard.'

'Je staat er alleen voor, oude reus.' Hij lachte. 'Succes.'

Bettina's wangen werden rood. 'Kom voor jezelf op. De vrouwelijke vorm wordt altijd afgebeeld als dienstbaar – kleine meisjes die marmeren plakken dragen alsof het dienbladen zijn. Waarom vinden mannen het eigenlijk zo opwindend om vrouwen eronder te houden?'

Max grinnikte om haar plotselinge woede-uitbarsting en hield zijn handen ter verdediging pesterig omhoog.

'Je moet het niet persoonlijk opvatten.'

'Waarom zou ik dat niet doen? Je bekritiseert mijn werk en dus ook mij als kunstenaar. Is niet alle kunst in zekere zin een vorm van zelfportrettering?'

Ze zoog hard aan de sigaret en stak hem in de met verf besmeurde lap, waardoor een handvol brandende kooltjes op de grond terechtkwam.

'Je gaat ervan uit dat mannen het monopolie hebben op kracht, maar kracht neemt vele vormen aan. Die van een vrouw is veranderlijk; het vermogen te transformeren en te buigen, als klei. Ik heb niets aan een koppige man, hoe sterk hij ook is.'

Ze spuwde de woorden uit, haar ogen flitsend van onverwachte woede.

'Zullen we dit bewaren voor een werkgroep?' onderbrak Richard haar. 'Ik weiger met jullie dronken te worden totdat jullie zijn omgekleed.'

Hij keerde zich van hen af en begon terug te lopen naar het feest.

'Ga je mee, Max?'

Max probeerde Bettina's blik te vangen, haar verhitte woede te temperen, maar ze gaf geen sjoege. Met een strak gezicht pakte ze haar verf op. Vanuit het gebouw steeg het geluid van nieuwe gasten boven de muziek uit, vechtend om zijn aandacht. Hij aarzelde even, keerde zich toen van haar af en liep terug door de tuin, opgewonden vanwege de spannende nacht die voor hem lag.

Max zag Bettina pas weer in de vroege uurtjes van de volgende ochtend. Tegen die tijd puilde het appartement uit van zwetende lichamen, vuile glazen, sigarettenrook, en vooral enorme lawaaioverlast. De een was nog luidruchtiger dan de ander en de grammofoon en de radio waren verwikkeld in een audioduel dat weerklonk in de stille avondlucht. Gasten stroomden de gemeenschappelijke tuin in om aan de rook en de hitte te ontsnappen. Een paar druktemakers zetten het op een zingen, terwijl anderen de donkere hoekjes van de tuin opzochten om erop los te vozen.

In de keuken maakte Richard ruzie met een paar temperamentvolle jonge mannen over de eeuwige rol van de politiek in de kunst, ondanks hun nogal afwijkende verschijning. In overeenstemming met het elemententhema van het feest was de een gehuld in een watermolecuul van papier-maché, terwijl de ander letterlijk voeten van klei had. Richard droeg nog steeds zijn handbeschilderde ketelpak, maar Max had zijn formele kleding verruild voor zijn eigen interpretatie van lucht, een en al strakke lijnen en smetteloze eenvoud. Hij droeg een handgemaakt wit overhemd en een kraakheldere katoenen broek van hemelsblauwe keperstof. Waar anderen hun toevlucht hadden gezocht tot chaos, vond Max juist perfectie in de beperking.

Hij bewoog zich door de grote zaal, vulde glazen bij en deelde sigaretten uit, voordat hij zich over de grammofoon ontfermde. Toen de klanken van Gershwin hoorbaar werden, sleurde hij de blondine met de opgetrokken wenkbrauwen naar het midden van de kamer, zijn lange vingers verstrengeld in de hare, een hand lichtjes tegen haar onderrug.

Vanuit de tuin doemde een muur van geklap en gestamp op. Nieuwsgierige gasten dromden naar buiten door de met golems bewaakte deuren om te zien wat voor nieuw vermaak dit lawaai zou kunnen bieden, en Max werd in hun kielzog meegezogen.

Een menigte had zich verzameld rond een vreugdevuur van haardblokken uit de houtopslag. Rondom de vlammen stonden een stuk of vijf jonge mannen, hun naakte torso's werden amberkleurig door de weerspiegeling van het vuur. Max herkende een paar van hen; oud-volgelingen van de charismatische professor Itten. Hij had het Bauhaus vorig jaar verlaten, maar zijn invloed was nog steeds voelbaar.

Het vuur spuwde rookpluimen de lucht in toen Max erheen wandelde. Hij was er bijna toen een jonge vrouw voor hem opdook uit de duisternis en de kring van licht in stapte. Ze droeg een enkellange jurk van karmozijnrode zijde plus een doorzichtige zwarte cape, versierd met handgeschilderde vuurringen. Hij herkende haar onmiddellijk.

Bettina stond met uitgestrekte armen, alsof ze ging duiken, met een glimlach op haar gezicht. Ze rilde, kennelijk van de energie om haar heen, en zette zich schrap voor de plons, reikte onder haar cape om de smalle bandjes van haar jurk los te trekken en liet die op de grond vallen. Haar naakte lichaam was zo wit als porselein. De uitzinnige menigte slaakte een luide kreet, hun bloed ging sneller stromen op het ritme van stampende voeten.

Op haar huid verscheen kippenvel van de nachtbries. Ze baadde in het flikkerende licht dat haar veranderde in een soort hogepriesteres. Max voelde een plotselinge storm van verlangen in zich opkomen, getemperd door de angst dat ze misschien kon vallen.

Toen klonk er plotseling, uit het niets, een zwaar gebonk ergens diep in het gebouw. Het geluid rukte Max los uit zijn gemijmer. Iemand sloeg op de deur. Rond het vuur draaiden hoofden zich om naar het geluid, dat opnieuw klonk maar nu nog harder. Een enkel woord verspreidde zich door de menigte: *Polizei*.

Bettina vond zichzelf dermate dapper dat ze de bijbehorende dreiging die ervan uitging niet doorhad. Max liep door de menigte naar haar toe, duwde mensen weg en boog zich voorover om haar jurk op te tillen. Hij greep haar bij haar naakte schouders en duwde haar van zich af, verder naar voren, uit het licht en diep de duisternis in.

'Wat ben je in vredesnaam aan het doen?' riep ze ongelovig.

Achter hen, vanuit het gebouw, hoorde hij barse bevelen en brekend glas.

'Kom op, we moeten jou hier weg krijgen, de politie is er. Je weet dat ze een hekel hebben aan studentenfeesten, ze doen niets liever dan radicalen een lesje leren. Als ze erachter komen dat er een naakte vrouw hierbuiten rondloopt, dan zit je op zijn minst een nacht achter de tralies. Ik weet dat Herr Gropius tolerant is, maar je kunt zelfs geschorst worden als je wordt aangeklaagd wegens openbare naaktheid.'

'Scheisse!' Ze keek naar de struiken. 'Kan ik via deze weg ontsnappen?'

'Dat kan, maar misschien moet je eerst wat kleren aantrekken.'

Max duwde de zijden jurk in haar handen. Ze struikelde in het donker en worstelde zich erin. Ze trok de bandjes omhoog, hij pakte haar hand en trok haar verder de duisternis in langs de hoge tuinmuur. Hij ging op één knie zitten en ze lachte wantrouwig.

'Probeer je mijn eer te redden door een aanzoek te doen?'

'Ik probeer je hachje te redden.' Hij bood haar zijn holle handen aan. Ze grijnsde en deed haar schoenen uit. Hij hees haar op en ze klauterde over de muur. Terwijl hij zijn handen en knieën afstofte keek Max achterom door de takken die zijn schuilplaats afschermden. Hij kon ongeveer vijf agenten zien die de gasten naar binnen dreven. De herrie van de grammofoon en de radio stopte plotseling en een onheilspellende stilte daalde neer.

Max bedacht wat hem te wachten stond: de boze buren, de beschuldigingen en verontschuldigingen, een grote kans op een boete wegens ordeverstoring en de rommel die opgeruimd moest worden na het feest. Hij aarzelde even, draaide zich toen om naar de muur en sprong. Hij greep de bakstenen bovenrand, gooide zijn gewicht omhoog en liet zich hevig hijgend op straat vallen. Bettina leunde tegen de muur en trok haar schoenen weer aan. Ze keek opzij, terwijl ze op één been balanceerde.

'Volgens mij laat jij je gasten in de steek in hun tijd van nood.'

'Daar lijkt het inderdaad op.' Hij grijnsde.

De boomtoppen van het Park an der Ilm begonnen al op te lichten en daar ergens verscholen begon een eenzame merel te zingen. Max keek op zijn horloge. Het was veertien over vier.

'Fräulein Vogel, mag ik u naar huis begeleiden?'

'Vind je niet dat je moet blijven en de gevolgen onder ogen moet zien?'

'Waarschijnlijk wel... maar een wandeling door het park lijkt mij bij nader inzien aantrekkelijker. Zullen we?'

Hij bood haar zijn arm aan, maar zij pakte in plaats daarvan zijn hand en begon te rennen, terwijl ze hem achter zich aan trok. Ze kregen een kick van hun ontsnapping terwijl ze naar de veiligheid van de bomen renden, achteromkijkend, bang dat iemand ze zou betrappen, maar dat gebeurde niet.

Toen ze aankwamen bij een breed bos met zilverberken stopten ze om op adem te komen. Terwijl ze zich een weg baanden door de bomen, observeerde Max zijn medeplichtige: ze was sierlijk, haar lange ledematen slank als een jonge boom. Ze had weelderige wenkbrauwen en een strakke pony. In de rondingen van haar donkere, gestifte lippen lag de belofte van een glimlach.

Ze wandelden samen in vredige stilte tussen de bomen door naar een weide met hoog gras. Ze verjoegen een paar konijnen die over het aangelegde gazon stormden en het kreupelhout in doken. Aan de andere kant van de open plek stond een goed onderhouden wit huisje met een grijs leiendak en latwerkomheining.

Max en Bettina kwamen bijna tot stilstand. De dauw van de dageraad doorweekte de zoom van haar rode zijden jurk, die er wijnkleurig van werd. Ze rilde in de kille lucht.

'Ik geloof dat ik je moet bedanken voor je reddingsactie.'

'Ik voelde me meer dan een beetje verantwoordelijk, het was tenslotte mijn feestje. Ik bedacht dat je ouders het misschien niet op prijs zouden stellen dat hun dochter in schande naar huis werd gestuurd.'

'Ik weet niet of mijn familie nog meer afkeuring aankan.' Ze lachte hem sardonisch toe. 'Mijn moeder vindt dat ik door een kunststudie aan het Bauhaus al een gevallen vrouw ben. Ze had gehoopt dat ik inmiddels een boerin zou zijn en niet mijn jeugd zou verspillen aan iets wat ze niet eens probeert te begrijpen. Intussen is mijn fascistische broer doodsbang dat ze van mij een radicaal maken.' Ze lachte. 'Hij heeft natuurlijk gelijk – dat hebben ze ook gedaan.'

'En hoe zit het met je vader?'

'Hij zou dit alles betreurd hebben, maar hij haatte alles in het leven en was altijd teleurgesteld. Hij is een paar jaar geleden overleden.'

'Het spijt me.' Hij fronste.

'Dat hoeft niet. Ik ben hier misschien alleen vanwege hen, maar ik ben er tenminste. En ik zal alles doen wat nodig is om te blijven.'

Achter het berkenbosje begonnen de eerste zonnestralen door het felgroene bladerdak heen te breken. Max en Bettina gingen zitten in een lichtbundel, zij aan zij, hun handen en heupen bijna tegen elkaar aan, zich beiden terdege bewust van de onderlinge afstand. De lucht zat vol met stuifmeel; stofdeeltjes die door de bomen vielen en bleven hangen in een zonnestraal. Max leunde achterover op zijn ellebogen en gebaarde naar het mooie witte huisje aan de andere kant van het gazon.

'Zie je dat tuinhuisje? Dat was vroeger van Goethe. Dat soort eenvoud zingt mij gewoon toe, het is net bevroren muziek. Ik wil composities ontwerpen die alleen maar elegant en noodzakelijk zijn. Verder niets.'

'Klinkt als een behoorlijk goed manifest voor een architect.' Ze glimlachte.

'En wat is het jouwe?'

'Je vindt me vast vreselijk naïef. Lach niet, maar... ik vind echt dat kunst naast esthetiek ook een doel moet hebben. Ik wil op zijn minst dat mijn kunst haar sporen nalaat. Waarom zijn we anders hier?'

Het stuifmeel viel op hen neer als een laagje sneeuw. Bettina boog zich over hem heen om de gouden korrels van zijn gezicht te vegen. Hun ogen ontmoetten elkaar, die van haar bijna zwart in al hun donkere intensiteit, en hij sloot de zijne toen haar vingers zijn wangen aanraakten. Een glimlach zorgde voor een kuiltje in zijn wang, en hij lichtte vanbinnen op.

'Inderdaad, waarom anders? Het lijkt me een prima uitgangspunt.'

Hoofdstuk drie

Over-the-Rhine, Cincinnati

Augustus 1993

Terwijl de taxi door de ondergeregende straten scheurde, keek Clara naar de gebouwen die voorbijflitsten. In de stad leken sommige bouwwerken tenminste nog op de hoge historische gebouwen thuis. Toch kreeg ze weer dat lege gevoel, gecombineerd met de spanning over wat haar te wachten stond. Er borrelde misselijkheid in haar op toen de taxi door kuilen denderde, waardoor golven water op het trottoir belandden.

De chauffeur schreeuwde naar haar om boven het geluid van de radio uit te komen. 'Welk nummer op Sycamore moet je zijn?'

Clara haalde het briefje tevoorschijn dat Peggy Forsythe in haar hand had gedrukt. '1046, Bide-A-While Assisted Living.'

'Oké dan.'

Clara voelde zijn ogen op haar gericht in de achteruitkijkspiegel. Ze keek uit het raam omdat ze geen zin had om te kletsen. Hij had haar al gevraagd naar de oorsprong van haar accent en haar naam, en ze was bang dat ze deze twee valkuilen steeds moest ontwijken als ze haar mond zou opendoen.

‘Heb je familie wonen in Over-the-Rhine?’ vroeg hij.

‘Pardon?’

‘Over-the-Rhine. Zo noemden jullie Europeanen dit deel van de stad toen jullie hierheen verhuisden. Ik dacht gewoon, met een naam als de jouwe –’

Ze kapte hem af. ‘Niet dat ik weet, nee.’

Ze hield de doos met rinkelend porselein stevig vast en vocht tegen de zoveelste vermoeidheidsgolf. De plakkerige, zoete stank van de luchtverfrisser die aan de achteruitkijkspiegel hing was overweldigend. Ze sloot haar ogen en draaide het raampje omlaag, terwijl ze diep inademde. Al snel werd ze zich bewust van een ander aroma: muskusachtig, zoutig en o zo vertrouwd. Ze ademde in, waardoor haar zintuigen werden gevoed met een heimwee naar iets wat ze niet kon benoemen.

‘Dat is de Play-Doh-fabriek.’

Ze keek terug en vond de ogen van de chauffeur, die haar in de spiegel toelachten. Dat was het! Haar vermoeidheid verdween en maakte plaats voor een gevoel van herkenning.

‘Het raakt me steeds als ik hier kom,’ zei de chauffeur. ‘Er is niets anders wat erop lijkt.’

‘Het is heel uitgesproken,’ antwoordde ze.

Op de radio verklaarde een meisje op honingzoete wijze dat ze van iemands glimlach hield. Clara voelde zich opleven, door het liedje en de eeuwige vrolijkheid van deze plek, die zo argeloos optimistisch was.

De taxi kwam tot stilstand op de hoek van een druk kruispunt. De Bide-A-While was een half blok breed en lag achter een vervallen draadgaashek: vier verdiepingen van bruine baksteen, met brandtrappen erlangs. Beschut onder een luifel zaten wat kromme bejaarden domino te spelen aan betonnen tafels, hun doorleefde ogen zagen de wereld voorbijtrekken.

Clara betaalde de chauffeur en spurtte over het natte beton naar de beschutting van het donkere gebouw verderop. Ze liep door een steriele foyer een lange gang in met gesloten deuren. Flikkerende tl-lampen verlichtten een laag piepschuimplafond, maar er waren weinig tekenen van leven, behalve het gemurmel van een televisie achter een deur met het opschrift CONCIËRGE. Clara haalde diep adem en klopte, eerst zachtjes en daarna iets harder. Een vrouw in een gewatteerde synthetische kamerjas opende de deur en gluurde naar buiten. Ze had waarschijnlijk dezelfde leeftijd als Clara, maar leek ergens oneindig veel ouder.

'Sorry dat ik u stoor, maar ik zoek Miss Williams.'

'Dat ben ik dus. Ben jij degene die volgens Peggy mijn beeldjes heeft gekocht?'

'Dat klopt.'

De vrouw ging opzij en wenkte Clara naar binnen. Het meubilair in de kamer was een allegaartje, een combinatie van een dokterspraktijk en een doorsneekamer. Een tv was gemonteerd aan een hoge beugel in de hoek van de kamer en er stonden twee glazen kasten met hangsloten, vol voorgeschreven medicijnen. Miss Williams gebaarde Clara plaats te nemen in een oude leunstoel bekleed met doorzichtig vinyl. Zelf liet ze zich langzaam in een gebloemde bank zakken, naast een klein slapend hondje van een onbestemd ras. Ze tilde hem op, legde het beestje over haar vlezige onderarm en begon hem te aaien.

'Ik vroeg me af of ze het porselein wel zou kunnen verkopen. Het was niet echt mijn smaak.'

De mijne ook niet, dacht Clara.

'Ik weet niet zeker of Peggy het u heeft uitgelegd, maar ik wilde vragen hoe u eraan gekomen bent.'

'Ik heb ze gekregen van een van onze bewoners. Mr Ezra Adler, op de tweede verdieping.'

Haar mond voelde droog als zand.

'En is Mr Adler vandaag thuis?'

'Mijn god, nee, hij is dood. Al een maand. Longontsteking.'

De golf van vermoeidheid keerde keihard terug en ze verslapte even. Miss Williams merkte het en fronste bedenkelijk naar haar.

'Kende je Mr Adler? Dat heeft Peggy er niet bij verteld.'

Clara schudde haar hoofd.

'Ik kende hem niet, maar ik had gehoopt dat hij me zou kunnen helpen mijn vader te vinden.'

Ze drukte tegen haar slapen, probeerde de druk daar weg te nemen. Wat een waanzin om zo ver te reizen en vervolgens op een dood spoor te belanden.

'Een van de beeldjes was van een Viking. Mijn moeder bezat er precies zo een; de enige andere waar ik van afweet. Voordat ze stierf vertelde ze me dat mijn vader het gemaakt had. Ik hoopte, misschien wat naïef, dat iemand die er een bezat misschien wist wie hij was.'

Miss Williams keek haar met argusogen aan.

'Ik weet alleen dat Mr Adler tijdens de oorlog een of andere beeldhouwer was in Europa. Hij kwam daarna hierheen en kreeg een baan als modellenmaker bij Play-Doh. Hij woonde de laatste tien jaar hierboven, sinds hij met pensioen was,' zei ze.

Ze keek Clara fronsend aan.

'Je hebt niet hetzelfde accent. Kom je ook uit Polen?'

Clara schudde haar hoofd en Miss Williams haalde haar schouders op.

'Hij zei dat hij daarvandaan kwam. Hij nodigde me altijd uit voor een kop koffie als ik hem zijn post of wat nieuwe medicijnen kwam brengen. Echt sterke koffie! Hij plaagde me altijd omdat ik er een zoetje in deed en zei dan dat ik al zoet genoeg was.'

Ze grinnikte en Clara was verrast door haar warmte.

'Ik mis hem; hij deugde in ieder geval,' zei Miss Williams.

Er kwam bij Clara een voorzichtige gedachte op.

'Mag ik vragen wat er met de rest van zijn bezittingen is gebeurd?'

'Nog steeds daarboven. Niets waardevols, hoor. Ik krijg volgende week een nieuwe huurder, dus ik heb alles ingepakt voor de kringloopwinkel.'

'Vindt u het erg als ik even rondkijk? Om het toch even zelf te zien. Ik ben hier helemaal naartoe gekomen...'

Miss Williams keek Clara aandachtig aan en probeerde te beslissen of ze de opgeëiste tijd en moeite waard was.

'Ik kan wel alleen gaan, ik wil u niet tot last zijn.'

Na weer een diepe zucht van tegenzin haalde Miss Williams een grote bos sleutels van haar broeksband en doorzocht die voordat ze er een losmaakte en die overhandigde.

'Het is de tweede verdieping, kamer 21. Ik zou wel mee willen gaan, maar mijn verhalen gaan zo beginnen.'

'Dank u. Ik ga maar eventjes.' Ze stond op om te gaan. 'Had hij het weleens over Poolse familieleden?'

Miss Williams had zich al naar het scherm gedraaid, haar voeten op een voetenbankje getild en het volume harder gezet.

'Niet dat ik weet. De meesten hier hebben niemand, anders zouden ze hier niet zijn. Ze wonen en sterven hier alleen.'

Clara stapte uit de enige, krap bemeten en krakende lift van de Bide-A-While en ging op zoek naar de kamer van Ezra Adler. Het geluid van een stuk of tien verschillende televisies, allemaal op vol volume, weerkaatste tegen de harde ondergrond. Ingeblikt gelach vermengde zich met geweerschoten, terwijl een luidruchtig talkshowpubliek de opzwepende retoriek van een evangelist aanhoorde.

Clara passeerde deur na deur, allemaal open. Alle alleenstaande bewoners hingen in fauteuils voor de tv of lagen op polyester spreien van keurig opgemaakte bedden. De meesten staarden naar de schermen, sommigen tuurden in de verte, met hangende kaken.

De laatste deur was de enige die helemaal dicht was. Clara haalde de sleutel uit haar zak, stak hem in het slot en draaide hem met gemak om. De kamer was reukloos, op elk oppervlak lag een laag stof. De inrichting was karig: een kleine tafel en twee aluminium stoelen bij het raam, een eenzame leunstoel met mahoniehouten rugleuning en een eenpersoonsbed, netjes opgemaakt met een dunne deken en oude lakens. In het midden van de kamer stond een stapel dozen, het bewijs van Miss Williams' werk – kopjes en schalen en pannen stonden opgestapeld en verpakt in krantenpapier, naast een verouderde waterkoker en een kleine cafetière. Op een bijzettafeltje lag een keurige stapel vergeelde folders met tientallen opgetogen kinderen die speelden met belachelijk goed gemaakte wezens in primaire kleuren. Ezra Adler was duidelijk nogal een Play-Doh-kunstenaar geweest.

Clara doorzocht de inhoud van de dozen, maar niets wees op een leven vóór Amerika. Ze plofte neer op het harde eenpersoonsbed en bekeek de overblijfselen van de enige persoon die misschien de vraag had kunnen beantwoorden die haar de afgelopen drie jaar had beziggehouden: wie was haar vader? Alles wat van Ezra Adler was overgebleven lag tussen deze muren en toch leek hij ondoorgrondelijk, voorgoed buiten bereik.

Minuten gingen voorbij terwijl ze zat te kijken naar het dwarrelende stof dat zij in de hitte had doen opwaaien. Ze wist dat ze moest gaan, maar voelde zich er te lamlendig voor. Uiteindelijk verzamelde ze genoeg energie om op te staan en naar de kleine kamer en suite te lopen om wat water op haar gezicht te spetteren. Haar ogen dwaalden af naar een paar ingelijste foto's die bij de deur hingen. Er was een oud sepiakleurig portret van een bebaarde, breedgeschouderde man. Hij had een baby op zijn knie, popachtig met stijve ledematen.

Daaronder een gestileerde groepsfoto uit een ander tijdperk. Vier lachende figuren stonden in een licht atelier, omringd door kunstwerken, hoge urnen en beeldhouwwerken.

In het midden stond een mooie jonge vrouw, met felle ogen en donkere, gebogen, half lachende lippen. Ze droeg een nauwsluitende rok en een jasje met brede schouders, en haar taille was ingesnoerd. Een prachtig gevormde hoed was op haar glanzende haar gespeld en ze werd geflankeerd door drie mannen. Twee van hen droegen losse witte jassen, de derde een scherp gesneden driedelig pak en een bril met metalen montuur.

Clara staarde nieuwsgierig en afstandelijk naar de foto, totdat het onbekende onder haar neus vorm begon te krijgen. In een moment van ongemakkelijke helderheid herkende ze de mooie vrouw: het was haar eigen moeder.

De jonge Bettina zag er op al die foto's hetzelfde uit: stijlvol, fascinerend en magnifiek, en duidelijk fotogeniek. Maar voor Clara bleef ze een raadsel. Dit was een versie van haar moeder die ze alleen kende in twee dimensies, in zwart-wit. Ze leek in de verste verte niet op de vrouw bij wie Clara was opgegroeid – net zo mooi, maar zo teer als een eierschaal, met vage gebarsten breuklijnen die over het glazuurachtige oppervlak lopen.

Bettina als moeder was een soort porseleinen pop die gebroken was en weer in elkaar gezet – je kon er niet mee spelen zonder je bewust te zijn van haar kwetsbaarheid en de mogelijkheid dat ze opnieuw zou breken, misschien deze keer onherstelbaar. Je kon er niet van uitgaan dat een andere, onvoorzichtige persoon het risico zou begrijpen en dus hield je haar verborgen, buiten bereik van het kwaad.

Met trillende handen haalde Clara de foto van de muur en draaide de oude houten lijst om, bijeengehouden door twee roestende spijkers. Ze maakte de achterkant open, tilde de foto van het glas en las de woorden die in een fraai, ragfijn handschrift achterop waren geschreven: *In het atelier van Porzellanmanufaktur Allach, Dachau, met Max, Bettina en Holger, 1941.*

Hoewel Bettina altijd had gezwegen over de oorlogsjaren, had Clara altijd geweten dat haar moeder heel duidelijk was gevormd door haar leven in Duitsland. Ze draaide de foto nog eens om en probeerde erachter te komen welke man Ezra Adler zou kunnen zijn. De kleinere van de twee in het wit had hetzelfde gedrongen postuur en dezelfde ronde borstkas als de man op het portret met de baby. Ze bracht de foto nog dichterbij. Ja, ze wist vrijwel zeker dat hij het was. Hij stond daar in zijn witte jas, zijn kin vooruitgestoken, en hield een porseleinen konijn vast.

Iets aan het beeld viel haar op. Ze voelde aan haar jaszak en haalde er een leesbril met schildpadmontuur uit. Ze hield de foto tegen het licht. Onder hun witte jassen waren beide mannen duidelijk op dezelfde manier gekleed. Zwaar katoen met brede strepen, dat ze onmiddellijk herkende als het uniform dat gevangenen van een naziconcentratiekamp droegen.

Hoofdstuk vier

Berlijn
Herfst 1932

Een dikke mist hing boven Berlijn in het halve licht van de novembermorgen. Trams piepten en mensen flitsten tussen de gebouwen door, kragen omhoog, ogen naar beneden gericht. In de parken en lanen verloren de bomen hun bladeren, die de lucht vulden met een sterke, zoete, rottende geur.

Op de zolder van het smalle herenhuis lag Max naakt in bed. Zijn slapende torso lag er gekronkeld bij, lange en hoekige lichaamsdelen plus rode ellebogen, net een schets van Egon Schiele, met lakens als werftouwen gewikkeld om zijn rusteloze ledematen. In de zeven jaar sinds die gouden zomer in Weimar, toen ze elkaar net hadden ontmoet, was Bettina even vertrouwd geraakt met de contouren van zijn lichaam als dat van haarzelf; zijn brede schouders en smalle taille, zijn krullende kastanjebruine haar en het volle vlees van zijn lippen, die zo zacht als velours waren.

Een paar maanden na hun eerste ontmoeting had ze hem gevolgd naar de nieuwe Bauhaus-campus in Dessau, waar ze samen gingen wonen. Hun toekomst leek zo zonnig als het licht dat weerkaatste op het water van de Elbe. Het verlichtte hun gezichten terwijl ze samenwerkten, zij aan zij, en het werd alleen iets gedimd toen de plaatselijke nazi's het leven daar ondraaglijk begonnen te maken. Ze waren boos, bang zelfs, maar ze waren nog jong, en Berlijn lonkte.

Nu, hoog boven de stad, genesteld in een stoel aan het voeteneind van hun bed, schetste Bettina de vertrouwde gedaante van haar geliefde. De houtskool bevlekte haar vingers toen ze de boog van zijn sleutelbeen en de elegantie van zijn lange handen tekende. Hij was zo kalm en beheerst in zijn wakende leven, dat ze zich altijd gedwongen voelde zijn slapende alter ego vast te leggen, loom en ongeremd.

Ze ging er zo in op dat ze niet doorhad dat hij zich begon te bewegen. Hij werd wel vaker wakker en ontdekte dan dat hij de rol van muze speelde, vooral de laatste maanden. Bettina verloor zich altijd in haar werk als de wereld haar dreigde te overweldigen. Hun haastige vertrek uit Dessau en de daaropvolgende verhuizing naar Berlijn hadden voor een productiviteitsstijging gezorgd waar hij alleen maar met ontzag naar kon kijken. Haar mentor, de Russische schilder Wassily Kandinsky, moedigde haar uitstapjes naar het expressionisme aan en onder zijn hoede was ze opgebloeid. Max benijdde haar; zijn talent lag vooral in vakmanschap en toepassing, terwijl het hare voortvloeide uit een bron van natuurlijke creativiteit.

Max zag haar werken vanuit het comfort van verfrommelde lakens, zijn diepbruine ogen dichtgeknepen. Hij gaapte en rekte zich uit, wreef over zijn gezicht en haalde zijn hand door zijn donkere haren. Een glimlach verscheen langzaam op zijn gelaat.

'*Mein kleines Kaninchen*... kom terug naar bed, klein konijntje.'

Hij had een zwaar slaperige stem, net zo aanlokkelijk als het warme bed.

Ze keek op en wuifde hem weg, vastbesloten de hoek van zijn

arm vast te leggen, maar toch was de magie verbroken. Met tegenzin legde ze de houtskool neer en ze glimlachte naar hem, stond op en rekte zich uit. Haar benen waren stijf; ze had niet gemerkt dat er gevoelloosheid in was gekropen. Ze lachte om het vreemde ongemak terwijl ze zichzelf masseerde en naar het kacheltje hinkte.

'Ik word oud.'

Ze pakte de cafetière en schonk twee kopjes in, die ze naar het bed droeg. Ze ging naast hem liggen en vlijde zich weer tegen hem aan. Max stak zijn hand over haar heup en onder de zijde van haar kimono zodat hij de warme kern aanraakte van haar perzikzachte vlees, maar ze klemde hem strak tussen haar dijen.

'Welnu, ik moet me klaarmaken, er is nog zoveel te doen voor vanavond. Ik heb over een uur met Richard in de galerie afgesproken en ik ben nu al te laat.'

Ondanks de urgentie in haar toon maakte ze echter geen aanstalten om op te staan. Max' vingers zetten hun ontdekkingsreis niet voort, maar trokken zich ook niet terug. Zijn hand bleef op zijn plek en oefende druk uit die nog niet genoeg was om weggeduwd te worden, maar wel om haar op andere gedachten te brengen. Ze bond in, en ademde diep en langzaam.

'Vooruit, vertel eens wat je moet doen,' fluisterde hij in haar nek.

'Leid me niet af!'

'Dat doe ik niet, ik help je.'

Ze lachte. 'Dat vind jij. Nou, ik moet ervoor zorgen dat het nieuwe doek bij binnenkomst aan de rechterkant wordt opgehangen. Ze hebben het achterin geplaatst, kun je je dat voorstellen? En de verlichting is vreselijk.'

Hij snoof haar geur op.

'En we hebben meer wijn nodig. Het laatste wat ik wil is dat het een duf alcoholvrij feest wordt, want dat willen de mensen natuurlijk niet.'

Terwijl ze sprak bleven zijn handen, de vingers van een modelbouwer, behendig genoeg om uit het niets een hele wereld te scheppen, hun zachte aanhoudende druk uitoefenen, totdat alle bezorgdheid en alle gedachten aan wat ze moest doen en zijn versnipperden en wegdreven. Zodat ze kon wegzinken, haar hele wezen terug naar beneden werd gesleurd, de diepte in van haar begeerte, waar al het andere werd uitgewist.

Een uur later voelde Bettina nog steeds de nawerking van zijn aanraking terwijl ze zich waste en aankleedde. Ze stoof door het appartement en verzamelde wat ze nodig had. Hoewel ze wist dat hij erdoor werd afgeleid, liet ze haar spullen altijd overal slingeren en geen enkele vriendelijke berisping kon haar op andere gedachten brengen. Eén kous vond ze makkelijk, maar de andere bleef resoluut uit zicht tot ze hem zag glanzen, verscholen achter een kussen. Ze trok hem aan, rolde het dunne laagje over haar knie en maakte hem bij de dij vast, voordat ze haar rok naar beneden trok.

Onder het dakraam werkte Max aan zijn model voor een nieuwe *Autobahn*. Ze was bang dat hij zijn ogen zou overbelasten in het flauwe licht; hun atelier in Dessau was helemaal wit met een grote glazen uitbouw. Een deel van haar verlangde nog steeds naar die eenvoud, ondanks het spannende Berlijnse bestaan. Er was hier een overvloed aan energie, maar die prikkels hadden hun prijs.

'Heb je alles?' vroeg Max. Hij keek niet op, zijn blik dusdanig geconcentreerd op de taak in kwestie, maar ze twijfelde geen moment aan zijn oprechte bezorgdheid.

'Bijna. Heb je mijn portfolio gezien?'

Hij wees naar de bank. 'Je hebt hem daaronder gelegd toen je gisteravond binnenkwam.'

'Dat klopt! Wat goed dat je dat nog weet!'

Ze knielde op de vloer en sleepte hem tevoorschijn; twee panelen van grenenhout die aan elkaar gebonden waren, een ruw leren handvat bovenaan vastgemaakt, haar naam in zwierig krijt over de zijkant. Ze legde de schets waaraan ze die ochtend was begonnen tussen andere, minder kant-en-klare ideeën over vorm en gedaante, elk een ander stadium binnen de cyclus van abstractie waar ze mee bezig was.

Ze pakte haar baret, van zacht roestkleurig vilt, en liep naar de kleine spiegel die naast het bed hing. Ze legde het hoofddeksel op haar donkere haar, kantelde het precies goed en beet in de boog van haar lippen om ze te laten zwellen.

'Je moest maar eens gaan, anders vermoordt Richard je.'

Richard, al bijna tien jaar haar beste vriend en pleitbezorger, was haar manager geworden, behalve in naam. Hij leek er vrede mee te hebben zijn eigen artistieke ambities in te ruilen voor het maken van deals en nieuwe connecties. Samen met Max gaf hij haar al het vertrouwen in haar talent dat ze nodig had.

'Hij is zo'n hork geworden, maar ik mag niet klagen. Hij heeft alle intuïtie die ik mis als het gaat om het exposeren van werk.'

'Je grootste pleitbezorger. Nou ja, op een na grootste...'

Bettina liep naar hem toe, leunde met haar kin in zijn nek en legde een arm over zijn schouder.

'Hoe gaat het?'

'Langzaam.'

'Ik benijd je precisie.'

'Daar heb jij ook geen last van.' Hij glimlachte.

'Nee, maar ik heb niet jouw concentratie of controle; mijn brein is te rommelig en ik kan het niet beteugelen.'

Hij trok haar op zijn schoot. 'Jouw geest was nooit bedoeld om getemd te worden, dus verspil je tijd er niet aan.' Hij hield haar stevig tegen zich aan, hoewel ze beiden wisten dat het niet kon blijven duren.

'Hoe laat komt de familie?'

'Ze komen godzijdank niet hierheen – stel je eens voor… Het is beter voor iedereen dat we die schijn ophouden. Ik heb met ze afgesproken in de galerie.'

De warmte van Max' omhelzing voelde veilig en ze maakte geen aanstalten om te vertrekken. Eigenlijk was ze bang voor hun reactie op haar werk. Haar broer maakte geen geheim van zijn afkeer van moderne kunst en ze wist dat haar moeder er niets van zou begrijpen. Ze voelde zich zo ver verwijderd van het achterland waar ze waren opgegroeid dat het een vreemd land voor haar was geworden.

Max tilde haar kin op zodat ze hem kon aankijken. 'Luister naar me. Wees niet te zenuwachtig voor vanavond. Wassily zou dit niet hebben doorgezet als hij dacht dat je er niet klaar voor was. Je hebt iets te vertellen en de wereld is er klaar voor om het te horen.'

'Denk je dat echt?'

'Ik heb het altijd geweten.'

'Ik weet eerlijk gezegd niet goed hoe ik de energie moet opbrengen om de hele avond te glimlachen.'

'Ik kan me zo voorstellen dat Richard je zijn flesje toverdrank aanbiedt.'

Ze trok één perfect gebogen wenkbrauw op. 'Het is maar een opkikkertje, hoor. Iedereen doet het.'

'En ze worden er allemaal zeurpieten van, vooral Richard. Dat moet je toegeven, Berlijn heeft hem veranderd.'

'Daaronder blijft hij diezelfde oude Richard.'

Ze kreunde en hees zich overeind uit zijn greep.

'Wens me geluk en zwaai me uit.'

'Je bent je eigen geluk, konijntje.'

Ze trok haar neus op naar hem en grijnsde terwijl ze de smalle trap af snelde met twee treden tegelijk.

De kunstenares was ondanks haar zenuwen in haar element toen de tentoonstelling een paar uur later begon. Max bekeek haar vanaf de overkant van de zaal: haar ogen schitterden en haar gebaren waren weids, alsof ze probeerde de ruimte te vullen en de omvang van het moment te vatten. Richard stond naast haar, vol vaderlijke trots, hoewel hij nauwelijks een jaar ouder was dan zij.

Er waren tientallen kletsende toeschouwers op de tentoonstelling afgekomen, ondanks de aanhoudende motregen. Een dierlijke geur steeg op uit de warme lichamen in hun natte wollen rokken en pakken. De galerie bevond zich op de eerste verdieping van een verlaten telefoonfabriek aan de Birkbuschstrasse. De grote ramen waren bedoeld om de fabrieksarbeiders met licht te overspoelen als ze aan het werk gingen, maar diezelfde voordelen golden zeker ook voor kunst en kunstenaars.

Aan de witgekalkte muren hingen vijftien schilderijen, elk omrand door een bewust eenvoudige houten lijst. De textuur van hun oppervlak, een symfonie van kleur en vorm, nodigde uit tot aanraken. Max' favoriete doek was bijna geheel indigo, zo donker als de novembernacht en zo diep als de rivier de Spree. Half verzonken gekleurde vliegers leken naar de oppervlakte te stijgen: flitsen van zuurgeel, paprikarood en een bleek vleesachtig roze, waarvan hij wist dat het de kunstenares zelf voorstelde. Het bracht hem terug naar Dessau en de zomeravonden waarop ze de zinderende hitte van het atelier ontvluchtten om samen naakt in het meer te zwemmen.

Iedereen was het erover eens dat het een zelfverzekerd debuut was. Vooral voor iemand die zo jong was. Vooral voor een vrouw… Tegen de tijd dat de duisternis inviel bleef de kunst zelf grotendeels onopgemerkt, omdat de verzamelde menigte nu gericht was op zien en gezien worden.

Max schoof op naar Bettina en de groep om haar heen, maar bleef er net buiten hangen. Richard verkondigde van alles en nog wat, als een soort oudere staatsman, omdat hij net een jaar eerder naar Berlijn was verhuisd. 'Ik vroeg me nog af of er kritiek zou kunnen komen, maar die is vooralsnog achterwege gebleven.'

Nadat de nazi's het stadsbestuur hadden gedwongen het Bauhaus in Dessau niet langer te subsidiëren, gebruikten ze hun groeiende invloed nu om de zogenaamde 'Strijd om de Kunst' te bevorderen. Ze hadden besloten dat de moderne kunst een daad van esthetisch geweld was: een complot van de Joden en de communisten tegen het Duitse volk. Er vonden steeds meer aanvallen plaats van agressieve bruinhemden op kunstenaars, galeries en tentoonstellingen.

'Het idee alleen al dat zo'n gestoorde extremist zou kunnen besluiten dat mijn werk een voorbeeld is van bourgeois Bauhaus-decadentie.' Bettina moest lachen bij het vooruitzicht. 'Ik zou me vereerd voelen!'

Ze bloosde en was duizelig, de champagne en aandacht stroomden als een onstuimige cocktail door haar bloedbaan. En misschien nog wel iets? Het zou Max niet verbazen als Richard een sterker middel had voorgeschreven om haar zenuwen de kop in te drukken. Hij ging naar haar toe, pakte haar hand en voelde haar trillende zenuwen die ze met moeite kon verbergen.

'Max, lieverd, mag ik je voorstellen aan Libertas? Zij maakt de litho's die ik je liet zien, weet je wel? Die met die prachtige typografie.'

Een jonge vrouw pakte zijn hand. Ze droeg een getailleerde smoking en haar kortgeknipte haar glom van de brillantine.

'Aangenaam kennis te maken.'

Haar bijna dichtgeknepen ogen staarden eventjes intens in de zijne, voordat ze terugkeken naar Bettina.

'Betti, lieverd, ze lijken misschien belachelijk, maar vlak deze mensen niet zomaar uit. Ze zijn dom en wreed en gedragen zich als eeuwige slachtoffers. Het is een gevaarlijke, explosieve mix.'

Richard knikte vurig. 'Ze zijn tegenwoordig overal. Jullie zijn hier nog niet lang genoeg om het te merken, maar dingen zijn veranderd. Het voelt onheilspellend aan.'

Max zuchtte. 'De nazi's dwongen ons Dessau te verlaten, Richard. Ze zijn niet alleen een probleem in Berlijn.'

'Nou, je zult merken dat de omvang van de stad dit soort zaken uitvergroot.'

Bettina kneep in Max' hand. Ze wist gewoon wanneer Richards alwetende houding op zijn zenuwen begon te werken.

'Nou, vanavond lijken we in ieder geval aan hun aandacht te zijn ontsnapt. En ik ben bang dat deze gastkunstenares nu een rondleiding door de zaal moet geven. Max, loop je mee? Excuseer ons, Libertas.'

Bettina leidde hem weg en fluisterde: 'Wees niet kwaad op Richard, hij bedoelt het goed.'

'Dat kan hij zich permitteren, hij is een Duits staatsburger. Hij behandelt ons als zijn familie van het platteland, maar heeft geen idee wat er buiten Berlijn gebeurt. Je kunt tegenwoordig beter geen buitenstaander zijn.'

Bettina hield hem tegen met een kus. Na zeven jaar samen kon ze nog steeds zijn tirades verzachten. Ze keek hem ernstig aan.

'Je hebt gelijk. Hij speelt nog steeds de wereldvreemde jonge radicaal, maar je weet dat hij heel veel om ons geeft.'

Hij werd tot rust gebracht door de kalmerende kracht van haar aanraking, haar stem, haar verstand.

'Iedereen houdt van je, Bet. Kijk eens wat een succes je hiervan hebt gemaakt.'

Hij wist wat ze al die jaren had opgeofferd om haar vak onder de knie te krijgen. Weinig vrouwen kregen zo'n kans, maar zij had haar plek verdiend door toewijding.

'Nou, godzijdank is de bui voorbij. Er zou helemaal niemand gekomen zijn als ze door deze regen hadden moeten fietsen.'

Max stak zijn arm door de hare. 'Kom, laten we nog een drankje nemen en proosten op je succes.'

Hij voelde haar verstijven, net toen hij haar door de menigte wilde loodsen. Bij de ingang van de galerie schuifelde een oudere vrouw naar binnen, duf en decennia ouder dan de meeste stralende jonge wezens in de tjokvolle ruimte. Ze had kromme schouders en was gehuld in opzichtige rouwkledij. Ze hield zich vast aan de arm van een veel jongere man, die overbezorgd leek en erop toezag dat ze door niemand werd gehinderd in haar langzame voortgang. Hij was ooit knap geweest, zijn dunner wordende haar netjes gekamd, maar het waren zijn stijve bruine overhemd, zwarte stropdas en zwarte broek waardoor hij opviel tussen de groep Berlijnse bohemiens.

'Mama! Albrecht!' riep Bettina, met het soort stem dat alleen Max kon onderscheiden. Hij had geen van beiden ooit eerder ontmoet, maar hij herkende ze meteen van haar beschrijvingen. De sombere moeder keek minachtend om zich heen, met haar norse zoon ernaast.

'Mijn god, ze is zo fragiel geworden...' zei Bettina.

Ze had drie jaar geleden voor het laatst de reis zuidwaarts gemaakt. Ze was in haar eentje naar hen toe gegaan, bang dat ze haar zouden veroordelen omdat ze buitenechtelijk met een man samenwoonde, laat staan een Oostenrijkse Jood. Haar broer had nooit een geheim gemaakt van zijn afkeer van mensen die hij 'anders' vond, maar ze hoopte dat ze misschien achter haar keuzes zouden staan als ze haar geluk van dichtbij zouden zien.

'Hoe gaat het met je, mama? Hoe was je reis?'

'Het ging naar verwachting verdomd langzaam. De treinen functioneren nauwelijks nog. We hadden niet moeten komen,' antwoordde Albrecht namens haar.

Max observeerde hen, gefascineerd door hun overeenkomsten en verschillen. De norse, niksige moeder was een voorbode van hoe

Bettina er op latere leeftijd uit zou kunnen zien, als al het licht uit haar was gezogen. Haar broer Albrecht was de mannelijke versie van haar nu, zijn knappe gezicht stak scherp af bij de hoge rondingen van haar gezicht. Max kon het familiaire korte lontje vlak onder de oppervlakte voelen, maar dat van Albrecht was ijskoud en slecht verborgen, anders dan bij zijn zus.

Hij werd zich ervan bewust dat het tweetal naar hem keek.

'Albrecht, *Mutti*, dit is mijn goede vriend Max. Hij is architect en heeft net een zeer prestigieuze prijs gewonnen voor het ontwerp van een nieuwe Autobahn.'

'Frau Vogel...' Max stak zijn hand formeel uit en de oude vrouw nam hem slap en zwijgzaam aan. De broer negeerde de uitgestoken hand domweg en keek met een minachtende grijns de zaal rond.

'In je brief zei je dat dit een galerie was.'

'Dat klopt ook,' zei Max. 'Het was een fabriek, maar die hoort nu bij de kunstacademie. Professor Kandinsky heeft ervoor gezorgd dat Bettina haar werk hier kan exposeren... Het is een hele eer, maar zeer verdiend. Kom verder, jullie moeten de schilderijen zien.'

Hij leidde hen langs een kluwen mensen, van wie velen openlijk naar het misplaatste stel keken. Max stopte voor het dichtstbijzijnde doek, een recent schilderij van een moeder en kind, hun gezichten op het doek gezet in een palet van roze en groen. Hij draaide zich vol trots naar hen toe, maar versteende. Hun gezichten waren een bittere brij van verwarring en walging.

'Ik begrijp dit niet,' snauwde Albrecht tegen Bettina. 'Wat wordt er allemaal mee bedoeld? Ik dacht dat je leerde schilderen op de kunstacademie, of een vak, misschien keramiek.'

Het was grotendeels waar. Bauhaus-docenten stuurden hun vrouwelijke studenten naar de huiselijkere kunstvormen: textiel en keramiek. Zonder Kandinsky's aansporing had Bettina nooit de vrijheid gekregen om te schilderen.

'Ik heb veel geluk gehad, Albrecht. Professor Kandinsky vindt dat ik talent heb.'

Frau Vogel, die verward naar het schilderij had staan turen, opende voor het eerst haar dunne mond.

'Och, Bettina,' zei ze, en ze schudde haar hoofd. 'Wat is er toch met je gebeurd? De dingen die je vroeger tekende zagen er zo... echt uit, alsof je ze gewoon kon oppakken.'

Bettina bloosde van schaamte. Ze probeerde een glimlach te forceren, maar haar ogen straalden paniek uit, wat Max pijn deed.

'Zo werk ik niet meer, mama. Het gaat erom de essentie van iets vast te leggen, niet om een nauwkeurige kopie te maken. Daar hebben we fotografie voor.'

'Waarom moet jij altijd zo nodig anders zijn?' zei Albrecht schamper.

Hij wendde zich tot zijn moeder en fulmineerde op luide toon: 'Ik zei toch dat we niet hadden moeten komen. Ze is gewoon haar gebruikelijke tegendraadse zelf; ze wil mensen choqueren omwille van het choqueren.' Hij keek Bettina aan. 'Als ik had geweten dat je hieraan mijn geld verspilde... Ik kan het nauwelijks kunst noemen. Waar zit de schoonheid? Het is een verdomde puinhoop.'

De spanning straalde van de groep af en degenen die het dichtstbij stonden voelden de teneur, zo niet de details. Het nieuws verspreidde zich en Max zag dat Richard en zijn kliek hun kant op kwamen.

Albrecht kon zijn spottende blik nauwelijks verbergen toen Richard aan kwam lopen.

'Frau Vogel! Wat heerlijk om u weer te zien, u zult wel uitgeput zijn.'

Richard boog zich overdreven galant naar de moeder toe.

'Zo goed dat jullie gekomen zijn. Kunnen we jullie iets te drinken aanbieden?'

‘Ik wil wel een biertje,’ antwoordde Albrecht nors.

‘Natuurlijk. Laat ik eens kijken wat we hier allemaal hebben.’

Richard haalde een biertje en drukte het in Albrechts hand.

‘Vertel eens, hoe gaat het in Allach?’

‘Hetzelfde als altijd.’

‘En heb je mijn aparte broer onlangs nog gezien?’

‘Nee, we verkeren niet meer in dezelfde kringen. Ik heb niet veel op met communistische sympathisanten.’

‘Ik zie het.’ Richard staarde strak naar Albrechts bruine overhemd. ‘Je had me niet verteld dat je broer bij de nationaalsocialisten zat, Betti.’

‘Dat wist ik ook niet.’ Ze sloeg haar ogen neer.

Albrecht keek zijn zus aan. ‘Dat had je wel geweten als je eens een keer thuiskwam om op de boerderij te helpen in plaats van in Berlijn rond te dartelen en mijn geld te verkwisten.’

Angstig scande Bettina het gezicht van haar broer. ‘Wat is er met je gebeurd, Albrecht? Ik hoopte dat je het in ieder geval zou begrijpen.’

‘Ik zou je best willen onderhouden als je iets nuttigs deed, maar niemand bij zijn volle verstand heeft hier iets aan…’ Hij gebaarde om zich heen naar haar schilderijen.

‘Vind je niet dat de arbeiders net als iedereen kunst verdienen?’ onderbrak Richard hem.

‘Ze hebben eten in hun buik nodig en pfennig in hun zak.’

Libertas, die hun woordenwisseling had gevolgd, mengde zich in het gesprek.

‘Mensen zoals jij maken die fout altijd. Het leven bestaat niet alleen uit eten en pfennig. Kunst geeft er betekenis aan, ontwerp geeft vorm aan functie. Als esthetiek zo weinig betekent, waarom verspil je dan je tijd aan verkleedpartijen en paraderen in uniform?’ brieste ze vol afschuw.

Richard wierp haar een vermanende blik toe. 'Libertas...'

'Er valt echt geen woord met ze te wisselen, Richard. Ze zijn allemaal opzettelijk ongeschoold en vulgair.'

Het bloed verdween uit Albrechts gezicht. De jonge vrouw glimlachte triomfantelijk toen hij naar haar toe kwam, zijn vuist omhoog, de aderen en pezen in zijn nek een studie naar spanning. Bettina en Frau Vogel handelden snel, ze kenden zijn wisselvallige temperament en grepen zijn polsen vast om hem tegen te houden en dreven hem samen door de menigte, de trap af en de nacht in. Richard en Max liepen erachteraan en keken elkaar verbaasd aan.

'Ik heb dit eerder meegemaakt,' mompelde Richard. 'Hij en mijn broer waren vroeger vrienden, maar hij is altijd opvliegend geweest. Laat mij dit maar afhandelen.'

Buiten ijsbeerde Albrecht over de stoep, zijn lichaam liep over van de adrenaline.

'Het zijn dit soort vrouwen, als je het al een vrouw kunt noemen, die dit land naar de gallemieze helpen. Walgelijke hoer!'

Hij staarde Bettina aan en wees met trillende vinger naar haar borst.

'Dit zijn jouw mensen. Gestoorden en communisten, buitenlanders en smerige *Juden*.'

Hij wierp een donkere blik naar Max. Richard probeerde hem te kalmeren, maar Albrecht wilde er niets van weten.

'Praat niet tegen mij, verrader. Je bent net zo erg als je broer. Staatsgevaarlijk en radicaal. Nou, hij krijgt wat hem toekomt. Hij zei dat je voor mijn zusje zou zorgen, maar wat deed je in plaats daarvan? Haar voorstellen aan bourgeois onruststokers en Semieten. Het is allemaal *Abschaum*, uitschot.'

Bettina trilde. Ze was wit weggetrokken en ademde snel. Max sloeg een beschermende arm om haar heen terwijl Frau Vogel op Albrecht afkwam en iets in haar zoons oor fluisterde. Ze smeekte hem weg te gaan, haar terug te brengen naar hun nachtverblijf bij het station, dit verdorven hol te verlaten. Albrecht wuifde zijn moeders hulp weg en wendde zich weer tot zijn zus.

'Ik walg van je. Je kunt fluiten naar mijn geld.'

'Ze heeft het niet nodig.' Max' stem was schor van woede. 'Ik zal voor haar zorgen.'

Albrecht spuugde op de grond voor hun voeten.

'Entartete Kunst, stelletje ongeregeld.'

Hij stormde de nacht in. Frau Vogel schuifelde langzaam achter hem aan, zonder een blik op haar dochter te werpen, de regen trotserend. Bettina zag zwijgend toe hoe ze wegliepen.

Vastbesloten om Bettina op te beuren en het geroddel in de galerie te ontvluchten had Richard een drukke nabijgelegen nachtclub uitgekozen. Bettina hield Max' hand stevig vast toen ze over de zwartwitte vloertegels liepen en hun plek innamen aan een tafel gedekt met kraakhelder wit linnengoed. Richard drukte een handvol marken in de obers handpalm en riep om champagne, die even later ijskoud arriveerde. Bettina hief haar glas, gooide haar hoofd achterover en dronk het leeg in één elegante beweging.

'Hoe gaat het ermee?' vroeg Richard.

'Ik verklaar mezelf tot vrije vrouw.'

'Daar drink ik op.'

'Verder heb ik besloten dat jij en Max nu mijn gekozen en enige familie zijn.'

'Uitstekend. *Prost*?'

'Prost!'

Samen hieven de drie het glas. Door de kakofonie in de zaal kregen ze allen een moment van respijt.

Zowel binnen als buiten schitterden de verblindende lichten van Berlijn alsof deze nachtelijke stad helemaal losstond van de grijze straten van overdag, een fata morgana van neon. Knappe meisjes en mooie jongens dansten en dronken tot ze elke gedachte aan morgen hadden weggezopen en alleen nog maar het heden hadden.

Het drietal was ergens onderweg de rest van hun gezelschap kwijtgeraakt. Eerst Wassily, toen Libertas, gevolgd door goede vrienden en ten slotte de meelopers. Ze waren allemaal de nacht in gedoken, tot alleen zij drieën overbleven. Ze zaten in gedachten verzonken, in een stiltebubbel die door de rumoerige omgeving zweefde.

Max keek naar Bettina, die haar hoofd liet rusten op Richards schouder. Hij was nog steeds hun beste vriend en leek zich volkomen thuis te voelen in Berlijn, toch een wereld van verschil met Weimar en Dessau. Ze hadden elk een rol in hun leven gespeeld, maar in Berlijn had Richard zichzelf helemaal gevonden, waar hij zijn vluchtige begeertes makkelijk kon verzadigen.

Max was dankbaar voor zijn beschermende aanwezigheid. Hij had een belangrijke rol gespeeld in Bettina's leven sinds hij haar voor het eerst had ontmoet als meisje in München, toen haar wonderbaarlijke talent al duidelijk was. Richard had haar onder zijn hoede genomen en daar was ze gebleven totdat ze had leren vliegen. Max wist dat Richard altijd van haar had gehouden, op zijn luie manier, en liet hem gewoon zijn gang gaan. Ze had hen allebei nodig, redeneerde hij, want niemand anders in de wereld gaf zoveel om haar welzijn.

'Dus, wat nu?' vroeg Richard. Hij was vastbesloten om van deze avond haar triomf te maken.

'Amerikaanse cocktails op de Ku'damm!'

Hij stond op en ging in de houding staan. Hij voelde voor de zekerheid aan zijn borstzak of het kleine glazen flesje brandstof dat hij nodig had om door te gaan er zat. 'Ik ben zo terug.'

Een constante stroom dansers – ze leken wel één geheel – bewoog zich over de vloer. Max geeuwde, bijna uitgeput bij de gedachte aan de uren die voor hem lagen. Bettina ving zijn blik op, pakte zijn hand en fluisterde samenzweerderig: 'Van mij mag je lekker naar huis gaan.'

'Mag dat?'

'Dat mag. Als ik met Richard ben, dan weet ik zeker dat we vannacht wat tijdelijke vrienden maken. Ik heb zin om mezelf te verliezen, maar ik wil dat iemand een oogje in het zeil houdt terwijl ik dat doe.'

'Dat doet hij altijd, dat moet ik hem nageven.'

Max zag hoe ze door de volle zaal keek. Het was druk, een hele bedoening; allemaal mooie bijen die hun nectar verzamelden. Hij aarzelde even.

'Ik heb zitten nadenken... misschien moeten we weggaan. Wat vind je daarvan, konijntje?'

Bettina fronste verward naar hem.

'Niet vanavond,' maakte hij snel duidelijk. 'Jij moet blijven, plezier maken – je hebt het verdiend. Ik bedoel, we moeten misschien weggaan uit Berlijn. Met z'n tweeën.'

Hij ging door, want hij was nu op dreef. 'We zouden naar Parijs kunnen gaan, of Londen, New York. Waar dan ook! Wassily overweegt ook te vertrekken en zelfs Richard maakte een grapje over verhuizen naar Moskou, hoewel ik weet dat hij dat niet meent.'

'Maar waarom nu, *Liebchen*?'

'Omdat het kan. Er is niets wat ons hier houdt en... de manier waarop de dingen gaan bevalt me niet. Ik weet dat jij er hetzelfde over denkt.'

'Dat is ook zo, maar hoe zit het met jouw Autobahn? Die gaat jou beroemd maken, dat weet ik zeker.'

'Wat is dat waard als ik niet eens met jou in het huwelijksbootje kan stappen? Mijn god, kun je je voorstellen wat je broer zou zeggen?' Hij zette een zogenaamd verontwaardigde stem op: 'Een sterk boerenmeisje van goede Duitse komaf zoals jij, verspild aan een Oostenrijkse Jood zoals ik.'

'Dat is niet grappig, Max. Je weet dat ik zo met je zou trouwen als het kon. Ik wil niets liever dan de rest van mijn leven met jou doorbrengen.'

'Ik weet het,' stelde hij haar gerust.

'Maar dit is ook ons thuis. Als we allemaal weglopen, wat blijft er dan over?' Ze kneep in zijn hand. 'Dingen zullen binnenkort wel veranderen, dat weet ik zeker. Er gaat een andere wind waaien. Elke generatie denkt dat alleen zij verschrikkelijke tijden beleven.'

'Sommigen van hen hebben vast gelijk.'

'Ik wil niet dat je alles weggooit zodat wij kunnen trouwen. Wat maakt een ring nou uit? Bouw je Autobahn, vestig je naam, zodat we niet meer afhankelijk zijn van iemand anders. Laten we dan samen weglopen. Wel een warm oord, beloofd?'

'Dat klinkt goed,' zei hij.

Ze leunde tegen hem aan en hij sloeg een arm om haar heen. Samen keken ze uit over de feestvierders; allemaal onbezonnen werkbijen, onophoudelijk in de weer. Eén geheel voortdurend in beweging, vliegend van bloesem naar bloesem, om elkaar heen cirkelend, honing makend, en weer door.

Hoofdstuk vijf

Cincinnati

Augustus 1993

Het was bijna zes uur 's avonds toen Clara terugkwam in haar hotelkamer op het vliegveld, maar ze had geen haast; ze moest nog meer dan een dag overbruggen voordat ze een aansluitende vlucht kon nemen voor de reis naar huis.

Ze sloot de deur achter zich, schoof de ketting erop en zette de doos met porseleinen beeldjes op de schrijftafel in de hoek. De afgeleefde inrichting, grijs en perzikkleurig, betekende dat er in geen jaren was nagedacht over de esthetiek van de ruimte. Toch had het alles wat ze nodig had.

Clara liep naar het bed, ging op de gladde sprei liggen en duwde haar pumps uit, die ze op de grond schopte. Ze staarde naar de plafondventilator en verzon een plan: eten bestellen, douchen en eten, alles snel na elkaar, zodat ze eindelijk in slaap zou kunnen vallen. Ze voelde zich nog steeds verdoofd en wist dat ze uren, zo niet dagen, nodig zou hebben om ook maar iets te verwerken van wat ze had ontdekt. Ze was bang dat niets ervan haar dichter bij de waarheid had gebracht.

Ze duwde zichzelf overeind, pakte de telefoon van het nachtkastje en drukte op de knop voor roomservice. Ze bestelde een clubsandwich en liep naar de badkamer.

Tegen de tijd dat het eten arriveerde had ze gedoucht en een zware badstof kamerjas om zich heen geslagen. Haar sandwich lag te zweten onder een plastic stolp. Ze verslond alles in seconden, zo graag wilde ze de leegte vullen.

Eindelijk verzadigd zette ze het dienblad opzij en pakte de doos met beeldjes. Het eerste was een lammetje, losjes verpakt in een oude pagina van *The Cincinnati Enquirer*. Het had zulke lange ledematen dat het op een foetus leek; een steriel exemplaar, drijvend in sterk water, heel verontrustend.

Het tweede stuk dat ze tevoorschijn haalde was het konijn. Als kind zou ze van zo'n ding hebben gehouden, maar in haar uitgebluste volwassen ogen zag het er zo suikerzoet en sentimenteel uit. Ze legde het opzij en opende het derde pakje – de echte hoofdprijs. Een mannetje met blote borst, twaalf centimeter hoog, staand op een rotsachtige sokkel, met vastberaden vierkante kaak. Dit beeld kende ze al door en door, want het was gebaseerd op haar moeders beroemdste werk. Ze had het al geschilderd voordat Clara was geboren en hoewel ze het origineel nooit had gezien, had ze het gevoel dat deze figuur altijd in haar leven was geweest. Reproducties van het werk, *De Viking* genaamd, waren nog steeds te vinden in rommelwinkels en aan de muren van oude herbergen in heel Duitsland. Ze kwam zijn afbeelding haar hele leven al tegen op de meest onverwachte plekken.

Clara besefte dat ze hem al jaren niet echt goed meer had bekeken: hij was een jonge man in de bloei van zijn leven, met gespierde armen, zijn torso en benen helemaal strak. Zijn uitdrukking was ondoorgrondelijk. Hij staarde naar de zee, alsof hij zich voorbereidde op een naderende storm. Hoewel het haar doorliep tot in zijn nek, was zijn gezicht zowel klassiek knap als helemaal van deze tijd.

Clara tilde de figuur niet op om het meesterteken te controleren. Ze hoefde of wilde geen bevestiging van de dubbele blikseminslag, die smet van nazisme waardoor ze er het hare van dacht.

Hoewel ze niet meer wist of het haar ooit verteld was, had Clara begrepen dat sommige onderwerpen verboden terrein waren als ze met haar moeder sprak. De twee allerbelangrijkste: haar vaders identiteit en de oorlog. Ze hadden kennelijk met elkaar te maken en waren allebei even verboden.

Tijdens Clara's jeugd en puberteit leed haar moeder aan depressies, en beiden werden door dat verdriet meegezogen. Als het op de loer lag trok Bettina zich praktisch terug uit de wereld en trad Heida op als haar vervanger. Hun Duitse huishoudster was met hen meegereisd naar Engeland; ze was uitermate loyaal aan Bettina, maar ging weleens de fout in.

Tijdens een aanval waarbij Bettina niet de kracht had om op te staan, vertelde Heida aan Clara dat haar moeder ooit getrouwd was geweest met een heel slechte man, een nazi genaamd Karl Holz. Toen Clara de naam hoorde kreeg ze een vaag visioen van een man in een donker uniform, die haar de lucht in slingerde. Heida had tegen het perplexe kind gefluisterd dat hij onuitsprekelijk wreed was geweest tegen haar moeder en ze door zijn schuld nog leed tot op de dag van vandaag.

Clara was geschokt en geïntrigeerd en ging gesprekken afluisteren. Ze hoorde haar moeder aan Heida vertellen hoe moeilijk ze het vond dat haar dochter zo op haar vader leek en dat ze haar soms niet kon aankijken uit angst hem te zien. Clara sloop dan zachtjes weg, vol schaamte, verteerd door een geheime paniek, namelijk dat de slechte man haar vader moest zijn en dat haar moeder daarom nooit over hem sprak.

Die nacht was ze huilend wakker geschrokken uit een nachtmerrie. Heida was haar komen troosten en Clara had bijna een uur gesnikt en gehikt voordat ze met tegenzin de oorzaak van haar paniek onthulde terwijl ze diep en gierend ademhaalde.

'Stil maar, Liebchen, wees niet bang. Karl Holz, die lafaard, was niet je vader, echt niet.' Een snelle grimas vertekende haar mond.

'Ik dacht dus, omdat niemand me ooit iets vertelt...'

'We willen je moeder gewoon geen verdriet doen. Ze heeft al zoveel meegemaakt.'

Heida wendde zich af terwijl ze sprak, haar stem werd enigszins zwaarder.

'Het spijt haar dat ze er niet voor je is. Ze wil je alleen maar beschermen, Clara. Meer kan ik niet zeggen, maar besef dat en wees gerust.'

Heida leek zo bedroefd dat Clara zich had voorgenomen haar moeder of haar lieve vervanger niet te kwetsen door op antwoorden aan te dringen.

Decennia later en weken na Bettina's dood had Clara een brief van Karl gevonden tussen haar moeders spullen. Clara had Heida graag om hulp gevraagd bij het ontcijferen van het onbekende handschrift, maar ze was allang met pensioen en teruggekeerd naar Duitsland.

Met behulp van een woordenboek wist Clara eindelijk wat betekenis aan de brief te ontlenen. Het was niet echt een zelfmoordbrief, maar wel duidelijk een afscheid, waarin hij én zijn daden wilde rechtvaardigen én haar moeder om vergiffenis vroeg. Clara vond hem overlopen van sentimenteel zelfmedelijden. Hij nam geen enkele afstand van zijn giftige overtuigingen, en dat SS-symbool op het briefhoofd en de porseleincollectie verwezen onuitwisbaar naar hem en de kwestie van de identiteit van haar vader. Ze hoopte vurig dat Heida de waarheid had verteld.

Clara lag in haar hotelbed. Gekalmeerd door monotone vliegtuiggeluiden zette ze het Vikingbeeldje op het nachtkastje en deed de lamp uit. Ze wierp nogmaals een blik op het poppetje, dat spookachtig blauw leek te glanzen. Ze raakte het aan alsof het een talisman was, voordat ze wegzakte in een dankbare slaap.

Ze verbleef urenlang in een diep bewustzijn zonder te dromen, maar uiteindelijk begon haar interne klok zich te roeren en dwong haar de lange zwemtocht naar de oppervlakte te beginnen. Kleine koortsdromen dreven voorbij; ze bevond zich in het appartement van haar moeder in Putney, omringd door haar porseleincollectie, een schrijn van heidense heiligen. Haar moeder lag daar op apegapen en ademde nauwelijks. Haar bed veranderde in een Vikingbegrafenisschip dat wachtte tot Clara het in brand zou steken en het in zee zou duwen – drijvend op vuur – totdat ze samen onder de golven zouden verdwijnen.

Clara sliep door, maar de droom over haar stervende moeder wilde maar niet vervagen. Ze voelde zich gevangen in het stijfselachtige beddengoed, dat haar hielen vasthield als zeewier en haar liet drijven in een inktzwarte duisternis, luisterend, zich herinnerend…

De sleutel draaide in het slot, dat openging, en Clara stapte naar binnen. Er hing een broeierige lucht in haar moeders appartement door de warmte van een late lentedag.

Buiten filterden de platanen het zonlicht. Binnen vermengde de volle geur van bijenwaspoets zich met Bettina's zeezoutlucht. En… nog iets anders? Een weke ammoniakgeur. Clara trok haar neus op en liep naar het raam. Ze duwde het open en liet de geluiden van Putney Heath en de straat beneden naar binnen spoelen.

Onder het raam stond een vleugelpiano met een oud Weens wandkleed over de gelakte klankkast heen om het geluid te dempen. In een reflex trok Clara het recht terwijl ze rondkeek en de balans opmaakte. Ze was er al een paar weken niet meer geweest, maar er leek hier niets veranderd.

'Mama?'

Ze zei het zachtjes. Er kwam geen antwoord. Clara trok haar schoenen uit en liep door de gang naar de slaapkamer van haar moeder. De structuur van dit gebouw voelde als een deel van haar DNA, maar zodra ze de drempel passeerde begon haar zelfbesef te vervagen. Ze werd onbewust weer Clara de tiener; onstuimig, brutaal, opvliegerig.

Ze stond bij de slaapkamerdeur en luisterde even. Ze hoorde niets, duwde hem open en gluurde naar binnen. Bettina sliep, haar slanke lichaam nauwelijks zichtbaar onder zware dekens. Clara kon haar moeizame ademhaling horen, een bewijs dat ze in ieder geval nog leefde. Jarenlang leek haar moeder zich terug te trekken uit de buitenwereld. Nu, tegen het einde, was ze tevreden tussen de muren van haar slaapkamer en, sterker nog, binnen de grenzen van haar massief eikenhouten ledikant.

Clara liep terug de hal in en trok de deur zachtjes dicht. Ze tippelde naar de keuken, waar sinds haar laatste bezoek duidelijk iets was veranderd. Een klein peloton verplegend personeel was ingehuurd om ervoor te zorgen dat haar moeder thuis en enigszins comfortabel kon blijven wonen. Ze lieten overal hun sporen na: bij het aanrecht stond een gelakt Venetiaans dienblad vol met pillenflesjes, medicijnen en tissues. Op de keukentafel stond een stapel dozen met siliconen handschoenen en plastic schorten zo blauw als de Middellandse Zee. Vleeskleurige rubberen buisjes duidden op iets invasievere procedures en andere kleine vernederingen die tegen het levenseinde op de loer lagen. Clara negeerde ze, vulde de robuuste ketel en zette hem op het oude fornuis. Ze stak de pit aan en wachtte op het kookpunt, liep intussen naar de telefoon aan de muur, nam de hoorn op en draaide haar eigen nummer. Hij bleef overgaan. Ze stelde zich haar eigen huis voor, vreemd leeg, tot uiteindelijk het antwoordapparaat aansloeg. Ze wachtte op de toon en sprak rustig.

'Schat, ik ben bij mijn moeder. Ik ben waarschijnlijk thuis voor het avondeten, maar wacht niet op me. Er ligt een biefstuk in de ijskast. Ik weet... niet echt waar je bent?' Ze liet de vraag even hangen. 'Maar bel niet terug; mama slaapt en ik wil haar niet wakker maken. Ik zie je vanavond. Hou van je...'

Ze hing fronsend op; waarom had hij niet opgenomen? Haar brein speelde verschillende, steeds alarmerender scenario's af totdat gefluit haar navelstaarderij onderbrak. Ze tilde de ketel snel van het fornuis en dempte zijn gekrijs. Ze pakte een theekopje uit het afdruiprek, goot kokend water over gedroogde pepermunt en ademde de grasachtige geur in. Ze liep er voorzichtig mee, duwde de deur van haar moeders slaapkamer open en piepte weer naar binnen.

De kamer was in duisternis gehuld, de ramen behangen met zware gordijnen van roze damastzijde. Ze rustten op de parketvloer en dompelden de kamer onder in gedempte schaduw. Het zag er, zoals altijd, elegant en ingetogen uit, maar met de excentriekere accenten van haar moeder: een chartreuse fluwelen stoel, een kwikglazen vaas met struisvogelveren erop, een ouderwetse kimono aan de muur, gedessineerd met groenblauwe pioenrozen tegen een tomaatrode achtergrond. Er waren nog wat tekenen van een slechte gezondheid: een lelijke, functionele grijze rolstoel en een schone porseleinen steek, discreet weggestopt.

Clara ging zachtjes op het bed zitten en observeerde haar moeder, die schijnbaar onbewust doorsliep. Bettina was altijd erg zuinig geweest op haar slanke lichaam. Lang nadat andere moeders de handdoek in de ring leken te gooien bleef ze zichzelf goed verzorgen, maar inmiddels zag ze er dun, bijna uitgemergeld uit.

Clara nipte van haar thee, genoot van de stilte en keek de kamer rond. Ze staarde naar de muur boven het bed, waar in drie verzonken nissen haar moeders collectie hoogglanzend, helder wit porselein stond. Handig gekantelde spotjes zorgden voor een subtiele gloed; ruim twin-

tig verschillende tentoongestelde voorwerpen, hyperrealistisch en zeer gedetailleerd. Clara had ze altijd zo misplaatst gevonden, zo strijdig met de rest van haar moeders eenvoudige smaak en haar eigen werk waar ze maar zo weinig van had hangen. Bettina had niets bewaard van haar 'latere werk', zoals zij het omschreef. Haar beroemdste schilderijen waren allemaal verkocht of geschonken aan verschillende musea in Europa. Clara wist dat ze haar een tijdlang een zeker aanzien hadden gegeven in de Duitse kunstwereld, maar die roem was kortstondig geweest. Geen wonder. Aan de haar bekende reproducties had Clara kunnen aflezen dat het werk prachtig maar nogal romantisch was uitgevoerd. Dat soort realisme had zijn beste tijd gehad.

Daarvoor zat Bettina in haar expressionistische periode, die kort duurde. Toch deed het elan van dat werk Clara denken aan de groten, Kirchner, Kandinsky, Klee, die allemaal haar moeders inspiratiebronnen waren geweest. De uitbundige kleuren, de energieke penseelstreken, de holle gezichten, een ongezonde soort neon- en schijnwerperuitstraling – Bettina had juist deze werken in haar eigen huis opgehangen. En het waren deze waar ook Clara van hield.

Ze stond op en liep rustig naar de muur waar de glanzende witte beeldjes waakten over haar slapende moeder. Er waren windhonden en zanglijsters, melkmeisjes en atleten, stuk voor stuk trouwe kopieën, maar opvallend bloedeloos. Voorzichtig haalde Clara de middelste figuur naar beneden, een man met warrig kapsel en een naakt torso, gespierde benen tegen een rotspartij, een zwaard aan zijn zijde, een konijntje gehurkt aan zijn voeten en een dikke bontmantel over zijn schouders. Ze volgde met een vingertop zijn nobele maar onbewogen gezicht.

'Wees wel voorzichtig.'

Clara sprong op en drukte de figuur instinctief tegen haar borst, bang om hem te laten vallen. Bettina, kennelijk nog half slapend, keek naar haar op, een silhouet in de lentezon.

'Het spijt me. Ik wilde je niet laten schrikken.'

Clara zette het beeldje neer op het nachtkastje en Bettina draaide zich er langzaam naartoe, trillend van de inspanning.

'Mijn Viking.'

Ze stak een hand uit, dun gebeend en vogelachtig, en streelde het porselein. Ze grinnikte. 'Je weet natuurlijk wel wie hem heeft gemaakt, toch?' Haar stem was zo droog als zaadjes in hun schil.

'Nee, ik denk het niet,' antwoordde Clara.

'Gekke meid, vast wel – de porseleinmaker van Dachau, natuurlijk! Die heeft het speciaal voor mij gemaakt.'

De afgelopen maanden was haar moeders geheugen gaan zweven, het ging bergafwaarts met haar herinneringen, die reëler voor haar waren dan alles in het hier en nu.

'Bedoel je Karl?' vroeg Clara zo vriendelijk mogelijk. 'Ik dacht dat hij een kunsthandelaar was, geen kunstenaar.'

'Niet Karl!' zei Bettina spottend. 'Goeie god, het enige kunstzinnige aan hem waren zijn goede smaak en een dikke portemonnee. Nee, Karl heeft het me gegeven, maar hij heeft het niet voor me gemaakt.'

'Wie dan wel?'

'Clara's vader, natuurlijk.'

Clara durfde niet te bewegen. Het werd eb in haar borst, als water dat over kiezelstenen stroomt. Het getik van de tafelklok op de schoorsteenmantel leek plotseling keihard; bloed klopte in de maat, als een metronoom in haar oren.

'Wie bedoel je?'

'Dat weet je heel goed. Doe niet zo stompzinnig, Heida!'

Heida. Haar moeders huishoudster, vriendin en vertrouwelinge, die vorig jaar was overleden. Ze waren er allebei kapot van.

Bettina rilde: 'Het is hier koud. Heb jij het koud?'

Clara trok het laken trillend over haar moeders schouders. Haar moeders koele vingers zochten de hare en pakten ze stevig vast.

'Dank je wel, liefje. Je bent altijd zo'n troost geweest. Ik weet niet wat ik zonder jou had gemoeten.'

'Mama, ik ben Heida niet, ik ben het... Clara.'

Bettina liet haar hand los.

'Clara?'

'Ja.'

Ze keek op naar Clara, met angstige, schichtige ogen.

'Wat doe je hier?'

'De dagzuster kon niet komen; ze heeft zich ziek gemeld. Mama, wat bedoelde je, over mijn vader?'

Bettina zweeg.

'Mama, heb je me gehoord?'

'Sorry, ik heb vreselijke hoofdpijn.'

Er zat een randje aan haar moeders stem, zwaar melancholisch, dat ze maar al te goed kende. Toch zette Clara door.

'Wie was de porseleinmaker van Dachau? Je zei dat hij mijn vader was.'

Bettina probeerde overeind te komen; Clara zag dat haar armen trilden van de inspanning.

'Praat met me, mama.'

Ze zakte weer onderuit en sloot haar ogen voor de indringende blik van haar dochter. Ze draaide haar hoofd weg, haar dunne lippen samengeperst van verdriet.

'Alsjeblieft, Clara... ik kan het niet. Ik heb er geen kracht voor.'

De tranen stroomden uit haar ogen en vielen stilletjes op de kraakheldere beddensprei. Clara hield haar adem in. Even later tikte ze op de papierdunne huid van haar moeders hand, die trilde terwijl ze het laken vastpakte.

'Ik wilde je niet van streek maken, mama. Het geeft niet, rust nu maar uit. Ik zal thee voor je zetten.'

Clara liep in een roes terug naar de keuken. Ze zette de ketel weer op en greep het marmeren werkblad vast, haar kaken aangespannen, zo hard dat het pijn deed. Uiteindelijk begon de ketel te fluiten, maar ze merkte dat ze zich niet kon losmaken en dus groeide het gefluit uit tot een gil en daarna tot een schreeuw die de kamer vulde.

Clara werd wakker geschud door de blikkerige kreet van een laag overvliegende 747. Ze lag zwetend en verward tussen haar lakens, draaide zich om en haar ogen zochten de schemerige rode cijfers van de radiowekker. Het was halfdrie. Ze lag even stil, badend in een laag transpiratie, voordat ze accepteerde dat ze niet echt meer zou slapen; ze was te moe om te lezen, te gespannen om te rusten. Ze wilde niet meer terug naar het mausoleum dat in haar herinneringen op haar wachtte, dus trok ze de dekens weg en ging naar de badkamer om een glas water te drinken.

Clara ging weer op het bed zitten, de badkamerlamp verlichtte de keramische krijger op het nachtkastje. Ze pakte de telefoon, belde een buitenlijn, interlokaal, en wachtte terwijl hij overging.

'Lotte, schatje?'

'Mama?'

'Liebchen, hoe gaat het?' De lijn kraakte en viel soms stil.

'Ik ben in orde. Het is nogal vroeg.'

'Hier nog vroeger.'

'Waar ben je?'

'Ik ben in Cincinnati.'

'Is alles goed? Dit kost je een vermogen.'

'Ik ben in orde. Luister, ik vlieg morgen terug. Kun je dit weekend komen logeren? Ik heb je advies nodig.'

Hoofdstuk zes

Berlijn
Zomer 1937

Berlijn broeide, de lucht was zwaar door een zinderende hitte die uit de trottoirs opsteeg en van alle kanten benauwd was. Gebouwen raakten verstikt door de muffe geur van adem en lichamen, door snel rottend voedsel en melk die al stremde in het glas.

Op straat sudderde de spanning terwijl vreemden te dicht langs elkaar heen liepen. Voetgangers, duizelig van de hitte, doken plotseling de weg op, als wespen die halfdronken waren van bedorven fruit. Max reed op zijn fiets over de Wilhelmstrasse naar huis en ontweek hen net als de trams die hem in gevaar dreigden te brengen. Het rijden was al zwaar genoeg; zijn fiets was uit balans omdat hij er zeker tien rollen schetsen en blauwdrukken aan had vastgebonden om thuis aan te werken. Het gewicht ervan veranderde zijn zwaartepunt, maar de mand voorop had hij gereserveerd voor een heel bijzondere lading. Het was zo'n heerlijk en exotisch geschenk, de ontvanger zou er gegarandeerd mee in haar nopjes zijn.

Toen hij de bananenkar voor het eerst aan de kant van de weg zag staan, was hij stomverbaasd geweest over de parmantige citroengele juweeltjes die slingerden in de zon. Ze waren zo verbluffend dat hij zijn fiets tot stilstand had gebracht en hardop had gelachen. Hij twijfelde eerst of hij zijn kostbare geld aan zoiets onbezonnens uit moest geven, maar al snel groef hij diep in zijn zak om de pfennig eruit te vissen. Daarna had hij de vrolijke buit veilig in de mand gestopt. Hij bleef hem de resterende kilometers in de gaten houden en ernaar grijnzen.

Max had de hele ochtend ontwerpen gemaakt voor Herr Neumann, de senior partner van zijn nieuwe architectenbureau. De oude meester was nog maar een paar jaar verwijderd van zijn pensioen en had moeite met zijn tijd mee te gaan. Hij had Max uit wanhoop aangenomen, maar al snel vertrouwde hij volledig op hem. Max hoefde niet echt vernieuwend en vindingrijk te zijn, maar hij voegde wel een zekere moderniteit toe aan de anders zo oubollige voorstellen.

Max probeerde vooruit te kijken en geen tijd te verspillen aan spijt en verwijt, maar zelfs hij vond het lastig met sommige tegenslagen om te gaan. Bettina en hij hadden lang het gevoel dat de wereld aan hun voeten lag. Inmiddels was gewoon rondkomen al een hele uitdaging. In het begin leken ze voorbestemd om samen te schitteren. Hun toekomst was veelbelovend, ook al liep hun heden soms gevaar. De wet verbood hun te trouwen, maar wie maakte zich eigenlijk druk om conventies? Geleidelijk aan zagen ze Berlijn onopgemerkt veranderen. Ze voelden de regels die hun leven beheersten wekelijks strenger worden. Ongemak veranderde in obstakel, daarna in beperkingen en vervolgens in wettelijke sancties met steeds grotere gevolgen.

Overal in de stad werd plek na plek afgebroken om plaats te maken voor de toekomst. In deze nieuwe wereld stond architectuur centraal, maar niet voor iemand met een ouderwetse naam. Max wist niet meer precies wanneer de titel Herr Ehrlich een risico werd, verwijzend naar zijn afkomst in plaats van zijn talent. Het verval ging geleidelijk; gepasseerd voor een promotie hier, geen contractverlenging daar, vroegere vrienden die hem nu in de steek lieten. Zijn eens zo grote dromen werden gereduceerd tot het herschrijven van plannen voor fabrieken in de buitenwijken en hij moest daarvoor ook nog eens een zekere mate van dankbaarheid tonen.

Maar niet alleen Max liep gevaar. Bettina kreeg onvermijdelijk het etiket 'ontaard' opgeplakt. Werk zoals het hare was een dankbaar doelwit geworden. In een paar maanden tijd was hun situatie veranderd van gebeiteld in gevaarlijk. Ze konden nog steeds rondkomen, maar het geld dat zijn ouders stuurden was niet meer toereikend en algauw moesten de radio en de grammofoon worden verkocht zodat ze de eindjes aan elkaar konden knopen.

Toch hadden ze elkaar, zelfs tijdens de donkerste dagen. Max had het nieuws over de Wereldtentoonstelling in Parijs verslonden, jaloers op zijn vroegere collega's, maar Bettina had alleen maar gelachen om hun aanstellerij en noemde het 'zwaardgevechten met hun *Schwanz* als kleine jochies'.

Ze pepte hem weer op toen zijn trage ondergang zoveel pijn deed en vroeg: 'Hoe komt het toch dat architecten niets liever doen dan fallische objecten bouwen? Jullie willen allemaal de hemel ontmaagden, zoals in die Italiaanse heuveldorpen in de Renaissance met hun grote omhoogstekende klokkentorens!'

De ontdekking dat Bettina eindelijk zwanger was had voor een zekere mate van blijdschap en ontspanning gezorgd. Even leek er weer een veelbelovende toekomst voor hen in het verschiet te liggen, hoewel ze erg misselijk was en de hitte haar tol begon te eisen. Ze sliep slecht en had voortdurend donkerblauwe schaduwen onder haar ogen. Ze werd langzaam overvallen door een reeks echte en ingebeelde angsten; wat nou als iemand de autoriteiten zou vertellen dat ze samenwoonden, een Duitse vrouw en een Oostenrijkse

Jood? Wat nou als het geld opraakte, als ze haar werk nooit meer verkocht, als hij gearresteerd werd? Hij probeerde haar steeds op te beuren, maar soms kon hij de woorden niet vinden om haar ondergang te voorkomen.

Om geld te besparen verlieten ze de zolder van hun herenhuis en huurden een paar kamers op de bovenste verdieping van een huurkazerne. In deze imposante rijen huizen woonden duizenden Berlijnse arbeiders: kleine flats hoog en diep op elkaar gestapeld. Geluiden sijpelden makkelijk tussen de vloeren en muren door; een klap, een zucht, kleine flarden van frustratie, een boze reactie, te vaak voor zoete koek geslikt.

Terwijl Max op zijn fiets door de hoge schaduwen reed dacht hij aan het huis dat hij in betere tijden hoopte te bouwen. Om hun nieuwe leven draaglijk te maken was Max begonnen met ontwerptekeningen voor hun toekomstige familiewoning. Ze bespraken waar ze zich zouden kunnen vestigen en welke materialen hij zou gebruiken en dagdroomden over al het licht dat zou binnenstromen.

Toen Max eindelijk aankwam bij hun gebouw op Kottbusser Tor stond de zon nog hoog. Hij zweette en had zijn mouwen tot aan zijn ellebogen opgestroopt. Hij fietste door de poort en naar de vierkante binnenplaats achter de gevel, parkeerde zijn fiets en klemde alle blauwdrukrollen onder één arm. Hij had daardoor zijn andere hand vrij om zijn kostbare vrachtje vast te houden, nog steeds prachtig en ongeschonden. Ondanks de hitte sprintte hij enthousiast de smalle trap op om dit exotische wonder met Bettina te delen.

Aan de overkant van de rivier was Bettina een stuk langzamer op weg naar huis, de zware vurenhouten portfolio bonkte tegen haar been, haar voeten gezwollen in haar te strakke schoenen. Ze had die ochtend haar werk naar een opkomende galerie gebracht. De eigenaar had vagelijk beloofd haar op te nemen in een kleine groepstentoonstelling, maar toen ze daar aankwam ontdekte ze dat het aanbod was ingetrokken.

'Ik ken verschillende galeries die zijn gedwongen hun deuren te sluiten; hun eigenaars werden bedreigd en zelfs vervolgd als ze "ontaarde" kunst zouden tentoonstellen.'

Het was ook onhandig dat er geen strikte criteria golden voor ontaarde kunst; de bedoeling van de kunstenaar zelf was nauwelijks relevant. Joodse schilders, liberalen, radicalen, allemaal waren ze standaard ontaard. Als je de wereld liet zien zoals hij was, in al zijn rommelige schoonheid, dan was je ontaard. Schilderde je vanuit een concept of een visie, waarbij je kleur en vorm zelf invulde, dan was je ook ontaard.

De galeriehouder putte zich uit in verontschuldigingen en betreurde de bekrompen minachting van de autoriteiten, maar durfde die niet te trotseren.

'Ik aanbid uw werk, *Fräulein*, maar ik kan mijn reputatie niet op het spel zetten. Misschien kunt u proberen de dingen wat af te zwakken, iets... toegankelijker te maken. Het is niets persoonlijks, begrijpt u?'

'Dat ga ik echt niet doen,' antwoordde ze met een ongemakkelijke glimlach. 'Waarom is dit ontaard?' Ze hield een klein schilderij voor zich, een brandende omberkleurige maan die opkwam boven Berlijn, een nachtegaal in een boom met strak geometrische takken.

De galeriehouder bleef onbuigzaam. 'De nationaalsocialisten zijn erop uit alles te zuiveren wat ze niet goedkeuren en ik ben bang dat ze u niet goedkeuren. Ik wil uw tijd niet verspillen, of u valse hoop geven.'

Bettina was de galerie uit gelopen en dwaalde een tijdje doelloos rond, haar ogen vol tranen. Ze raakte de weg kwijt en voelde een vlaag van paniek opkomen toen ze een hoek om ging en uitkwam bij de Thielenbrücke, die over het brede Landwehrkanal lag. Het oppervlak was bedekt met een nevelachtige gloed en een schuimkraag, maar het was niettemin een bekend gezicht. Nu kon ze zich in ieder geval oriënteren.

Op de brug wemelde het van de wandelaars in de middaghitte. Op de oevers van het kanaal hadden zich massa's mensen verzameld die langs de schuiten slenterden en hand in hand liepen en ijs aten, alsof ze op excursie waren. Bettina zocht een schaduwplekje waar ze even kon pauzeren en haar gezwollen voeten kon laten rusten. Ze ging onder de brug aan de waterkant zitten en trok haar schoenen uit, terwijl ze een aantal plekken bekeek die in een rauw soort rood waren veranderd. Ze liet haar voeten zakken en het chocolademelkkleurige water eroverheen spoelen, ook al had ze haar bedenkingen over wat voor verschrikkelijke, onzichtbare rotzooi erin zou kunnen drijven. De rauwe plekken prikten, maar de koelte kon misschien voorkomen dat haar voeten verder zouden opzwellen. Ze voelden inmiddels als waterballonnen, die haar enkels verzwaarden.

Bettina tilde haar voeten er weer uit en liet ze drogen op het stoffige jaagpad. Aan de overkant wandelde een jong stel, met een gele kinderwagen tussen hen in. Ze bleef hen nakijken, zo trots op hun kroost. De vrouw leunde op haar mans arm en boog zich over de kinderwagen om de wang van de baby aan te raken. Bettina werd jaloers van haar schijnbare gemak. In de eerste weken van haar zwangerschap voelde ze zich vaak bevangen door een onbekende angst en ze was niet zo blij als ze zich had voorgesteld.

Maar hoewel ze het zo niet hadden gepland, was het alles wat ze wilde. Vastbesloten weer uit de put te stappen trok ze zuchtend haar schoenen aan en besloot westwaarts te gaan, waar ze misschien een tram kon nemen. Het was een luxe die ze zich tegenwoordig zelden veroorloofde, maar dit waren buitengewone omstandigheden. Binnen een uur zou ze thuis zijn.

Het stikte op straat inmiddels van de arbeiders die uit hun werk kwamen. Toen ze bij een druk kruispunt aankwam werd Bettina meegezogen in de menigte. De laatste editie van *Der Stürmer* lag onder glas uitgestald, zodat voorbijgangers konden stoppen om de koppen te lezen, wat ze massaal deden. Ze probeerde zich erdoorheen te dringen, maar raakte verstrikt in een kudde die streed voor de beste plek. Zelfs van behoorlijke afstand kon ze de kop van het artikel goed lezen:

ONTAARDE KUNSTTENTOONSTELLING OPENT IN MÜNCHEN

Bettina schoof naar voren, niet om door te lopen, maar juist om beter zicht te krijgen. Uiteindelijk stond ze voor de vitrine en staarde naar de voorpagina. Onder de kop stond een foto over de volle breedte. Ze herkende het schilderij erop onmiddellijk: *Drei Klänge* van Kandinsky, een schilderij dat ze in Dessau keer op keer had bestudeerd. Destijds wilde ze de levendige kleuren zo graag zelf zien; het diepe, galmende blauw, een vollemaan van magenta en vermiljoen, helder als kristal. Ze had er vaak naar verlangd het opnieuw te bekijken, maar niet op deze manier. Deze afbeelding hier afgedrukt was lelijk, de foto was korrelig en het papier goedkoop en verzadigd door de inktzwarte print. Op de foto zag ze ENTARTETE KUNST geschreven staan. Ontaarde kunst – de allerlaatste beschuldiging die haar broer vanuit het donker op haar had afgevuurd. Ze leek niet aan het brandmerk te kunnen ontsnappen.

De hitte en druk van de lichamen werden haar te veel. Ze was bang dat ze zou flauwvallen, voelde haar bloed wegtrekken en een constellatie van witte sterretjes besprenkelde haar zicht. Iemand trapte per ongeluk tegen haar beblaarde hiel en ze hoorde zichzelf gillen. Haar been verschrompelde onder haar en ze viel hard voorover, op de glazen vitrine, en kneusde haar middenrif, een pijnlijke klap. De menigte stormde naar voren, verpletterde haar, wilde zo graag zien hoe deze zogenaamde kunstenaars ter verantwoording werden geroepen. Bettina omklemde uit bescherming haar bolle buik. Een oudere vrouw stak een arm uit en leidde haar weg, blaffend naar de mannen die zich toch naar voren drongen.

'Geef haar in vredesnaam wat ruimte!'

Ze duwde hen terug tot ze de beschutting van een schaduwrijk stoepje vonden, waar Bettina dankbaar ging zitten, haar benen te zwak om op te staan. De vrouw bleef bij haar tot het ergste voorbij was en het ruisende geluid uit haar oren verdween. Ze hielp haar strompelend naar de tramhalte en wachtte daar met haar; uiteindelijk loodste ze haar de tram in en snauwde net zo lang tegen een jongeman tot hij zijn zitplek afstond.

Toen de tram wegreed stak Bettina hartelijk haar hand op, sloot haar ogen en legde haar hoofd tegen het raam. Ze raakte voorzichtig haar buik aan, voelde waar de blauwe plek zat; die deed pijn en prikte. Ze sloot haar ogen weer en probeerde zich zo klein en onopvallend mogelijk te maken. Ze wilde zo graag thuis zijn.

Toen ze eindelijk terugkeerde was de zolder leeg. Ze schrok plotseling; zou Max gearresteerd zijn? Waren ze hem komen halen zoals ze altijd had gevreesd?

En toen zag ze het.

Op de keukentafel lag een briefje dat uit een schetsboek gescheurd was, en waarop stond dat hij haar was gaan zoeken. Onderaan de bladzijde had hij ogen, wenkbrauwen en een neus getekend: krom, lief en kinderlijk. Op de plek van de mond had hij de kromme, heldere banaan neergelegd. Hij was perfect, geen enkel smetje op zijn zonnige gele huid. Eronder had hij geschreven 'Iets om je te laten glimlachen'.

Ze lachte en voelde daarna de tranen stromen. Urenlang hadden ze zich koest gehouden, maar nu lieten ze zich eindelijk gaan en vielen heet en snel op het papier. Maar er was niemand om ze te zien en ze verdwenen net zo snel als ze gekomen waren, zoals bij een zomerse bui.

Ze ademde diep in en besloot een bad te nemen om de stank van de straat en de smet van haar eigen angst af te spoelen. Ze pakte haar badjas, een verouderde handdoek en hun laatste restje zeep en begon langzaam de trap af te dalen naar de gemeenschappelijke badkamer. Die lag ondergronds, met doffe groenblauwe muren, de kleur van de zee op een bewolkte dag. Zelfs in de zomerhitte was het hier beneden nooit droog; schimmel tierde er welig, kroop in hoeken en maakte het plafond zwart als roet. Boven het bad hingen rijen kousen, druipend als stalactieten. Bettina draaide de kraan open en het klaterende water vulde langzaam het bad en overstemde het geluid van spelende kinderen op straat.

Toen het water hoog genoeg stond kleedde ze zich uit en stapte ze over de rand. Rillend liet ze zich er tot heuphoogte in zakken, de koelte een welkome schok, waardoor ze kippenvel op haar zachte witte huid kreeg. Ze liet langzaam haar benen zakken, leunde achterover en bekeek het landschap van haar lichaam: de kleine zwelling van haar buik, een eilandje, met kabbelend water eromheen.

Ze dommelde weg en schrok een paar minuten later wakker. Ze greep vervolgens de zeep en wreef die over haar hoofdhuid terwijl haar haar om haar heen uitwaaierde. Ze ging overeind zitten en schrobde haar voeten waar geen schaafplekken zaten, daarna onder haar armen en onder haar borsten, waar de glazen vitrine van *Der Stürmer* een bruine striem had achtergelaten.

Ze legde haar voorhoofd op haar knieën, haar natte haar drupte in het water op het ritme van de druipende kousen. Ze keek omlaag en iets viel haar op; een dunne scharlakenrode pluim hing tussen haar benen, als een sliert rook die opstijgt uit een gedoofde vlam.

De wereld stopte meteen en zakte weg. Bettina zat muisstil en wist dat als ze ook maar iets zou doen, dit moment een feit zou worden en er daarna geen weg terug meer was. Ze bleef daar, rillend, tot de avond viel en het water te donker werd om iets te kunnen zien.

Op een heldere dag eind augustus verlieten ze de stad. De twee namen de trein via Steglitz naar het zuiden. De huurcomplexen doemden boven hen op terwijl ze ertussendoor reden. Op elke binnenplaats en in elk open raam hing wasgoed, ondanks de pluim van smerigheid die in hun kielzog werd uitgestoten.

Terwijl Max zijn boek las staarde Bettina naar de vrouwen die hun werk deden. Ze zag hoe ze hun lakens uithingen als zeildoeken met tientallen kinderen aan hun voeten, die eronderdoor renden en doken. Hele werelden trokken voorbij en het leven ging gewoon door. *Wat vreemd*, dacht ze, *dat binnen het verdriet normaliteit het meest abnormale van alles lijkt.*

Het ritme van de trein nodigde uit tot slapen, maar dat had ze meer dan genoeg gedaan. Ze staarde omlaag naar de vingers van haar rechterhand. Ze leken te trillen; ze vroeg zich af of iemand anders het zou merken.

'Hoe gaat het met je, Kaninchen?'

Ze keek op, hij was het toonbeeld van bezorgdheid.

'Het gaat prima,' zei ze. 'Nou ja, bijna prima. Maak je geen zorgen over mij.'

Hij las verder in zijn boek en zij bekeek opnieuw haar hand. Bij de hoek van haar duimnagel was de nagelriem gescheurd: een hard, wit stukje huid. Ze pulkte eraan met de ronde nagel van haar wijsvinger waardoor de dieproze blos van het vlees eronder zichtbaar werd. Ze voelde dat ze op elk moment in huilen kon uitbarsten; ze bezat inmiddels een reservoir, zo vol dat het dreigde over te lopen als er ook maar één druppel bij kwam.

Denk niet. Denk er niet aan.

Ze bracht haar aandacht terug en trok aan de nagelriem, ondanks de oplichtende pijnscheut. Een roos van bloed welde op en ze staarde ernaar.

Niet nadenken.

Door het plotselinge gepiep van de remmen keek ze op en tot haar verbazing zag ze dat de hoge muren van de stad plaats hadden gemaakt voor wijdse vergezichten. De trein had hen de buitenwijken in geslingerd, van grijs en bruin naar zulk uitbundig groen dat al haar zintuigen meteen op scherp stonden. Ze besefte dat ze maanden geleden voor het laatst een horizon had gezien die niet was gevuld met gebouwen. Ze was opgelucht dat ze nog steeds kon genieten van de wereld en staarde gefascineerd uit het raam om alles in zich op te nemen.

Toen de trein eindelijk bij Wannsee aankwam veerden ze allebei op. Zij begon de pakketjes te pakken die ze boven hun stoelen hadden gelegd; een roggebrood, een pond *Speck* gewikkeld in waspapier en een appeltaart, waarvan de zoete geur ontsnapte toen ze die optilde. Max pakte alles aan en stapelde de producten hoog tegen zijn borst voordat hij het raam naar beneden deed en de deur opende. Hij gaf haar zijn hand terwijl zij uitstapte, het perron op. De lucht voelde fris en schoon; hier aan de rand van de stad kon ze de belofte van verandering voelen.

Ze kneep in zijn hand terwijl ze samen in stilte naar de uitgang liepen. Ze keken links en rechts en hoopten dat Richard zich aan zijn woord had gehouden.

'Leve de stadsratten!'

Daar was hij, gebruind en met een ontspannen glimlach, achter het stuur van een Adler Trumpf met open dak, een mooi blond meisje aan zijn zijde, enthousiast zwaaiend.

'Dit is Imre,' riep hij.

Ze is jong, dacht Bettina. En zo blij ons te zien dat ze kwispelt, als een gretige spaniël. Ze hief een hand op en zwaaide naar hen beiden, terwijl ze dapper probeerde te glimlachen en haar breedgerande zonnehoed opzette.

Richard had altijd een zwak voor snelheid gehad; een laan met bomen erlangs op een stralende zomerdag was een kans die hij niet kon laten schieten. En hoewel ze het niet graag toegaf vond Bettina de rit enerverend. Terwijl ze zich vasthield aan de deurklink en zich schrap zette tegen zijn bochten voelde ze iets in zich ontwaken, iets ontdooien. Ze zocht met haar tong naar rauwe zenuwen en toen ze er geen vond, glimlachte ze een beetje om zichzelf.

Imre draaide zich om; haar lichte haar wapperde om haar gezicht. Ze probeerde over het grove geluid van de motor heen te praten.

'Het is niet ver meer. We gaan meteen naar het meer. Zijn jullie er ooit geweest?'

'Nog nooit,' riep Bettina terug.

'Heb je een badpak meegenomen?'

Bettina schudde haar hoofd.

'Maakt niet uit, je kunt er een van mij lenen, ik heb een reserve meegenomen. Richard zei dat we ongeveer dezelfde maat hadden.'

Ze is wel aardig, dacht Bettina. Richard wordt volwassen, net als wij allemaal. Vroeger sprak hij vaak nogal zakelijk over zijn zomerse veroveringen en rekende hij ze niet alleen af op hun karakter maar ook op hun onroerend goed.

Toen ze het einde van de weg bereikten remde hij af, waardoor de auto een waaier van stof opwierp. Er verscheen een wolfachtige grijns op zijn gezicht.

'Iedereen in orde?'

'Zodra mijn organen het weer doen,' zei Max kreunend.

'Vloeibare voeding, daar knap je van op.'

Richard stapte uit en pakte een krat bier uit de achterbak, terwijl Imre een mand en wat dekens tevoorschijn haalde. De twee liepen voorop naar het meer, waar een kleine houten steiger uit de oever stak.

De hemel was helder, op een laaghangend wolkendek aan de horizon na. Een enkel briesje beroerde het water maar verder bleef het stil, net als in de uitgestrekte azuurblauwe lucht. Imre legde de dekens op de steiger en toen ze zich geïnstalleerd hadden begon ze eten uit te delen op mooie porseleinen borden: aardappelsalade, zuurkool en worstjes met kleine, stevige tomaten. Ze vertroetelde Richard en Max en zorgde ervoor dat ze niets tekortkwamen.

Bettina deed haar vest uit, leunde achterover tegen een van de palen en liet haar benen over de rand bungelen. Met gesloten ogen keerde ze haar gezicht naar de zon, sloot zich af van het geklets en genoot van het warme gevoel op haar blote schouders. Ze ademde diep in en zuchtte. Een schaduw blokkeerde het licht even. Ze keek op en schermde haar ogen af.

'Wil jij ook iets hebben?' Imre stond aarzelend over haar heen gebogen.

'Een biertje zou lekker zijn.'

Richard opende een flesje en overhandigde het aan Imre. Ze gaf het door en ging vlakbij zitten, terwijl ze naar haar keek.

'Richard heeft het voortdurend over je. Hij vindt je een briljante schilder.'

'Echt waar?' Ze nam een slok van het bier en wierp het meisje een onderzoekende blik toe. 'En hoe zit het met jou?'

'Veel minder spannend. Ik geef les op een kleuterschool.'

'Klinkt best spannend. Maar vertel eens, hoe kan een kleuterleidster het zich veroorloven hier de hele zomer te blijven?'

Imre lachte nerveus en begon langzaamaan te blozen, waardoor Bettina meteen spijt kreeg van haar plagerige toon.

'Sorry. Dat was bot van me.'

'Nee hoor. Mijn ouders hebben hier een huis. Ik geef les omdat ik dat wil, niet omdat het moet, begrijp je?'

'Volkomen.'

Bettina wilde het graag goedmaken en vroeg naar het badpak dat ze kon lenen. Imre fleurde meteen op, kwam omhoog en gebaarde Bettina haar te volgen. Samen wandelden ze terug naar de auto. Terwijl ze elkaar niet aankeken, hurkten ze neer naast de auto, trokken hun kleren uit en deden de badpakken aan. Ze lachten samen nerveus, maar genoten van dit gedeelde avontuurtje. Toen ze eindelijk was omgekleed wendde Bettina zich tot Imre, ze voelde zich plotseling een enorme durfal.

'Zullen we ze eens flink verrassen?'

Ze sprong op en trok een enorme sprint over de kiezels. Haar voetzolen spuugden vuur tot ze de steiger raakten, waar het verweerde hout glad was. Ze lachte en schreeuwde toen ze over de steiger rende, langs de toekijkende mannen met hun opengesperde ogen van verbazing. Aan het einde gekomen hield ze haar adem in, sprong en sloeg haar armen om haar knieën, zonk daarna als een steen, omringd door een plotselinge stroom bubbels die haar huid kusten en haar omhelsden. Het was koud en donker als de nacht daarbeneden, en stil, los van het verre geluid van Imres schreeuw toen ook zij erin sprong. Bettina wurmde zich weer omhoog naar de zon aan de oppervlakte, toen erdoorheen, en ademde grote teugen lucht in, verblind door het licht dat van de golven kaatste.

Max bekeek hen vanaf de steiger en moest om hen lachen toen ze rillend en krijsend weer opdoken. Ze schudden met hun natte hoofden, een grote douche van druppels vulde de lucht.

'Kijk eens aan,' zei Richard, 'ze heeft een vriendin gevonden.'

Max leunde op zijn ellebogen. 'Ik ben blij voor haar. Ze moest echt even stoom afblazen.'

‘Redt ze het een beetje?’

‘Niet echt. Het is eerlijk gezegd nogal een rottijd geweest. Maar ik denk dat dit haar goed zal doen. We moesten echt even de stad uit.’

‘Graag gedaan.’ Richard nam een flinke slok van zijn fles en keek Max aan. ‘En hoe gaat het met jou?’

‘Doodongerust.’

‘Over Betti? Dat hoeft niet. Ze kan voor zichzelf zorgen.’

‘Ze is niet zo stoer als je denkt.’

‘Maar misschien ook niet zo kwetsbaar als jij vreest.’

Ze keken naar haar toen ze weer de steiger opklom en naar hen zwaaide, haar gezicht stralend. Ze draaide zich om, met uitgestrekte armen, klaar om er weer in te duiken. Max herinnerde zich ineens levendig de avond dat ze elkaar hadden ontmoet, toen ze zo voor het vuur stond, klaar om te vliegen. Het moment stond in zijn geheugen gegrift.

Hij werkte zijn biertje weg. ‘Ik heb je advies nodig.’

‘Ik hoop dat ik je kan helpen.’

‘Ik denk dat voor Bet en mij de tijd gekomen is om Duitsland helemaal te verlaten. Ik weet dat jij van plan bent hier te blijven en zij heeft dat ook altijd gewild, maar het is ondraaglijk geworden. Toen we ontdekten dat ze zwanger was leek het beter om te blijven, veiliger zelfs. Maar nu… nou ja, je ziet het zelf wel.’

Richard zweeg even en vroeg toen aarzelend: ‘Heb je nagedacht over waar jullie heen zouden willen? Hoewel het misschien niet zo eenvoudig is als jij denkt.’

‘Vind jij dat we niet moeten gaan?’

Richard schudde zijn hoofd. ‘Dat is het niet, het is gewoon… Ik ben bang dat je er te lang mee hebt gewacht. Het is zo goed als onmogelijk de juiste papieren te krijgen en ik heb begrepen dat de meeste Europese landen hun grenzen praktisch gesloten hebben, ze zeggen aan hun limiet te zitten. Je zult minstens een jaar of twee moeten wachten. Ze willen het voor jou onmogelijk maken hier te wonen, maar nog moeilijker om te vertrekken.'

'En Amerika dan?'

'Het idee heerst dat vluchtelingen de werkgelegenheid zouden aantasten en een beroep zouden doen op de voorzieningen die ze hebben om de armen te helpen. Je hebt daar iemand nodig die garant staat voor je. Bovendien kost de overtocht een fortuin. Heb je gespaard?'

Max keek omlaag. 'Ik zit nogal krap. Ik verdien heel weinig. Mijn ouders helpen wanneer ze maar kunnen. Ze overwegen om Oostenrijk te verlaten en iemand te zoeken om de zaak en hun huis te kopen, hoewel mijn vader nog steeds volhoudt dat het allemaal nog kan overwaaien.'

'Nou, als je genoeg geld bij elkaar kunt krijgen voor de overtocht en het papierwerk in orde is maak je waarschijnlijk nog een behoorlijke kans. Je moet je alleen voorbereiden op een lange wachttijd. Ik hoef jou niet te vertellen dat Duitsland niet het enige land is dat het slecht voorheeft met alle types migranten en met name Joodse migranten. Dat specifieke soort gif is grenzeloos.'

'Ik snap het.' Max haalde zijn hand door zijn haar.

'Ik dacht dat jullie dat wel wisten,' zei Richard. 'En toch leken jullie allebei zo vastbesloten door te bijten.'

'We hoopten naïef genoeg dat dingen beter zouden worden, dat de wereld tot bezinning zou komen. Ik wilde niet geloven dat het allemaal zo erg kon worden.'

Richard zuchtte diep. 'Ik ben bang dat er geen kudde grote witte paarden langskomt om ons te waarschuwen dat er geen weg terug meer is. Er is alleen nog maar de langslepende dood van de democratie. Mensen slikken kennelijk alles als je het ze stukje bij beetje voorschotelt.'

Max liet een trillend lachje los. 'Je hebt niet veel op met de mensheid.'

'Dat klopt. De zelfzuchtigheid van de mens kent geen grenzen. Wij kunnen verontwaardiging als soort maar zo lang volhouden en dan... raken we erop uitgekeken, gaan we verder en vergeten we dat iets ons ooit rust heeft gebracht.'

Aan het eind van de steiger klommen de twee vrouwen uit het water en gingen liggen om hun huid te laten drogen in de zon, hun gezichten afgewend, hun kletsnatte hoofden dicht tegen elkaar gedrukt. Hun bleke nek en schouders lagen bloot, een ongesigneerd doek, met waterdruppels gespikkeld op hun huid. Ze fluisterden samenzweerderig en lachten samen. Max was blij haar zo opgewekt te zien, hoewel hij daar liever zelf voor verantwoordelijk was geweest.

Richard tikte een sigaret uit het papieren pakje en bood hem er een aan. Max schudde zijn hoofd.

'Wat heeft jou eigenlijk doen besluiten te blijven?'

'Het is zoveel makkelijker voor mij,' zei Richard. 'Ik word niet zo kritisch bekeken als jij en ik kan van binnenuit een beetje terugvechten. Er zijn wel wat verzetshaarden...'

Hij zweeg en plukte een blaadje tabak van zijn tong. 'Herinner je je Libertas nog, die oproerkraaier? Je hebt haar jaren geleden ontmoet tijdens Betti's' tentoonstelling. Ze heeft goede connecties in Berlijn en wat vrienden die je misschien aan visa kunnen helpen, tegen een prijs.'

'Dat is precies het probleem.'

'Inderdaad. En ik ben bang dat Betti weinig kan bijdragen; haar werk gaat gewoon niet verkopen. Het tij is gekeerd tegen elke vorm van expressionisme. Het is figuratieve kunst wat de klok slaat, horen we steeds. Heroïsch en "zuiver", alles ter meerdere eer en glorie van het *Reich*...'

'Dat weet ze. Het breekt haar hart, vergelijkbaar met het verlies van de baby.'

Richard keek weg. Hij had geen woorden voor hun jongste verdriet. Max veegde over zijn mond.

'Zo, dit is het dan. Er is niets meer aan te doen.'

'Geef de hoop niet op. Ik zal zien wat ik kan regelen...'

'Bedankt.'

'Ik kan geen wonderen beloven.'

Richard stak zijn hand uit en kneep in Max' schouder, stond toen op en rekte zich uit, terwijl hij naar de twee vrouwen riep: 'Wedstrijdje naar de ponton?'

Hij trok zijn shirt en schoenen uit en keek toen om naar Max. 'Ga je mee?'

'Zo meteen.'

Giechelend namen de meisjes een voorsprong. Richard rende de steiger af, brulde dat hij eraan kwam en dook achter hen aan.

Max zat in stilte toe te kijken hoe de drie wegzwommen. Een sterke bries trok over het eerst zo stille oppervlak van het meer waardoor hij kippenvel op zijn armen kreeg. Bettina bereikte de ponton als eerste en klauterde erop. Hoewel ze best ver weg was, kon hij toch haar vreugdekreet horen; ze had gewonnen. De wind droeg het geluid terug naar hem, over het water.

Hij had zichzelf altijd gezien als haar anker, maar wat heb je aan een anker als het stormt? *Het geeft je misschien alleen maar houvast*, dacht hij. *Totdat je tegen de rotsen aan slaat.*

Hoofdstuk zeven

Putney, Londen
September 1993

De laatste zonnestralen boven Putney Heath overgoten de zitkamer met een perzikachtige gloed. Wachtend op haar dochter keek Clara uit op de straat beneden. Als kind al hield ze ervan hoog boven het strijdgewoel te staan, de drukte van de mensheid te kunnen zien, maar wel op gepaste afstand. Haar moeder zei vaak dat ze het witte art-decoherenhuis had gekozen omdat het haar deed denken aan een appartement in haar geboorteland Duitsland. Als tiener maakte Clara de betonnen rondingen al belachelijk en verafschuwde ze de koude wind die over de Heath gierde en aan de stalen ramen rammelde. Ze verlangde naar moderniteit en kon niet wachten weg te gaan.

Ze was hier schoorvoetend teruggekeerd toen ze na haar scheiding in een vreemde versie van haar eigen leven terecht was gekomen. Het verbaasde haar dat het voelde als thuiskomen. Ze ging nu ook inzien hoe bijzonder buitenaards Londen voor haar moeder moest hebben geleken toen ze hier net vanuit Duitsland aankwam.

Clara zag haar dochter in de verte aankomen: lange benen die doelgericht stapten, lang donker haar dat achter haar aan vloog. Hoewel Lotte nooit permanent in het appartement had gewoond, had ze in haar jeugd veel tijd doorgebracht bij haar geliefde oma, waardoor het voor haar als een tweede thuis voelde.

Toen ze de langverwachte herrie van de intercom hoorde, liet Clara haar dochter snel binnen. Ze opende de deur en wachtte totdat haar enige kind eindelijk verscheen, een koptelefoon rond haar nek in haar donker golvende haar, haar wangen blozend van de beklimming. Ze droeg een rugzak over één schouder en had een grote zwarte coltrui aan met een sjaal die haar smalle gestalte bedolf.

'Hé, mam.'

Lotte leunde naar voren om haar te kussen terwijl ze de zware rugzak van haar schouders hees en op de grond liet vallen. Clara vouwde haar armen om haar heen, alsof ze nog steeds groter was dan haar dochter, maar Lotte was haar ver ontgroeid. Ze hield haar stevig vast en liet haar niet meer los, negeerde het zachte geklop van haar dochter die aangaf dat ze klaar was om vrijgelaten te worden. Uiteindelijk wurmde Lotte zich uit haar greep, glimlachend en zuchtend.

'Genoeg!'

'Ik heb je gemist, klein *Bärchen*.'

'We hebben elkaar een paar weken geleden nog gezien,' zei Lotte met een knipoog. 'Maar ik heb jou ook gemist.'

'En, hoe is het op de universiteit?'

'Prima. Chaotisch. Je weet wel.'

'Ik wil er alles over horen.'

Clara liep naar de keuken en draaide zich even om. 'Koffie?'

'Graag.'

Ze keek toe hoe haar dochter bukte om de rugzak te pakken. Ze had de sierlijkheid van een ballerina, hoewel ze nauwelijks een stap had gedanst, zelfs als kind niet. Ze had zoveel natuurlijke elegantie, maar zat altijd in haar hoofd, zich nauwelijks bewust van haar lichaam: slechts een brein dat de hand en het oog van een kunstenaar bestuurde.

Clara begon de ketel te vullen toen Lotte haar volgde naar de keuken.

'Ik kan nog steeds niet geloven dat je in je laatste jaar zit.'

'Ik ook niet. Ik ben nu al kapot.'

'Nou, je kunt dit weekend lekker op de bank liggen.'

'Heb ik je al verteld dat ik bezig ben met mijn onderzoeksvraag? Ik weet eindelijk welke richting ik op wil met mijn afstudeerproject...'

'En? Hou me niet langer in spanning!'

'Het wordt mijn antwoord op oma's schilderijen.'

Clara keek haar verbaasd aan en liep vervolgens naar haar toe om haar weer te omhelzen.

'O, schat, dat is fantastisch! Dat had ze zo geweldig gevonden. Welke dan?'

Lotte fronste enigszins. 'Dat weet ik nog niet zeker. Ik denk iets uit haar vroege werk.'

'Je moet echt eens goed rondkijken nu je hier bent, alhoewel het nauwelijks representatief is wat ik heb. Ze verkocht veel toen ik jong was en liet zoveel achter in Duitsland. Weet je, we kwamen hier met niets...'

'...niet meer dan een paar kartonnen koffers en de kleren die we droegen!' zei Lotte lachend. 'Ik geloof dat je dit al eens eerder hebt gezegd.'

Clara schonk de koffie in terwijl Lotte rondkeek.

'Ik vind de nieuwe kasten prachtig.'

'O, dank je wel, schatje. Ik ook, moet ik toegeven.'

Lottes vader had Clara maanden na Bettina's overlijden verteld dat hij wilde scheiden. Na die dubbele klap was ze tijdelijk ingetrokken in het lege appartement van haar moeder. Dat was drie jaar geleden.

'Ik vond het tijd om het meer naar mijn eigen hand te zetten. Misschien ga ik hierna zelfs de woonkamer opnieuw inrichten.'

'Bedoel je niet *der Salon*?' vroeg Lotte, haar ogen twinkelden bij de nogal pompeuze titel die haar grootmoeder aan de kamer had gegeven.

'Jouw oma was nogal pretentieus voor een boerenmeisje,' zei Clara glimlachend. 'Ik weet niet zeker of ze mijn veranderingen zou hebben goedgekeurd, maar het is gek genoeg heel therapeutisch geweest. Ik heb in mijn eigen tempo afscheid van haar kunnen nemen.'

Clara haalde vanonder het aanrecht een zware houten snijplank tevoorschijn.

'Ik was van plan boeuf stroganoff te maken, vind je dat goed?'

Lotte kneep haar ogen toe. 'Met champignons, neem ik aan. Of ben je vergeten dat ik inmiddels vegetariër ben, moeder?'

'Natuurlijk niet!' antwoordde ze, hoewel ze dat natuurlijk wel vergeten was; hun oude akkefietjes kwamen af en toe weer bovendrijven.

'Mag ik wat muziek opzetten?'

Uit haar rugzak haalde Lotte een map met cd's en een versleten schetsboek.

'Natuurlijk, schat, ga je gang.'

Toen ze de kamer verliet, riep Clara haar na: 'Niet van dat deprimerende gedoe, oké?'

Het was hun vaste routine geworden dat Lotte muziek opzette en schetste terwijl Clara kookte.

Even later galmde af en toe een drumriff door het appartement. Lotte liep terug, ging weer aan het marmeren keukeneiland zitten en begon te schetsen. Ze voegde details toe aan een inktstudie naar een zilveren berk. Vanuit de aangrenzende kamer klonk het zinderende geluid van een piano op het ritme van een repeterende drum waarna een zuivere, gepassioneerde stem boven alles uit klonk.

'Wie is dit?' vroeg Clara. 'Het bevalt me wel. Minder zwaarmoedig dan normaal.'

Lotte negeerde de provocatie en overhandigde haar moeder het hoesje.

'Talk Talk. *The Colour of Spring*. Het is vrij oud.'

'Niet naar mijn maatstaven.'

Het omslag was een gedetailleerd schilderij van vlinders en motten, elk met schijnbaar verborgen symboliek en een gecodeerde betekenis.

'Oma had het een mooie illustratie gevonden.'

Lotte trok haar neus op.

'Nou, ze hield van rommelige dingen. Dat is veel te keurig voor haar. Maar ik vind het wel heel mooi.'

Clara hakte een ui in kleine gelijke stukjes, snel en methodisch. Op Lottes leeftijd had ze vakkundig leren koken, waarmee ze zich afzette tegen haar moeder, die zoiets alledaags als koken vermeed.

'Nu we het toch over oma hebben...' begon Clara. 'Ik kom denk ik steeds dichter bij het oplossen van het raadsel.'

Ze keek naar haar dochter om te zien hoe die uitspraak zou landen. Lottes hoofd schoot omhoog; het mysterie rond Clara's vaderschap was een van de weinige dingen die ze boeiender vond dan haar schetsboek.

'Heb je het beeldje gevonden?'

'Ja. Via een flinke omweg.'

'Mama, waarom heb je dat in hemelsnaam zo lang verzwegen? Voor de draad ermee!'

Zonder Lotte had Clara nooit besloten de zoektocht te beginnen. Ze had zich verloren gevoeld na haar scheiding en Bettina's dood en was eenzaam op weg naar ouderdom en overgang. Ze had in tijden niet meer buitenshuis gewerkt en geen idee hoe ze haar dagen moest vullen. Lotte was bijna klaar met haar opleiding en was van plan een kunstopleiding te gaan volgen. Ze moedigde Clara aan zelf iets nieuws te beginnen: een zoektocht naar de ware identiteit van haar vader.

Karls brief aan Bettina had bij Clara alleen maar meer vragen opgeroepen. Uiteindelijk begon Clara die te delen met haar dochter, zodat ze samen iets konden doen met het kapot gebombardeerde slagveld van hun familie. Ze vertelde Lotte over het gesprekje met haar stervende moeder, over *De Viking* en de onbekende man die Bettina 'de porseleinmaker van Dachau' had genoemd. Het was Lotte die het Vikingbeeldje had meegenomen naar de universiteit en het aan de keramiekdocent had laten zien. Lotte was teruggekomen met het nieuws dat hij de beeldhouwer niet kende, maar dat hij *De Viking* een mooi voorbeeld vond van porselein dat gemaakt was in de Allach-fabriek, in de buurt van Dachau, net buiten München. De fabriek was bovendien eigendom van en werd gerund door nazi's.

Clara was geschokt geweest toen ze dit hoorde en toch leek het haar volkomen logisch. 'Oma is geboren in Allach, dus misschien woonde deze porseleinmaker vlakbij, in Dachau? Het zou een buurman kunnen zijn, iemand met wie ze is opgegroeid.'

Een opgeleefde Clara begon haar lege dagen te vullen met researchtripjes. Ze startte in het Sir John Soane's Museum, bekeek andere opmerkelijke Londense porseleincollecties en sprak met specialisten in veilinghuizen en daarbuiten. Sommigen hadden begrijpelijkerwijs moeite met het verband met het Derde Rijk, maar uiteindelijk wilden een paar mensen wel voor haar uitkijken naar de bewuste stukken. Ze vertelden haar allemaal dat *De Viking* zeldzaam was, maar Lotte had zich niet laten ontmoedigen door het nieuws.

'Daar moet je je nu dus op richten. Het was voor haar in elk geval het belangrijkste stuk. Gebaseerd op haar schilderij, voor haar gemaakt, en als cadeau gekocht door Karl Holz. Als er nog een bestaat, dan moet je er zeker achteraan gaan.'

Maanden gingen voorbij en Clara had de hoop al bijna opgegeven toen het verlossende telefoontje kwam. Een kleine verzameling Allach-porselein was ter veiling aangeboden in Cincinnati, inclusief een tweede *Viking*.

Terwijl ze roerde in de stroganoff beschreef Clara gedetailleerd haar Amerikaanse odyssee aan Lotte, van het armoedige veilinghuis vinden tot het bieden op de beeldjes. Ze vertelde hoe ze in Ezra Adlers kamer op de foto van Bettina stuitte. Ze overhandigde die aan haar dochter, die er meteen gefascineerd door was. Ze bestudeerde de inscriptie en ontleedde alle details.

'Hier staat Porzellanmanufaktur Allach, Dachau... Ik denk alleen niet dat hier de stad Dachau wordt bedoeld, mama.'

'Ik ook niet. Kijk naar de uniformen onder hun witte jassen,' zei Clara met een somber gezicht. 'Eerlijk gezegd weet ik niet wat ik nu verder moet, Lotte. Misschien moet ik wel helemaal niets doen.'

Na het eten nestelden ze zich in twee fauteuils in de zitkamer. Clara schonk zichzelf een derde glas wijn in; ze merkte wel dat haar dochter nauwelijks een slok van haar eerste glas had genomen.

'Nu mag ik wat muziek uitkiezen,' kondigde Clara aan, terwijl ze *Harvest Moon* opzette. Haar dochter was opgevoed met Neil Young, dus het was iets waarvan ze wist dat ze er samen van konden genieten. Tien jaar geleden nog maar was Clara altijd de lerares geweest, de curator, en Lotte had zich nooit helemaal veilig gevoeld, tenzij ze in haar moeders gezelschap was. Nu was het Clara's beurt.

Onze rollen worden omgedraaid en ik ga achteruit, dacht Clara, straks word ik kinds.

Lotte stond op en liep naar de brede marmeren schouw. Ze bekeek het schilderij erboven: breed en diep blauwzwart, met knalroze, felrode en gifgele flitsen, die onder het oppervlak leken te zweven.

'Hoe heet dit schilderij?'

Clara fronste, op zoek naar een antwoord dat ze al haar hele leven kende.

'Volgens mij is dit *Mulde Flood, 1931*. Het zijn meestal gewoon plaatsen en data uit die periode. Haar latere schilderijen kregen hoogdravendere titels.'

Lotte bleef er aandachtig naar kijken. Uiteindelijk zei ze: 'Ik vind het echt ongelooflijk dat ze zo kon schilderen en dan zo plotseling kon stoppen. Ik zou dat denk ik niet kunnen. Ik zou me gedwongen voelen door te gaan, al was het maar voor mezelf. Heeft ze je ooit verteld waarom ze besloot te stoppen?'

Clara schudde haar hoofd. 'Nee, dat is alweer zo'n raadsel. Een van de vele zaken waar ik niet over mocht beginnen. Ze was ontembaar – een natuurkracht. Niets kon haar van haar stuk brengen als ze ergens haar zinnen op zette. Jij lijkt in zoveel opzichten op haar, maar veel, veel optimistischer. En gelukkig maar.'

Clara pakte haar dochters hand vast.

'Ze veranderde toen jij kwam. Het was denk ik echt de eerste keer dat ik haar helemaal gelukkig en tevreden zag. Het betekende veel voor haar dat ze een tweede kans kreeg.'

Lotte kuste haar moeders hand en trok haar knieën op in haar ruime zwarte trui. Clara nam nog een slok wijn.

'Ik heb laatst over haar gedroomd. Het bracht die hele vreselijke tijd terug: hierachter komen, haar verliezen, en dan je vader die me verliet...' Ze beefde. 'Had ze maar wat langer geleefd, maar die kans kregen we niet. In plaats daarvan blijf ik achter met dit vreemde gevoel van... radeloosheid. Voordat we dat gesprek hadden, was ik niet zo nieuwsgierig. Ik had nooit echt het gevoel dat ik iets miste, maar toen ik die paar aanwijzingen kreeg... voelde het allemaal zo ontregelend. Ik weet echt niet wat ik nu moet verwachten.'

'Je blijft toch wel doorgraven? De foto biedt zoveel meer mogelijkheden om te onderzoeken.'

'Maar wat gaat het ons uiteindelijk opleveren? Dit is wat we inmiddels weten. Ze was getrouwd met een bewezen verschrikkelijke man die zoiets ergs deed dat het haar bijna de das omdeed. Hij was een uitgesproken nazi en nu is er deze foto van haar met gevangenen in een concentratiekamp. Misschien had ze wel een verdomd goede reden om de waarheid voor mij verborgen te houden.'

Ze voelde een plotselinge golf van vermoeidheid opkomen en greep naar de fles om de laatste wijn eruit te schenken.

'Ik denk dat ik moet stoppen. Wat nou als ik iets vreselijks ontdek, iets wat ik haar niet kan vergeven? Ik weet niet zeker of ik het aankan om nog meer kwijt te raken.'

De volgende ochtend werd Clara wakker van het geluid van The Velvet Underground en gekletter uit de keuken. Lotte was al wakker en maakte voor hen allebei pannenkoeken.

'Goedemorgen, mam. Hoe is het met je hoofd?' Ze duwde een stripje paracetamol naar haar toe. 'Koffie komt eraan.'

Clara nam Lottes vaste plek in, blij dat hun gebruikelijke rollen eens werden omgedraaid.

'Zo, eerst pannenkoeken, met citroen en suiker, en zullen we daarna eens gaan wandelen en de frisse lucht opzoeken? Ik hoef pas over een paar uur terug te zijn en ik kan me niet herinneren wanneer we voor het laatst samen over de Heath hebben gelopen.'

Dit wilde stuk land vlak bij de stad lag vol met dierbare herinneringen voor hen allebei, opgestapeld als sedimentlagen, wachtend om te worden uitgegraven. Als kind 's zomers met oma, de ongeremde tienerjaren, winterwandelingen toen ze net volwassen was. Clara herinnerde zich dat ze Lottes vader meenam op een zomeravond in 1969. Ze hadden urenlang gekeken hoe twee astronauten van de Apollo 11 uitstapten op de rand van het bestaan. Nadat de uitzending was afgelopen, hadden ze allebei een sterke drang gevoeld om zelf de nachtelijke hemel te onderzoeken. Ze hadden op een deken onder de sterren gelegen en hij had haar ten huwelijk gevraagd, waarmee ze hun reis begonnen: naar Lotte en naar een leven samen. Althans, dat was het idee.

Toen Clara zo'n vierentwintig jaar later met hun dochter de herfstochtend in liep, kon ze er niet omheen. Ik was toen zo ongebreideld blij en dacht dat het hele leven uit zulke gedeelde avonturen zou bestaan.

Ze stak haar arm door die van haar dochter en streelde met de andere haar krullende haar.

'Oma vond het hier altijd heerlijk. De laatste keer dat ik haar zag wilde ik haar meenemen hiernaartoe, maar ze wilde niet in haar rolstoel. Als ik het had geweten, had ik meer mijn best gedaan om haar over te halen. Ze stierf niet lang daarna.' Ze zuchtte. 'Bestond er maar een manier om te weten dat iets definitief is, zodat je ervan kunt genieten. Ik heb geen herinnering aan de laatste keer dat ik je optilde en meedroeg. Ik zou er bijna alles voor overhebben dat je weer zo klein was en je gewicht te voelen.'

Lotte kreunde. 'Je bent zo verdomd sentimenteel! Dat weet je wel, toch?'

'Zeker wel.' Ze leunde met haar hoofd op de schouder van haar dochter terwijl ze verder liepen.

'Ze had vast wel een kleine picknick gewild.' Lotte glimlachte bij de gedachte aan het tafereel. 'Een plakje sachertorte en een thermoskan warme chocolademelk.'

Ze liepen verder en luisterden naar het verkeersgeraas in de verte, overgoten met vogelgezang. Uiteindelijk verbrak Lotte de stilte.

'Ik heb nagedacht over wat je gisteravond zei... dat je bang bent voor wat je zult ontdekken als je doorzoekt.' Lotte stopte en keek haar moeder vastberaden aan. 'Dat begrijp ik, maar ik denk dat je je vergist. Het niet weten zou erger zijn. Dat is wat nu gebeurt, met al die vreselijke mogelijkheden die door je hoofd spoken.'

Clara keek haar dochter verbaasd aan. *Ze is veel volwassener dan ik was op haar leeftijd,* dacht ze. *Ze is nu volledig gevormd.*

Lotte vervolgde. 'Ik hield ook van haar. In veel opzichten heeft zij mij gemaakt tot wie ik ben. Ik wil proberen haar te begrijpen, niet alleen als mijn grootmoeder, maar ook als kunstenaar. Het is allemaal met elkaar verbonden, denk je ook niet?'

Clara kneep in de arm van haar dochter en knikte dankbaar. 'Jazeker, dat denk ik echt.'

'Je hebt zoveel meegemaakt toen je opgroeide en je hebt het alleen moeten verwerken. Ook weer toen oma stierf en pap vertrok. Maar je bent nu niet alleen – je hebt mij. Ik wil je helpen, mam. Als jij Holmes bent, kan ik jouw Watson zijn, of Cagney als jij Lacey bent. Laten we dit vanaf nu gewoon samen doen.'

Er lag een dik pak gevallen bladeren onder hun voeten. Boven de vijver scheerde een eenzame zwaluw door de schitterend blauwe lucht, zijn vleugels wijd uitgespreid. Ze stopten en keken toe hoe hij in de stille lucht zweefde en naar beneden dook om over het water te glijden.

Clara, bijna opnieuw overweldigd door emoties, voelde haar tranen opkomen, die haar zicht vertroebelden. Ze hield zich stevig vast aan Lottes arm. *Er komt een dag,* dacht ze, *die onze laatste hier samen zal zijn. Misschien is het, bij nader inzien, beter om het op dat moment niet te weten.*

Hoofdstuk acht

Berlijn
Herfst 1937

Berlijn ontwaakte in een dunne mist. De geluiden van de stad waren gedempt en vlekken stoom stegen op van het plaveisel waar de zon op scheen. Langs de wazige daklijnen staarden rijen beeldjes kennelijk goedbedoelend naar beneden. Daaronder hingen aan alle openbare gebouwen banieren van zwart, wit en bloedrood, de stof vochtig en levenloos.

Tegen vijf over negen was het grootste deel van de stad hard aan het werk. Slechts een paar eenzame laatkomers spoedden zich nog naar hun plek, langs ongehaaste *Hausfraus* op weg naar de winkels. De krantenverkopers konden eindelijk achteroverleunen op hun eenbenige krukjes, als een rij waadvogels. Hun krantenkoppen kondigden de komst aan van de voormalige koning van Groot-Brittannië en zijn tweemaal gescheiden bruid, die later die dag door de stad zouden toeren.

Het was praktisch stil op straat, op het getjilp van de spreeuwen na, totdat een stel jonge mannen in bruine overhemden voorbij kwam denderen. Ze lieten een spoor van irritatie achter, duwden een nieuwsverkoper, draaiden hem rond op zijn kruk als een bordendraaier in het circus en smeten zijn hoed en kranten op de grond. Een paar statige vrouwen stopten om hen te vermanen, en liepen toen weer verder, kwetterend als vogels.

Das Romanische Café zat vol met scheve schaduwen die tegen de grond sloegen. Stoelen en tafels stonden in keurige, rechte rijen opgesteld, zodat de klanten de straat over konden kijken. Ze keken tegen de wazige zon in en dronken hun *Milchkaffee*, knabbelend aan warme *Franzbrötchen*, die de lucht vulden met de geur van kaneel en boter.

Richard zat buiten aan een hoektafel met een uitstekend zicht over de brede boulevard. De krant lag uitgevouwen op de tafel voor hem, maar hij hield zijn ogen gericht op de jonge bruinhemden die door de straat liepen op zoek naar een nieuw slachtoffer. Hij haalde een munt uit zijn zak, rolde die hun pad in en keek toe hoe ze er als een troep ruziënde hyena's achteraan renden. De snelste jongen kreeg zijn voet erop, pakte hem op en ging ervandoor, achtervolgd door zijn maten.

Richard zag Max en Bettina van een afstand aankomen; ze vormden een knap stel, hij in zijn donkerblauwe kamgaren pak en zij met haar hoed en bordeauxrode jas met fluwelen kraag en roze wangen. Ze staken samen de Hardenbergstrasse over, de handen stevig ineen, en zagen er voor de buitenwereld uit alsof ze geen zorgen hadden. Richard stond op toen ze naderden en sloeg zijn stevige armen om Bettina heen en greep daarna Max' hand stevig vast.

'Mijn hemel, het is goed jullie te zien.'

'We zijn hier al lang niet geweest,' zei Bettina. 'Ik hou van deze plek.'

Een ober kwam aangesneld.

'Warme chocolademelk, alstublieft.'

'En nog een pot koffie. Dank u.'

Richard glimlachte naar haar toen ze gingen zitten. 'Ik vergeet altijd dat je een zoetekauw bent.'

'Achtergestelde jeugd. Steeds bezig mijn verloren tijd in te halen.'

Hij vouwde de krant dicht om meer ruimte te maken aan tafel. Max pakte hem aan en wierp een blik op de foto van de hertog en de hertogin.

'Vandaar die patserige bruinhemden overal. Ze zijn vandaag op volle sterkte.'

'Ik zag het – hou ze goed in de gaten. Vertel eens, hoe gaat het met jullie?'

'Goed.' Bettina kneep onder de tafel in Max' hand. 'In ieder geval beter dan toen we jou afgelopen zomer aan de Wannsee zagen. Veel, veel beter, dank je.'

'Nou, ik ben blij dat ons uitstapje heeft geholpen.'

'Hoe gaat het met Imre?' vroeg Bettina. 'Ze zou ook naar de stad komen.'

'Ze begint volgende maand op een kleuterschool in Charlottenburg. Ik weet zeker dat ze je graag wil zien.'

De ober bracht hun drankjes en zette ze op tafel. Richard wachtte tot hij weg was, leunde toen voorover en dempte zijn stem. 'Dus, misschien moeten we ter zake komen, voordat het hier volloopt.'

Bettina keek bezorgd naar het dichtstbijzijnde tafeltje. Een rondborstige vrouw zat daar met een teckel op schoot en voerde hem gebakjes. Ze ving haar blik en draaide zich smalend om, waardoor de hond uit het zicht verdween.

Richard glimlachte. 'Ik denk dat we ons nog geen zorgen hoeven te maken over losgeslagen teckels. Maar we zouden allemaal wel een beetje voorzichtiger moeten zijn.'

Hij stak een sigaret op en inhaleerde diep, waarbij hij zijn ogen dichtkneep tegen de rook en het schuine zonlicht.

'Ik heb een paar mensen gesproken, vrienden met goede connecties, en die zijn het erover eens dat jullie beter helemaal uit Berlijn weg kunnen gaan. Vooral jij, Max. Jullie wonen al jaren openlijk samen en dat maakt jullie behoorlijk kwetsbaar. Een van jullie buren kan jullie zomaar aangeven.'

Max zuchtte. 'Het ziet er in ieder geval slecht uit op mijn werk. Ik denk dat het een kwestie van tijd is voordat ik mijn baan kwijt ben.'

Richard tikte zijn as op de tegelvloer. 'Ik ben blij dat ik je niet hoef te overtuigen.'

'Als Max niet kan werken, kunnen we het ons toch niet veroorloven hier te blijven. We komen nu al nauwelijks rond.'

'Maar waar moeten we dan heen?' vroeg Max. 'Je zei bij de Wannsee dat er niet zoveel mogelijkheden zijn.'

'Daar blijf ik bij. Je moet eigenlijk meteen weg: de vs, Canada, Zuid-Afrika... Maar vluchtelingen worden niet bepaald met open armen ontvangen. En je hebt geld nodig voor de overtocht. Ik neem aan dat je nog steeds krap bij kas zit?'

Max keek naar de tafel en gaf een licht, beschaamd knikje.

Richard vervolgde: 'Het lijkt er dus op dat we eerst een plek moeten vinden waar jullie relatief veilig zijn, waar jullie kunnen werken en wat geld opzij kunnen zetten. Vervolgens moeten we visa aanvragen en uitzoeken waar jullie heen kunnen.'

Hij zweeg even om te zien hoe zijn woorden vielen. Bettina leek gespannen en geprikkeld, Max zag er berustend uit. Richard ging verder en wendde zich eerst tot Max.

'Mijn broer, Peter, heeft zijn hulp aangeboden. Hij heeft een huurhuisje in de buurt en een baan voor je gevonden. Het is in een porseleinfabriek van de ss, dus we moeten een nieuwe identiteit voor je regelen – ze nemen je niet in dienst als ze weten dat je Joods bent. Kun je een foto laten maken?'

Max knikte.

'Goed zo. Het is vooral lichamelijk werk, vrees ik. Heel zwaar.'

'Dat vind ik niet erg,' zei Max. 'Zolang we maar samen zijn.'

Richard fronste. 'Nou, dat is precies het probleem. Het is gewoon geen goed idee om met z'n tweeën onwettig te blijven samenleven. Maar Peter en ik hebben een mogelijke oplossing bedacht...'

Hij keek nerveus naar Bettina.

'De fabriek staat in de stad Allach, waar mijn broer woont, even ten westen van München. Bettina's familie woont in de buurt...'

Bettina staarde hem aan, de kleur trok weg uit haar wangen. Hij ging snel verder om haar op haar gemak te stellen.

'Welnu, Betti, ik weet dat het lang geen perfecte oplossing is, maar we hebben niet veel keuze. Het is je familie. Ze moeten je in huis nemen en bovendien is het maar tijdelijk.'

'Ik haat ze, Richard. En zij haten mij. Dat weet je.'

'Dat weet ik.'

'Albrecht is een nazi en een antisemiet, weet je nog wel?'

'Ik zou er niet mee komen als ik een andere praktische oplossing kon bedenken, maar zo ben je in ieder geval in de buurt. Het belangrijkste is dat jullie allebei veilig zijn, kunnen werken en zoveel mogelijk geld kunnen sparen. Dat moet jullie prioriteit zijn.'

Max kon Bettina voelen beven, maar ze rechtte haar schouders en probeerde moedig te blijven.

'Natuurlijk. Ik begrijp de logica. Ik wil niet ondankbaar klinken.'

Ze legde een hand op Max' arm. 'Als jij zwaar werk moet verdragen, is het minste wat ik kan doen een paar maanden doorbrengen onder hetzelfde dak als mijn eigen vlees en bloed. Wat ik ook van ze denk.'

'Zo ken ik je weer,' zei Richard. 'Nou, dat is dan geregeld. Voor zover ik kan overzien is Allach jullie beste optie.'

'Het is een goed plan, Richard. En we danken je daarvoor.'

'Mooi zo. Ik ga met Peter praten en alles regelen. Hij kent mensen die jou een nieuwe identiteit en papieren kunnen bezorgen: een

Österreich Kennkarte op een valse naam zou genoeg moeten zijn. Je moet zo snel mogelijk vertrekken en weinig meenemen, dus kijk wat je kunt verkopen. Ik leen Imres auto en rij je er zelf heen.'

Twee weken later kwam Richard met de Adler Trumpf aan bij Kottbusser Tor. Toen het eenmaal donker was laadden ze de auto vol met twee koffertjes en daarnaast wat pannen en borden, schilderijen, penselen, portfolio's en beddengoed. Al het andere hadden ze verkocht of weggegeven in hun haast Berlijn te verlaten.

Sinds de ochtend in Das Romanische Café was het Bettina opgevallen dat haar buren haar bij elke ontmoeting argwanend aankeken. Ze had zich nooit echt helemaal door hen begrepen gevoeld, maar hoewel ze haar interesses niet deelden, wisselden ze elke dag toch wat beleefdheden uit. Ze had zich altijd onderdeel gevoeld van hun gezamenlijke huiselijkheid, maar nu voelde ze zich alleen maar onrustig als ze hen in de hal passeerde, niet alleen tegenover de volwassenen, maar ook tegenover de kinderen. Ze kon urenlang piekeren over een frons, bang dat er ongezien wrok of desinteresse of andere kleine irritaties zouden kunnen sluimeren. Eén verkeerd woord kon al genoeg zijn om het onheil over hen af te roepen.

Tegen de tijd dat hun vertrekdag aanbrak was Bettina er praktisch van overtuigd dat ze beiden in acuut gevaar waren. De veiligste manier om te gaan was in het geheim en dus wilde ze wachten tot na zonsondergang. Ze vertrokken zonder afscheid te nemen.

Nog geen uur onderweg kwam haar eerdere angst weer opzetten en begonnen stille tranen over haar wangen te glijden. Ze miste hun leven nu al en schaamde zich dat ze ooit aan hen had getwijfeld.

Richard reed de hele nacht door omdat hij meteen al een flink stuk wilde afleggen van de reis, die meerdere dagen zou duren. Hij was van plan onderweg te stoppen in Dessau. 'Om te zien of de oude plaats veranderd is.'

‘Wie zal het zeggen, wij drieën zijn…’ mompelde Bettina.

De eerste uren van de reis waren tamelijk vervelend. De vering was stug en de wegen waren overspoeld met regen. Alleen een stuk Autobahn bood wat verlichting. Bettina keek verrukt naar Max, die maandenlang aan dit soort wegen had gewerkt en daar nu echt van genoot. Hij leunde uit het raam en gierde het uit toen Richard plankgas gaf. Alleen haar angstkreten kregen hem weer naar binnen. Zijn ogen twinkelden een uur lang, wat het allemaal zeer de moeite waard maakte.

Daarna werden ze moe en konden ze alleen nog maar uitkijken naar hun tussenstop in Dessau. Ze besloten wat oude favoriete plekken te bezoeken, maar toen ze daar aankwamen bleek al snel hoezeer de stad die ze achter zich hadden gelaten veranderd was. Voor het stadhuis werden pelotons nazi-jeugd gedrild, waardoor de plek bijna onherkenbaar was geworden. De motregen en de moeilijke jaren sinds ze de laatste keer hier waren vielen het drietal zwaar en temperden hun gemoed. Bettina kreeg het idee dat hun gouden zomers zich heel ergens anders hadden afgespeeld. Zelfs de modernistische gebouwen zagen er armoedig en somber uit en verloren de ongewone grandeur die ze in haar jeugdige ogen ooit hadden gehad. De volgende ochtend reden ze in stilte weg; alle drie wensten ze dat ze nooit waren gekomen.

Op de derde dag bereikten ze eindelijk Allach, moe en reisziek. Richard reed rechtstreeks naar het huis van zijn broer, een hoog gebouw aan de weg naar München, omringd door huizen, fabrieken en boerderijen. Het was jaren geleden dat Bettina Peter Amsel voor het laatst had gezien, maar hij was nauwelijks veranderd. Zijn gezicht vertoonde dezelfde lijnen als dat van zijn jongere broer, maar veel ernstiger. Hij had niet Richards ongeremde charme en gevatheid, maar ze deelden het talent om anderen hun volle aandacht te geven. Het was duidelijk dat Peter bezig was geweest dingen voor

Max te regelen, waardoor zij ietwat opgelucht was. Hij had niet alleen werk voor hem gevonden, maar ook een huisje in de buurt. Hij stelde voor dat ze er samen even heen zouden lopen.

'Ik kan je de fabriek laten zien – die ligt op de route.'

Max zou de volgende maandagochtend in de Lindenstrasse 8 aan de slag gaan. Peter wees naar het witte gebouw met het pikzwarte dak, verscholen achter een haveloze schutting. Een vierkante witte schoorsteen torende erboven uit en stootte rook uit. Buiten, op de binnenplaats, stonden vrachtwagens en houten pallets, hoog opgestapeld met zakken delfstoffen en kolen.

'Ze produceren porselein van hoge kwaliteit,' legde Peter uit. 'Decoratieve beeldjes, urnen en dergelijke. Allemaal vreselijk gewild bij de nazitop, die ze verzamelt. Himmler is erdoor geobsedeerd, naar verluidt. Hij gebruikt ze voor propaganda en bezit aandelen.'

'Zie je wel, Betti,' zei Richard, 'je hebt het helemaal verkeerd gedaan. Stop met schilderijen; je zou porseleinen poppen moeten maken voor de nazi's.'

'Het is geen grap,' antwoordde Peter. 'Ze zijn van plan een tweede fabriek te openen verderop in Dachau, bij het trainingskamp van de ss. Dat is maar goed ook – het betekent dat ze arbeiders nodig hebben om de ovens te stoken en de grondstoffen te verplaatsen. Werk genoeg, dus als je je gedeisd houdt, zit je hier goed.'

Bettina hield Max' hand stevig vast. Ze stelde zich zijn lange ambachtelijke vingers voor met blaren van het scheppen, tillen en dragen, zijn knokkels gebarsten en bebloed. Ze moest echt haar best doen het beeld uit haar hoofd te verdrijven.

Max bekeek het gebouw en dacht na over zijn vooruitzichten. 'Porselein klinkt niet zo slecht, al met al. Doet me terugdenken aan onze keramieklessen.'

Richard liet een holle lach horen. 'Zij het op iets grotere schaal.'

De vier gingen in stilte verder, ieder in gedachten verzonken.

Uiteindelijk kwamen ze aan bij het huis dat Peter voor Max had gehuurd. Nadat ze de stenen trappen beklommen vonden ze het er schoon en gezellig. Het was alweer een enorme opluchting voor Bettina, die bang was geweest Max in een smerig krot achter te moeten laten. Er waren maar een paar kleine kamers en het meubilair was minimaal en eenvoudig, maar functioneel: een fauteuil, een eenvoudige tafel, een kleine geschilderde boekenplank en een wastafel. De wanden met houten panelen waren verweerd en in de hoek van de keuken stond een klein potkacheltje dat warmte uitstraalde.

'We maken het net zoals thuis,' zei Bettina geforceerd vrolijk om Max op te beuren. 'En 's avonds kom ik hier schilderen en kun jij je blauwdrukken tekenen. We hebben inmiddels meer te plannen dan ooit.'

Peter had de keukenkastjes gevuld met wat basisbenodigdheden. De drie mannen gingen zitten om bier te drinken, terwijl Bettina op het fornuis een stoofpotje van kip en aardappelen kookte. Alle bezigheden werden gekleurd door hun aankomende scheiding. Bettina deed haar best zich te richten op de paar uur die ze nog samen hadden en niet te denken aan de tijd die ze binnenkort noodgedwongen apart zouden moeten doorbrengen.

'Heb je die foto?' vroeg Richard aan Max.

Hij greep in zijn portemonnee en haalde het kleine zwartwitportretje tevoorschijn. Richard plakte het zorgvuldig op een stel papieren, de Österreich Kennkarte.

'We hebben wat kleine veranderingen aangebracht aan de Kennkarte van een dode man en Imres broer heeft zijn naam afgestaan – je heet nu Friedrich Marchen, dus zorg dat je uit de problemen blijft.'

'Dat moet wel lukken,' zei Max. 'Ik ben niet van plan ze op te zoeken.'

'Toch gebeurt zoiets wel vaker.'

Toen het laat werd namen Richard en Peter afscheid. Max en Bettina pakten hun beddengoed uit en maakten een nest van gewatteerde dekens die naar thuis roken. Ze kropen eronder, te droevig en moe om meer te doen dan in slaap te vallen.

De volgende ochtend kwam Richard Bettina ophalen.

'Ben je er klaar voor?' vroeg hij.

'Totaal niet.'

Ze forceerde een glimlach en kuste Max, nam haar kleine koffer in de hand en liep kordaat de stenen trap af het zonlicht in, dat tussen dikke mistflarden door scheen.

Maandagmorgen werd Max vroeg en alleen wakker. De eerste vorst was naar het zuiden meegereisd, dus toen hij het huisje verliet en uitademde, ontsnapte er een schimmige mist. Hij zat ingepakt in een zware overjas, met handschoenen en een warme wollen sjaal, hoewel de fabriek van Allach maar een klein stukje lopen was. Tegen de tijd dat hij bij de poort aankwam waren zijn vingers verdoofd en het puntje van zijn neus was roze aan het worden.

Hij had ertegen opgezien aan het werk te gaan, dus hij was verrast dat het gebouw een sfeer van kalme creativiteit ademde, doordrenkt met een gevoel van orde. Bij aankomst werd hij naar het administratiekantoor geleid en gevraagd te wachten. Het gebouw liep over van activiteit en lawaai: ratelende typemachines en rinkelende telefoons, bedrijvig geklets zowel binnen als buiten. Ondanks de kou buiten was het door de ovenwarmte aangenaam in de kelder, dus ontdeed hij zich van zijn sjaal en handschoenen en hij wachtte daarna gespannen af. Mannen in stoffige overalls liepen voorbij met rijen urnen van klei op planken, die ze op hun schouders droegen en die ze toch perfect stil wisten te houden, als serene zwanen die door het water gleden.

'Sorry voor de chaos.'

Max draaide zich om bij het horen van een lage stem en zag een man van eind dertig. Hij was lang, slank en stijf; gekleed in een goed gesneden pak met een hoge kraag en een netjes weggestopt zakhorloge.

'Holger Ostendorf,' zei hij, terwijl hij een slanke hand uitstak. Hij glimlachte hartelijk, zijn bril met metalen montuur stond uilachtig op zijn arendsneus.

'Friedrich Marchen,' antwoordde Max. Ondanks het hardop oefenen rolde de naam die hij van Imres broer had geleend nog steeds vreemd van zijn tong.

'Fijn dat je er bent, Friedrich. Zoals ik al zei, excuses voor de chaos. We draaien op volle capaciteit en komen ruimte tekort. Te veel succes, als zoiets bestaat. Maar ik mag niet klagen.' Zijn scherpe ogen fonkelden. 'Het houdt ons uit de problemen. Welnu, ik zal je even rondleiden.'

In een stevig tempo gidste Holger hem door het gebouw, terwijl hij kamer voor kamer uitleg gaf over de processen die er plaatsvonden en de taken die door bijna alle arbeiders werden uitgevoerd. De fabriek was onderverdeeld in zones, die elk een apart karakter hadden, bepaald door de taken die er plaatsvonden. Sommige ruimtes waren logischerwijs stoffig en vuil, besmeurd met een glanzend opgedroogd slib en klodders klei. Andere waren smetteloos, zo schoon als de tafel van een chirurg, waar vlijmscherpe messen met dezelfde precisie werden gehanteerd.

Op een verdieping stonden rijen spinnewielen en de potters schiepen er ronde kommen en urnen op; hun sterke handen dropen van het slib en gaven vorm aan levenloze brokken klei. Op de volgende etage glinsterden enorme vaten met glazuur, in afwachting van het biscuit dat later ondergedompeld en gedraaid zou worden door geoefende handen, die een dunne, glanzende laag over het oppervlak zouden leggen.

Er was een tekenkamer waar nieuwe ontwerpen vanuit het brein het papier in vloeiden, terwijl beeldhouwers in het atelier de naakte klei sneden, die een vorm gaven en de details aanscherpten. De eindproducten werden daarna in de inspectiekamer onderzocht en in stukken geslagen als ze niet geschikt werden bevonden. De laatste halte was de verpakkingskamer, waar een oude man als een soort Repelsteeltje gehurkt op zijn strobaal zat. De man verzamelde de onberispelijke, afgewerkte producten, wikkelde ze dan in wat zoet ruikend goudkleurig gras, voordat hij ze opstapelde in houten vaten.

Terwijl ze door de kamers liepen zag Max alles door het oog van een architect; van het zadeldak met zijn hoge, vierkante schoorsteen, tot de kelderoven, bloedheet en vol met roet. Het gebouw openbaarde zich aan Max als een poppenhuis en het werd hem allemaal duidelijk. Elk aspect vereiste evenveel precisie als artisticiteit en iedereen leek zijn rol te begrijpen. Het proces was methodisch, de constructie van elk stuk zowel vloeiend als herhalend, waarbij elk onderdeel veel makkelijker leek dan het in wekelijkheid was.

Aan het eind van hun rondgang opende Herr Ostendorf een deur naar een kleine, met een blauwe bies belijnde kamer waar voorbeelden van het beste Allach-porselein op planken stonden uitgestald. In de hele fabriek klonk een zee van lawaai; het metalen gedreun van machines vermengd met het gegrom van mannen die aan het werk waren, maar toen de zware deur langzaam dichtging, nam al het lawaai af en daalde bij Max een gevoel van stille eerbied in.

Hij stond voor een hoge vitrine waar hij voor het eerst de fabelachtige porseleinen beeldjes van dichtbij kon bekijken. Er waren menselijke en dierlijke vormen, stuk voor stuk tot in detail vervaardigd. Een wassen buste staarde met nietsziende ogen voor zich uit. Een bloedeloze processie van lilliputtersoldaten vulde een halve plank, samen met urnen, borden en kandelaars. De koude porseleinklei was zuiver wit en op sommige plaatsen zo transparant als een bloemblaadje.

Max had keramiek gestudeerd aan het Bauhaus, waar eenvoud, strakke lijnen en een functionele esthetiek de standaard waren. In vergelijking daarmee leek het porselein van Allach bijna kitscherig en sentimenteel; veel te mooi naar zijn zin, hoewel Holger duidelijk hield van elk stuk. Hij pakte ze bewonderend vast en wees op de fijnere details.

'Porselein is zulk wonderlijk spul. De ingrediënten zijn eerst zo plooibaar maar op het laatst zo ondoordringbaar. Het belichaamt tegelijkertijd kracht en kwetsbaarheid: bestand tegen hitte, water en roest, en het bestaat al duizenden jaren, maar tot voor kort kenden de westerlingen de precieze methode niet om het te maken. Het eindproduct is zuiver wit, onbesmet, maar om dat te bereiken moet het eerst door de hitte van een glasovergang heen. Voor mij bestaat er geen ander materiaal. Porselein is kunst en alchemie ineen.'

Terwijl hij sprak straalden Holgers ogen zo'n enthousiasme uit dat Max weer naar de beeldjes keek. Ze leken nog steeds bleek en nogal pretentieus, maar dankzij de opgewonden oudere man keek hij inmiddels door een iets andere bril; hij zag en begreep nu de kunstzinnigheid en het vakmanschap die ervoor nodig waren.

Toen ze klaar waren, leidde Holger Max terug naar zijn kantoor met uitzicht op de grote binnenplaats. Door het raam kon Max een man of vijf zien, met brede ruggen die bijna dubbelgevouwen waren terwijl ze een zware lading hielpen lossen. Het viel Max op dat er een groot contrast was tussen het verfijnde eindproduct en de benodigde grondstoffen: gestapelde pallets met porseleinaarde en gesteenten, en met silica, kwarts en veldspaat. Er lagen duizenden kilo's kolen om de oven mee te stoken, opgestapeld naast grote pitchpine vaten met slib, glazuur en verpakking. Het was vuil en veeleisend werk, en het proces vergde evenveel zweet en gezwoeg als grondstoffen. Max keek naar zijn eigen handen, nog zonder eelt, en merkte dat Holger hem observeerde. Hij stopte ze allebei diep in zijn zakken.

'Heb je dit soort werk eerder gedaan?'

Max schudde zijn hoofd. 'Niet echt, maar wees gerust, ik ben een snelle leerling.'

'Wat heb je hiervoor gedaan?'

'Ik ben opgeleid als architect, maar heb als student aan het Bauhaus de beginselen van keramiek geleerd.'

'Mijn hemel! Echt? Het lijkt me zonde om jouw vaardigheden te verspillen aan zware arbeid.'

'Ik ben niet bang om hard te werken,' zei Max snel.

'Daar twijfel ik niet aan.'

Holgers glimlach stelde hem enigszins gerust.

'Heb je je papieren bij de hand?'

Max haalde de Österreich Kennkarte tevoorschijn die Richard hem had gegeven en probeerde zijn handen stil te houden. Herr Ostendorf nam de documenten aan en bestudeerde ze een tijdje. Hij legde ze weer op tafel.

'Ik zie dat je uit Wenen komt – een prachtige stad.'

Hij opende een grootboek op zijn bureau en schreef in een vrolijk, vloeiend handschrift de datum en de naam 'Friedrich Marchen'. Daarna schoof hij de papieren over het bureau terug naar Max, die ze wilde aanpakken, maar merkte dat hij ze nog niet had losgelaten.

'Voordat je gaat, Friedrich... begrijp je dat aandacht voor detail van vitaal belang is voor wat wij doen?'

Max knikte en mompelde instemmend.

'Goed. Dan is het vast gewoon een vergissing dat het stempel op je kaart niet overeenkomt met de foto?'

Max voelde het bloed uit zijn gezicht wegvloeien. Holger liet de papieren los en hield beide handen omhoog.

'Misschien was hij gewoon beschadigd en hoefde hij alleen maar vervangen te worden?'

Max knikte stijfjes.

'Heel goed.'

Max stopte de Kennkarte terug in zijn binnenzak.

'Dank u, Herr Ostendorf.'

'Noem me alsjeblieft Holger,' glimlachte hij oprecht.

Max knikte en haastte zich de kamer uit. Hij liep de binnenplaats op, waar de voorman, een norse beer van weinig woorden, Max opdroeg zich bij de mannen achter de vrachtwagen te voegen, waar nog steeds zakken silica werden uitgeladen. Hij nam zijn plek in en wachtte tot de volgende zak naar beneden werd gegooid. Toen het zijn beurt was zette hij zich schrap, maar toen het gewicht ervan op hem neerkwam bezweek hij bijna en zakte hij net niet door zijn knieën.

Toen Bettina haar moeder had geschreven met de vraag of ze naar huis mocht terugkeren, had Marielein met tegenzin geantwoord dat ze wel welkom was, zolang ze haar broer maar het respect gaf dat hij verdiende. Sinds haar vaders overlijden was Albrecht de man in huis geworden en haar moeder gehoorzaamde hem in alles. Bettina had met overdreven berouw teruggeschreven en uitgelegd dat ze besefte dat ze in Berlijn met de verkeerde mensen was omgegaan en nu op de genade van haar moeder had gehoopt. Wat zou ze blij zijn, zei ze, om terug te keren naar de vertrouwde eenvoud van de boerderij.

Het was vijf jaar geleden dat ze tijdens haar solo-expositie buiten in de regen ruzie hadden gemaakt en Bettina had intussen geleerd om instemming beter te veinzen, of in ieder geval hoe ze de aandacht kon afleiden. In haar broers geval was dat genoeg; hij wilde alleen over zichzelf en de Schutzstaffel praten, maar Marielein was iets moeilijker in te palmen. Ze zat aan de keukentafel en keek naar haar dochter, op haar hoede voor ook maar iets anders dan volledig berouw.

Bettina deed haar best om erbij te horen. Ze was plichtsbewust, hielp in de keuken en luisterde naar Albrechts eindeloze zeurverhalen: ingebeelde problemen en aanstellerige ruzietjes. In zijn ogen was de wereld tegen hem – hij werkte hard en anderen niet, hij had een heldere blik, terwijl alle anderen blind waren. Hij leek elke keer weer te worden tegengewerkt, terwijl anderen het geluk hadden dat ze niet verdienden. De kleinzielige tiran uit haar jeugd was uitgegroeid tot een boze, bittere en rancuneuze volwassene.

Elke avond op de boerderij verliep op dezelfde manier. Albrecht kwam slechtgehumeurd thuis, klaar om zijn grieven van de dag aan de eettafel te ventileren – verhalen over een SS-ondergeschikte die eindelijk de erkenning had gekregen die hem toekwam. Of de bolsjewistische slager die hem had opgelicht en dus een pak slaag verdiende. Na de maaltijd zette hij zijn laarzen op tafel en dronk nog meer, terwijl de vrouwen om hem heen opruimden. Albrecht werd steeds sentimenteler naarmate de avond vorderde, terwijl Marielein zweeg en hem voortdurend in het oog hield. Ze hield de mate van zijn dronkenschap in de gaten totdat ze hem de trap op stuurde en hem rustig naar bed bracht.

Bettina voelde zich gedwongen uitermate waakzaam te blijven voor het geval Albrecht besloot zijn woede weer op haar te richten. Ze vond het allemaal doodvermoeiend en verlangde ernaar Max te zien, maar ze was bang hun argwaan te wekken. Ze bleef twee weken op de boerderij voordat ze besloot dat het veilig genoeg was om naar buiten te gaan. En dan nog durfde ze alleen in het donker weg, als iedereen sliep. Ze kroop door de achterdeur naar buiten, duwde haar fiets tot aan de hobbelige weg en ging ervandoor. Een klein batterijlampje verlichtte haar route.

Tegen de tijd dat ze aankwam was Max zo moe dat hij meestal gewoon indutte als ze hem voorlas of schetste of zijn haar streelde. Hij probeerde haar gerust te stellen, dat het werk zelf niet zo erg was, hoewel hij totaal was uitgeput vanwege zijn gebrek aan uithoudingsvermogen. Het gaf hem tenminste de tijd om na te denken over het huis dat hij ooit voor hen zou bouwen, zo zei hij. Het kwam echt in zicht: een open ruimte, vrij van alles wat overbodig was, waar licht en natuur konden binnenstromen, waar zij kon schilderen en hun kinderen konden spelen.

Hij had zich voorgenomen vrolijk te blijven ondanks alle tegenslagen, hard te werken voor Holger en zich onmisbaar te maken. Daarom hield Bettina ook zo van hem, hoewel het haar pijn deed zijn gebarsten en geharde handpalmen aan te raken. De zware zakken hadden nu al hun littekens achtergelaten; een zelfbeschermingsschild had zich gevormd, door zijn eigen lichaam aangemaakt.

'Ik verander misschien wel in een golem,' zei hij plagerig toen ze met haar vingers over het eelt wreef.

Bettina besloot een zalfje voor zijn handen en materiaal om te schetsen te kopen, zodat hij het denkbeeldige huis dat hij voor hen zou bouwen kon vastleggen. Ze vertelde Albrecht en Marielein dat ze naar München moest voor kunstbenodigdheden en Albrecht wilde haar met wat tegenzin wel naar het station brengen. Hij gaf haar zelfs zakgeld, waarvoor ze hem bedankte en dat ze snel opborg. Van het bedrag hadden Max en zij in Berlijn wekenlang kunnen rondkomen. Het grootste deel ervan zou naar hun ontsnappingsfonds gaan, maar ze vond dat ze een klein beetje kon uitgeven aan iets directere beloningen.

Toen de dag aanbrak werd ze wakker door het geluid van regen die op het dak beukte, als harde spijkers die in blik werden getimmerd. Albrecht bracht haar naar het station en liet haar daar achter; ze wachtte op het perron terwijl de regen in gordijnen neerviel. Ze rilde, terwijl ze haar paraplu bijna parallel hield aan een muur van wind en water. Toen de trein eindelijk arriveerde, klom ze aan boord en schudde haar doordrenkte jas uit. Ze wreef met een zakdoek over haar schoenen en kousen en staarde door de beslagen, beregende ramen naar buiten, terwijl de boerderijen en fabrieken voorbijschoten.

Al weken had ze ernaar verlangd haar verstikkende omgeving te ontvluchten. Door een paar korte uitstapjes in Allach was het haar duidelijk geworden wat voor risico's ze liep nu ze weer terug was. Zoveel mensen kenden haar en waren blij met haar thuiskomst; de verloren dochter, terug in de kudde. Ze ging erdoor verlangen naar anonimiteit, op te kunnen gaan in de menigte.

Terwijl de trein door de buitenwijken van de stad denderde bedacht ze hoe ze haar dag zou kunnen doorbrengen. Ze was in geen jaren in het centrum van München geweest, hoewel ze er als jonge vrouw had gestudeerd. Richard en zij hadden daar vriendschap gesloten en samen hun vlucht naar grotere dingen beraamd, naar Weimar en het Bauhaus. In München hadden ze aan de vrijheid kunnen ruiken, waardoor ze verlangden naar nog veel meer. Nu, na al die weken in het achtergebleven Allach, voelde de belofte van een dagje München als een groot bacchanaal.

Bettina besefte dat winkelen voor Max niet lang zou duren, zodat ze genoeg tijd overhad voordat ze terug moest. Ze zou lunchen in een café en dan haar geest voeden met een galeriebezoek.

Het vooruitzicht riep een herinnering op; haar gedachten gingen terug naar die zinderende dag in Berlijn, toen ze er had rondgedwaald, was verdwaald en vervolgens door de menigte was verdrongen. Ze besefte dat de tentoonstelling Entartete Kunst waar *Der Stürmer* het over had er nog zou moeten zijn en dat die op loopafstand van het station was.

Wat haar betreft was dit een verzameling van de spannendste

kunst van de eeuw, het werk van haar tijdgenoten en helden: Joodse kunstenaars, homoseksuelen of communisten, expressionisten, kubisten, surrealisten, en alles ertussenin. Wat de nazi's ontaard noemden, zag zij als visionair.

Zodra de trein München Hauptbahnhof binnenreed voelde ze meteen de omvang van de stad. Niemand gaf hier om wie ze was, terwijl ze onder de stationsklok door liep, gewoon een van de vele gezichten in een bewegende mensenmassa.

Ze ging eerst naar de Neuhauser Strasse, waar het ondanks de aanhoudende regen wemelde van de mensen. Ineengedoken onder hun paraplu's liepen ze op en neer tussen de frisse gebouwen – fourniturenzaken, kruideniers en boekwinkels.

Bettina huppelde van de beschutting van de ene luifel naar de andere en ontweek trams terwijl ze de straat overstak. Ze bekeek elke etalage, hunkerend naar nieuwigheid, voordat ze uiteindelijk afdaalde naar een smalle kelder waar ze al sinds haar tienerjaren kwam. Ze was dol op de geur die er hing; warme houtkrullen, penetrant papier, lijm en bijtende terpentijn. Het lage plafond zat onder de nicotinevlekken, stapels doeken gespannen op lijsten leunden tegen elke muur. Dozen gevuld met broze staafjes houtskool en een eindeloze variatie aan pigmenten – plakkaatverf, inkt en olie.

Ze ging eerst voor Max aan de slag: een schetsboek, een rol overtrekpapier voor ontwerpen en een houten winkelhaak. Een gradenboog en een weegschaal, plus een vers doosje waterverf en een zacht, marterharen penseel. Het was niet veel, maar genoeg voor hem om hun toekomst uit te tekenen en even afstand te nemen. Ze wist dat hij net als zij blij zou worden van de maagdelijke rug van een nieuw schetsboek.

Ze trakteerde zichzelf op een paar doeken in verschillende maten, wat nieuwe olieverf, een eenvoudig schetsboek en houtskool. Genoeg om bezig en gelukkig te blijven, hoewel ze nog steeds niet goed wist wat ze moest met de kritiek van haar broer op haar kunst. Ze liet de spullen achter om ze te laten inpakken en beloofde terug te komen voor het einde van de dag.

Toen ze weer op straat stond besefte ze dat ze voor het eerst in weken aan niemand anders verantwoording hoefde af te leggen. Ze liep in noordelijke richting en voelde zich overmand door angst en nieuwsgierigheid. Ze wandelde kordaat door, langs de tweelingtorens van de Frauenkirche, door de Hofgarten, langs de fonteinen en gestileerde bloemperken en verder en verder tot ze de hoge, harde muren bereikte die langs de Galeriestrasse liepen.

Vanaf het einde van de straat kon ze het spandoek zien. De woorden ENTARTETE KUNST in gekartelde letters. Vrije toegang, komt allen. Maandenlang had ze geprobeerd de betekenis van de titel te ontcijferen: de Tentoonstelling van Ontaarde Kunst. Ze bleef er maar aan denken en nu stond ze eindelijk voor het gebouw waar het werk was ondergebracht. Ze wist dat de expositie moest laten zien hoe gevaarlijk en walgelijk moderne kunst kon zijn. Hoe de 'elite', de Joden en communisten en intellectuelen, de kunstwereld hadden overgenomen en naar hun hand hadden gezet; onooglijk en ongeschoold. Ze wist dat het in theorie propaganda was, maar begreep niet hoe het in de praktijk zou werken. Deze stukken zouden toch voor zichzelf spreken, voor de goede verstaander?

Regen bleef vallen uit de staalgrijze lucht, maar toch bleef ze op de stoep hangen, bang de drempel over te stappen. Uiteindelijk verzamelde ze de moed om naar binnen te gaan. Een muur van lawaai en hitte kwam op haar af. Haar gezicht en borst glansden van transpiratie. Tientallen mensen dromden in de hal om haar heen en stootten haar aan terwijl ze haar jas uittrok en die beschermend over haar arm sloeg. Voorzichtig liep ze de eerste zaal binnen en duwde zich door de menigte heen die de ingang blokkeerde. De meeste mensen leken met een of twee metgezellen te zijn gekomen en hadden allemaal het hoogste woord; er werd aanhoudend geroezemoesd, als het gebrom van een motor, terwijl de mensen door de ruimte cirkelden.

De tentoonstelling was inmiddels al maanden open, dus ze had het rustig en tamelijk leeg verwacht; ze raakte verdoofd door het lawaai en de drukte en vroeg zich af wat iedereen hier deed. Kunst als waarschuwing leek haar geen aanlokkelijk vooruitzicht en toch waren ze hier, krioelend door de zalen.

Terwijl ze de golvende massa bekeek drong het tot haar door dat het een vorm van voyeurisme was. Mensen hunkeren altijd naar andermans ellende; ze vergapen zich en masse aan executies, beschimpen achteruitgang en nemen elkaar graag de maat. De menigte werd aangetrokken door de obscene belofte van immoraliteit en ze leken flink aan hun trekken te komen.

Objectief gezien begreep ze dat, hoewel de werkelijkheid het tegenovergestelde effect op haar had. De muren waren gevuld met prenten en schilderijen die ze al jaren had willen zien; dit was het mekka voor modernisten. Plaatjes die ze alleen kende als reproducties hingen hier in geuren en kleuren. Ze was al opgewonden geweest bij het vooruitzicht, maar de werkelijkheid was overweldigend.

Als ze in een schone, rustige ruimte zouden hangen had het er misschien wel prachtig uitgezien. In plaats daarvan waren ze lukraak en rommelig tegen de muren gesmeten. Tientallen beelden, bedoeld om los van elkaar te bekijken, waren op elkaar gepropt, vechtend om ruimte. Ze waren gemaakt om een primaire reactie van de kijker uit te lokken, maar nu streden er zoveel om haar aandacht dat ze zich belaagd voelde.

In de eerste zaal zag ze de hoekige *Kruzifixus* van Gies, Jezus aan het kruis, sprietig en uitgemergeld. Door de lage ruimte kreeg ze een claustrofobisch gevoel. In de volgende ruimte hing lukraak een doek van haar geliefde Wassily, naast Klee, Chagall, en verderop

Dix en Dada. Over veel schilderijen en prenten waren leuzen gekrabbeld. Ze hingen scheef en waren niet ingelijst. Ze wilde ze zo graag recht hangen en herschikken, op een visueel acceptabele manier. Maar toen besefte ze: dat was het hele idee. Niet alleen om het werk te laten zien, maar het juist zo presenteren. De schoonheid ervan lelijk en onsamenhangend te maken. Het voelde alsof ze een boetekleed droeg dat steeds meer ging kriebelen en prikken en haar gek maakte. Deze zalen waren niet gecureerd; dit was een kunstgesticht, bedoeld om gevoelens van walging op te wekken.

Op elke hoek wezen ze op de prijzen van de collectie. Ze wist genoeg van de kunsthandel om te zien dat die niet klopten en werden overdreven, zodat ze alle instellingen ervan konden beschuldigen dat ze er met het geld van het Duitse volk vandoor waren gegaan. Niet alleen heeft dit onkruid kunnen woekeren, werd er verkondigd, maar je moest er ook flink wat pfennig voor betalen.

Bettina liep dwars door drie kleine ruimtes, volgepropt met mensen en volgestouwd met kunst. In de eerste hingen afbeeldingen van Christus, in de tweede van Joodse kunstenaars, alsof hun afkomst alleen al hun kunst kwaadaardig maakte. De derde stond vol met beelden en surrealisme; het lichaam en het brein en dan vooral de Duitse vrouw afgebeeld als hoer of hysterica, althans zo beweerde de galerie.

Ze bewoog zich langzaam door de menigte, voelde zich kwetsbaar alsof de uitdrukking op haar gezicht zou kunnen verraden dat ze hier was uit liefde voor de kunst, niet uit afkeer. Zou iemand het verschil kunnen zien? Ze keek naar de gezichten om haar heen. Sommige, zoals het hare, leken neutraal en ondoorgrondelijk. Maar er waren veel meer mensen die openlijk lachten uit minachting.

Ze had gehoopt hier een uurtje te kunnen rondslenteren, maar ze wilde nu eigenlijk al vertrekken. Ze liep vluchtig langs werken die ze altijd al had willen zien. *Drei Klänge* van Kandinsky bijvoorbeeld, in echte en levendige kleuren, niet die korrelige afbeelding op de voorpagina van *Der Stürmer*. Ze wierp er een blik op terwijl ze erlangs liep, zonder even te stoppen. De grote mensenmassa veegde haar mee en spuugde haar uit, waardoor ze opgelucht maar bevend op straat terechtkwam. Ze richtte haar gezicht tot de hemel en voelde de kille novembermist. Ze liep verder, verdoofd en versuft. Ze dacht aan de steenhouwer Stendhal en zijn lijdensweg in Florence; dat hij daar duizeligheid had opgelopen door de overdadige schoonheid. Ze vertrok zonder dat het hemelse haar had geraakt. Ze voelde zich eerder bezeten, het spottende gebrabbel van de menigte resoneerde in haar oren.

Bettina liep verdwaasd verder totdat ze in de Prinzregentenstrasse werd overschaduwd door de enorme, bleke zuilen van het Haus der Deutschen Kunst. Ze besloot naar binnen te gaan en de regen te ontvluchten, onzeker over wat ze zou aantreffen. Dit was het officiële antwoord van het Derde Rijk op ontaarde kunst, maar het vooruitzicht van goedgekeurde nazikunst had voor haar niet echt dezelfde aantrekkingskracht. Er was slechts een handjevol mensen dat hier door de marmeren zalen toerde, zelfs met het sombere weer.

Bettina ging op de hoek van een bankje zitten, voor *Die Vier Elemente*, een drieluik van Ziegler. Een vleselijk kwartet van witte vrouwen, bleek afstekend tegen een blauwe achtergrond en een dambordvloer; vuur, water, aarde en lucht. Bettina vroeg zich af of Ziegler ooit maar één vrouw naakt had gezien.

Toen ze jong was probeerde ze schilderijen te decoderen en hun geheime betekenissen als een raadsel te ontcijferen. Nu deed ze dat onbewust, in een poging de bedoelingen van de kunstenaar te lezen. Wat wilde Ziegler zeggen? Dat alle vrouwen bleek en naakt moesten zijn? Nee. Sterker nog, ze moesten vreedzaam, passief en onderdanig zijn. Gereserveerd, hun vurigheid ingehouden en weggestopt. Vruchtbaar als de aarde, zuiver als water; een pastorale idylle.

Het was niet dat het slecht was, dacht ze, het was gewoon saai – technisch goed en toch volstrekt inspiratieloos. Het palet was zompig en zwak, zo fantasieloos dat lucht... letterlijk niets bevatte. Het was vlak en flauw, ongekruid. Er ontbrak iets in; niet dat het zo niet zou moeten, maar tegelijkertijd hóéfde het ook niet zo. Louter gelijkenis is geen waarheid, of ook maar de beste manier om die uit te drukken.

Na een tijdje stond ze op en liep terug zoals ze was gekomen, want ze had genoeg gezien. Het geluid van haar versnellende voetstappen weerkaatste tegen de marmeren muren. Ze besefte dat ze niet had gegeten en voelde een lege slapte vanbinnen. Ze stapte door de deuren naar buiten, naar de met regen bedekte zuilengalerij die zich in beide richtingen uitstrekte. Ze schuilde tussen twee grote witte monolieten en ademde de vochtige lucht in, terwijl ze omhoogkeek naar een mozaïek van hakenkruizen, die zich uitstrekten over het plafond en zich steeds maar herhaalden.

Ze wist al dat deze dag haar op een of andere manier onherstelbaar had veranderd; haar duidelijker had gemaakt wat hun te wachten stond. Deze mensen, die alles waarvan ze hield zo verachtten, die de grootste leraar die ze ooit had gekend verguisden en de liefdevolle, zachte Max als niets meer dan ongedierte beschouwden.

Ze kunnen niet tegen de wereld zoals hij werkelijk is, dacht ze. *Ze zijn er bang voor: de lelijke, naakte waarheid ervan. Ze doen zich liever tegoed aan zoete lekkernijen en schoppen en schreeuwen terwijl ze de wereld naar hun hand zetten. Het zijn nukkige kinderen – ik vind dat je zus en zo moet zijn, in plaats van wie je werkelijk bent.*

Ze zijn niet te verzadigen, besefte ze. De holte in het midden ervan, die openstaande, hongerige muil. Een angst voor de dood en kwetsbaarheid zo groot dat die ons allemaal zou kunnen opslokken.

Er gingen dagen voorbij voordat Bettina het veilig genoeg vond om Max weer te bezoeken. Ze had besloten vrijdag te gaan en gokte erop dat Albrecht die avond in de taverne zou doorbrengen met zijn ss-maten.

Ze kreeg gelijk. Hij was laat en beschonken teruggekomen, had moeite om zijn laarzen uit te trekken en overeind te blijven. Hij strompelde de trap op, beukte tegen de muren en kletterde door zijn kamer tot ze hem eindelijk op zijn matras hoorde vallen. Zodra het eentonige haveloze dronken gesnurk begon wist ze dat de kust veilig was.

De lucht was onbewolkt toen ze via de achterdeur naar buiten glipte, op haar tenen langs de oude honden, die inmiddels alleen nog in hun dromen alert waren. Ze bevestigde haar pakje met spulletjes aan het frame van haar fiets en duwde die vervolgens over het hobbelige, modderige pad, voor het geval het gerammel van de ketting hen zou attenderen op haar afwezigheid. De nacht was stroperig als een pot inkt, een korst van vorst kristalliseerde al op de grond. Ze stapte op en zag tijdens haar tocht geen sterveling, behalve een geelbruine haas die doodstil bleef staan, haar aanstaarde toen hij haar aan hoorde komen en vervolgens wegschoot toen ze hem passeerde, met ogen die terugdeinsden van schrik, zijn staart een bruingele bliksemschicht.

Ze kwam aan bij het huis in Allach, maakte haar lading los en beklom de stenen trap, met blozende wangen van de koude lucht en de fysieke inspanning. Ze gluurde door het raam en zag Max slapen in de stoel. Ze bestudeerde hem, wilde het moment vasthouden en raakte met haar vingertoppen het koude glas aan. Hoewel hij rechtop zat, leek zijn lichaam volkomen ontspannen; de mouwen van zijn ooit witte overhemd waren opgerold, zijn broek en laarzen waren bedekt met een fijn laagje grijze kleistof, zijn bretels hingen rond zijn middel. Hij had de laatste weken wat van zijn zachtheid verloren en er was een netwerk van ligamenten zichtbaar onder de huid. Zijn haar was ook gegroeid; het was warrig en hing gekruld, zacht en bruin over zijn ogen.

Ze twijfelde of ze hem wakker moest maken, maar omdat ze wist dat het moest, tikte ze zachtjes tegen het glas. Hij bewoog en verstijfde, keek angstig en alert en zag haar toen door het glas. Hij liep in drie lange passen naar de deur en pakte haar vast. Ze drukte haar koude gezicht tegen zijn borst, net zo stevig en hartelijk als ze deed als kind nadat ze terugkwam van de velden. Ze inhaleerde zijn warme, poederige geur van klei, brood en zout en as.

'Wat een heerlijke verrassing,' zei hij, terwijl hij de bovenkant van haar hoofd kuste, zijn stem gedempt door haar haar.

Ze werd verscheurd door de keuze binnen zijn omhelzing te blijven of hem los te laten en zijn gezicht te bekijken. Hij drukte haar stevig tegen zich aan, hield haar toen tegen om haar aan te kijken en alle veranderingen te onderzoeken. Grijnzend pakte ze zijn biceps vast.

'Kijk jou eens, mijn machtige Atlas!'

Hij liet zijn spierballen zien, als een krachtpatser. 'Niet slecht, toch?'

Ze lachte hardop. 'Ik vond je leuk zoals je was en nu nog steeds, het maakt mij niet uit. Zal ik de ketel opzetten?'

'Dat doe ik wel. Kom binnen, warm even op.'

'Rustig nou, ik heb cadeaus bij me. Wacht even...'

Ze rende terug naar buiten om het bruine papieren pakket te halen, dat ze triomfantelijk aan Max overhandigde.

'Schiet op nou, maak open.'

Hij haalde een mesje met benen handvat uit zijn zak en sneed het touwtje en het plakband van het pakket door. Ze stond naar hem te kijken bij het vuur en warmde haar ijskoude vingers op.

'Albrecht heeft me wat zakgeld gegeven, God zegene zijn kille, donkere, gore hart. Hij zou woest worden als hij wist dat ik het had uitgegeven aan mijn Joodse minnaar.'

In het pakket zaten de schetsboeken en kunstbenodigdheden, waar je zoveel mee kon. Max schreeuwde het uit en ging naast haar staan.

'Hoe gaat het met hem?'

Door haar grimas heen zei ze: 'Ik mag niet klagen, mijn liefste.'

'Nou, ik ga hem niet bedanken, maar jou wel.' Hij opende de kaft van het gloednieuwe schetsboek en ging met zijn vingers over de schone pagina's. 'Ik heb hier grootse plannen mee.'

'Ons droomhuis?' Ze glimlachte. Max was in zijn hoofd al jaren bezig met het project en ze vond het heerlijk zijn laatste verbeteringen aan te horen. 'Ik kan niet wachten ze te zien.'

'Het houdt me eerlijk gezegd op de been.'

Hij legde het schetsboek neer en vulde twee kopjes met sterke zwarte thee uit de pot. Ze gingen samen aan tafel zitten, hun vingers verstrengeld, alsof ze contact moesten houden zolang het kon, al was het maar een minuscule aanraking van huid op huid. Ze begonnen te praten, elkaar gedetailleerd in te lichten over de dagen die ze apart hadden doorgebracht; het eten dat ze hadden gegeten, de kleinste dingen die ze hadden gehoord of gelezen en die ze zo graag wilden delen. Bettina gaf Max vooral de ruimte om zijn zware werk van zich af te zetten.

'Het is niet dat het zwaar is, de eentonigheid nekt me gewoon. Als je verslapt kun je gewond raken, dus je moet je concentreren en daardoor kun je nooit even ontspannen. En ik vind het lastig om het toe te geven, maar ik ben slapper dan de anderen en ze zijn niet bepaald tolerant.'

Bettina streelde zijn arm.

'Ze zijn niet allemaal slecht, hoor,' stelde hij haar gerust. 'De artistiek directeur is aardig en fatsoenlijk. Een liefhebber van het

Bauhaus, al houdt hij dat meestal stil. Hij heeft beloofd naar mijn schetsen te kijken. Misschien is er werk voor me als tekenaar – het zou beter betalen dan tillen en ik zou me minder snel onherstelbaar verwonden.'

Hij pakte een houten kistje vanonder de tafel en opende het. 'Ik heb iets bewaard om je te laten zien...'

De doos was gevuld met willekeurige stukjes porselein, sommige gebroken, andere met kapotte gelaatstrekken of ontbrekende ledematen. Er was een mooi reekalfje, de lange poten vervormd en gesmolten in een glazig plasje eronder. Een herderin met de helft van haar gelaatstrekken zwartgeblakerd. Een arm van een cherubijn, het slachtoffer van een stoomexplosie, die eruitzag als een marmeren relikwie dat op een fluwelen kussen zou moeten liggen.

Bettina pakte een kleine windhond op, de onderkant verkleurd door gebarsten glazuur. 'Arme ziel.'

Max zette zijn trieste blik op, waardoor ze moest lachen.

'Mijn god, ze zijn zo kitscherig!'

'Echt, hè?' zei hij. 'Ze zijn zorgvuldig gemaakt, daar bestaat geen twijfel over, maar het resultaat is vaak zo steriel en smakeloos.'

'Zijn ze allemaal zo?'

'Eigenlijk wel. Een paar zijn beschilderd, maar de meeste zijn gewoon van wit porselein. Er zijn borden en bustes, allerlei soorten beeldjes. Het is puur vakmanschap, maar er is iets aan ze wat... ijskoud is. Zielloos, zelfs.'

Bettina knikte. 'Zoals alle kunst waar de fascisten van houden. Toen ik in München was ging ik naar de tentoonstelling van zogenaamde "Grote Duitse Kunst" en het was daar hetzelfde. Alles was zo overdreven.'

'Zo absurd dat het bijna surrealistisch wordt.'

Bettina grijnsde. 'Dat vond ik nou ook!'

Een spanning waar ze zich niet bewust van was begon te verdwijnen. Ze moest altijd weer even wennen, maar het lukte elke keer weer.

'Grappig dat je erover begint, maar ik heb de afgelopen dagen nagedacht over hoe ook ik geld voor ons kan verdienen, zodat we genoeg hebben om deze ellende te ontvluchten voordat jij eraan onderdoor gaat.'

Ze stopte, bang dat hij haar misschien dom vond.

'Ga door,' moedigde hij haar aan.

'Nou, niet lachen, maar wat zou je ervan zeggen als ik je vertelde dat ik wil proberen een Grote Duitse Kunstenaar te worden!'

Hij keek verbaasd en dus begon ze het snel uit te leggen.

'Gekkenwerk op het eerste gezicht, dat weet ik, maar ik heb er een methode voor. Wassily prees me steeds om mijn figuratieve werk. Hij zei altijd dat je een solide basis nodig hebt voordat je abstractie echt kunt omarmen. Het was zo vaak het beginpunt voor mij, maar stel dat het een eindpunt werd?'

'Ga verder,' zei Max. Hij leunde achterover in zijn stoel en luisterde aandachtig.

Ze vervolgde: 'We hebben vastgesteld dat dit regime klassiek mooie en volkomen banale kunst wil. Dat kan ik. Ik weet zelfs dat ik nog meer kan. Ik ben zeker beter dan de helft van de charlatans die de muren van het Haus der Deutschen Kunst vullen met hun kinderachtige onzin. Ik kan hun mooie puppy's en monumentale helden schilderen; landschappen, zeegezichten, noem maar op. Ik zou het allemaal slapend kunnen doen, en zoveel beter!'

'Een stroper die jachtopziener is geworden, bedoel je?'

'Precies dat! Of misschien een expressionistische wolf in figuratieve schaapskleren.'

'Maar met welk doel?

'Om te verkopen, natuurlijk. Ik kan mijn recente werk aan de straatstenen niet kwijt, maar ik weet zeker dat er een behoorlijke markt is voor romantisch realisme. Ik ken nog mensen in de kunstwereld van München; mijn oude leermeesters zouden kunnen helpen. Misschien kan ik mezelf opnieuw uitvinden.' Haar ogen straalden. 'Ik voelde me zo vreselijk machteloos toen ik je jezelf zag opofferen, maar als ik ook wat werk zou kunnen verkopen, hoeveel maanden eerder zouden we dan wel niet weg kunnen? Als we geluk hebben en een visum krijgen, kunnen we onze overzeese reis ermee betalen en ontsnappen naar een plek waar we welkom zijn.'

'En hoe zit het met je familie?'

'Wat mij betreft zoeken ze het maar uit. Ik ben niet van plan het hun te vertellen. En de jouwe dan?'

'Ik hoorde vorige week van mijn moeder. Ze probeert vader wanhopig over te halen de boel te verkopen en Wenen te verlaten, maar dat is geen gemakkelijke opgave. Hij is bang alles te verliezen en opnieuw te moeten beginnen. Hij wil zijn levenswerk niet opgeven en ik begrijp hem eerlijk gezegd wel, maar ik vrees het ergste, Bet. Echt waar.'

'Stel dat wij weggaan, dan willen ze misschien wel bij ons komen wonen. Ik ga dag en nacht schilderen om zoveel mogelijk in zo kort mogelijke tijd te maken. Nou, wat denk je, Max? Of is het totale onzin?'

Hij pakte haar hand vast.

'Ik vind het briljant – subversief zelfs.'

'Ja, toch? Ik denk dat Wassily me zou steunen.'

'Maar kun je het aan?'

'Natuurlijk! Ik voel me zoveel beter als ik ook maar iets kan bijdragen.' Ze pakte zijn hand, haar grijze ogen glinsterden in het zachte licht. 'Dus, wat zeg je ervan, Max Ehrlich… wil je nog één keer mijn muze zijn?'

'Altijd. Met veel plezier.'

Hij lachte en zag toen de verwachting in haar gezicht. 'Wat… nu?'

'Waarom niet?'

Ze sprong op, bruisend van energie terwijl ze een doek uit het pakket haalde. Ze zette hem voor zich neer en kleedde hem uit tot aan zijn middel, verschoof zijn ledematen een beetje en positioneerde zijn hoofd.

'Je bent een mythologische held, starend naar de zee, op het punt een zware storm te trotseren!'

Ze begon meteen te schetsen, zo'n intensiteit had ze in geen maanden gevoeld. Hij was altijd haar favoriete onderwerp, zijn lange, losse ledematen en de scherpe lijnen van zijn gezicht. Terwijl ze tekende, kwamen de slogans die op de muren van de galerie waren gekrabbeld onwillekeurig in haar op. Hier was hij, de 'openbaring van de Joodse rassenziel', minder dan niets voor hen en meer dan alles voor haar.

Ze werkte snel en besefte dat ze haar aard niet helemaal kon verloochenen. Ze voelde zich gedwongen expressionistisch te zijn, zijn essentie en zijn zwakheden vast te leggen, de onvolkomenheden die hem voor haar nog mooier maakten. Ze besloot zich dit toe te staan, een laatste keer. Het schilderij zou het omgekeerde zijn van haar gebruikelijke aanpak, eerst expressionistisch, dan figuratief. Eerst de man, dan de mythe.

Ze werkte uren aan een stuk door. Uiteindelijk deed ze een stap terug en ze zag voor zich de man van wie ze hield; gebrekkig en volmaakt onvolmaakt, zowel echt als ingebeeld. En daar, naast zijn hiel, schetste ze zichzelf in konijnenvorm met acht snelle streken. Ze hurkte naast hem, ze trotseerden samen de naderende storm.

Hij verkeerde nog steeds in een meditatieve toestand toen hij naar haar toe kwam en zijn arm losjes over haar schouders legde. Ze nestelde zich tegen hem aan en ging met haar vingers langs zijn ruggengraat, als houtskool over het doek, om haar bedoeling duidelijk te maken. Haar duim volgde een ongewone spierbundel en ze rilden simultaan, als een elektrische lading. Ze waren nu weer klaarwakker, hun bloed levendig en zoemend in hun aderen. Woordeloos liepen ze naar de trap en strompelden naar het bed, waar ze haastig op elkaar vielen, half aangekleed. Hun monden ontmoetten elkaar en versmolten in een warmte waardoor ze eigenlijk volledig hadden moeten verbranden. Hun huid werd glazig, hun vingers versmolten.

Daarna lagen ze op de lakens, die hun huid verkoelden. Bettina's schouders deden pijn en ze wilde graag slapen, maar ze wist dat ze moest opstaan. Ze moest terug zijn op de boerderij lang voordat de zon opkwam en haar moeder en een wispelturige Albrecht opstonden, laatstgenoemde ongetwijfeld met een flinke kater. Ze dacht aan het doek dat beneden lag te drogen en vond het vooruitzicht eroverheen te schilderen onverdraaglijk. Maar hoe moeilijk ook, ze wist dat ze het toch zou doen. Ze zou alles voor hem opofferen.

Hoofdstuk negen

Londen
Oktober 1993

De herfst rukte snel op in Londen. De Heath zou spoedig zijn bedekt met een leerachtig tapijt van gevallen kaneelkleurige en roodbruine bladeren. De hele stad trilde na van de bommen aan beide kanten van de Ierse Zee en Clara bleef zoveel mogelijk doorwandelen, zodat ze niet in drukke, openbare ruimtes werd binnengedreven.

Terwijl haar dochter zich in haar universiteitsbibliotheek verdiepte in kunstgeschiedenisboeken, liep Clara de antiquariaten op Charing Cross Road in en uit. In de British Library bekeek ze microfiches, zocht naar artikelen over militaire antiquiteiten en kunst in nazi-Duitsland en probeerde iets te vinden over Porzellanmanufaktur Allach in Dachau, hoewel ze telkens met lege handen stond.

Op een regenachtige middag onderzochten ze alles wat Bettina had nagelaten: de grotere, ingelijste schilderijen, een paar aquarellen, vier kleine olieverfschilderijen op hardboard en een vijftal schetsboeken. Verder was er weinig overgebleven uit haar Duitse tijd: wat rafelige en versnipperde bouwkundige ontwerpen en een paar oude romans, vol met aantekeningen in de marges.

Lotte koos voor het werk in de zitkamer: *Mulde Flood, 1931*. Ze ontdekte dat Bettina het had geschilderd in Dessau, de tweede van de Bauhaus-academies waar ze had gestudeerd. Ze was toen vijfentwintig. Beide vrouwen werkten samen aan een tijdlijn van Bettina's leven tot dan toe: geboren in Allach in Duitsland op 23 januari 1906, als jongste kind van Marielein en Kurt Vogel. Bettina ging op zeventienjarige leeftijd naar de kunstacademie in München en vervolgens naar het Bauhaus, eerst in Weimar, daarna in Dessau en ten slotte in Berlijn. Lotte bracht uren door in de universiteitsbibliotheek en vond zelfs een paar korte voetnoten over haar oma in een lijvige publicatie over het leven en werk van Wassily Kandinsky.

Terwijl Lotte zich op de kunst richtte, besloot Clara zich te concentreren op de herkomst van zowel het porselein als de foto. Op een eenmalig uitstapje naar het Imperial War Museum las ze urenlang schrijnende getuigenissen van gevangenen uit het concentratiekamp Dachau. Ze raakte zo overweldigd dat ze de stilte van de damestoiletten opzocht om haar neus te snuiten en zich te herpakken. Daar raakte ze aan de praat met een vrouw die haar verdriet opmerkte, waarna Clara het hele verhaal vertelde. De vrouw luisterde meelevend en gaf haar een pakje zakdoekjes. Ze stelde zich voor als Catherine, een bibliothecaresse van het museum. Ze zei dat ze dat gevoel van machteloze wanhoop heel goed kende.

'Ik zou me eerder zorgen maken over iedereen die het niet overweldigend vindt.'

Catherine vroeg of ze ooit de Wiener Holocaust Library in het centrum van Londen had bezocht – een vriend van haar werkte daar als archivaris. Jacob Cohen spitte daar al meer dan een halve eeuw dossiers door over de Holocaust.

'Als iemand een spoor kan vinden van de mannen op jouw foto, of van deze porseleinfabriek, dan is het Jacob wel.'

Clara legde uit dat ze niemand tot last wilde zijn. Ze had zo weinig aanknopingspunten en geen idee hoe alles met elkaar in verband stond, maar Catherine stond erop dat ze haar nummer gaf plus alle informatie die ze tot nu toe had.

'We moeten het gewoon proberen. Als er iets te vinden is, dan is hij de man om het op te sporen.'

Twee weken later fietste Clara door de straten van Marylebone, waar ze haar fiets vastketende aan een reling voor de Wiener Holocaust Library. Jacob Cohen had de dag ervoor gebeld en gevraagd of ze hem daar om vier uur kon ontmoeten. Het was een heldere middag, dus besloot ze te fietsen, langs hoge edwardiaanse huizen, door lange schaduwen en over gevallen bladeren. Ze voelde opwinding en een beetje onrust; hij moest toch iets gevonden hebben, anders zou hij niet vragen haar te ontmoeten?

Ze was eindelijk gearriveerd bij het onopvallende gebouw in een gewone straat, ergens waar ze al tientallen keren langs was gekomen maar waarvan ze nooit had geweten wat er zat. Ze liep de trap op en drukte op de bel van de intercom. De receptioniste zei dat ze naar de eerste verdieping moest komen en liet haar binnen.

De hal zag er afgeleefd uit, met versleten linoleum onder de voeten en een muur vol houten kasten, volgestouwd met knipselmappen. Het getik van een eenzame staande klok vulde de stille ruimte. Het was kwart voor vier toen Clara in de ouderwetse lift stapte en de deur sloot. Ze trok het metalen rooster dicht en bleef rustig staan terwijl ze naar boven werd gebracht.

De leeszaal was drukker dan ze zich had voorgesteld. Ze had een kalme statigheid verwacht, maar het was er merkwaardig levendig. Bij de informatiebalie stond een jonge vrouw te bellen terwijl ze tegelijkertijd een stapel pamfletten aan een student overhandigde. De muren van de zaal stonden van de vloer tot het gestucte plafond vol met duizenden boeken. Elke ruimte was benut; in de open haard zat zelfs een kaartcatalogus. Een paar mensen die aan twee tafels zaten namen met hun Duits-Engelse woordenboeken bij de hand papieren door en maakten aantekeningen. Een bibliothecaris stiefelde uiterst vastberaden een ladder op.

Clara voelde een hand op haar arm en keek om naar een pezige man met kort zilverkleurig haar en een dossiermap stevig tegen zijn borst geklemd. Er was even een ongemakkelijk moment en toen begonnen ze allebei tegelijk te praten.

Jacob zei aarzelend: 'Nee, ga alsjeblieft je gang.' Zijn Engels was foutloos, maar met een licht Duits accent.

'Ik wilde je graag bedanken voor je aanbod om te helpen.'

'Het is een kleine moeite.'

Hij leidde haar naar het einde van de zaal, waar ze rustig en ongestoord konden praten. Clara keek de zaal rond, verbijsterd over het enorme gewicht van het papier daarbinnen.

'We kampen met een chronisch ruimtegebrek,' legde Jacob uit. 'Misschien niet zo verwonderlijk, aangezien we bijna een miljoen stukken bezitten die betrekking hebben op de Shoah en de oorlog.'

Hij ving haar vragende blik op.

'Engelstalige landen gebruiken meestal het woord Holocaust, uit het Grieks, voor vuuroffer, maar Shoah is de Hebreeuwse term. Het betekent letterlijk "catastrofe".'

'Ik moet toegeven, ik had geen idee dat deze bibliotheek bestond.'

'We vieren dit jaar ons zestigjarig bestaan, al is het een jaarlijks terugkerend wonder dat we de rekeningen kunnen betalen.' Hij grijnsde even. 'En dan nu jouw vraag. Heb je de foto meegebracht?'

Ze pakte hem uit haar handtas.

'Catherine heeft hem gefaxt, maar ik kon hem niet goed bekijken.'

Hij draaide de foto om en las de inscriptie.

'Porzellanmanufaktur Allach, Dachau, 1941...'

Clara wees naar Bettina in het midden van de foto. 'Dat is mijn moeder. Ze groeide op net buiten de stad Allach.'

'Nou, er was inderdaad een porseleinfabriek in Allach, gebouwd in 1935, maar ik denk niet dat deze foto daar is genomen.'

Jacob opende de dunne dossiermap.

'De Allach-fabriek werd opgericht door drie kunstenaars, allen lid van de ss. Hun doel was het vervaardigen van porselein, "ter glorie van de partij", dat kon wedijveren met Meissen. Geen wonder dus dat de ss zich er al vroeg mee bemoeide en uiteindelijk het hele bedrijf overnam.'

Hij haalde een tweede foto tevoorschijn waarop Adolf Hitler te zien was met een verrukt gezicht, gebogen over een verzameling barokke beeldjes. Vlakbij stond een man met een bril, wijkende haargrens en een slappe kin.

'Misschien herken je deze man niet, maar dit is Heinrich Himmler, leider van de ss en een vroege investeerder in Allach-porselein,' legde Jacob uit. 'Hij begreep de culturele impact die artefacten konden hebben en wilde kunst gebruiken om een mythe te creëren over de Duitse nationale identiteit. Daarvoor kon hij de porseleinfabriek gebruiken. Sommige voorwerpen konden nieuwe tradities inluiden, zoals porseleinen lantaarns voor de *Wintersonnenwende* – de winterzonnewende – terwijl andere de uitbreiding van het Reich verbeeldden. Na de Anschluss met Oostenrijk, bijvoorbeeld, zwoer Himmler dat Allach "een miljoen porseleinen soldaten op de been zou brengen" en ze in elk huis te vinden zouden zijn.'

'En gebeurde dat?' vroeg Clara.

'Gezien Hitlers persoonlijke goedkeuring? Zeker weten. Allach-porselein als geschenk werd al snel de hoogste eer voor de partijaanhangers. Duitse burgers kochten ze ook; het was een manier om loyaliteit te tonen, vooral toen de oorlog eenmaal bezig was. Het merk was zo succesvol dat ze besloten hun activiteiten uit te breiden en een tweede, grotere fabriek te bouwen op het terrein van het ss-trainingskamp in Dachau. Maar de oorlog begon een probleem te worden: veel geschoolde arbeiders werden naar het front gestuurd. Ze moesten een nieuwe bron van arbeidskrachten vinden.'

Nog een foto, eentje die ze herkende van haar uitstapjes naar het Imperial War Museum. Het was een luchtfoto in zwart-wit, genomen vanuit een militair vliegtuig. Daaronder stonden tientallen gebouwen in keurige rijen, als van een fabrieksboerderij.

'Het *Konzentrationslager*, of KZ, in Dachau was Duitslands eerste concentratiekamp, gebouwd in 1933. Het was een soort proeftuin. Himmler testte hier veel onmenselijke behandelingsvormen, zoals het gebruik van gevangenen als dwangarbeiders. In de loop van de oorlog werden meer dan veertien miljoen mensen tewerkgesteld in de *Arbeitslager* – de werkkampen.'

Clara twijfelde of ze hem moest onderbreken, maar ze wilde het zo graag weten. 'Dus jij denkt dat deze foto van mijn moeder is genomen in het concentratiekamp Dachau?'

'Concentratiekamp Dachau kreeg bijna honderd nevenkampen, waarvan vele Arbeitslager. Ze waren gespecialiseerd in bewapening, motoren en andere zware fabricage.' Hij tikte op de foto. 'Ik weet zeker dat dit er een van is. Porzellanmanufaktur Allach werd in Dachau gebouwd op het oefenterrein van de ss, dichtbij genoeg om gevangenen vanuit het hoofdkamp binnen te brengen. Na verloop van tijd werd het terrein uitgebreid en bouwde men ter plekke huisvesting voor de slavenarbeiders, waarbij vervuilde stalgebouwen werden omgebouwd tot barakken.'

Clara fronste haar wenkbrauwen. 'Ik wist dat BMW sommige gevangenen gebruikte om hun motoren te bouwen, maar ik had geen idee van de omvang ervan.'

'Je bent niet de enige. Zelf denk ik dat de werkkampen het hele proces voor het publiek hebben gelegitimeerd. Ze deden alsof het voorbeschikt was, waardoor men het makkelijker kon negeren. Als je een deel van de samenleving de schuld geeft van alle kwalen en die individuen vervolgens tot slaaf maakt, creëer je een gedoogstructuur voor het hele proces. Hun volgende stap was om te proberen deze mensen, die ze inferieur hadden verklaard – *der Untermensch* – allemaal uit te roeien.'

Binnen de warmte en veiligheid van een Londense bibliotheek voelde Clara zich ver verwijderd van zo'n ijzingwekkende werkelijkheid en toch begreep ze dat ze erdoor omringd waren. Op elke plank en in elke nis, in de saaie, gortdroge details, in woorden op papier, in zwart en wit. Deze muren bevatten het leven en de dood van miljoenen mensen, misschien zelfs van haar eigen vader. Clara voelde een rilling door haar heen gaan. *Wat deed mijn moeder daar?* dacht ze. Ze wist dat Jacob deze vraag niet kon beantwoorden.

'Heb je iets kunnen vinden over Ezra Adler en de andere mannen op de foto, Max en Holger?'

'Ik denk dat de lange figuur in het maatpak Holger Ostendorf is, een van Allachs artistiek leiders. Waardoor deze man hier, helemaal links, Ezra Adler moet zijn, althans volgens het opschrift...'

Ze bekeek de twee mannen die aan weerszijden van Bettina stonden iets beter. Ezra Adler had zware wenkbrauwen en was gedrongen. De man naast hem, die door een proces van eliminatie Max moest zijn, was breedgeschouderd en atletisch. Beiden hadden geschoren hoofden en kleistof op hun handen. Ze droegen witte jassen: beeldhouwersschorten met potloden in de zakken, maar daaronder nog duidelijk zichtbaar het gestreepte uniform van het concentratiekamp Dachau.

Jacob haalde een vel glad faxpapier tevoorschijn, bedrukt met een andere korrelige afbeelding. De centrale figuur op de foto was duidelijk Ezra Adler, in jongere, gelukkiger dagen.

'Het lijkt erop dat Herr Adler een zeer geslaagd man was. Hij was hoogleraar kunstgeschiedenis in Krakau, een van de meer dan honderdtachtig academici uit heel Polen die in 1939 naar Duitsland werden gedeporteerd. Ik heb met een contactpersoon van de Jagiellonische Universiteit gesproken en ze waren zo vriendelijk deze kopie van zijn faculteitsportret uit 1935 op te sturen.'

Er was iets formeels aan de houding van de man: hij zag eruit als een intellectueel.

'Na de invasie wilden de Duitse bezetters coûte que coûte elk gevoel van Poolse nationale identiteit vernietigen. Culturele dissidenten, zoals Herr Professor, werden linea recta naar de kampen gestuurd. Hij werd verbannen, samen met zijn vrouw, Zofia, en hun dochters...' Hij keek naar zijn aantekeningen. '...de twee jaar oude Amelie en Hanna, van drie maanden.'

Clara bestudeerde het portret van professor Adler op zoek naar aanwijzingen over de man. Hij leek een zekere jovialiteit te bezitten: sterke lachrimpels rond de ogen. Ze herinnerde zich de andere foto aan de muur in zijn appartement. Hij had een popachtig kind op zijn knie wippen. Zou dat Amelie of Hanna geweest kunnen zijn? Het leek heel goed mogelijk. Ze stelde zich het gezin voor dat als geesten om hem heen stond. Als Ezra Adler haar vader was, konden Hanna en Amelie wel haar zussen zijn. Ze was zo gefixeerd op haar vaders afkomst dat het nooit bij haar was opgekomen dat ze misschien ergens in de wereld nog meer familie had.

'Weet je wat er met hen is gebeurd?'

'Alleen dat het hele gezin naar het kamp in Sachsenhausen werd gestuurd, net buiten Berlijn. Ze kwamen daar samen aan in 1940.'

'En daarna?' vroeg Clara.

'Er bestaan verschillende documenten over de overplaatsing van professor Adler, minder dan een jaar later. De autoriteiten van de Porzellanmanufaktur Allach deden een oproep aan de andere kampen, op zoek naar gevangenen die de vereiste vaardigheden hadden waar de fabriek om vroeg. Hij zou geen keuze hebben gehad en werd gedwongen Zofia, Amelie en Hanna achter te laten. Ik ben bang dat er daarna geen gegevens meer zijn over de drie.'

Clara probeerde zich Lotte voor te stellen op tweejarige leeftijd; plakkerige wangetjes en gedrongen beentjes, nogal onhandig en struikelend, alles napratend wat ze zag en hoorde. Wat zou er van haar geworden zijn als ze uit huis was gehaald en in de hel was beland?

'Ezra Adler werd in 1945 bevrijd uit Dachau, op dezelfde dag dat Hitler zichzelf van het leven beroofde in een bunker in Berlijn. Herr Professor emigreerde niet lang daarna naar Amerika, maar dat deel van het verhaal ken je al.' Hij keek op zijn horloge. 'De bibliotheek sluit over een kwartier, maar ik kan je wel wat meer vertellen over deze nevenkampen, als je tijd hebt?'

'Graag, dat zou ik fijn vinden.' Ze hoorde zichzelf een beetje lachen, hoewel ze het niet grappig vond. 'Sorry, het woord "graag" is nauwelijks van toepassing.'

'Ik ben me nooit bewuster van de tekortkomingen van taal dan bij de behandeling van dit onderwerp,' zei Jacob geruststellend. 'Ik moet vooropstellen dat ik, zelfs met al deze middelen bij de hand, absoluut geen specialist ben, maar ik kan je een algemeen beeld geven.'

Clara knikte.

'Dus, hoewel de nevenkampen oorspronkelijk waren gebouwd voor ongeveer zesduizend gevangenen, huisvestten ze er op verschillende momenten meer dan tweeëntwintigduizend: Joodse gevangenen, homoseksuelen, dissidenten. Er waren drieëntwintig verschillende nationaliteiten vertegenwoordigd, waaronder Roma, Sinti en later ook veel Russische soldaten.'

Hij overhandigde haar een lange lijst met cijfers over de verschillende categorieën en nationaliteiten van gevangenen. Clara staarde er niet-begrijpend naar: onvoorstelbaar leed omgezet in de taal van het grootboek.

'Dit was een werkkamp, maar zoals je je kunt voorstellen werden zelfs hoogopgeleide arbeiders nog steeds gezien als volledig vervangbaar. Volgens het Internationaal Dachau Comité waren er twee galgen: een vaste en een mobiele. Zo bekeken was het doel van Porzellanmanufaktur Allach nooit alleen het produceren van porselein – het bestond om de massa's te indoctrineren en maakte deel uit van een gezamenlijke inspanning om de bewoners te mishandelen.'

Hij legde de vellen terug in de map. Clara wreef over haar slapen om de hoofdpijn die ze voelde opkomen te verdrijven.

'Misschien moeten we het daar voorlopig bij laten. Ik heb je veel te verwerken gegeven.'

Clara slaakte een diepe zucht.

'Ik vraag me af wat ik nu moet doen, wat mijn rol is in dit alles en of er wel een rol is. Welk recht heb ik om te denken dat ik antwoorden verdien?' zei ze.

'Na afloop van de Shoah wilden veel overlevenden de rest van het leven dat ze hadden gewoon leven en vergeten. Wie kan het hun kwalijk nemen? Maar het betekent dat wij, hun kinderen en kleinkinderen, het moeilijke werk moeten doen om hun geschiedenis te achterhalen en levend te houden. Dat is essentieel, lijkt me. Als we deze kennis niet begrijpen en delen, veroordelen we toekomstige generaties tot het maken van dezelfde fouten.'

'Daarom ben ik hier ook waarschijnlijk. Zowel voor mijn dochter, als voor mezelf.'

Ze schudde zijn hand.

'Dank je, Jacob. Ik weet zeker dat ik hier alleen niet uit was gekomen. Mijn Duits is veel te gebrekkig.'

'Ik ben blij dat ik kon helpen.' Hij zweeg even. 'Mijn grootvader van moederskant stierf in Mauthausen en ik heb mijn moeder beloofd dat ik mijn best zou doen zijn herinnering levend te houden. Dit is meer dan een baan voor mij. Ik beschouw het als mijn plicht, mijn *achrayut*.'

De koude lucht buiten had nu een diepe helderblauwe kleur.

'Wat ga je nu doen?' vroeg Jacob.

Clara lachte een beetje trillerig. 'Ik heb me hetzelfde afgevraagd. Ik denk dat ik er zelf misschien heen moet gaan.'

Jacob knikte.

'Ik begrijp die impuls. Het hoofdkamp in Dachau is open voor bezoekers en de archivarissen daar kunnen je misschien verder helpen met je zoektocht, maar ik ben bang dat Porzellanmanufaktur Allach niet meer bestaat. Die is in alle opzichten van de aardbodem verdwenen.'

Hoofdstuk tien

Allach
Winter 1937

De sneeuw verspreidde zich al een week lang gestaag over de stad Allach. Een kraakhelder wit pak herdefinieerde het landschap, verzachtte de randen en dempte de geluiden. Deze verstikte wereld leek de zintuigen te verruimen: de zachtgrijze lucht was te helder en het gekraak van voetstappen op de sneeuwkorst onevenredig luid.

De fabriek had er een paar uur uitgezien als het porselein zelf – een keramische lantaarn met een puntgevel en warm licht dat uit de ramen sijpelde – maar toen ze de ovens hadden aangestoken brandde de smurrie van de vierkante schoorsteen door de sneeuw heen, waardoor deze korrelig, zwartachtig grijs werd. Dunne regen maakte de lucht nevelig en in een paar uur tijd was het witte dons van het dak gebarsten en gesmolten. De modder kolkte omhoog en de wegen en trottoirs werden al snel overspoeld met een vettige laag die je tot op het bot doorweekte en je vervolgens vanbinnen verkilde.

Max moest elke ochtend helpen met het opruimen van het hoofdterrein, samen met drie lokale lieden die een week eerder waren begonnen. Het was echte sisyfusarbeid, want ze hadden een torenhoge gevel van zwartgeblakerde sneeuw tegen de omheining gebouwd die dreigde terug te glijden en hen te verslinden als een zompige lawine.

In het begin had Max moeite om de jonge mannen bij te houden, maar zijn lichaam paste zich aan en hij vond een kracht in zichzelf waar hij het bestaan niet van kende. De kou was het ergste; ze zweetten door de fysieke inspanning van het graven, maar ze zouden snel alle gevoel in hun voeten en vingers verliezen als ze stopten. De andere mannen deden hun handen onder hun oksels en in hun broek om ze warm te houden. Tijdens de pauzes rookten ze en maakten samen lol, maar bij Max hielden ze afstand; door zijn zachte stem en Weense accent was hij een buitenstaander.

Max was Holger dan ook dankbaar toen hij hem vroeg te helpen bij het laden van de volgende zending. Een enorme bestelling gedenkborden moest met stro in vaten worden verpakt. De mogelijkheid om binnen te werken was fijn, hoewel de jonge mannen het nieuws met slecht verhulde walging begroetten. De jongste, een varkensachtige, boze jongen genaamd Uwe, klaagde bij de voorman dat de *Österreicher* Friedrich Marchen dit nog lang niet had verdiend. Het interesseerde de voorman niet. Hij haalde zijn schouders op en blafte de jongen toe dat hij weer aan de slag moest gaan – als Herr Direktor het zo wilde, dan was dat maar zo.

In de prettig droge verpakkingsruimte legde Bruno, de oude man die daar werkte, uit dat Ostendorf hem had verteld dat hij als architect was opgeleid en dus goed moest zijn in het maximaliseren van de ruimte. Max merkte dat hij genoot van de nieuwe uitdaging, plus de warmte. Op de derde dag kwam Herr Direktor zelf langs.

'Hoe bevalt het?' vroeg hij.

'Prima, dank u wel.'

De elegante man leunde tegen de deurpost en poetste zijn bril.

'Nou, wen er maar niet te veel aan. Ik geloof dat we je technische tekenvaardigheden toch nodig hebben. We komen iemand tekort op die afdeling. Denk je dat je dat aankunt?'

Max straalde van genot.

'Jazeker. Dank u wel, Herr Direktor.'

'Alsjeblieft, noem me toch Holger.'

En zo kwam Max terecht aan de tekentafel, waar hij de fijne details en precieze afmetingen van het beeldhouwwerk opmat en op papier zette. Holger kwam regelmatig langs in de kamer en hield toezicht op elke fase van het ontwerpproces. Hij stopte vaak bij Max' tekentafel en maakte dan een praatje met hem en vroeg hem naar het leven in Wenen of zijn ervaringen aan het Bauhaus. Holger leek gefascineerd door het feit dat studenten in zoveel verschillende disciplines waren opgeleid.

'Ik hou van het idee dat creativiteit vrij spel krijgt. Muziek, beeldhouwen, architectuur: het zijn in wezen allemaal spelvormen. Je krijgt de beste resultaten als je ze benadert met een kinderlijk gevoel van mogelijkheden.'

Hoewel hij zijn leven had gewijd aan porselein was Holgers grootste liefde de opera, die hij graag uitvoerig bezong. Hij leek blij in Max een mede-estheet te hebben gevonden.

'Kom straks maar even naar mijn kantoor. Ik heb een prachtige opname van Toscanini tijdens het Salzburg Festival.'

Toen het werk gedaan was had Max voorzichtig op de deur van het kantoor geklopt en werd hij hartelijk binnengelaten. Een uur lang luisterden ze naar Mozart terwijl het licht buiten dimde, Holgers vingers in v-vorm tegen zijn kin gedrukt, zijn ogen stralend. Max dacht eindelijk een vriend en een toevluchtsoord te hebben gevonden.

'Ik krijg heimwee van Mozart,' gaf hij toe aan Holger. 'Om redenen die nu overbodig lijken had ik in mijn jeugd een wanhopige behoefte om te ontsnappen. Weimar bood zoveel mogelijkheden.

Nu mis ik Wenen zo vreselijk, thuis, mijn ouders die er nog zijn. Ik hoop dat ik op een dag terug kan.'

'Ik herken het gevoel. Het is een reis die we allemaal maken. Binnen een paar decennia ziet elke plek er anders uit.'

Max ontdekte dat Holger achter zijn façade van waardige respectabiliteit enorm graag plezier maakte, maar weinig vrienden had in deze kleine stad. Hij maakte zich persoonlijk druk over de veranderingen die om hem heen plaatsvonden en had een vurige bewondering voor expressionisme en experiment. 'Ik begrijp deze verheerlijking van het klassieke niet, de Grieken deden hun stinkende best om de hele wereld vooruit te helpen. Als je een rijk wilt opbouwen, waarom zou je er dan een evenbeeld van een vroeger rijk van maken? Omarm vernieuwing, probeer die niet te vertrappen.'

De weken erna maakten ze er een gewoonte van vroeg in de avond te gaan zitten praten of schaken terwijl de duisternis de buitenwereld opslokte. Ze zaten bij elkaar, Holger rookte en draaide opera op de grammofoon, terwijl Max luisterde en een hete, zoete kruidenthee dronk. Daarna liep hij stijf en uitgeput van de dag terug naar zijn huurhuis, met alleen de sterren als lichtbron.

Bettina kwam langs zo vaak ze maar kon, om bij hem te zitten en de knopen uit zijn rug te masseren nadat hij urenlang over een tekentafel gebogen had gezeten. Samen telden ze de steeds grotere inhoud van hun spaarpot en probeerden hun vertrek te plannen, waar dan ook heen. Ze vertelde Max opgewonden dat ze hoopte snel iets wezenlijks te kunnen bijdragen.

'Ik ben bijna klaar met *De Viking* en ik moet zeggen, hij ziet er woest aantrekkelijk uit. Ik ben begonnen aan wat kleinere doeken – schetsen van het boerenleven. De ganzen op het erf, de wintervelden, dat soort dingen. Perfect saai en aangenaam allemaal. Over een paar weken kan ik een behoorlijke portfolio gereed hebben, dus heb ik een oude leermeester geschreven om te vragen of hij me kan introduceren in München. Moeder en Albrecht lijken blij met mijn nieuwe plan. Albrecht is bijna complimenteus, ik heb hem nog nooit zo aardig meegemaakt. Misschien denkt hij dat het hem voordeel oplevert en zijn positie verbetert.'

'En als hij wist dat je van plan was om genoeg geld bij elkaar te krijgen en er met je minnaar vandoor te gaan?' vroeg Max plagend.

Bettina bloosde.

'Geen grapjes graag. Hij is een puur wraakzuchtig wezen, Max. Altijd al geweest. Als hij erachter komt...' Ze huiverde en zweeg.

Als ze allebei waren uitgepraat, zakten ze een paar uur weg in een onrustige slaap, samen in het smalle bed, de kou trotserend. Uiteindelijk, in de wetenschap dat ze betrapt zouden kunnen worden, stond Bettina op en kuste hem voordat ze naar buiten glipte, het duistere ochtendgloren in.

Eind februari waren de laatste sneeuwflarden de goot in gesmolten. Bettina had het gevoel dat ze nog steeds vastzaten in de lange winter, maar de kortste, donkerste dagen lagen achter hen en, nog beter, hun pot met geld bleef maar groeien. Ze stopte elke mark die Albrecht haar gaf weg en werkte van zonsopgang tot zonsondergang, terwijl ze haar voltooide doeken tegen de muur opstapelde.

Ze was dit nieuwe leven gaan zien als een conditietest. Albrecht zoop elke avond en schepte op over het optreden van de ss. Hij sprak over de kaarten die ze maakten en de administratie die ze bijhielden, waarin stond waar alle Joden en bolsjewieken woonden, de homoseksuelen, de dissidenten, hoe ze degenen controleerden die ze moreel dubieus of geestelijk gestoord vonden. Alle terloopse wreedheden die hij in zijn jeugd tegen zijn zus had begaan werden doorgetrokken naar de bredere bevolking. De wrok die hij lang had gekoesterd kwam hem nu goed van pas.

Marielein droeg haar zoon op handen. Ze was elke dag uren bezig met zijn uniform. Er was altijd wel iets te perfectioneren: petten om te borstelen, laarzen om te poetsen en messing om te laten glimmen. Er waren enorme zijden vlaggen op zware stokken die in een precieze hoek moesten worden gehouden tijdens het paraderen in formatie. Er waren eindeloze presentaties en toespraken, allemaal doorspekt met scheldwoorden om hen op te stoken en de stad in te sturen, beschonken en vol van onvoorwaardelijke, onuitblusbare woede.

Albrecht en zijn vrienden zwierven 's nachts vaak door de straten op zoek naar een excuus om iemand in elkaar te slaan of een andere reden voor blinde vernieling. Hij kwam vaak thuis walmend van bier en zwavel, nog steeds gevechtsklaar, waardoor Bettina in zijn vuurlinie kwam te liggen. Ze probeerde hem zoveel mogelijk te ontlopen en bracht haar avonden door op haar zolderkamer.

Ze stortte zich daarom vol overgave op deze nieuwe realistische, romantische stijl, totdat ze eindelijk vond dat ze genoeg goed werk had om mee te nemen naar München. Haar vroegere leermeester schreef dat hij een kleine galerie op de Lenbachplatz zover had gekregen zes van haar schilderijen te exposeren om de belangstelling van hun clientèle te peilen. De eigenaar, een lange man met waterige ogen en grote handen met levervlekken erop, klonk voorzichtig optimistisch.

'We hebben een thematentoonstelling over de nieuwe Duitse pastorale kunst. Deze zouden het goed kunnen doen. We kunnen het allicht proberen.'

Na hun ontmoeting was ze meteen terug naar Allach en Max gesneld, met een nieuwe, lichtere pas.

'Het voelt alsof er verandering in de lucht hangt, vind je niet? Het gaat allemaal beter worden.'

'Jij, slimmerik. Je hebt gelijk. Ik voel het ook.'

Onder Holgers vleugels verbreedde Max zijn eigen horizon aanzienlijk. De oudere man stimuleerde hem aan zijn eigen ontwerpen te werken en al snel had hij schetsen van ideeën voor ruim tien kleine beeldjes en kommen. Holger gaf hem groen licht om er een paar van klei te fabriceren en voelde zich meer dan gerechtvaardigd door het resultaat. Hij was van nature bedreven in zowel de eenvoudige, tijdloze basisvormen als de ingewikkeldere, sculpturale vormen – een zeldzame gave, zo verzekerde Holger hem. Max genoot enorm van zijn creatieve bevrijding en het hogere loon dat hij mee naar huis nam.

Op een avond in het vroege voorjaar werd hij naar het kantoor van Holger geroepen. Hij schonk Max een groot glas whisky in, uit een speciale voorraad in de onderste lade van zijn bureau, die daar werd bewaard voor de zeldzame bezoeken van Heinrich Himmler.

'Het is een uitstekende fles, zoals je je kunt voorstellen. Himmler haat zuiplappen, maar zelf drinkt hij graag een glas, vooral als hij opgewonden is, zoals vandaag...'

De Reichsführer-ss was een vroege investeerder in de fabriek en hij kreeg er steeds meer belangstelling voor. Hij had een grootse nieuwe visie voor ogen: de Duitse kunstsmaak naar een hoger niveau tillen.

Holger hief een glas, zijn ogen fonkelden van nauwelijks onderdrukte verrukking.

'Ik geloof dat we moeten toosten op Himmler. Hij wil dat we beginnen aan een nieuwe serie porselein: marcherende soldaten. Ik weet zeker dat we dit kunnen waarmaken, maar het betekent wel dat we een nieuwe beeldhouwer in het atelier nodig hebben voor het sloofwerk. Iets voor jou, Friedrich?'

Max huiverde bij de gedachte aan zijn noodzakelijke misleiding, maar hij greep zijn hand en schudde hem vastberaden.

'Dank je, Holger... Ik hoop alleen dat het geen scheve ogen geeft.

Ik zou niet willen dat mensen het gevoel hebben dat ik mijn geluk niet verdiend heb.'

Zijn snelle opmars in de Allach-gelederen was niet onopgemerkt gebleven, vooral niet bij degenen die hij had achtergelaten.

'Onzin! Je hebt duidelijk een talent dat we niet mogen negeren. We kunnen het niet verloren laten gaan omdat het zogenaamd niet eerlijk is. Je bent hiervoor geboren, Friedrich. Ik vraag me alleen af waarom je dat niet eerder hebt ingezien.'

Hoewel hij wist dat zijn dagen bij Allach waren geteld, begon Max te genieten van zijn vak als beeldhouwer en werd hij echt trots op dit nieuwe tijdverdrijf. Zijn toekomst lag bij Bettina, met wie hij zo ver mogelijk wilde weglopen, maar tot die tijd wijdde hij zich graag aan dit werk.

Op een ochtend in het vroege voorjaar stak hij de binnenplaats over toen hij de drie jonge mannen met wie hij ooit was begonnen in het oog kreeg. Ze zaten nog steeds op hun gebruikelijke plek, achter een stapel rondbuikige vaten, zodat ze konden roken en aan de aandacht van de voorman konden ontsnappen.

Max wist dat zijn verschillende promoties afgunst hadden opgeroepen. Hij had ze betrapt op staren en opmerkingen in het voorbijgaan. Uwe, met zijn ronde roze gezicht en strak geknipt witblond haar, leek de aanstichter te zijn. Axel en Dieter waren broers en ouder dan Uwe, maar ze leken niettemin door hem geïntimideerd. Het was Uwe die naar hem riep toen hij de binnenplaats overstak.

'Hé, Österreich!'

Max stak een hand op ter begroeting en ging wat sneller lopen, zijn ogen afgewend.

De jongen schreeuwde nogmaals, erop gebrand zijn aandacht te trekken. Hij grijnsde naar Max met zijn kleine scherpe en gele tanden.

'Goed nieuws, hè?'

Uwe schuurde met zijn bruine leren laarzen over de grond. Max keek hem verbaasd aan.

'Heb je het niet gehoord?' riep Uwe. 'Je bent nu een van ons.'

'Waar heb je het over?'

De jongen met de stompe neus stootte zijn landgenoten aan en samen slenterden ze naar hem toe.

'Jouw regering heeft zich overgegeven.'

Max staarde naar hen, nog steeds vol onbegrip. Uwe sprak langzaam en weloverwogen.

'Oostenrijk maakt nu deel uit van het Reich. Wel bijblijven!'

Max proefde de metaalachtige smaak van angst.

'Onzin. Je weet niet waar je het over hebt.'

Hij draaide zich om en begon weer weg te lopen. De drie jongens probeerden hem hollend in te halen.

'We moesten jullie komen redden van de communisten. Je zou ons moeten bedanken,' zei Axel.

Max bleef lopen en mompelde onverstaanbaar: 'Stelletje onuitstaanbare... *Ungustl.*'

Een vlezige roze hand klemde zich hard om zijn schouder. Het was Uwe.

'Wat zei je? Spreek fatsoenlijk Duits, Österreicher, je bent nu een van ons.'

Max probeerde hem van zich af te schudden, maar Uwe begroef zijn stompe vingers in zijn huid.

'Axel heeft gelijk, je zou ons moeten bedanken. Jouw land moest worden ontsmet – het zit vol met Joden.'

Max liep op de jongen af, zijn handen inmiddels tot vuisten gebald, zijn knokkels wit. Plotseling klonk Holgers stem als een zweepslag over de binnenplaats.

'Friedrich! Wil je meteen naar mijn kantoor komen?'

Het duurde even voordat Max de naam registreerde. Holger stond voor het raam, zijn gezicht bleek van woede.

'En jullie, jongens, aan het werk en wel nu. Jullie kunnen je identiteitskaarten ophalen en vertrekken als ik jullie weer zie lanterfanten.'

Uwe staarde naar Max en deinsde achteruit, zijn nek en gezicht waren roze gevlekt. Max liep naar binnen, direct naar Holgers kantoor en klopte aan.

'Kom binnen.'

Holger stond bij het raam en keek nog steeds aandachtig toe hoe de voorman bevelen gaf aan Uwe en de broers. Hij wendde zich tot Max en gebaarde hem te gaan zitten.

'Ik heb niet alles gehoord, maar ik heb de essentie opgevangen. Ben je in orde?'

Max voelde zijn eigen woede verdwijnen, opgelucht dat Holger niet boos op hem was zoals hij had gevreesd. Hij plofte neer en Holger klopte hem voorzichtig op zijn schouder.

'Ik neem aan dat je het nieuws nog niet had gehoord?'

Max schudde zijn hoofd.

'De Führer heeft de troepen bevolen de grens met Oostenrijk over te steken. Ze marcheren vandaag naar Linz.'

'Mijn ouders...' murmelde Max.

Holger keek verschrikt.

'Natuurlijk, dat had ik moeten weten! Het spijt me, Friedrich. Zijn ze nog steeds in Wenen?'

Hij knikte.

'Nou, ik denk niet dat je je al te veel zorgen hoeft te maken. Het lijkt erop dat er weinig tegenstand is, dus ik denk dat het allemaal wel losloopt. Ik hoorde op de radio dat je landgenoten de soldaten aan de grens met bloemen begroeten.'

Max voelde zijn gezicht verschrompelen bij de schijnbaar bloedeloze uitspraak. Holger hurkte bezorgd neer naast zijn stoel.

'Lieve jongen, wat is er gebeurd?'

Max slikte, hij durfde nog niet te spreken. Holger fronste.

'Heb je reden voor bezorgdheid?'

Hij knikte opnieuw en vond eindelijk zijn stem.

'Ze proberen de boel al maanden te verkopen en Wenen te verlaten, maar mijn vader heeft alle biedingen geweigerd. Mensen hebben... geprobeerd te profiteren. Ik zei dat ze alles moesten accepteren en niet moesten wachten, maar het lijkt erop dat het nu te laat is...'

Max twijfelde of hij door zou praten. Tot zijn verbazing merkte hij dat hij geen angst meer voelde.

'We zijn Joods, Holger.'

Na maanden van geheimhouding vond hij dat de woorden er verontrustend makkelijk uit kwamen. Hij wachtte op verwijten, maar die kwamen niet.

'Ik begrijp het. Je papieren?' zei Holger rustig.

'Een valse identiteit.' Hij kon hem niet aankijken. 'Mijn echte naam is Max Ehrlich. Het spijt me enorm.'

Holger haalde diep adem en liep terug naar zijn bureau. Hij opende de onderste lade, haalde Himmlers scotch eruit en schonk hun beiden een dubbele maat in.

'Je hoeft je niet te verontschuldigen. Ik begrijp de noodzaak van je bedrog, misschien meer dan je denkt.'

Holger dronk zijn glas leeg en schonk meteen weer bij.

'Ik ben... hoe formuleer ik dat netjes? Laten we zeggen dat ik een verstokte vrijgezel ben.'

Het idee dat Holger zelf ook geheimen had was zeker bij Max opgekomen, maar hij wist nauwelijks hoe hij moest reageren. Hij zweeg even en gaf toen een verlegen knikje ter bevestiging.

Holger antwoordde sardonisch. 'Nou ja, ik was er redelijk zeker van dat je zo je vermoedens had.'

'Maar loop je niet het risico betrapt te worden?'

'Ik laat niet veel mensen zo dichtbij komen. Ik woon alleen, ik laat duidelijk zien dat ik getrouwd ben met mijn werk. En ik ben zeer oplettend. Het volstaat te zeggen dat je je om mij geen zorgen hoeft te maken.'

'En jij niet om mij.'

Max schudde langzaam zijn hoofd, nog steeds perplex.

'Hoe is het ooit zover gekomen?'

Holger keek hem ernstig aan.

'Geleidelijk, beste jongen. Tot het te laat was. Ik vrees dat er voor ons allemaal allang geen weg terug meer is.'

Max moest nog een week wachten voordat er eindelijk een brief van zijn ouders kwam, geadresseerd aan Friedrich Marchen. Hij scheurde de brief direct open, als een uitgehongerde man die zich op een brood stort. Toen hij de eerste bladzijde doornam was hij snel gerustgesteld: niemand was gestorven of gewond – iedereen was er nog. Hij voelde de spanning wegzakken en begon opnieuw aan de brief, vanaf het begin.

Zijn moeder had op 11 mei in de ochtend de gordijnen van hun woonkamer geopend en gezien dat de buurjongens tegen het raam spuugden. Max' ouders hadden er hun hele getrouwde leven gewoond, maar als ze nu de straat in keken zagen ze aan elke lantaarnpaal hakenkruizen hangen.

Na maanden twijfelen besloot Max' vader uiteindelijk dat hij niet langer wilde wachten. Hij belde zijn secretaresse en een paar uur later stond hij voor de deur om de sleutels van het huis en de zaak te overhandigen. Zijn ouders reden vervolgens weg met niets meer dan ze konden meenemen, met achterlating van hun meubels, de meeste van hun kleren en alle grotere schilderijen die ze bezaten. Ze lieten zelfs een door Gustav Klimt geschilderd portret van zijn moeder achter, dat meer dan twintig jaar boven de schoorsteenmantel had gehangen. Ze sneden de kleinere schilderijen uit hun lijsten, rolden ze op en stopten ze in koffers, samen met wat kleren en foto's en hun menora, gewikkeld in zijn moeders favoriete bontjas.

Samen met talloze anderen waren ze rechtstreeks naar het station gerend, hadden hun auto op straat achtergelaten en namen zoveel mogelijk mee naar het perron. Daar wachtten ze uren, terwijl ze verschillende treinen voorbij moesten laten gaan voordat ze zichzelf met hun bagage aan boord konden worstelen, totdat de overvolle trein eindelijk wegreed.

Bij de Zwitserse grens klom een patrouille Duitse soldaten aan boord om de papieren te controleren. Zijn ouders waren bang dat ze hen zouden terugsturen, maar de soldaten hadden hen alleen gedwongen de koffers te openen en namen alles van waarde mee. Uiteindelijk passeerden ze de grens met tien rijksmark op zak.

De daaropvolgende dagen las en herlas Max de brief obsessief. Hij werd 's nachts wakker en bestudeerde de bladzijden keer op keer. Ze roken nog steeds naar zijn moeders geur, eau de lavande, die hem terugvoerde naar zijn jeugd, toen hij boven op de kast met haar gezichtspoeder speelde en op zijn kop kreeg vanwege de verspilling. Haar angst klonk door in elke regel. Haar gedachten maakten wilde sprongen van paragraaf naar paragraaf, nauwelijks lang genoeg om één samenhangend verhaal te vormen.

Toch lukte het Max een beeld te krijgen van hun laatste weken in Wenen en het vreselijke besef dat hen overviel. Heel wat vrienden en collega's waren naar het huis gekomen om hun 'hulp' aan te bieden: ze hadden gehoord dat ze van plan waren te vertrekken en boden aan kunst of bepaalde meubels te kopen om hen op weg te helpen. Maar hoewel ze de werkelijke waarde ervan kenden hadden ze allemaal geprobeerd af te dingen tot bijna niets. Zijn vader was er niet op ingegaan en had het allemaal afgedaan als absurd, terwijl zijn moeder had tegengeworpen dat iets beter was dan niets en ze zichzelf 's nachts in slaap huilde. Ze was verbijsterd dat, ondanks tientallen jaren van vriendschap, zovelen er kennelijk geen moeite mee hadden hen gewoon kaal te plukken.

Zelfs nu, veilig gevestigd in Zwitserland, dankzij de liefdadigheid van een oude schoolvriend, weigerde zijn vader te accepteren dat de wereld was veranderd. Hij hoopte nog steeds dat ze konden terugkeren als alles weer rustig was, zodat ze de verkoop van het huis en de zaak konden afronden, waar ze zo dichtbij leken.

Terwijl in Allach het koude ochtendlicht over de vensterbank kroop en de dichtbeschreven bladzijden verlichtte, zag Max in dat dit ijdele hoop was. Hij schreef een brief terug aan zijn ouders. *Wacht niet*, zei hij, *blijf doorgaan. Ga ver weg en we zullen ons bij jullie voegen wanneer we kunnen. We vinden vast wel een land dat ons wil opnemen – er moet er toch ergens een zijn.*

Bettina kwam naar hem toe zodra ze kon, op haar fiets door de koude, kristalheldere nacht. Ze stonden samen in de donkere keuken, slechts verlicht door het schijnsel van het fornuis, en ze hield hem heel lang vast, zonder te weten welke woorden troost zouden kunnen bieden.

'Het spijt me, mijn liefste, het spijt me zo verschrikkelijk.'

Ze stapte naar achteren om zijn gezicht te peilen. De angst had nog steeds vat op hem en liet donkerblauwe kringen achter onder zijn ogen. Hij bedaarde een beetje bij het zien van haar bezorgdheid en wilde haar gezicht strelen. Zij sloeg haar armen weer om hem heen.

Ze bleven daar even staan, gewoon om elkaar vast te houden, waarna Bettina zich voorzichtig van hem losmaakte.

'Ik zal theezetten.'

'Ik weet in ieder geval dat ze veilig zijn. Voorlopig.'

Ze goot de dampende inhoud uit de ketel in een klein bruin geglazuurd potje en leunde toen tegen het fornuis, terwijl ze haar handen aan het kopje warmde.

'De foto's in de krant van Wenen zijn gewoon hartverscheurend. Hakenkruizen en adelaars die uit het niets verschijnen.' Ze schudde haar hoofd. 'Godzijdank zijn ze op tijd weggekomen.'

'Ik zou willen dat ze het niet zo lang hadden uitgesteld. We hadden het moeten zien aankomen. Ik wist natuurlijk dat het mogelijk was, ik had alleen niet gedacht dat het zo snel zou gebeuren of dat ze zo weinig tegenstand zouden krijgen.'

'Er zijn vast veel mensen die zich niet durven uit te spreken.'

'De wreedheid is vooral zo schokkend. Daardoor komen ze ermee weg.'

Bettina's gezicht betrok.

'Albrecht houdt er maar niet over op, zoals je je kunt voorstellen. Ik had bijna die zelfgenoegzame grijns van zijn gezicht geslagen. In plaats daarvan zei ik dat hij zijn kop moest houden,' zei ze.

Max fronste. 'En hoe reageerde hij daarop?'

'Ongeveer zo goed als je zou verwachten.'

Max keek haar doordringend aan. Ze keerde zich stoïcijns van hem af.

'Mijn vader zei altijd dat ik de schuld bij mezelf moest zoeken.'

Met een geforceerd goed humeur informeerde ze naar zijn werk.

'Hoe gaat je opleiding? Laten ze je al iets doen of mag je alleen maar kijken en leren?'

'Heb ik geen tijd voor. Ik ben al vanaf dag één bezig, maar ik ben er verdomd dankbaar voor. Daardoor kreeg ik tijd om na te denken. Over wat er nu gaat komen.'

'En?'

'En... ik denk niet dat we het ons kunnen veroorloven nog langer te wachten, wat denk jij? Dit heeft aangetoond dat het elk moment mis kan gaan.'

Ze had er zowel voor gevreesd als op gehoopt, hoewel het vooruitzicht om het door te zetten haar volkomen onwerkelijk leek.

'Daar ben ik het helemaal mee eens, maar we hebben geen visa en kunnen nergens heen. We zouden vluchtelingen zijn met nul bezittingen. Wat moeten we nou als elk land ons de rug toekeert in onze tijd van nood?'

'We hebben de laatste maanden een behoorlijk bedrag opzij kunnen zetten. Ik denk dat we zo snel en zo ver mogelijk weg moeten gaan, tot het geld op is.'

'Ik had nog geen kans om het je te vertellen... Ik kreeg bericht van de galerie. Ze hebben wat van mijn werk verkocht. Geen idee hoeveel ik krijg, maar het is beter dan niets.'

Max fronste.

'We praten erover alsof het allemaal al vaststaat, maar dat is niet zo. Misschien is het voor jou veiliger om hier te wachten, op een visum...'

Ze schudde hevig haar hoofd.

'Geen sprake van, Max, hou erover op. We hebben geprobeerd de dingen volgens het boekje te doen en wat heeft ons dat opgeleverd? Er is geen oplossing voor mensen zoals wij, we moeten het allemaal zelf regelen. Ik laat me niet scheiden van jou. Het is nu een kwestie van wanneer en hoe.'

Max plofte op de keukenstoel en begroef zijn handen in zijn haar.

'Wat betreft het hoe stel ik voor dat we het gewoon doen. We gaan naar de grens en gaan te voet naar Zwitserland. Als we niet worden tegengehouden gaan we naar Zürich en proberen mijn ouders te vinden. Ik wil geen arrestatie riskeren, maar beter daar dan hier, toch?'

Bettina zat een ogenblik in stilte. In de duisternis van de keuken vond Max het moeilijk haar uitdrukking te lezen. Toen ze eindelijk sprak, klonk haar stem vast.

'Ik zeg tegen mama en Albrecht dat ik naar München ga om de galerie te bezoeken, wat tot op zekere hoogte waar is. Jij haalt je loon op en gaat dan naar het station. We gaan zo dicht mogelijk naar de grens. Albrecht gaat vrijdagavond stappen met zijn maten en dus gaat moeder vroeg naar bed. Met een beetje geluk merken ze pas de volgende dag dat ik weg ben.'

'Weet je het heel zeker?'

Ze stak haar kin uit. 'Je kunt niet blijven dus moeten we gaan. Ik lig liever dood in een greppel naast jou dan dat ik alleen in gevangenschap leef.'

De lente ontvouwde zich met een frisse schoonheid die botste met alle angst die ze nu voelde. Hoewel ze de dagen aftelde tot ze konden vertrekken werd Bettina onverwacht ook wat melancholisch bij het vooruitzicht. De gedachte dat ze haar thuis nooit meer zou zien deed haar meer dan ze zich had kunnen voorstellen. Het was een klein en armoedig huis, koud zelfs op de warmste dagen. Haar moeder en Albrecht waren hetzelfde; hard en vaak onvriendelijk, zelfs als je hoopte op wat tederheid. Maar ja, dacht Bettina, haar vader had hen allemaal geterroriseerd en geprobeerd hen op hem te laten lijken.

Ze greep elke gelegenheid aan om over de velden te lopen, met de warmte van de zon op haar gezicht, de veldleeuweriken die over haar heen vlogen. De rammeltijd van de hazen was voorbij, maar ze bleef toch naar ze zoeken. Toen ze op een late middag thuiskwam zag ze een moederhaas en haar pulstering hurken onder de beschutting van een heg, vol met bloeiende schermbloemen. Ze bleef een ogenblik kijken hoe de moeder voorzichtig naar buiten kroop, de kleine aarzelde voordat ze veilig tegen haar aan kroop. Ze knabbelden samen aan verse groene scheuten tot een geluid hen verstoorde en ze samen op hun hoge achterpoten over het veld sprongen.

Bettina bleef daar, tot lang nadat ze verdwenen waren. Ze verwonderde zich over de moeder-kindband en hoe die zo aandoenlijk kon zijn. Toen ze naar huis liep dacht ze aan het kind dat ze hadden verloren toen ze in Berlijn woonden. Ze had op een of andere manier geleerd om met de gebeurtenis te leven, hoewel het verdriet nooit was verdwenen.

Ze kwam erachter dat ze al een hele tijd niet de bekende menstruatiepijn had gevoeld die het einde van haar cyclus aankondigde. Een maand? Misschien wel meer. De weken waren ongemerkt voorbijgegaan en elk wakker moment werd in beslag genomen door gedachten aan hun ontsnapping. Ze drukte haar handpalmen tegen haar borsten; voelden ze pijnlijk aan of was dat slechts verbeelding?

Het was al gaan schemeren toen ze eenmaal de keuken binnenkwam. Haar wangen waren rood en ze voelde zich licht in haar hoofd, haar hersenen gingen tekeer bij het idee. Ze schrok op van een plotselinge stem uit de duisternis.

'Wat heb jij gedaan?'

Haar broer zat bij de haard, rokend in het donker.

'Ik zou jou hetzelfde kunnen vragen,' antwoordde ze.

Ze knielde om de kolen op te stoken en draaide toen de lamp aan op de geschrobde grenen tafel. Die verlichtte zijn stoppelige, norse en uitgeputte gezicht.

'Jij weet donders goed dat ik al sinds zonsopgang aan het werk ben. Dan kom ik eindelijk thuis en wat zie ik? Alles is stil en er staat niets op tafel.'

Ze pakte een schort en bond het losjes om haar middel. Ze bruiste inwendig van opwinding en glimlachte naar Albrecht, ze voelde zich ineens wat toegeeflijker.

'Ik zet wat aardappelen en kool op en verwarm de restjes *Schweinshaxe* wel even.'

Ze pakte het gerecht dat haar moeder de vorige avond had klaargemaakt. Albrecht antwoordde grommend, veel dankbaarder werd hij niet.

Ze legde een felgroene krop kool op het met een slagersmes bewerkte hakblok. Hij keek haar aan, de rook kringelde uit zijn mond.

'Wat doe je al die tijd daarbuiten?' vroeg hij.

'De dagen worden langer, dat moet je gemerkt hebben. Het inspireert me in mijn werk.'

Hij brieste spottend. 'Hoor je jezelf wel?'

Ze negeerde hem en ging door met hakken, maar een kleine kwaadaardige vlam was aangewakkerd.

'Je klinkt altijd zo verdomd pretentieus. Vertel me eens, *meine liebe Schwester*, wat voor inspiratie heb je nagejaagd als je bij zonsopgang thuiskomt?'

Het kwam aan als een mokerslag. Ze hield haar stem vlak en antwoordde koeltjes. 'Waar heb je het over?'

'Denk je dat ik jou niet hoor, steeds als je weggaat en binnenkomt?' Hij lachte. 'Maak je geen zorgen. Je geheim is veilig bij mij.'

'Er is geen geheim, Albrecht. Ik ben een kunstenaar. Het is geen pretentie, het is gewoon wat ik doe. Het observeerwerk – en het is werk – kan niet alleen worden gedaan bij heldere hemel. Ik moet de wereld zien op verschillende tijdstippen en in alle weersomstandigheden.'

Ze voelde zich plotseling gesterkt.

'Wacht, dacht jij dat je me ergens op had betrapt?'

Grote, hete vlekken kleurden haar wangen.

'Misschien heb ik ergens wel een geheime minnaar – is dat het?'

Hij negeerde haar en trok zijn laarzen uit, leunde achterover in zijn stoel en trok zwaar aan zijn sigaret. Hij leek in gedachten verzonken, maar zij wist wel beter. Ze hield haar ogen bewust afgewend terwijl ze de rest van de groenten hakte. Ze veegde alles in een pan en gooide de restjes in de emmer voor de varkens. Pas toen durfde ze een blik op hem te werpen. Hij keek nog steeds. Ze vervloekte zichzelf omdat ze was betrapt.

'Raad eens wie ik laatst zag?'

Zijn toon was spottend.

'Ik heb geen idee, Albrecht. Waarom vertel je me het niet?'

Ze keek de keuken rond of ze nog iets anders kon doen. Ze zag een mand met schone was en bukte zich om een laken op te pakken. Ze schudde het uit en begon het op te vouwen.

Albrecht grijnsde onbewogen.

'Het was Peter Amsel. Weet je nog, je was bevriend met zijn broer Richard. Jullie hadden het ooit heel gezellig.'

Ze negeerde de provocatie.

'Ik dacht dat je die hele groep nooit meer zag, maar Peter zei dat ik je gedag moest zeggen. Dus vertel eens, waarom zou hij dat doen?'

Hij kantelde zijn stoel en schommelde achterover op twee benen terwijl hij haar aanstaarde en sluw haar uitdrukking peilde. Ze trok de besteklade open en legde de inhoud op tafel, terwijl ze probeerde haar handen stil te houden.

'Ik stelde je een vraag, lieve Schwester.'

Hij had haar klem en dat wisten ze allebei. Gefrustreerd en stotterend begon ze naar een antwoord te zoeken, toen buiten plotseling een geblaf klonk. De twee oude honden hadden hun nachtelijke zwerftochten gestaakt en waren teruggelokt door de geur van koken. Ze haastte zich naar de deur en smeet hem open.

'Stil! Jullie maken de doden zo nog wakker, Bärchen.'

Ze haalde diep adem in de koele nachtlucht en besloot dat ze zich vandaag niet zou laten provoceren. Ze draaide zich om naar Albrecht.

'De Amsel-jongens waren altijd zo beleefd. Zij wel.'

Ze tilde de mand met gevouwen wasgoed op.

'Over vijf minuten zou het klaar moeten zijn. Geniet ervan.'

Ze liep vlak achter haar broer langs en tikte met haar heup de rugleuning aan van zijn stoel. Ze hoorde de twee voorste poten weer hard neerkomen op de stenen vloer en verliet de kamer zonder zich één keer om te draaien.

De rest van de week ging langzaam voorbij, met een opvallende kilte tussen Bettina en haar broer, die haar alleen maar sterkte in haar plan van aanpak.

Ze had besloten licht te reizen en niets mee te nemen wat haar plan zou kunnen verraden. Ze had gezworen niet sentimenteel te worden – alles wat ze echt waardeerde had ze aan haar zijde – en toch viel het haar zwaar afscheid te nemen van de kleine aandenkens aan haar leven. Ze stond zichzelf toe een paar foto's en dierbare brieven mee te nemen, die ze wegstopte onder in de grootste handtas die ze kon dragen. Ze pakte een boek in en de hoognodige toiletartikelen, samen met wat extra dunne kleren, opgelucht dat de dagen langer en de nachten eindelijk warmer waren geworden. Toen de tas gepakt was voelde ze de eerste vonken van vrijheid. Uiteindelijk deden aandenkens er weinig toe en werkte het bevrijdend om ze achter te laten.

De vrijdagochtend was zonnig en helder. Ze sloop naar beneden en ging even rustig bij de twee oude, uitgebluste honden zitten, terwijl ze over hun ruwe vachten krabde en over hun oren wreef tot ze met hun achterpoten begonnen te schoppen. Toen de rest wakker begon te worden trok ze zich terug in haar kamer en kleedde zich aan om te vertrekken, met zoveel lagen als maar kon. Tijdens het ontbijt bleef ze bij het fornuis staan, smeerde en verslond ze snee na snee vers brood, wat Marielein allesbehalve beviel.

'Ben je nog steeds van plan om in de stad te gaan rondhangen? Ik kan je hulp hier goed gebruiken.'

Bettina reageerde nonchalant. 'Het is geen dagtripje. Herr Leopold van de galerie schreef dat ze mijn werk hebben verkocht. Je wilt toch dat ik mezelf kan onderhouden?'

Zonder op te kijken van zijn krant sprak Albrecht haar onaardig toe. 'Dat zou een primeur zijn. Ik hoop dat je niet verwacht dat ik je ophaal van het station. We hebben nieuwe rekruten die vanavond hun trouw zweren, dus je zult met de fiets moeten.'

Marielein leek vastbesloten Bettina bezig te houden, puur uit wrok. Na het ontbijt liet ze haar nog meer was doen en moest ze alles ophangen in de wuivende lentebries. Daarna vroeg ze haar te helpen met varkens voeren, eieren rapen en houtblokken van de houtstapel halen. Het waren allemaal onbelangrijke klusjes. Bettina wist instinctief dat ze waren bedoeld om haar op te houden.

Terwijl de zon steeds hoger aan de hemel stond, bleef Bettina op de klok kijken en ze betreurde stilletjes hoeveel tijd er voorbijging. Halverwege de middag werd ze plotseling door angst overvallen dat ze misschien te laat was om haar geld te innen en besloot ze gewoon weg te glippen. Ze zou dat sowieso hebben gedaan, dacht ze, ook als ze van plan was geweest terug te keren.

Ze liep naar haar kamer en pakte haar tas, zonder zelfs maar te kijken of ze iets vergat. Ze wilde naar buiten, weg van dit alles en heel ergens anders heen.

Ze zette haar fiets achter de schuur en bevestigde haar spullen erop, waarna ze over het laantje reed en even bleef staan bij het hek, vanwaar ze een uitzicht had over de wijde velden die ze haar hele leven al kende. Ze vroeg zich af hoelang het zou duren voor ze terug zou komen, als ze dat al zou doen. Pas later besefte ze dat afscheid nemen van het landschap veel moeilijker was geweest dan van haar familie.

Ze reed naar het station, aangevuurd door oplaaiende opwinding. De kleuren van het platteland leken feller en scherper toen de weg naar de stad afboog.

Toen ze bij het station aankwam vroeg ze zich af wat ze met de fiets moest doen. Ze besloot hem gewoon tegen de muur te laten staan. Ze was nu bijna onbelemmerd en wachtte zenuwachtig op het perron. Toen de trein aankwam plofte ze opgelucht in haar stoel: hun ontsnapping was eindelijk begonnen.

De schaduwen werden langer nadat ze eenmaal in de stad was aangekomen. Ze rende bijna het station uit, bang om te laat bij de galerie op de Lenbachplatz te arriveren.

Bij haar aankomst zag ze tot haar verbazing dat het schilderij in de etalage van haarzelf was. *De Viking* stond in het volle zicht. Het voltooide werk was zo anders dan haar eerste expressionistische schets dat het haar nog steeds verbaasde. Ze had het geheel in de nieuwe romantische stijl gemaakt, Max' donkere gelaat veranderd in een Teutoons ideaalbeeld: blauwe ogen, blond haar, overdreven heroïsch. Himmler hield van neopaganistische symboliek die zijn droom van een zuivere Europese bloedlijn moest accentueren. Ze genoot van het idee dat een geharde nazi het werk zou kopen, niet wetende dat het een portret was van haar knappe Joodse minnaar. Ze glimlachte bij de gedachte hoe ze zich naast hem had verstopt, getekend als een konijn, het stel samen eeuwig vastgelegd, nu alleen nog verborgen door een likje verf.

Ze duwde de deur open en verontschuldigde zich buiten adem.

'Herr Leopold, het spijt me dat ik te laat ben!'

De pafferige reus dook meteen op haar.

'Geen probleem, geen probleem!'

Hij greep haar handen en plette ze tussen zijn twee grote klauwen.

'Het is een absoluut genoegen u weer te zien, Fräulein Vogel. Hebt u *De Viking* al gezien? Hij trekt best veel publiek!'

'Maar nog geen biedingen? Ik had eigenlijk gehoopt van wel.'

'Zeker wel, ik vond alleen dat we deze kerel nog niet moesten laten gaan. Verschillende prominente curatoren hebben ernaar geïnformeerd. Sommigen toonden interesse in de herkomst...'

Bettina fronste haar wenkbrauwen. 'Bestond er ooit enige twijfel?'

'Alleen de aangeboren nieuwsgierigheid die wordt gewekt door zo'n boeiend werk van een nog onbekend iemand.' Hij ging verder op fluisterende, samenzweerderige toon. 'En ik vond dat de waarde van het schilderij zou kunnen worden verhoogd door iets meer zichtbaarheid.'

Onder normale omstandigheden zou dit opwindend nieuws zijn geweest, maar ze had iets tastbaarders nodig.

'Hebt u überhaupt iets kunnen verkopen?'

'Wees gerust, beste dame, de andere doeken heb ik snel en goed verkocht. Ik vond gewoon dat *De Viking* meer waard was. De werkelijke waarde moet nog worden vastgesteld en ik wil graag het onderste uit de kan halen.' Hij moest haar aangeslagen gezicht hebben gezien, want hij stelde haar snel gerust. 'Als u geld nodig hebt wil ik het graag voorschieten.'

Toen ze zo'n twintig minuten later de galerie verliet was dat met opgeheven hoofd en een goedgevulde portemonnee. De vijf doeken hadden haar in één dag meer opgeleverd dan ze in de afgelopen twee jaar had verdiend. Het was een beetje wrang dat het een schilderstijl betrof waar ze zo weinig affiniteit mee had, maar ze was dankbaar dat ze nu haar eigen financiële rol kon spelen in hun ontsnapping. Ze hield haar tas tegen zich aan, doodsbang dat iemand zou proberen haar van alles te beroven.

In een soort roes begon ze weer te lopen, langs de Grote Synagoge en de zuilen van het Haus der Deutschen Kunst: hoog en verblindend wit. Ze dacht aan Herr Leopolds laatste woorden.

'Ik raad u sterk aan *De Viking* in te sturen voor de volgende grote Duitse kunsttentoonstelling, Fräulein Vogel. Het is er meer dan geschikt voor en als het wordt gekozen zou het uw status als opkomend kunstenaar van het Reich versterken. Bovendien zou het de waarde van dit schilderij in het bijzonder verhogen.'

Ze bedankte hem voor zijn vriendelijkheid en zei dat ze zijn voorstel in overweging zou nemen, waarna ze wegliep in de wetenschap dat ze hem of het schilderij waarschijnlijk nooit meer zou terugzien. *De Viking* was een deel van haar, net als Albrecht en Marielein dat waren, en de boerderij en de velden, maar ze kon dat alles zonder problemen achter zich laten. Het was slechts haar verleden; haar toekomst zou op haar wachten in de trein naar Zürich.

Om kwart voor zeven bruiste het station nog steeds van de pendelaars en weekendreizigers. Mensenmassa's golfden weg in alle richtingen, stroomden langs elkaar heen. Geroezemoes ketste af van de enorme metalen ribben van het gebouw, boven de hoofden hing een rasterwerk van glas en staal. Te midden van dit alles gaven de wijzers van de stationsklok de tijd aan.

Bettina zat op een smal bankje en staarde naar het gedrang van de menigte. Haar boek lag open maar ongelezen op haar schoot, een verweerd exemplaar van Rilkes brieven dat Max haar jaren eerder had gegeven tijdens een van hun eeuwige zomers in Dessau. Ze had van zoveel afscheid genomen, maar deze talisman was te belangrijk om achter te laten. De marges stonden vol met aantekeningen in haar vroegere handschrift, sommige passages nauwelijks leesbaar, de letters even klungelig als de opgetekende gevoelens. Eén passage in het bijzonder, onderstreept en geannoteerd, schoot haar te binnen: 'De toekomst staat stil,' had Rilke geschreven. 'Wij zijn het die bewegen in de oneindige ruimte.'

Ze voelde dat ze dat kruispunt naderde, waar de paden zich in alle richtingen uitstrekten. Ze rende er graag naartoe.

Ze voelde een hand reflexmatig naar haar buik gaan. Die was nog helemaal plat. Ze had besloten het voor zich te houden, omdat ze er zeker van wilde zijn voordat ze het hem vertelde, wetende dat deze reis al zwaar genoeg was. Haar ogen gleden naar de stationsklok met wijzers als pijlpunten: het was vijf voor zeven. De trein zou over twintig minuten vertrekken, meer dan genoeg tijd om een goede plek op het perron te vinden als Max aankwam.

In de hal stond een groep soldaten: jonge schurken, op zoek naar sensatie, geweren over hun schouders gehangen. Ze leken verveeld en vastbesloten chaos te creëren. Bettina had hun capriolen het afgelopen uur geobserveerd en met afschuw toegekeken hoe ze het hadden gemunt op iedereen die er 'anders' uitzag. Ze pikten vooral ouderwetse Joden uit de menigte en hielden ze tegen, doorzochten hun bagage en smeten de inhoud van hun koffers op de vuile grond. Niemand die langsliep zei er iets van of probeerde hen tegen te houden – de meesten keken de andere kant op en deden alsof hun neus bloedde.

Bettina's eigen ogen werden telkens weer naar de mannen getrokken uit angst voor wat ze nu weer zouden kunnen doen. Ze had gehoopt dat Max er al zou zijn. Ze waren van plan twee goede plekken veilig te stellen in de laatste wagon, zodat ze tijd hadden om de autoriteiten te ontlopen als die zouden instappen voordat zij in Singen aankwamen.

Ze hadden geprobeerd vooruit te denken, hoewel veel details nog niet duidelijk waren. Peter Amsel was opnieuw hulpvaardig geweest door hun het adres te geven van een man die hen naar Zwitserland kon helpen door de Rijn bij de Bodensee over te steken. Ze wilden de trein zo ver mogelijk naar het westen nemen en dan de situatie bekijken. Peter had hen gewaarschuwd dat er patrouilles aan beide zijden van de grens liepen.

'De Zwitsers proberen de exodus te stoppen,' zei hij. 'De ss zou jullie zelfs kunnen helpen als ze jullie pakken. Ze beroven je natuurlijk eerst volledig, maar dat is het risico dat je neemt.'

Het was nu bijna zeven uur. Terwijl Bettina de menigte afspeurde naar Max' gezicht, viel haar oog op een jonge vrouw, elegant gekleed, met donker, gekruld haar zoals zij. Ze hield een bruidsboeket in de ene hand en een koffer in de andere. Ze werd vergezeld door een jongeman – de bruidegom, veronderstelde Bettina – in een zwart pak en met een mooie hoed op. Ze liepen de drukke hal door, omringd door een groep feestgangers, allemaal in opperbeste stemming, duidelijk aanwezig om hen uit te zwaaien. Ze waren uitgelaten en trokken aandacht uit alle hoeken van het station.

Een van de afgestompte soldaten die bij Bettina stonden zag hen en attendeerde zijn collega's erop. Ze hoorde het woord 'Juden' fluisteren, waarna twee van hen zich losmaakten uit de groep en zich door de menigte een weg naar hen toe baanden.

Om drie over zeven arriveerde de trein die naar Zürich zou gaan, waarna eerst alle passagiers uitstapten. Ze stroomden het perron af en verspreidden zich over het stationsplein, zodat Bettina geen overzicht meer had. Ze ging op haar tenen staan en keek naar de weinige gezichten die tegen de stroom in liepen, op zoek naar Max, maar die was nergens te bekennen.

Toen de passagiers waren uitgestapt klommen de wachtenden op het perron aan boord; gezinnen met volle bepakking en eenzame reizigers met alleen een aktetas. Ze installeerden zich in hun stoelen en maakten het zich gemakkelijk voor de aankomende reis. Bettina stond op en liep naar de dichtstbijzijnde wagon. Ze keek op de klok: vijf over zeven.

Ze keek weer de menigte in. De soldaten waren er nog steeds, de hele groep stond nu om het stel heen en controleerde hun papieren. Een soldaat knielde op de grond en kieperde, ondanks de protesten van de vrienden van het stel, de inhoud uit de koffer en begon de kleding te doorzoeken. Tot Bettina's afschuw pakte hij het ondergoed van de vrouw, hield het tegen zijn kruis en gluurde guitig naar zijn vrienden. Alle ogen waren nu op hen gericht.

Bettina bleef ijsberen, haar ogen eerst gericht op de ingang, daarna op de wijzerplaat van de klok en ten slotte op de soldaten, waarna de cyclus opnieuw begon. De jonge bruid huilde inmiddels en probeerde de inhoud van de koffer er weer in te proppen. Haar kersverse echtgenoot, rood aangelopen en strijdvaardig, liep op de dichtstbijzijnde soldaat af, terwijl zijn maten hem met alle macht probeerden tegen te houden.

Acht over zeven. Inmiddels gehuld in een gladde glans van zweet draafde Bettina op en neer langs de hele lengte van de trein, door de ramen zoekend naar Max. Stel dat hij op de een of andere manier toch langs was geglipt. Er klonk een schreeuw vanuit de hal, ze draaide haar hoofd om en zag hoe de soldaten de man wegsleepten, met zijn hakken schoppend en glijdend over de tegelvloer. De jonge vrouw volgde, ze sleurde de koffer mee en smeekte de soldaten. Haar gezicht zat onder de tranen, het gehavende boeket verfrommeld in haar hand.

Bettina draaide zich om bij het horen van snelle voetstappen, maar het was slechts een laatste achterblijver die naar de trein liep. Ze schoot bijna vol; Max was altijd stipt, voorzichtig en weloverwogen. De deuren sloegen dicht als geweerschoten. Passagiers leunden uit de ramen en namen afscheid.

Om kwart over zeven smolt het gekrijs van metaal samen met een schel gefluit terwijl de trein eindelijk in beweging kwam. Bettina keek en voelde vanbinnen iets weggerukt worden.

Er viel een hand op haar schouder en ze voelde haar hart flink fladderen, het klopte tegen haar ribbenkast.

'Excuseer me, Fräulein, is dit van u?'

Een jonge man in een bruine regenjas reikte het boek met Rilkes brieven aan. Ze bedankte hem, pakte het aan en klemde het stevig tegen haar borst.

Het perron liep leeg, maar de hal was nog steeds vol met mensen.

Er was geen teken meer van het bruidspaar of de soldaten. Er was geen teken van Max.

Hij was laat. Hoewel Max altijd nauwgezet was wilde hij – nu de fabrieksklok de laatste uren van de werkweek inluidde – meer dan ooit dat alles in goede orde werd achtergelaten. Hij stelde zich voor dat Holger ergens volgende week zijn werkplek zou komen inspecteren en dan duidelijk zou worden dat Max niet zou terugkeren. Hij hoopte dat uit de weloverwogen manier waarop hij alles had klaargezet duidelijk werd dat hij uit vrije wil was vertrokken, zodat zijn vriend zich geen zorgen over hem zou maken.

Vaak speelde hij met de gedachte bij Holger aan te kloppen en hem de waarheid te vertellen. Hij wilde hem graag naar behoren bedanken en zeggen hoezeer hij hun vriendschap was gaan waarderen, maar besloot dat hij het risico niet kon nemen: als iemand erachter kwam wilde hij Holger de kans geven op een plausibele ontkenning.

Dus had hij de hele week tot laat doorgewerkt om elk voorwerp dat hij aan het boetseren was af te maken: een muisje met gespitste oren en een zwaluw met uitgespreide vleugels en een gevorkte staart. Het waren verfijnde, subtiele toevoegingen aan de Allach-catalogus. Max hoopte dat zijn vriend zou begrijpen dat hij trots was op al zijn werk.

Om kwart voor vijf gingen de arbeiders op de binnenplaats in de rij staan om hun loonzakje op te halen bij de voorman. Velen van hen zouden later die avond naar huis terugkeren met halflege zakken, omdat ze een groot deel van de inkomsten hadden opgedronken. Max kon alleen maar speculeren waar zijn loon de komende dagen voor gebruikt zou worden – misschien om iemand om te kopen of iets te betalen, waardoor hun vluchtpoging soepeler zou verlopen.

Toen hij die ochtend zijn huurhuis had verlaten, had hij zijn kleine, keurig ingepakte koffer op zijn bed klaargezet. Zijn echte paspoort en identiteitskaart zaten erin, samen met het geld dat hij en Bettina maandenlang hadden gespaard, alles in een stoffen riem bij elkaar genaaid. Hij was van plan die onder zijn overhemd te dragen. Hij zou zijn laatste loonzakje bij de hand houden voor hun directe reiskosten. Hij was dankbaar dat het verreweg het meeste was wat hij ooit had verdiend.

Toen de klok voorbij het uur tikte stond hij op, schoof de kruk onder zijn bureau en veegde de laatste kleikruimels weg. Een sliert arbeiders kronkelde door de administratieve burelen, wachtend op hun loon. Max ging achteraan in de rij staan en keek toe hoe de papieren biljetten, gegraveerd in gotisch schrift, werden geteld en gestapeld, vervolgens in een envelop werden geschoven en ten slotte werden overhandigd.

Terwijl Max het begin van de rij naderde, herhaalde hij vanbinnen de naam op zijn papieren steeds opnieuw. Ondanks zijn maandenlange leven als Friedrich Marchen moest hij toch waakzaam blijven, voor het geval hij werd geroepen. Toen hij aan de beurt was telde de administrateur een dikke stapel biljetten uit en stopte ze in een uitpuilende envelop. Max stopte die snel in zijn jaszak, samen met zijn valse papieren. Het zou genoeg zijn, hoopte hij, om in de buurt van Zürich en zijn ouders te komen. Misschien zelfs genoeg voor een overtocht naar Engeland, als ze geluk hadden en ze welkom waren in Londen.

Hij was in gedachten verzonken toen hij Holger bij de deur van zijn kantoor zag staan. Hij gebaarde naar hem.

'Heb je even, fijne vent? Ik heb iets geweldigs te delen...'

Holger was in een opperbest humeur. Hij had de hand weten te leggen op een gesmokkelde opname van een Korngold-opera, *Das Wunder der Heliane*, die hij had verstopt in een papieren hoes. De grammofoon kraakte toen Holger opgewonden tegen Max fluisterde. 'Hij is natuurlijk verboden, wat gewoon belachelijk is. Je moet het zelf even horen.'

Max dacht aan Bettina, die op het station wachtte. Over twee uur zou de trein naar Zürich vertrekken.

'Heel eventjes, want daarna moet ik echt gaan,' zei hij.

Ze luisterden naar het geruis van de naald en de openingsnoten, triomfantelijk en opzwepend. Holger zat kaarsrecht achter zijn bureau, omhooggehouden door de lichtheid van de aria; een onzichtbaar koord tilde zijn ruggengraat op.

'Het is waanzinnig tragisch,' verzuchtte hij verrukt. 'Chaotisch en toch totaal rustgevend. Ken je het verhaal?'

Max schudde zijn hoofd.

'Heliane staat terecht, beschuldigd van ontrouw. Ze bekent aan een rechter dat ze zich heeft uitgekleed voor een vreemde, een jongeman die voorbestemd was om te sterven, omdat ze zich gedwongen voelde zich in zijn verdriet te wentelen, het samen met hem te dragen. Vind je het ook niet hopeloos dramatisch?'

Terwijl de stem van de sopraan de hoogte in ging en zijn vleugels uitsloeg, sloot Holger dromerig zijn ogen. De kamer vulde zich met een weelderig crescendo en beide mannen raakten sprakeloos ontroerd. In de golf van stilte na de laatste noten veegde Max zijn ogen af.

'Dank je, Holger. Ik had het nog nooit eerder gehoord, maar het is heel mooi.'

'Ik wist dat je het zou waarderen. Ik zal nooit begrijpen waarom iemand zichzelf zo'n transformerende kracht zou ontzeggen.' Holger glimlachte tevreden. 'Ik vrees dat we de arme leeuwerik toch weer terug moeten stoppen in zijn schuilplaats. Het is een straf die veel zwaarder weegt dan zijn misdaden.' Hij tilde de naald op. 'Dank je voor je aandacht.'

'Nee, ik zou jou moeten bedanken. Voor alles wat je gedaan hebt, niet alleen voor de opera. Je bent zo vriendelijk voor me geweest.'

Holger schraapte zijn keel. 'Stil maar. Ik heb je lang genoeg opgehouden. Schiet op en geniet van je rust.'

Max werd verteerd door spijt toen hij wegliep. *Ik had het hem moeten vertellen*, dacht hij. *Ik had het dagen geleden moeten doen, maar nu is het te laat.* Hij besloot te schrijven en het allemaal uit te leggen als ze veilig waren. Hij hoopte vergeven te worden.

Toen hij naar buiten liep zag hij dat de zon laag aan de horizon stond en dat zijn schaduw zich uitstrekte. Max besefte dat hij haast moest maken; hij moest nog terug naar het huis en zijn koffer en geldriem ophalen voordat hij kon vertrekken om de trein naar München te halen.

Hij had er flink de pas in toen hij zich bewust werd van rennende voetstappen achter hem. Hij draaide zich om in de richting van het geluid. De eerste klap kwam hard en snel aan. Hij lag met zijn gezicht op de stoep voordat hij er erg in had. Hij voelde nog geen pijn, alleen verwarring. Drie paar laarzen omringden hem. Eén enkele, bruin en gepoetst, trok zich langzaam terug en ramde toen hard in zijn onderste ribben.

Zijn verstand kon het maar deels begrijpen. Misschien, als hij stil bleef liggen... Hij was op weg naar huis om zijn koffer te halen en nu... Hij moest opstaan. Dat moest.

Hij stak een hand uit en tilde zijn hoofd op. Hij besefte dat zijn neus bloedde; er vielen rode spetters op de grond. Hij hoorde een mannenstem sissen: *'Hurensohn.'* Hoerenzoon.

Iemand greep hard zijn schouder vast en tilde zijn bovenlichaam omhoog, rommelde in zijn jas, die scheurde. Ze lieten hem los en hij viel terug op de grond, waarbij hij met zijn slaap tegen de weg klapte. Een klodder slijm spatte centimeters van zijn gezicht op de grond. Het vermengde zich met de bloeddruppels.

Er klonk een alarmkreet verderop in de straat, in de tegenovergestelde richting – ze waren ontdekt. Max probeerde zijn hoofd weer op te tillen, maar een golf van duizeligheid sloeg toe en een onzichtbare kracht drukte hem tegen de grond. Twee paar laarzen vertrokken plotseling, het geluid van hun rennende stappen verdween langzaam. Het derde paar bleef rondhangen.

'Uwe, schiet op!'

De bruine laarzen draaiden zich om en renden weg. Seconden gingen voorbij in stilte, los van zijn gehaaste ademhaling. Daarna nog meer voetstappen, bonkend uit de tegenovergestelde richting.

Max draaide zich voorzichtig om, legde zijn hand onder zijn borst en probeerde zichzelf weer op de knieën te krijgen. Aan de rand van zijn gezichtsveld zweefde een waaier van witte stippen, die samensmolten en weer weggleden. Hij voelde sterke handen onder zijn armen, die hem optilden en hem naar de kant van de weg hielpen. Hij werd voorzichtig op de koude stoeprand neergelegd. Een heupfles met iets versterkends werd hem toegeworpen; hij klokte het naar binnen, blij om de bittere bloedsmaak weg te spoelen. Toen de schrik begon af te nemen, voelde hij hoe pijn en uitputting de leegte begonnen op te vullen.

'Zo, wil je ons nu vertellen waar dat allemaal over ging?'

Max keek op en kermde van de stekende pijn. Bewegen deed pijn. Drie geüniformeerde mannen stonden over hem heen gebogen. Max liet zijn hoofd weer tussen zijn benen zakken en probeerde de misselijkheid te bedwingen.

'Ik heb ze gezien, meneer.' Deze stem was jong, eerbiedig. 'Drie lokale jongens, ik ken hun vaders goed.'

De eerste stem sprak weer rechtstreeks tot Max.

'Dus, wat hadden deze drie tegen jou?'

Max haalde lichtjes zijn schouders op. En... hij voelde aan zijn jas en de gescheurde zak, zijn verscheurde papieren. De envelop met geld was weg.

'Ze hebben mijn loon afgepakt.'

Zijn slapen klopten op het ritme van zijn pols.

'Waar kom je vandaan?'

Max gebaarde zwakjes naar de fabriek achter hem. 'Allach Porselein. Ik was op weg naar huis.'

'Nee, ik bedoel waar kom je vandaan?' Er klonk ergernis door in de stem van de oudere man. 'Je bent niet van hier, hè?'

Hij keek op, maar hun gezichten waren niet goed te zien door de schaduw van hun baretten.

'Ik ben Oostenrijks. Uit Wenen.'

'Waar zijn je papieren?'

Max haalde de haveloze resten uit zijn zak en ze werden hem afgenomen. Hij probeerde te staan, maar zijn benen waren te zwak. De man legde een zware hand op zijn schouder.

'Blijf waar je bent.'

Hij riep over zijn schouder naar de derde man, die was weggelopen en tegen een muur leunde terwijl hij plaste.

'Hé, Albrecht! Kom eens kijken.'

Albrecht.

Max vocht tegen de onmiddellijke impuls om op te staan en te vluchten. Hij hield zijn hoofd omlaag en keek vanuit zijn ooghoeken toe hoe Albrecht zijn gulp sloot en zich naar hen toe draaide. De oudere man overhandigde de haveloze Kennkarte.

'Ziet deze er goed uit?'

'Moeilijk te zeggen, ze zijn zo verscheurd. Misschien moeten we hem meenemen en hem controleren.'

Zijn stem klonk wat aangeschoten.

'Ach, laat hem toch gaan.'

De oudere man wuifde hem weg, was met zijn gedachten al ergens anders.

'Ik wil terug zijn voordat ze de kelder leegdrinken.'

Albrecht gaf zijn papieren terug en Max stopte ze in zijn jas, terwijl hij zijn hoofd naar beneden hield. Hij kwam onvast overeind.

'Wacht even.'

Albrecht keek naar Max.

'Hoe heet je?' vroeg hij.

'Friedrich. Zijn stem kraakte. Hij schraapte zijn keel. 'Friedrich Marchen.'

Hij hield zijn ogen naar beneden gericht.

Albrecht kantelde zijn hoofd als een roofvogel en wendde zich toen triomfantelijk tot de oudere man.

'Wedden dat hij niet zo heet?'

Hij hield Max' schouder in een stalen greep, duwde hem agressief naar voren en blafte tegen de jongere officier.

'Ik heb het gevoel dat hij een liegende, stelende, verdomde Jude is en ik kan het bewijzen. We moeten hem even in de steeg krijgen. Laten we hem uitkleden.'

Het was pikdonker toen Bettina terugkeerde naar het huisje in de Lindenstrasse, net na tien uur 's avonds.

Ze was lang nadat de trein naar Zürich was vertrokken op het stationsbankje blijven zitten, hopend dat Max nog zou verschijnen, ongetwijfeld gespannen en schuldbewust. Maar de vrijdagavonddrukte was langzaam afgenomen en ze moest toegeven: hij was niet alleen te laat, er moest iets met hem zijn gebeurd. Ze voelde zich inmiddels ook te veel opvallen, nu ze al enkele uren op één plek zat. Met loden schoenen liep ze door het station naar het perron waar de trein naar Allach vertrok, een knoop van angst in haar buik.

Toen de trein arriveerde klom ze met tegenzin aan boord. Terwijl ze over het spoor ratelden, staarde ze met glazige ogen naar haar spiegelbeeld. Haar gedachten sprongen onrustig van twijfel naar optimisme en weer terug, tot het moment dat ze het station van Allach binnenreden en ze zag dat Max daar niet op haar stond te wachten. Ze liet eindelijk de echte angst toe. Haar benen waren stijf toen ze naar de fiets liep die ze eerder op de dag had achtergelaten, nooit gedacht dat ze zou terugkeren. Ze klom erop, haar ledematen protesteerden en ze begon te trappen door het donker.

Ze naderde Max' huurhuis en zag dat de deur openstond en dat er licht brandde bij het raam. Ze sprong van de fiets, liet hem op de grond vallen en rende meteen de trap op en de deur door. Binnen trof ze een puinhoop aan. Alleen het geluid van haar eigen voetstappen verbrak de stilte toen ze op haar tenen door de scherven gebroken porselein liep. Elke lade in de kamer was geplunderd, de schaarse inhoud eruit getrokken. Het keukenkastje was leeggehaald, de stoelen aan de tafel lagen op hun kant.

Langzaam beklom Bettina de smalle trap naar de slaapkamer, waar ze een soortgelijk tafereel aantrof: een wirwar van lakens en gescheurde kussens, aan de kant gesmeten. Op het bed lag de koffer van Max wijd open, de inhoud verspreid, de zijden voering opengesneden.

Met trillende handen doorzocht Bettina een stapel dekbedden en dekens, op zoek naar een spoor van Max' papieren of de geldriem die ze zelf zo zorgvuldig had dichtgenaaid. Ze scharrelde onder het bed, door een verzameling veren, dik als sneeuw. Ze strekte haar arm uit, haar vingers reikten naar een sliert van katoenen mousseline. Ze haalde de overgebleven resten van de riem tevoorschijn, opengescheurd in de naden en inmiddels helemaal leeg. Alles was weg. Net als haar hoop.

BOEK TWEE

Een groot doek rust tegen de schone witte muur, even hoog als breed. Het grootste deel ervan is gevuld met de textuur van een dorre akker, een lint wolken erboven, als rollende spoelen en doorkruist door een peloton kraaien. Dun licht doordringt de duisternis, maar geeft geen warmte. Het werpt een onheilspellend gele gloed over het stekelige oppervlak van de gerimpelde aarde.

In het midden staat een moederhaas met haar jong, blootgesteld aan de elementen. Haar ogen zijn alert, ze draait zich om naar de komende storm, terwijl het kleinere dier ineengedoken zit, beschut aan haar zijde. Een wervelstorm van bladeren omringt hen, bevroren in het moment, opgehitst door een plotselinge rukwind. De moeder weet dat ze nergens veilig kunnen schuilen. Er zit niets anders op dan het uit te zitten.

Hoofdstuk elf

München
Zomer 1938

In het hart van München waren de zomerbladeren opgedroogd als snippers perkament. De brede gazons van de Englischer Garten werden overspoeld door bezoekers die graag wilden flaneren en luisteren naar de muzikanten die er speelden, de nachtegalen deden hun voor- en nazang, terwijl gezinnen zich verzamelden om vanaf de Monopteros-tempel uit te kijken over de skyline van München, zijn klassieke zuilen passend bij de stemming. Ze waren er trots op bij een stad te horen die gezworen had de rest van de wereld naar zijn beeld te vormen.

Er hing nog warmte in de lucht, maar er waren maar weinig dagen zo beklemmend als de laatste voor de seizoenswisseling. Het eens zo groene gras voelde nu stroachtig aan. De blauwe lucht werd scherper naarmate de dag vorderde; tegen het eind van de middag was het fris genoeg om de ramen te sluiten bij het binnensluipen van de schaduwen.

In Neuhausen, in het noorden van de stad, zorgden twee grote ramen voor licht in Bettina's nieuwe atelier, zelfs op de schemerigste dagen. Voor haar was de recente verhuizing naar München om vele redenen traumatisch geweest, maar het vinden van een atelier had haar tenminste een plek van troost opgeleverd. Herr Leopold had haar gewezen op de ruimte en haar de borgsom geleend. De rondingen en verhoudingen, die gebouwd waren in Bauhaus-stijl, voelden vertrouwd aan, een lichtpuntje terwijl zoveel andere dingen in haar leven dat niet waren.

Toch deed ze er weinig aan om van de ruimte iets gezelligs te maken. In een hoek van de kamer stond een stapel ongeopende dozen met Max' wereldse bezittingen, zijn boeken en de ontwerpen die hij had getekend van hun huis. Ze troostte zich met de wetenschap dat ze er waren, hoewel de gedachte om ze te doorzoeken haar misselijk maakte van angst. Ze kon zichzelf wijsmaken dat ze daar lagen te wachten op zijn terugkeer, de schetsen en bouwtekeningen die hij had gemaakt van hun toekomstige huis, klaar om uit te voeren en voltooid te worden. In werkelijkheid was hun aanwezigheid een pijnlijke herinnering aan alles wat ze die vreselijke dag had verloren.

In de nasleep van Max' verdwijning was ze nog uren in zijn huurhuis gebleven, in shock dwalend van kamer naar kamer. Uiteindelijk voelde ze dat haar onmiddellijke paniek genoeg verdwenen was om weer op haar fiets te stappen. Ze reed door de donkere straten naar het huis van Richards broer. Peter was oneindig vriendelijk en geduldig geweest, hoewel ze in zo'n opgewonden toestand was aangekomen dat ze zich er nauwelijks iets van kon herinneren.

Hij haalde haar over een slaapmiddel te nemen en uit te rusten, hoewel ze zich zo panisch voelde dat het bijna geen effect had. Hij ging op onderzoek uit en ontdekte dat Max was gearresteerd en dat haar broer, Albrecht, de verantwoordelijke agent was. Toen Peter haar vertelde wat hij had ontdekt was ze vastbesloten terug te keren naar de boerderij en wraak te nemen. Alleen de gedachte dat ze daardoor Max nog meer in gevaar kon brengen weerhield haar. In plaats daarvan hielp Peter haar de achtergelaten puinhopen te doorzoeken en alles te redden wat ze kon. Een paar dagen later arriveerde Richard uit Berlijn en beide broers zwoeren dat ze al hun invloed zouden aanwenden om uit te zoeken wat er aan de hand was.

Een soort catatonische schemertoestand daalde in en Bettina verbleef enkele dagen in Peters logeerkamer. Richard en Peter lieten haar gewoon met rust en begrepen dat ze tijd nodig had de gebeurtenissen te verwerken. Toen ze er uiteindelijk bovenop kwam probeerde Richard haar over te halen het land te ontvluchten of in ieder geval met hem terug te keren naar Berlijn, maar ze weigerde alle voorstellen.

'Ik wil niet leven in een land dat mij accepteert, maar hem niet.'

Ze was vastbesloten in de buurt te blijven en op Max te wachten en verklaarde dat ze niet zonder hem weg kon of wilde. In Allach blijven was natuurlijk onmogelijk, dus kozen ze München als compromis: dichtbij, maar groot genoeg om haar anonimiteit te garanderen. Herr Leopold bood aan te helpen en ze accepteerde dat maar al te graag, wetende dat werk het enige was wat ze kon doen om zichzelf te redden. Hij schreef *De Viking* in voor een groepstentoonstelling en leende haar meer geld op de belofte van haar toekomstige inkomsten.

Bettina en Peter keerden terug naar de boerderij tijdens de viering van de zomerzonnewende, toen ze zeker wisten dat Marielein en Albrecht allebei in de stad zouden zijn. Peter hielp haar de restanten in te pakken van een leven dat ze vrijwillig had achtergelaten. Ze had alles mee kunnen nemen, maar uiteindelijk wilde ze alleen haar kunstbenodigdheden, haar schilderijen, schetsboeken en wat kleren.

Het leven zonder Max, met zijn gapende, pijnlijke afwezigheid, was bijna ondraaglijk. En dus schilderde ze, vulde de leegte met doek na doek, dag en nacht. Ze vond menselijke onderwerpen ondoenlijk, had steeds weer de neiging Max te schilderen, dus trok ze zich terug in de veilige neutraliteit van de natuur, in velden en bossen, boerderijen en landschappen. In elk daarvan schilderde ze zichzelf in de vorm van een dier, bijvoorbeeld een vogel, om zichzelf eraan te herinneren dat ze nog steeds bestond in de wereld, zelfs als ze voelde dat ze uit elkaar zou vallen.

En ze bleef zich vasthouden aan haar geheim: de wetenschap dat Max' kind in haar groeide, hoewel nog steeds niet helemaal zichtbaar. Het gaf haar een eenvoudig doel in het leven; om hen drieën te behouden, op welke manier dan ook.

Herr Leopold besloot al snel dat het tijd was haar te introduceren in de kunstscene van München. Voor Bettina was de keuze bijna volledig pragmatisch: ze had dringend geld nodig om op Max te wachten en hun verliezen te recupereren, zodat ze bij zijn vrijlating alsnog zouden kunnen vluchten. Ze wist niet wanneer die dag zou komen, maar ze wist dat ze er klaar voor moest zijn.

Ze deed haar lippenstift op en had haar beste jurk aan, hoewel die al enkele jaren oud was en er nogal afgedragen uitzag. Ze hield zich stevig vast aan de arm van Herr Leopold en samen liepen ze de indrukwekkendste zaal binnen die ze ooit had gezien, met ijsblauwe muren en torenhoge plafonds. Een fries van gegoten pleisterwerk liep rondom de kamer en in het midden zat een plafondrozet met fruit en gevlochten linten: extravagant en barok.

Herr Leopold bleef het eerste uur bij haar en stelde haar voor aan iedereen die hij kende, maar uiteindelijk piepte hij weg en liet haar over aan haar lot. Bettina observeerde deze nieuwe wereld vanuit de marge. Het gerinkel van glazen vermengde zich met het geklets in de zaal, een klinkende kakofonie die zo hoog rees als de kristallen kroonluchter. Op alle feestjes in de kunstwereld waar ze eerder was geweest kwamen radicalen en rebellen die spraken over het afbreken van dingen en het herbouwen van de wereld zoals die zou moeten zijn. Hier was het gesprek anders. Ze waren de wereld aan het veroveren en het uitzicht vanaf hier was groots.

Het viel Bettina op dat de vrouwen van hun drankjes leken te nippen, zodat ze hun zijde onberispelijk en zichzelf in toom konden houden, maar de meeste mannen waren zo zat als een Maleier voordat het buiten donker werd. Ze waren bijna allemaal getrouwd, maar klaagden luidkeels over de toestand van de alleenstaande vrouwen in de zaal: wat was er toch mis met het moderne Duitse meisje? Niet genoeg vlees om vast te grijpen. Hoe moesten ze het Reich bevolken als alle vrouwen eruitzagen als een etalagepop in een *Kaufhaus*?

De meeste vrouwen negeerden hun geklaag. Ze kletsten opgewonden, bijvoorbeeld over dat Praag misschien spoedig een nieuw juweel zou worden in de groeiende ketting steden die hun toebehoorden, naast Wenen, München en Berlijn. Bettina bleef op afstand, luisterend naar de intriges, met als belangrijkste gerucht dat Hitler een vergiftigde omelet te eten had gekregen en dat sindsdien een dubbelganger voor hem doorging.

'Je zou denken dat het mensen zou opvallen,' zei een sexy socialite lachend. 'Hij heeft gewoon een heel peloton filmmakers achter zich aan. Je kunt tegenwoordig nauwelijks een zaal doorlopen zonder door iemand gefilmd te worden.'

De zaal kolkte. Bettina hield een glas champagne vast, maar spoelde er alleen haar mond mee. Hoewel er veel over onthouding werd gesproken, was elk glas in de zaal vol. De gasten fulmineerden tegen het idee dat ze hun ondeugden moesten opgeven; dat was iets voor de gewone man die niet het verstand had om zelf beslissingen te nemen. Zij waren de partijgetrouwen die de geest van de tijd belichaamden, zelfs al omzeilden ze bewust de bijbehorende vervelende uitwassen.

Bettina herkende een paar gezichten uit haar jeugd vóór Bauhaus, vóór Max. Ze werd hartelijk begroet door een groep vrouwen die ze in haar tienerjaren kende. Omdat zij jaren eerder hun penselen en ambities hadden opgegeven, dacht Bettina dat ze haar vrijheid zouden benijden, maar in plaats daarvan leken ze medelijden met haar te hebben en haar gebrek aan een trouwring te bekritiseren. Ze zeiden dat ze moest volhouden, ze zou snel een man en beschermheer vinden.

Hun gesprek ging over de toestand van het land en Bettina stelde een vraag die ze nooit had durven opwerpen in het gezelschap van mannen. Ze hadden allemaal Joodse vrienden op school; hadden zij geen bezwaar tegen de manier waarop ze behandeld werden? De meesten aarzelden, maar een oudere vrouw, Frieda, die Bettina zeer bewonderde, zei hoe verdrietig haar kinderen waren geweest toen hun kleine Joodse vriendjes niet meer naar school mochten.

'Het is het moeilijkst voor de kleine *Kinder*. Tragisch, echt, op zoveel vlakken. Ik nam mijn zonen mee naar de synagoge toen de eerste sneeuw viel, om jassen en schoenen uit te delen. Ik wilde dat ze het zelf zouden zien.'

Bettina voelde opluchting toen ze een sympathieke ziel vond in deze zee van schijnbare onverschilligheid.

Frieda vervolgde. 'Ik zei tegen mijn oudste: "Moet je deze slimme duivels nou eens zien. Ze vragen onze hulp terwijl ik weet dat de meesten thuis meer bont en juwelen hebben dan ik." Het was een belangrijke les. Ik zei tegen ze: "Hou ze in de gaten; ze stelen je horloge als je ze een hand geeft."'

Bettina stamelde een excuus en liep naar de gang waar ze bij een open raam ging staan om op adem te komen. Ze had zich zelden zo alleen gevoeld. Het gelach uit de grote zaal klonk in haar oren meer als gebrul, zo kwaad en kwetsend. Ze overwoog weg te gaan, wilde hier verdwijnen en terugkeren naar haar atelier, waar ze haar schoenen en kousen kon uittrekken. Het was allemaal te snel gekomen. Ze was hier niet klaar voor; wist niet zeker of ze dat ooit zou zijn.

Een mannenstem doorbrak haar gedachten.

'Fräulein Vogel, is het niet? Ik had verwacht dat de zaal aan uw lippen zou hangen en u hier niet alleen zou rondstruinen.'

Hij was een lange man met een triest gezicht en diepliggende ogen. Hij droeg het uniform van een ss-officier en keek haar aandachtig aan. Bettina stotterde een bevestiging. Hij glimlachte om haar duidelijke ongemak.

'Wees niet ongerust. Uw artistieke reputatie is u vooruitgesneld.'

Ze probeerde zich te herpakken en antwoordde stijfjes. 'Dat is een opluchting. Ik moet toegeven dat ik verbaasd ben dat iemand mij hier kent, laat staan iemand van de Schutzstaffel.'

Hij trok een wenkbrauw op, duidelijk geamuseerd. 'We zijn geen monolieten, hoor. Het uniform geeft bewust die indruk, maar daaronder zijn we allemaal individuen. Gebrekkige mannen, vol zwakheden.'

Hij keek haar aan met een eerlijke, onderzoekende blik.

'Dus u bent het meisje dat *De Viking* heeft geschilderd? Ik hoorde dat Leopold heeft besloten u te promoten.'

'Herr Leopold is erg vriendelijk geweest.'

Hij snoof.

'Hij weet wanneer iemand hem een goede commissie kan opleveren. Eigenlijk hoor ik uw naam de laatste tijd best vaak. Uw collega-kunstenaar Adolf Ziegler had het vorige week nog over u.'

'Goede dingen, hoop ik?'

'En of. Vertel eens, waar bent u mee bezig geweest?'

'Landschappen, vooral.'

'Kent u de kunsthandelaar en historicus Hildebrand Gurlitt? Hij scout veelbelovende schilders voor de Reichskulturkammer. We willen graag nieuw talent stimuleren. Misschien kan ik jullie aan elkaar voorstellen…'

'Maar u bent in het voordeel. U schijnt alles van mij te weten en ik niets van u.'

Hij stak zijn hand uit. 'Karl Holz.'

Zijn droge vingers grepen de hare even stevig vast en vielen toen weg.

'Ik ben zelf ook een soort verzamelaar, zij het in beperkte mate. Ik heb zelfs een van uw landschappen gekocht van Leopold. U beheerst echt het onderwerp.'

'Dat is erg aardig van u.'

'Het heeft niets met vriendelijkheid te maken. U hebt talent. Fascinerend om te zien en toch ook zo anders dan uw vroege werk…'

Bettina voelde de kleur uit haar wangen wegvloeien. Hij hield zijn hoofd schuin, geïntrigeerd door haar reactie.

'Berlijn is geen ander land, hoor. Er zijn er velen die zich zo'n veelbelovende jonge aanwinst herinneren. Ik ben in uw ontwikkeling als kunstenaar gedoken en kwam wat van uw vroegere werken tegen.'

Hij keek omlaag naar zijn onberispelijke uniform, zijn lange vingers veegden de as weg die volgens hem op zijn revers was gevallen.

'Ze waren… bekwaam.'

Het woord hing in de lucht en bracht haar tot zwijgen.

'Ik wil u niet beledigen, maar Kandinsky's invloed was duidelijk zichtbaar en in tijden als deze is dat niet echt verstandig.'

Hij keek even om zich heen alsof ze misschien werden afgeluisterd en glimlachte toen weer.

'Maar vergist u zich niet in mij. Wij zijn niet allemaal zo wars van abstract expressionisme. Ik heb er zelf een voorliefde voor en bezit nog een paar prachtwerken die ik niet van plan ben weg te doen. Ik wil die smaak niet prijsgeven aan mijn collega's, maar ik weet zeker dat ik op uw discretie kan rekenen.'

Ze knikte en verbaasde zich over de stevigheid van haar eigen stem toen die kwam.

'En ik op de uwe?'

'Natuurlijk. Het is misschien een opluchting voor u dat uw eerdere composities zijn verbrand, samen met een groot aantal andere werken die ongeschikt werden geacht. Andere mensen zullen denken dat uw carrière begon met *De Viking*.'

Zijn mondhoek trok omhoog, in een bijna geruststellende glimlach, alhoewel ze niet zeker wist of hij dat doorhad.

'Voor wat het waard is, ik denk dat u de juiste beslissing hebt genomen,' vervolgde hij. 'In het huidige klimaat is romantisch realisme een pragmatischere keuze. Het zal de bepalende stroming van de eeuw worden. Denkt u ook niet?'

Ze knikte instemmend, nog onzeker over zijn bedoelingen.

'Voor mij is het verschil tussen een bekwaam en een groot kunstenaar vaak slechts een kwestie van timing. In de oude wereld moest je gewoon de mannen volgen die je voorgingen, maar in deze wereld heb je vrij spel. De meesten hebben hun stempel al gedrukt. Denk eens aan de plek in de geschiedenis die kunst uit deze stad zal gaan innemen. De hele wereld zal ervan horen.'

Bettina wist nauwelijks hoe ze moest reageren en probeerde het weg te lachen. 'Ik heb geen behoefte aan erkenning.'

'Waarom niet? Het is een indicatie voor talent en zorgt voor waardestijging.' Hij sprak haar belerend toe. 'U bent verstandig genoeg. U weet toch wel dat kunst een markt is, zoals elke andere? U kunt inmiddels gewoon uw kraam opzetten, jongedame.' Hij gebaarde naar de zaal en liet een rookspoor na. 'Dit zijn de mensen die beslissen wat grootse kunst is door er goed voor te betalen. Als zij u waardig achten, waarom zou u dat dan weigeren?'

Zijn kleine ogen leken haar vast te pinnen.

'We gaan met Gurlitt afspreken. Zijn beschermheerschap zou u alleen maar ten goede komen. We zullen samen uw transitie vergemakkelijken: van iemand over wie gesproken wordt naar iemand die het gesprek beheerst.'

Bettina wist niet hoe ze moest reageren en liet zijn woorden indalen. Ze keek op tegen het vooruitzicht, maar als ze geld en invloedrijke geldschieters had, hoe anders zou de toekomst er dan uitzien voor haar en Max?

'Dank u,' zei ze met een knikje. 'Ik zou het zeer op prijs stellen.'

Hij gedroeg zich meteen warmer, minder opdringend.

'Bent u ooit bij de Starnberger See geweest, op het Rozeneiland?'

Ze schudde haar hoofd.

'Ik heb daar een zomerhuis met een klein atelier. Waarom komt u dit weekend niet langs als mijn gast? Ik zal voor Gurlitt en wat andere invloedrijke mensen een besloten bezichtiging regelen. Het is zo'n inspirerende omgeving, dat kunt u zich wel voorstellen – het licht is er prachtig. Op een heldere dag zijn de Alpen te zien.'

Hij leek te wachten op een antwoord, dus gaf ze nog een kort knikje en een strakke glimlach, onzeker over waar ze mee instemde. Zijn sterke hand pakte haar arm vast en leidde haar terug de menigte in.

'Kom mee, we gaan ervoor zorgen dat München weet dat u er bent.'

Weken gingen voorbij zonder een woord, en Bettina probeerde zich op haar leven alleen en het ritme van de stad te concentreren. Toen kwam er eindelijk een telegram van Richard, waarin hij zijn komst aankondigde. Toen hij aankwam rende ze naar hem toe en omhelsde hem stevig. Toen ze hem losliet zag ze dat hij uitgeput was. Ze loodste hem naar binnen.

'Ik zal een pot koffie zetten. Je ziet eruit alsof je dat nodig hebt.'

Terwijl ze wachtte tot die klaar was, liep Richard door de kleine ruimte en bekeek de schetsen die overal lagen verspreid. Hij merkte dat ze verschillende ezels had, elk met een werk in uitvoering. Een tiental voltooide doeken leunde tegen de muren, waaronder een aantal kleine boerderijtaferelen, de landelijke romantiek waar ze bekend mee werd. Er waren ook wat grote landschappen met onstuimig noodweer. Richard liep van doek naar doek, bukte om ze allemaal te bekijken en stapte toen achteruit om het geheel te bekijken. Bettina, die in de buurt was gebleven, probeerde zijn uitdrukking te lezen.

'Nou?' vroeg ze uiteindelijk toen hij maar niet sprak.

'Ik geloof nauwelijks hoe productief je bent geworden.'

'Productief is een holle frase, holler worden ze niet, Richard Amsel.' Ze fronste terwijl ze hem het kopje koffie overhandigde.

'Ik vind de boerderijtaferelen best mooi, maar ze zijn mij iets te romantisch. Deze daarentegen...' Hij bukte weer om op gelijke hoogte met de weidse landschappen te komen. '...zijn prachtig.'

'Vind je ze echt mooi?'

'Zeker weten, ik zweer het plechtig. Ze hebben iets weg van Munch, qua verhoudingen en kader. Maar is niet elke vorm van abstractie riskant als je een conservatieve clientèle probeert te verleiden?'

'Nou, het lijkt erop dat ik al ben geslaagd in dat doel... *De Viking* wordt opgenomen in de zomertentoonstelling in het Haus der Deutschen Kunst.'

Richard legde zijn hand op haar schouder.

'Dat is ongelooflijk, Betti! Het is je gelukt, slimmerik.'

Bettina gunde zichzelf een verlegen glimlachje en wuifde het compliment weg.

'Ik voel een zeker gevoel van leedvermaak, omdat ik weet dat ze allemaal kwijlen over mijn portret van Max en zeggen wat een voorbeeld van Duitse mannelijkheid hij is. Ik zou willen dat ik dit niet nodig had om te overleven.'

'Het is geen schande om de kost te verdienen.' Richard keek haar aan en haalde diep adem. 'Nu we het daar toch over hebben, wil ik nog even zeggen hoe erg ik het vind dat ik je teruggestuurd heb naar Albrecht en je moeder. Ik besefte toen niet wat voor risico dat voor jou was.'

'Het was mijn beslissing om terug te gaan.'

'Ik had gehoopt dat ik jou en Max daarmee bij elkaar kon houden.'

Het noemen van zijn naam voelde als een gordel die zich om haar borstkas spande. Richard pakte haar hand vast.

'Ik kan me niet voorstellen hoe moeilijk de afgelopen weken voor je moeten zijn geweest, Betti. Ik heb je beloofd dat ik zou uitzoeken wat ik kon.'

Ze voelde haar hartslag versnellen.

'Er is geen makkelijke manier om dit te zeggen... Ik had gisteravond een afspraak met iemand. Ik kan je niet vertellen wie hij is, dat zou voor jullie allebei niet veilig zijn, maar diegene heeft toegang tot de dossiers van de districtsrechtbank. Hij beloofde het dossier van Max door te spitten.'

Ze voelde dat ze zich vastklampte aan zijn woorden.

'Het lijkt erop dat Max is aangeklaagd voor het werken onder een valse identiteit. Sinds de Anschluss hebben de autoriteiten tienduizenden Joden gearresteerd op basis van valse beschuldigingen. Ze hebben het huis in Allach doorzocht en hebben een aantal brieven van zijn ouders gevonden, die ze als rechtvaardiging hebben gebruikt om hun overgebleven bezittingen in Wenen te confisceren.'

Hij keek haar recht aan.

'En nu, nu moet je even flink zijn. Hij is veroordeeld tot dwangarbeid in kamp Dachau en er is geen datum voor zijn vrijlating. Het lijkt erop dat ze een voorbeeld van hem willen maken.'

Bettina leunde tegen de muur achter haar en zakte langzaam naar de grond.

'Weet je dit zeker?'

'Ik heb geen reden om eraan te twijfelen.' Richard ging naast haar zitten. 'Dit is iets anders dan een gevangenis, Bettina. Ik heb vreselijke dingen gehoord... Ik zeg dit niet om je van streek te maken, maar ik vind dat je het moet weten.'

Haar onverstoorbaarheid liet haar in de steek, ze leunde tegen Richards schouder en liet een woordeloze, gebroken kreet los. Haar stem werd gegeseld tot hij schor was.

Natuurlijk had ze geruchten gehoord over de kampen. Iedereen had dat, Dachau was dichtbij. Ze was er zelf maanden eerder huiverend langsgefietst en had zich afgevraagd wat er achter de prikkeldraadversperringen gebeurde. De kranten spraken vaak over de interneringskampen, maar gingen er niet echt op in. Ze hoorde mensen fluisteren over de misdadigers en gevangenen. Degenen die ze 'untermenschen' noemden en daar werden vastgehouden, maar niemand stelde vragen. Ze wilden het niet weten.

Richard hield haar vast totdat het snikken eindelijk afnam. Uiteindelijk gaf haar schokkende ademhaling aan dat ze geen tranen meer had. Ze zat met haar hoofd omlaag en haalde diep adem. Uiteindelijk stond ze op en liep wankel naar de wastafel, waar ze water op haar gezicht spatte.

'Het spijt me zo. Ik voel me vreselijk moe.' Haar stem was gespannen. 'Zou je het erg vinden als ik even ging liggen?'

'Natuurlijk niet.'

Bettina strompelde naar het kleine bed en probeerde het geluid te smoren terwijl ze zichzelf in een onrustige slaap huilde.

Toen ze wakker werd begon de lucht langzaam te schemeren. Zoals altijd legde ze haar hand op haar onderbuik en voelde de hardheid daar toenemen, hoewel ze zeker wist dat niemand anders dat kon zien. Ze verwachtte elke dag weer de bloedvlek die haar zou vertellen dat het voorbij was, dat het er zelfs nooit was geweest. Ze was bang, maar het lukte haar niet zuurstof te geven aan ook maar één sprankje hoop uit angst dat ze het zou doven. Ze zei een gebed, een mantra, om alles en iedereen om hulp te vragen... tot Gaea en Thor, Jezus, Maria, Jahweh, Krishna, Moeder Natuur, de wetenschap en toen droogde ze haar ogen.

Richard zat op de brede vensterbank en keek uit over de straat.

'Waarom heb je me niet wakker gemaakt?' vroeg ze.

'Ik vond dat je rust nodig had. Ik hoop dat je het niet erg vindt. Ik heb een fles wijn geopend.'

Ze ging naast hem zitten, leunend tegen de koele muur. Samen keken ze hoe de lucht overging van diepblauw in zwart, ieder in hun eigen gedachten verzonken. Vanuit het atelier beneden klom een pianosonate van Beethoven de nachtelijke hemel in.

'"De Storm",' merkte Richard op. 'Wat vreselijk toepasselijk.'

De noten ontsnapten met urgentie. Bettina keek naar Richard, die opging in de muziek, de straatlantaarn buiten verlichtte zijn gelaatstrekken. In een reflex pakte ze een schetsboek en begon te tekenen. De houtskool was breekbaar en had geen gewicht. Ze moest het materiaal heel licht vasthouden om te voorkomen dat het uiteenviel in stof, als de schubben van een donker gevleugelde mot. Haar hand gleed over het papieroppervlak met een schwung die ze tot in haar vingertoppen voelde.

Ze zag opnieuw de donkere kringen onder zijn ogen en de diepere plooien in zijn ooghoeken. Ze wilde meteen vragen wat deze vermoeidheid teweeg had gebracht, maar omdat ze zijn ontwijkende gedrag kende, begon ze gewoon luchtig te praten over wederzijdse vrienden in Berlijn, over de kunstscene daar en wie ze had achtergelaten.

'Ben je nog steeds met Imre?'

Richard draaide zich om en keek haar aan, maar behield zijn positie.

'Wanneer ik kan, wat niet zo vaak is.' Hij zweeg even. 'Ze is een heel lief meisje, maar ik denk niet dat ik haar kan geven wat ze wil.'

'En dat is?' vroeg Bettina schalks.

'Dat kun je je vast wel voorstellen.'

'Ik denk het wel,' zei ze. 'Hoewel ik niet kan bedenken waarom je dat niet met haar zou willen.'

Zijn kaak spande aan.

'Het leven is veel te ingewikkeld op dit moment.'

Hij had er nog nooit zo vermoeid uitgezien. Ze wachtte even, voordat ze besloot dat het tijd was.

'Ik weet dat ik geen recht van spreken heb, maar je lijkt nogal uitgeput.'

Hij wreef beide handen langs zijn gezicht.

'Ik heb me een slag in de rondte gewerkt.'

'Dat dacht ik al... Wil je erover praten?'

Richard keek naar een verfvlek op de vensterbank en pulkte eraan met zijn nagel.

'Oké, vooruit dan maar, ik heb nogal wat klusjes geklaard voor mensen in Berlijn. Ken je Libertas nog, de vrouw die je broer zo kwaad maakte tijdens je solo-expositie? Zij heeft dus goede connecties.'

'Klusjes klaren klinkt nogal onheilspellend.'

'Niet echt, maar er zijn wat mensen in München van wie ze wilde dat ik ze... bewerkte. Inclusief degene die me over Max vertelde.'

Hij keek niet op, zijn ogen en vingers nog steeds gericht op de glanzende druppels opgedroogde verf. Hij verwijderde ze allemaal methodisch, voordat hij aan de volgende begon.

'Weet je nog die feestjes waar ik je mee naartoe nam in Berlijn: die wilde met al die creatieve types? Ze begonnen vrij gemoedelijk, gewoon een podium om ideeën uit te wisselen. Prettige dronken en losbandige aangelegenheden. Voor sommigen betekende dat vrijheid van meningsuiting, voor anderen de vrijheid zichzelf te zijn, terwijl er ergens anders op ze zou worden neergekeken. Ik weet zeker dat je het merkte, je bent niet naïef.'

Bettina had vele nachten doorgebracht in het gezelschap van Richards vrienden en wist dat er in Berlijn plaatsen waren die bijna elke ondeugd tolereerden – zelfs aanmoedigden. Ze had er altijd van genoten een toerist te zijn in die wereld, met Richard erbij om haar te beschermen, wadend door donkere wateren in de wetenschap dat ze weer terug kon.

Richard ging verder. 'Het werd duidelijk dat er machtige mensen in het regime waren die een aantal... minder smakelijke behoeftes hadden, zullen we maar zeggen, en op zoek waren naar een uitlaatklep.'

'Dus, wat is jouw rol daarin? Brandstofleverancier?'

'Zo is het begonnen. Ik heb nog steeds mijn farmaceutische connecties, zoals je weet. Maar nu... ben ik iets meer betrokken.'

'En wat houdt dat precies in?'

Ze deed er alles aan om optimistisch te lijken.

'Privéfeestjes voor hooggeplaatste figuren waar ze hun lusten kunnen botvieren, zowel chemisch als vleselijk. We stellen hen voor aan acteurs, actrices, filmmakers... Je kunt veel uit een aktetas halen terwijl iemand beneveld is of anderszins is uitgeschakeld.'

De piano van Beethoven bleef als een carrousel om hen heen draaien.

'Sommigen hebben behoeftes waarvan ze niet willen dat de legerleiding ervan weet. Dat geeft ons een zekere machtspositie. Je kunt ze makkelijk overhalen. En fotografisch bewijs kan een zekere mate van verzekering bieden. De mensen met wie ik werk zijn bereid alles te doen wat nodig is.'

Hij keek haar nu recht aan.

'Een paar van ons – een flink aantal, eigenlijk – vinden dat we ze niet zomaar hun gang moeten laten gaan. We moeten terugslaan. Het is soms verrassend eenvoudig, maar het is niet zonder risico's. Ik vertel je dit allemaal omdat ik weet dat jij je koest houdt.'

'Je kunt me vertrouwen.'

'Dat doe ik stilzwijgend.'

Richard wendde zijn blik weer af en krabde opnieuw aan de verfdruppels op de vensterbank.

'We hebben Berlijn goed gedekt, maar we moeten München nog binnendringen. Het contact dat hielp met Max is nuttig, maar het is geen echt kopstuk. Ik moet toegang krijgen tot de hogere echelons als ik echt nuttig wil zijn.' Hij wreef over zijn kaak, de stoppels krasten zachtjes. 'Ik was niet van plan er zo diep in te gaan, maar dit is waar we nu zijn. Mijn broer doet al een tijdje iets soortgelijks. Ik geloof dat ik er gewoon een rol in wilde spelen. We zullen binnenkort in staat van oorlog zijn – het lijkt onvermijdelijk. We moeten doen wat we kunnen om ons Duitsland terug te winnen, om te redden wat ervan over is.'

Zijn stem was gepassioneerd, maar brak bijna. Ze kende de spanning van het leven met misleiding maar al te goed: de angst voor een klop op de deur. Een dubbel bestaan eist altijd zijn tol.

Richard keek eindelijk op en grijnsde vermoeid naar haar.

'Sorry. Ik wilde je niet lastigvallen. Ik kan er alleen met niemand over praten. Ik wil Imre er niet aan blootstellen en de anderen in mijn omgeving hebben hun eigen zorgen. Ik hoop dat je het niet erg vindt.'

'Natuurlijk niet, mallerd. Ik zou alleen willen dat je eerder met me had gepraat. Hoelang is dit al gaande?'

'Sinds kort na Max' arrestatie. Het heeft iets in me losgemaakt.'

Zelfs in het verzachtende schijnsel van de lamp had hij een grimmige, vastberaden blik. Hij dronk zijn wijn op en liet zijn hoofd zakken, starend in het lege glas.

'Ik geloof dat ik genoeg heb gehad.'

'Ben je niet bang?'

'Een beetje. Maar ik ga niet ten onder zonder gevecht. Het verbaast me dat ik zo vurig van mijn land hou. Wie had dat gedacht van een cynicus als ik?'

Toen Richard de volgende ochtend terugkeerde was Bettina aan het schilderen.

'Ik kon niet slapen, dus stond ik vroeg op om te gaan werken.'

Ze was aan een nieuw landschap begonnen, een eenzame zwaluw die over een vloeiweide scheerde. De zuilen van een klassieke tempel staken wit af tegen het doek. Richard herkende het tafereel uit hun tijd in Dessau.

'Is dat het Gartenreich Dessau-Wörlitz?'

'Goed gezien. Je zou ook weer eens een kwast moeten oppakken. Het zou je goeddoen. Ik heb het gevoel dat je ergens aan moet ontsnappen.'

Ze zaten inmiddels aan de keukentafel. Bettina was even in gedachten verzonken. Toen verbrak ze de stilte.

'Wat je gisteravond vertelde raakte me nogal.'

'Hoezo?'

'Ik heb me wekenlang zorgen gemaakt over Max, was doodsbang voor hem en mij. Er waren hele dagen dat ik nauwelijks kon functioneren. Het vrat aan me, maar ik kon niets doen om hem te helpen.'

'Het moet nauwelijks te verdragen zijn.'

'Dat klopt. Ik ben het zat om medelijden met mezelf te hebben, zeker gezien het feit dat jij je steentje nu bijdraagt.'

'Nauwelijks.'

'Ik ken je, Richard. Ik twijfel er niet aan dat je de risico's van wat je doet onderschat. Ik bewonder je houding en ik ben van plan hetzelfde te gaan doen.'

Een flits van bezorgdheid.

'En hoe denk je dat te doen?'

Ze keek hem recht in de ogen.

'Ik heb onlangs iemand ontmoet en ik denk dat hij precies het soort persoon is dat – hoe zeg je dat? – "bewerkt" moet worden. Hij zit vrij hoog in de ss, een liaison met de Reichskulturkammer.'

Richard fronste zijn wenkbrauwen. 'Ik weet niet of dat een goed idee is.'

'Hij is degene die me introduceerde bij Hildebrand Gurlitt en nog wat anderen. Precies het soort mensen dat jij nodig hebt.'

'Ik wil je hier niet bij betrekken, Betti. Het is een smerig zaakje.'

Bettina's blik stond vastberaden.

'Ik kan niet veel doen voor Max, behalve wachten, maar wil je dat ik helemaal niets doe? Ik moet nuttig zijn. Ik wil niets risicovollers doen dan mijn ogen en oren openhouden, maar je zei dat je toegang probeerde te krijgen tot de hogere echelons in München. Nou, die heb ik en die mogen we niet verloren laten gaan.'

Haar ogen flitsten.

'Ik moet dit doen, Richard. Echt. Voor Max en mij.'

Hoofdstuk twaalf

Dachau
Zomer 1938

In zijn dromen hoorde Max weer het gestamp van voeten. Hij wist nooit precies of ze naar hem toe kwamen of juist bij hem vandaan renden. Hij was verlamd, zoals altijd, niet in staat te bewegen of zijn hoofd op te tillen, zijn ledematen zo stevig als een in het bos omgevallen boom, waarvan de wortels hem nog steeds in de grond hielden. Hij zat vast, wachtend tot de hand hem zou raken, de klap zou komen, de laars zou landen. Hij zou pijn hebben als dat gebeurde, een hevige pijn waarvan hij vurig hoopte dat er een einde aan zou komen. Hij zette zich schrap, wachtend op het contact en het begin van de lijdensweg, die zo lang zou duren…

Max werd wakker. De man in het stapelbed boven hem bewoog slechts centimeters van zijn gezicht, waardoor er stof door de lucht zweefde en landde in zijn half geopende ogen. Hij kneep ze weer dicht en klauterde uit de houten kist, de vloer op. Er was geen tijd te verliezen. De kooien waren smal en zo tegen elkaar aan geperst dat als je aan het einde lag, je achteraan in de rij kwam te staan voor het stinkende *Scheisshaus*. Het was al erg genoeg als het gespoeld was, maar 's morgens vroeg was de stank zo sterk dat hij urenlang aan je kleren en in de haren van je neus bleef hangen.

Het ochtendappel was om vier uur, net voor zonsopgang. Max had geleerd elke minuut te benutten; er was weinig tijd om je voor te bereiden op de dag en te eten wat er was. Twee mannen droegen een enorme metalen emmer van de keuken naar de *Stuben*, de barakken waar ze woonden. Hij at zijn schamele rantsoen uit een metalen blik, een heel waardevol voorwerp. Je moest het gebruiken om 's nachts in te plassen en als het zoekraakte, dan kon je niet eten.

Het appel startte toen de zon opkwam boven de tuin. Zelfs in de zomer gierde de kille ochtendwind door zijn uniform. Hij stond alleen in een zee van mannen en jongens, sommigen oud en zwak, sommigen jong en doodsbang. Ze waren allemaal stil en mak, en degenen die dat niet waren leerden snel; het werd er bij hen in geramd.

Hoewel Max jong, sterk en gezond was, trok er vaak een rilling van vermoeidheid door zijn botten. Hij stond zichzelf niet toe daaraan toe te geven en erin weg te zakken. Hij wist dat struikelen of flauwvallen een wreed pak slaag of nog erger kon opleveren. Dus hij hield zich – net als de rest – zo goed mogelijk staande tot de zon opkwam en zijn gezicht verwarmd werd door de schampere stralen.

Het ochtendappel was gelukkig meestal eindig; ze hadden de werkdag voor de boeg. Het avondappel kon oneindig lang duren. Ze moesten voor straf soms urenlang blijven staan, in de regen en het vervagende licht, tot de hemel zwart werd en de lichtstralen vanuit de torens hen verblind vastpinden.

Het aantal mannen groeide exponentieel. 'Asociale' Duitsers, Joden en zigeuners met een strafblad werden massaal gearresteerd en gedumpt in Dachau. Met duizenden op elkaar gepropt was slapen bijna onmogelijk, zelfs als ze niet wakker werden gehouden door het geratel en gepiep van het spoor, waar inmiddels dag en nacht over werd gereden. Uit het hele rijk kwamen treinen aan, ijzeren slangen die door de buitenwijken gleden, hun menselijke lading aan het zicht onttrokken.

Na het appel gingen ze aan het werk, hoewel dat vaak alleen maar bedoeld leek om de geest te breken. De ene ploeg werd belast met het graven in de grindkuilen, de andere met het trekken van karren met zware stenen, of het droogleggen van nabijgelegen moerasgebieden. Sommige werkploegen gingen het terrein af, onder het toeziend oog van het *Aussenkommando*, op weg naar nabijgelegen steden. Max wilde graag met hen mee, om de wereld buiten Dachau te zien, ook al was hij er nog steeds van afgeschermd.

Hij had zijn eerste weken beleefd in een waas van zware arbeid, als lid van een team van tien man die een logge wals moesten slepen, die stenen vermaalden om de omliggende wegen te verharden. Hij wist dat hij hier weg moest om te overleven, maar een betere werkploeg kreeg je niet zomaar.

Met een glasscherf, gewikkeld in een lap stof, begon hij een stuk hout te bewerken. Eerst maakte hij een grove kam die hij vervolgens verhandelde. Na verloop van tijd groeide zijn reputatie. Hij kreeg een klein mes in ruil voor het snijden van schaakstukken, en hoewel ze slecht waren gevormd, leidden ze tot meer.

Op een avond kwam Max terug van het appel, vastbesloten het beste te maken van de schaarse minuten die hij nog had voor het licht uitging. Bij het horen van rennende voeten achter hem draaide hij zich om, zijn vuisten reeds gebald. Zijn achtervolger was een jonge man, lang en slungelig, met een huid die donkerder was dan hij ooit had gezien sinds hij Berlijn had verlaten. De jongeman hield zijn handen verdedigend omhoog.

'Ik wil alleen even praten.'

Hij liep in een drafje naast Max.

'Ben jij degene die hout bewerkt?'

Max keek hem aan vanuit zijn ooghoek.

'Hangt ervan af wat je zoekt. En je zult het hout zelf moeten vinden.'

De man grijnsde.

'Ik kan alles zelf maken. Ik wilde alleen zien wat voor man zo'n schaakstuk snijdt...'

Uit zijn zak haalde hij een paard dat Max herkende: de benen en het torso staken omhoog, ruwe manen liepen over zijn rug. Hij had het gesneden voor een man die in de keuken werkte en hem een takje van een winterlinde had gegeven. Het stuk was zo goed gelukt dat Max het niet kon laten er met zijn mes wat versieringen aan toe te voegen. De keukenprins was onder de indruk en stopte sindsdien vaak wat extra's in zijn blik.

'Waar heb je geleerd zoiets te maken?' vroeg de jongeman, terwijl hij Max en zijn snelle tempo probeerde bij te houden.

'Ik was beeldhouwer voordat ik hierheen werd gestuurd.'

'Ken je de Porzellanmanufaktur in Allach?'

Max bleef plotseling stilstaan. 'Daar werkte ik...'

'Klein wereldje, mijn vriend.'

Hij stak zijn hand uit, die Max verbaasd vastpakte.

'Stefan.'

'Max.' Hij schudde vol ongeloof zijn hoofd. 'Je werkt bij Allach. Wat doe je daar?'

'Ik was een leerling-steenhouwer, maar de bewakers besloten dat ik alleen geschikt was om kolen te scheppen.'

'Kun je daar misschien werk voor mij regelen?'

Hij haalde zijn schouders op. 'Dat is niet aan mij.'

Max greep zijn elleboog. 'Er is daar een man, Holger Ostendorf, de artistiek directeur...'

'Lang met bril?' vroeg Stefan.

Max knikte. 'Kun je hem vertellen dat ik hier zit? Max Ehrlich. Hij weet wie ik ben.'

Stefan keek twijfelachtig. 'Ik weet het niet. Ik kan het proberen, maar het Aussenkommando bewaakt ons als haviken...'

Max bleef vanaf die dag uitkijken naar Stefan, maar hij zag hem daarna weken niet meer. Toen, op een ochtend, werd hij na het appel naar de poort geleid. Stefan stond daar, samen met een man of vijf, te wachten om in een bus te stappen. Hij klopte hem ter begroeting op de rug.

'Ik dacht al dat ik je misschien weer zou zien.' Hij keek of de bewakers niet luisterden. 'Je vriend komt niet vaak bij de ovens, maar uiteindelijk zag ik hem. Die ene bewaker is de duivel, hij dreigde met een pak slaag, maar Herr Ostendorf nam het voor me op en luisterde toen ik hem vertelde dat ik je had ontmoet.'

'Ik wist niet zeker of hij me terug wilde.'

'Dat moet wel. Ik neem aan dat je daarom hier bent.'

De tocht van Dachau naar de Lindenstrasse was vrij kort en al snel kwamen ze aan bij hetzelfde voorerf dat hij de vorige winter had bewerkt. Max stond wankel op. Toen hij uit de bus stapte keek hij naar de plek waar hij maanden daarvoor had gelegen, bloedend en mishandeld. Daar, bij de ingang van het steegje, had Albrecht hem vernederd. Hij bad voor Bettina en hoopte dat ze aan haar broer en zijn woede was ontkomen. Hij dacht voortdurend aan haar en hield haar beeld vast in zijn hoofd.

Het Aussenkommando dreef Max en de rest van de werkploeg door de fabriekspoorten. Een bewaker klemde een hand om Max' schouder waardoor hij opveerde, zijn zenuwen stonden onder hoogspanning. Hij stuurde Max naar het administratiekantoor, waar hij ooit als Friedrich Marchen in de rij had gestaan, wachtend op zijn loon.

Holgers secretaresse stond op toen ze hem zag. Ze vroeg de bewaker te wachten en gluurde even om de kantoordeur. Ze knikte naar de bewaker toen ze weer achter haar bureau ging zitten en hij duwde Max naar voren bij het horen van Holgers stem.

'Kom binnen.'

Max nam zijn pet af toen hij naar binnen liep. Hij frutselde ermee in zijn handen, een glans van zweet op zijn bovenlip. De secretaresse sloot de deur.

'Lieve jongen.'

Holger stond op en sloot hem in zijn armen. De vriendelijke aanraking van een ander voelde voor Max zo vreemd dat hij geen woorden kon vinden. Hij beantwoordde de omhelzing, en was zich niet bewust van de tranen die over zijn wangen stroomden.

'Het is goed,' zei Holger. 'Het is al goed.'

Hij deed zijn best om het te verbergen, maar Holger schrok van Max' uiterlijk: het ruw geschoren hoofd, zijn bruine krullen weg, vervangen door stoppels. En hij was uitgemergeld, zijn jukbeenderen lagen als scherpe scheermessen in zijn gezicht. Zijn uniform stond stijf van het vuil en hing van hem af als een zeildoek.

Hun gesprek was noodzakelijkerwijs kort, aangezien de bewaker buiten op Max stond te wachten, maar Holger beloofde hem later op te zoeken. Toen ze het kantoor uit kwamen zei hij tegen de bewaker dat hij Max naar het atelier moest brengen.

'Hij moet eigenlijk kolen scheppen met die donkere Rijnlandse klootzak.'

Maar Holger stond erop. Er was een tekort aan personeel en hij had een ervaren kracht nodig. De bewaker zwichtte met tegenzin.

De fabriek produceerde tientallen militaire beeldjes, maar Holger wist instinctief wat het publiek wilde in deze turbulente tijden: geen soldaten, maar dieren. De kenmerkende kitscherige Allach-stijl bood troost op zulke momenten.

Max werd belast met het boetseren van een braaf ogende hazewindhond, gebaseerd op Holgers eigen geliefde Marthe. Hij kreeg een klein bureau in een drukke kamer met loonwerkers en stortte zich meteen op het kneden van Marthes veulenachtige vorm, terwijl hij door het raam toekeek hoe zij in wilde, herhalende cirkels door het struikgewas achter de fabriek rende.

Max genoot ervan zijn handen weer te gebruiken en zich in zijn werk te verliezen. Hij werkte langer en harder dan ooit tevoren, maar hoefde geen ton ijzer en steen voort te trekken en was zich daardoor bewust van zijn geluk.

Weken gingen voorbij en hij kwam bij Allach langzaamaan in zijn oude werkritme. Max was vaak uitgeput en zag slecht, maar de vertrouwde omgeving was een troost.

Holger voelde ook dat er een zware last was weggevallen en besefte pas later hoe diep het plotselinge en onverklaarbare vertrek van zijn vriend hem had geraakt. Door de constante bewaking van het Aussenkommando konden ze moeilijk praten, maar hij zorgde ervoor dat hij Max elke dag even zag. Hij maakte jaarlijks een bedevaart naar de zomertentoonstelling in het Haus der Deutschen Kunst, maar stelde die wekenlang uit zodat hij Max in de gaten kon houden. Uiteindelijk besefte hij dat hij niet langer kon wachten: hij moest de ontwikkelingen bijhouden. Reichsführer Heinrich Himmler raakte vaak geïnspireerd door een beeldhouwwerk of een schilderij dat hij daar zag hangen en Holger wilde zich niet laten verrassen.

Uiteindelijk sprong hij op de trein naar München en liep door de klassieke zuilengalerij naar binnen. Het driedimensionale bouwwerk was zijn passie. Hij was veel minder gecharmeerd van de prenten en schilderijen, die hem vaak koud lieten, maar op deze dag viel één werk hem op. Intens krachtig en pakkend, met een eenzame mannelijke figuur, razend knap, goed geproportioneerd en griezelig vertrouwd. Het zoog hem op. Hij bekeek het nog eens van dichterbij. De griezelige gelijkenis met Max was onmiskenbaar, hoewel de figuur ontegenzeggelijk arisch was, met honingkleurig haar en blauwe ogen, terwijl Max donker was.

Holger keerde de volgende dag terug naar de fabriek en vroeg zijn secretaresse, Fräulein Schaffer, om Max naar zijn kantoor te laten brengen.

Terwijl de bewaker buiten stond en de deur stevig dicht was, legde Holger de tentoonstellingscatalogus neer en opende die bij de afbeelding van *De Viking*. Hij zag de verbazing in Max' ogen.

'Ik neem aan dat je de kunstenaar kent?'

Max gaf het met tegenzin toe.

'Dat klopt. Maar alsjeblieft, Holger, beloof je dat je het niet verder vertelt? Ik vertrouw je volledig, maar ik kan er niet over praten en niemand anders mag het weten.'

Terwijl de zomer ten einde kwam kreeg Max een obsessie. Op de houten tafel voor hem stond een ruwe kleifiguur van een man, één knie opgetrokken, zijn been stevig op een rotspunt onder zijn voeten. Het zou nog dagen duren om het lichaam te voltooien, maar zijn aandacht was nu volledig gericht op het gezicht. Dit was cruciaal voor het beeldje en Max concentreerde zich op het centrum van zijn blikveld en de beweging van het lemmet.

Max had ontdekt dat hij het best functioneerde tussen zijn ademhalingen door. Hij kon deze ruimte inmiddels verlengen en had zijn longcapaciteit vergroot tot hij, als een duiker, kon afdalen tot grote dieptes en daar langer kon blijven. Toen zijn bewustzijn zo ver gezonken was verfijnde hij het verder en werkte hij bijna tussen de hartslagen door. Het langzame geklop van zijn bloed gaf aan wanneer hij de scherpe punt van het mes moest optillen en wanneer hij het erin moest drukken. Toen ze tevoorschijn kwamen, werden de gezichtstrekken duidelijk: het was zijn spiegelbeeld. Het vond het eng zijn eigen beeltenis in miniatuur te snijden.

Zijn referentiekader zat voor hem: een grote zwart-witfoto van het schilderij dat in de toonzaal hing. Hij had het tegen de muur naast het raam gezet, zodat het steeds aan de rand van zijn gezichtsveld verscheen. Hij keek er veel naar, omdat hij precies wilde vastleggen wat de kunstenaar had bedoeld, en om zichzelf weg te cijferen. Het zou zijn alsof de verf was omgezet in klei. Telkens als hij ernaar keek kwam er een herinnering naar boven in zijn spieren, die hem terugbracht naar de uren dat hij in diezelfde houding had geposeerd. Zijn gedachten gingen ook uit naar hoe de nacht was geëindigd – zij samen, verbonden als één.

Toen hij klaar was ontdekte hij dat in deze versie van het schilderij het konijn aan de hiel van *De Viking* was verduisterd. Bettina had zichzelf in het origineel als het dier weergegeven, een zelfportret in metamorfose. Hij noemde haar vaak zijn kleine konijn, zijn 'kleines Kaninchen'.

Hij besloot zijn scalpeermes weer te pakken, om het konijn uit zijn geheugen er weer in te voegen. Als ze het zag, zou ze genoeg weten. Het zou een teken zijn, naar haar verzonden op de enige veilige manier.

'Help me even?'

Bettina keek over haar schouder naar Richard, die naar haar toe kwam en de opstaande kraag in haar nek dichtknoopte.

'Dank je.'

Richard liep terug naar de fluwelen stoel en plofte neer terwijl zij een kleine granaatvormige oorbel oppakte en op zijn plek prikte.

'Ik ben erg blij dat je met me meegaat.'

'Ik wil deze Karl graag eens ontmoeten. Wat is hij voor iemand?'

'Beschaafd en vreselijk rijk. Hij stuurde deze jurk als een cadeau, waarschijnlijk bang dat ik zou verschijnen in diezelfde sjofele jurk die ik steeds droeg als ik hem tegenkwam.'

Ze streek de rok glad, die haar nog goed paste. Ze merkte wel een verdikking op in haar taille.

De jurk was een paar dagen eerder bij haar aangekomen, samen met een uitnodiging voor een besloten soiree in huize Holz in München. Ze had de lange zuil lichtroze zijde uit de verpakking in de doos gehaald. Haar eerste ingeving was om hem terug te sturen, totdat ze dacht aan alles wat Richard haar had verteld over de verzetspogingen van hem en zijn vrienden. Dus telegrafeerde ze hem in Berlijn, om hem te laten weten dat zich eindelijk een kans voordeed.

Bettina deed haar jurk nog een laatste keer goed; hij viel tegen de grond en veegde over de vloer. Ze keek over haar schouder naar het raster van dunne zijden bandjes die elkaar op de rug kruisten, gevlochten in een ingewikkeld geometrisch ontwerp.

'Ik geloof dat hij een pragmaticus is. Hij heeft een persoonlijke voorliefde voor het expressionisme. Hij kent mijn eigen artistieke geschiedenis, maar hij lijkt er niet mee te zitten.'

Richard keek haar sceptisch aan.

'Iemand die hierin meegaat voor eigen gewin is niet minder angstaanjagend dan een ideoloog. Die heeft tenminste nog overtuigingen.'

Bettina ging aan haar kaptafel zitten om haar haar te borstelen. Richard keek naar haar spiegelbeeld.

'Zo, vertel eens, ik weet alles van zijn carrière en contacten, maar niets van zijn privéleven. Is hij getrouwd?'

'Dat was hij ooit, maar zijn vrouw stierf kennelijk jong.'

Richard snoof minachtend. 'Dat verklaart dus waarom hij je dure cadeaus en feestuitnodigingen stuurt...'

'Ik heb niet het gevoel dat hij zich tot mij aangetrokken voelt, hoewel hij moeilijk te doorgronden is. Ik logeerde een paar dagen in zijn huis aan het meer, voordat ik mijn schilderijen aan Gurlitt liet zien. Toen vertelde hij me dat *De Viking* zou worden tentoongesteld in het Haus der Deutschen Kunst. Hij probeerde me niet te versieren. Hij is eigenlijk nogal koel en afstandelijk.'

Ze bracht een donkerrode glans aan op haar lippen terwijl Richard achteroverleunde op de chaise longue.

'Nou, Libertas werd flink enthousiast toen ik haar vertelde dat je me ging voorstellen,' zei Richard. 'Het lijkt erop dat deze Holz een vrij invloedrijke SS'er is als het over kunstbeleid gaat. Misschien is het niet verkeerd dat hij een oogje op je heeft. Maar vindt hij het niet erg dat je mij meeneemt als gast?'

Bettina pakte een dikke marterharen kwast en poederde haar gezicht.

'Elk meisje in München heeft de laatste jaren geprobeerd hem te strikken. Ik weet zeker dat hij zo kan trouwen als hij wil.'

'Wees voorzichtig, Betti. Je denkt misschien dat je hem doorhebt, maar hij heeft dat uniform niet verdiend door een pragmaticus te zijn. Ik heb gezien hoe ze te werk gaan. Ze halen iemand er zo uit die niet ideologisch gedreven is en die krijgen gewoon geen promotie. Hoe goed ken je hem echt?'

Ze haalde haar schouders op. 'Ik weet alleen dat we het allebei het risico waard vinden.'

'Nou, blijf op je hoede. Je kunt makkelijk verleid worden door deze mensen. Ik heb het zien gebeuren, had zelf ook die neiging. Het lijkt alsof je in controle bent, maar je moet je verstand erbij houden. Dat ik mijn eigen nek riskeer wil niet zeggen dat ik die van jou ook wil riskeren.'

Toen ze in de lobby van het appartementencomplex aankwamen werden ze door een portier een lift in geloodst en een paar verdiepingen omhooggestuurd. Ze stapten rechtstreeks uit in een privéappartement, waar een dienstmeisje klaarstond om hun jassen aan te nemen.

Nerveus keek Bettina naar haar reflectie in een vergulde spiegel. 'Hoe zie ik eruit?'

'Bleek als porselein,' mompelde Richard. 'Knijp in je wangen en zet een glimlach op.'

Toen het dienstmeisje terugkwam leidde ze hen naar een ruime salon met muren in de kleur van blauw porselein. Bettina had al haar dagen en nachten in het kleine atelier in Neuhausen doorgebracht, waardoor alleen deze ruimte al groot leek, maar toen ze verder liepen merkte ze dat de ene kamer overging in de andere. Er werd gekletst en geluierd in kleine gezelschappen. De vrouwen droegen allemaal zijde of taf tot aan de grond, de meeste mannen droegen een uniform en stonden in de stijve houding van een soldaat.

Bettina besefte dat vele ogen op hen gericht waren en liep zo elegant als ze kon, hoewel het tapijt zo dicht en diep was dat ze bang was onderuit te gaan of een enkel te verzwikken. Ze werd gedwongen te zweven op een manier die heel onnatuurlijk aanvoelde, alsof ze op een podium stond. Ze vond zichzelf altijd heel flexibel, in staat nieuwe manieren en spreekgewoontes aan te nemen, zich aan te passen aan het gezelschap waarin ze verkeerde, maar hier voelde ze zich ontmaskerd, een bedrieger in de schijnwerpers. Ze hield Richard in de gaten. Hij leek volkomen ontspannen en zelfverzekerd als altijd. Hij leidde hen naar een paar cocktailstoelen waar zij stijfjes ging zitten en haar rok rechttrok.

'Kop op, Betti,' fluisterde Richard. Hij bestudeerde hun luxueuze omgeving. 'Je had geen ongelijk over zijn rijkdom.'

Ze wist dat Karl Holz' familie geld had en dat hij zelf nog meer had vergaard. Zijn huis aan de Starnberger See was uiterst uitnodigend, maar dit was de eerste keer dat ze in zijn woning in München was. Hij had haar al eens om vergiffenis gesmeekt dat hij haar niet kon uitnodigen.

'Mijn zus, mijn neefje en mijn kleine nichtje logeren bij mij,' had hij verontschuldigend gezegd. 'Haar man is vorig jaar overleden. Een jachtongeluk. Tragisch, natuurlijk, maar... hij was nogal een zwakke man, vrees ik. Geen partij voor mijn zus.'

In de hoek van de kamer stond een babyvleugel, waar een nogal intense jongeman over de toetsen hing en Schubert speelde. Een dienstmeisje kwam langs met een dienblad met champagnecocktails in coupes, de bubbels knipoogden door de sterretjes die in het glas waren geëtst. Richard tilde er twee op en overhandigde er een aan Bettina. Ze bracht het glas naar haar lippen. Ze had er de afgelopen weken een afkeer van ontwikkeld. Samen met haar lichte, sporadische misselijkheid herinnerde het haar aan het feit dat de tijd voortschreed. Haar leven zou spoedig onherkenbaar veranderen. Richard dronk zijn glas in één keer leeg en glimlachte geforceerd naar haar.

'Ik ga er nog een halen. Een beetje vloeibare moed kan nooit kwaad. Jij nog?'

Ze schudde haar hoofd. Hij stond op en ging op zoek naar de serveerster.

Bettina keek om zich heen en vond het verbijsterend dat iemand zo kon leven. Karl Holz koos ervoor zich te omringen door niets anders dan het beste: niets was kapot of misplaatst. Het leek onwerkelijk dat iemand zijn huis inrichtte als een tentoonstelling. Elk voorwerp was geselecteerd op schoonheid en functionaliteit.

Aan het einde van de kamer, naast een grote grijs geaderde, marmeren open haard, stond een klein meisje met roze lippen en grote blauwe ogen. Ze zoog op haar duim en hield een versleten fluwelen konijntje tegen haar oor. Naast haar stond een nogal ernstig uitziende jongen, een paar jaar ouder, met haar dat weigerde plat te liggen. Hij droeg het uniform van de Hitlerjugend.

Bettina voelde een lichte aanraking op de huid van haar blote schouder, waardoor ze schrok.

'Het spijt me dat ik je niet persoonlijk kon verwelkomen.'

Karl nam haar hand en kuste die formeel, waarna hij zijn glas naar het hare hief en met haar toostte.

'Welkom in mijn huis. Wat heerlijk dat je hier eindelijk bent.'

Bettina wees naar de twee kinderen aan de voet van de schouw.

'Zijn dat je nichtje en neefje? Het spijt me, ik ben hun namen vergeten.'

'Julia en Christophe. Ik liet hen iets later opblijven dan gewoonlijk zodat je hen kon ontmoeten. Laat me je voorstellen. Julia zal gecharmeerd zijn van je verschijning. Ze heeft geholpen met het uitzoeken van je jurk.'

Toen ze naderden staarde het jonge meisje met grote ogen.

'Julia, Liebchen, dit is mijn vriendin, Fräulein Vogel. Sta eens op en laat je goede manieren zien.'

Julia tilde haar jurk van taf op en maakte een kleine buiging met zo'n doodserieuze uitdrukking dat Bettina erom moest lachen.

'Aangenaam kennis te maken, Julia,' zei ze, terwijl ze een buiging maakte om haar formaliteit te beantwoorden.

'En dit is Christophe.' Karl gebaarde naar de jongen. Ze stak haar hand uit om de zijne te schudden, maar hij stak zijn arm omhoog, waardoor ze ineenkromp.

'Heil Hitler!'

Karl beantwoordde hem en liet daarna zijn hand zakken om liefdevol over het haar van zijn neefje te wrijven. Bettina glimlachte slapjes. De jongen staarde haar zwijgend aan.

'Welnu, kinderen...' Karl reikte naar de schoorsteenmantel en haalde er een kaarslantaarn af. 'Een zeer belangrijk iemand gaf me dit, een heer genaamd Heinrich Himmler.'

De jongen zette grote ogen op.

'Ik zie dat je zijn naam herkent, Christophe, heel goed.' Karl ging verder: 'Hij is niet alleen de Reichsführer-ss, maar hij bezit een prachtige porseleinfabriek niet ver hiervandaan en de slimme kunstenaars daar hebben dit gemaakt. Het is mij heel dierbaar, dus ik weet dat je ervoor zult zorgen dat het heel blijft.'

Bettina voelde een rilling door haar heen gaan bij het noemen van de porseleinfabriek. Ze zocht in de kamer naar Richard en zag dat hij van een afstand toekeek. Hij hief stiekem zijn glas naar haar op.

Karl overhandigde Christophe de lantaarn. Voorzichtig stak hij een lucifer aan en hield hem tegen de lont, die opgloeide. Hij schudde de lucifer haastig uit, zodat hij zijn kleine vingers niet zou branden, en overhandigde de lamp aan Karl, die hem met trots terugzette.

'Welnu, wie heeft er zin in wat Scho-Ka-Kola? Een kleine traktatie voor het slapengaan.'

Hij pakte een klein metalen blikje en ging op zijn hurken zitten. De ogen van beide kinderen lichtten op. Karl leek anders in hun gezelschap. Hij had een gegroefde, gerimpelde glimlach die ze slechts vluchtig had gezien. Hij wenkte het kindermeisje dat in de buurt rondhing.

'Je mag ze nu naar hun kamer brengen, Heida.'

De kinderen werden weggestuurd en Karl leidde Bettina naar een groep mannen in uniform, hun zwetende gezichten en verfomfaaide haren wezen op een mate van dronkenschap die ze niet had verwacht. Terwijl haar broer in uniform vaak overmatig dronk leken Karl en zijn vrienden ietwat terughoudender. Maar vanavond bleken ze allemaal vastbesloten die formaliteit van zich af te schudden. Ze plaagden Karl uitbundig, geamuseerd dat híj hen voorstelde aan een vrouw die zo'n vijftien jaar jonger was.

Naarmate de avond vorderde ving Bettina soms een blik op van Richard aan de andere kant van de zaal, die verschillende gezelschappen charmeerde, opgewekt als altijd, maar ze kregen nauwelijks de kans samen even te praten. Karl wilde haar kennelijk rondleiden en voostellen aan de andere gasten, van wie ze de meesten nog nooit had ontmoet. Hildebrand Gurlitt was er ook en ze zag de kunstenaar Ziegler voorbijkomen.

Op een onbewaakt moment verloor het feest al zijn klasse en ontaarde het in een dronken feestgedruis. Er werd massaal gezongen, 'Die Fahne Hoch', de hymne van de nazipartij, waardoor de anders zo bikkelharde oude mannen leken te veranderen in sentimentele sukkels. Eventjes werd Bettina in het nauw gedreven door een oudere heer. Hij was dik en had gele ogen, en drukte haar met zijn met whisky doordrenkte adem tegen de muur.

'Ik ben niet tegen het christendom, maar je kunt het ook overdrijven en dan begint het te rieken naar jodendom. We zouden beter moeten kunnen. Wat is er mis met Duits bloed en Duitse bodem?'

Ze probeerde tevergeefs aan hem te ontsnappen totdat een hoekige vrouw verscheen en de man smeekte om een gunst. Ze wilde Fräulein Vogel even stelen. Terwijl ze haar wegleidde, stelde ze zich voor als Liesl Braemer, Karls zus. Net als hij had ze een nogal droog voorkomen. Haar aardbeiblonde haar was golvend en stevig vastgezet, alsof het uit kersenhout was gesneden. Ze was bleek, dun en haar ellebogen, wangen en sleutelbeenderen staken uit. Broer en zus hadden hetzelfde lange gezicht en dezelfde kleine, ondoorgrondelijke ogen, hoewel die van haar nogal dof leken. Misschien het gevolg van het weduwschap, dacht Bettina.

'Zoals mijn broer over je sprak wist ik dat we elkaar moesten ontmoeten. Vertel eens, hoe komt het dat je nooit getrouwd bent?'

Bettina stond even perplex.

'Ik weet niet goed hoe ik daarop moet antwoorden... Niemand wilde mij echt een aanzoek doen, denk ik.'

'Hoe teleurstellend. Ik hoopte zelf op een schandaaltje om de boel wat aan te zwengelen. Toch is een volwassen, ongetrouwde vrouw al een schandaal an sich.' Ze glimlachte vluchtig. Bettina richtte haar aandacht op de lijnen rond haar dunne lippen, waar haar lippenstift uitliep.

Liesl bestookte haar met vragen, sommige onschuldig, andere leken valstrikken; waar ging je naar school, ken je deze of gene familie, wie is de *Kommandant* van je broer? Uiteindelijk was haar nieuwsgierigheid kennelijk verzadigd en pakte ze Bettina's vingers vast.

'Ik ben zo blij dat de jurk past. Ik vertelde Karl dat je misschien niets geschikts had.' Ze wachtte de reactie van Bettina niet af. 'Nu moet ik verder. Je hebt me veel te lang gemonopoliseerd!'

Ze glimlachte oppervlakkig en verdween, terwijl ze het afwachtende personeel opdroeg rond te lopen en drankjes bij te vullen. Bettina keek toe hoe ze zich aansloot bij een kliek chique oudere vrouwen. De ogen van Liesl dwaalden af en toe terug naar de hare en ze glimlachte en zwaaide, haar lach klonk schril boven het geklets uit.

Bettina zocht in de vertrekken naar Richard en vond hem uiteindelijk in een kleine studeerkamer, kaartspelend aan een tafel vol hoge officieren. Ze waren flink rood aangelopen en stomdronken. Richard trok zijn wenkbrauwen op om te vragen of ze hem nodig had. Ze schudde haar hoofd, voordat ze het strijdgewoel weer in ging.

Hoewel er veel vrouwen aanwezig waren, viel het haar op dat ze allemaal verbonden leken aan mannen. Het waren de vrouwen of vriendinnen van de ss-officieren, de leden van de Reichskulturkammer of Karls vrienden uit de kunstwereld. Karl zelf leek zonder aanhang te zijn. Eigenlijk bleef hij, naarmate de avond vorderde, vooral aan haar zijde, attent en bezorgd. Hij stelde haar voor aan een nogal corpulente kunstverzamelaar, van wie de knopen van zijn vest uitpuilden terwijl hij haar werk prees en een paar suggesties deed.

'Je moet meer Vikingen maken,' zei hij. 'Zeer inspirerend spul. Schilder iets voor de viering van de winterzonnewende dit jaar. Odin met een vloeiende baard op zijn witte renpaard en een zak vol geschenken. Wat denk jij ervan, Karl? Het zou een doorslaand succes zijn!'

'Dat is zeker. Ik weet dat Himmler erachter zou staan. De Noorse goden zijn van vitaal belang – ze vertegenwoordigen het arische ideaal en de zuiverheid en levensduur van onze bloedlijn. De goede *Bürghers* van dit land moeten weer trots worden op hun afkomst.'

Hij wendde zich tot Bettina.

'Jouw werk is zo belangrijk omdat je deze typisch Germaanse taferelen zo werkelijk tot leven brengt.'

De verzamelaar knipoogde uitgebreid naar Bettina. 'Wat een compliment! Ik zou bij hem blijven, jongedame. Hij schijnt je te mogen.'

Bettina voelde een blos op haar wangen ontstaan.

'Wil je ons excuseren?' vroeg Karl. 'Ik moet Fräulein Vogel iets laten zien in de andere kamer.'

Karl liep door een donkere gang met hetzelfde zachte tapijt dat het geluid van het feest leek op te slokken. Ze aarzelde even en volgde hem toen.

Aan het eind van de gang was een grote, in walnoot geverniste deur. Karl opende die en loodste haar naar binnen. De kamer was mannelijk maar weelderig en vrij luxueus. Tegen een muur stond een groot bed, opgemaakt met wit linnen. Ernaast stonden twee discrete Lalique-lampen, die een warme gloed verspreidden. Alles was onberispelijk, geen enkel voorwerp misplaatst. Het rook fris en schoon, naar bijenwas en dure Franse pommade.

Karl liep doelbewust naar een kaptafel waar hij een lange zwarte doos met gouden accenten uit haalde, een okerkleurige strik van dik zijden lint eromheen. Hij overhandigde hem aan Bettina.

'Sorry dat ik je meesleep, maar ik zocht een rustig moment om je dit te geven.'

Hij gebaarde naar een lage stoel, waar zij ging zitten, de zware doos in haar handen. Ze aarzelde en trok toen voorzichtig aan het lint, dat losschoot en over haar knieën viel. Ze tilde het deksel op, dat langzaam omhoogkwam en de lucht eromheen leek aan te zuigen.

Ze legde het deksel opzij en keek in de doos. Het duurde even voor ze herkende wat daar lag – het voelde volkomen vertrouwd en toch zo onverwacht dat ze geen wijs kon worden uit wat haar ogen zagen.

Daar lag, genesteld in een met fluweel beklede sarcofaag, *De Viking*, haar Viking, met het zwaard in de hand, in driedimensionaal, spiegelend wit porselein.

Hij was koud en extreem gedetailleerd, en nam bijna de volledige lengte van haar onderarm in; van de rotspunt waarop hij stond tot aan de volle bontmantel die zijn brede schouders bedekte. Met trillende handen tilde ze hem uit het zachte fluweel en hield hem voor zich. Ze stak een vingertop uit om de scherpe punt van het lemmet aan te raken en de harde lijnen van de kaak te strelen. Max' gelaatstrekken werden in miniatuur weerspiegeld. Het was perfectie.

Ze voelde dat tranen haar ogen vulden, maar ze kon even geen woorden vinden. Ze keek op naar Karl, die ongemakkelijk voor haar heen en weer drentelde.

'Ik werd erop geattendeerd door een vriend in Himmlers burelen. Het is pas een paar dagen geleden afgeleverd.' Hij lachte nerveus. 'Ik weet dat jij de kunstenaar bent, dus het zou van jou moeten zijn, maar geloof me, ik moest flink wat mensen bewerken. Ze zijn heel zeldzaam.'

Hij viel stil, alsof hij onzeker was hoe hij verder moest gaan. Een traan gleed over Bettina's wang.

'Ik had geen idee... Hoe kan ik je ooit bedanken?'

Ze veegde de traan weg. Karl keek weg en schuifelde op zijn voeten.

'Het kunstenaarschap is niet mijn verdienste. Dat ligt volledig bij jou en de getalenteerde ambachtslieden van Allach.'

Ze voelde de wereld even wegglijden. Natuurlijk was het Allach. Dom van haar om dat niet te beseffen – waar anders? Ze werd overmand door emoties en had even het gevoel dat ze niet kon ademen. Karl kwam bezorgd naar haar toe.

'Het spijt me. Heb ik iets verkeerds gedaan?'

'Helemaal niet. Ik had het gewoon niet verwacht.'

Ze keek weer naar het spierwitte porselein in haar handen, wilde het in één keer in zich opnemen; haar ogen gingen van top tot teen, keerden hem om, heen en weer. En toen zag ze het: gehurkt aan zijn hiel, het trouwe konijn, haar Kaninchen-zelfportret. Toen ze de metamorfose van *De Viking* had voltooid, had ze besloten over het dier heen te schilderen. Niemand anders had er ooit van kunnen weten. Niemand, behalve Max.

Lang na middernacht ging Bettina alleen terug naar haar atelier in Neuhausen. Ze had op het feest naar Richard gezocht, maar er was geen spoor van hem te bekennen. Karl stond erop zijn chauffeur wakker te maken om haar naar huis te brengen en zij had op de brede leren achterbank haar porseleinen Viking stevig vastgehouden terwijl de stille straten van de stad voorbijgleden.

Ze plofte op het bed, te onrustig om te slapen. Toen werd er voorzichtig op de deur geklopt. Richard stond tegen de muur geleund, zijn haar en overhemd verfomfaaid, en fluisterde excuses.

'Sorry, sorry... Ik zag de chauffeur vertrekken en vermoedde dat je nog niet sliep.'

'Ik kon niet ontspannen, kom binnen.'

Hij struikelde over de drempel en verontschuldigde zich opnieuw.

'Waar ben je geweest?'

'Ik was de weg kwijt. Het was een lange nacht.'

'Koffie?'

Hij knikte dankbaar en liep naar de vensterbank, waar hij ging zitten en een sigaret opstak. Bettina zette de kleine kookplaat aan en vulde de ketel met water.

'Het laatste wat ik van je zag was dat je een aantal Kommandanten aan het kaalplukken was,' zei ze.

'Andersom juist. Ga nooit kaarten met oude soldaten, want die kleden je helemaal uit.'

'O jee.'

'Het was eigenlijk best ontwapenend. Ze voelden zich er superieur door.'

Bettina trok een wenkbrauw op. 'Ik neem aan dat het een vruchtbare avond was?'

'Een sterk begin, dankzij jou. Zonder jouw introductie had het maanden kunnen duren.'

Ze overhandigde hem een kop sterke zwarte koffie en ging naast hem zitten.

'Ik ben blij om te kunnen helpen.'

'Hoe was jouw avond? Je zag eruit als de prinses van het bal.'

'Het was best vreemd.' Ze keek verward. 'Het voelde soms alsof ik doorgelicht werd.'

'Om te zien of je geschikt bent als nazi-echtgenote?'

Ze fronste verbaasd.

'Misschien. Hij wilde van alles over jou weten.'

Richards wenkbrauwen schoten omhoog. 'Wat dan?'

'Ik denk dat hij dacht dat we een stel waren. Ik zei van niet, maar ik weet niet zeker of hij me geloofde. In ieder geval waarschuwde hij me.'

Richard liet een holle lach los. 'Dat geloof ik graag.'

'Denk je dat ze je in de gaten houden?'

Richard nam een lange trek van de sigaret. Hij plukte een vlokje tabak van zijn tong.

'Die kans is groot, denk ik.'

'Dan moet je voorzichtiger zijn.'

'Maak je geen zorgen, ik kan voor mezelf zorgen. Ik maak me vooral zorgen om jou. Hoe denk je Herr Holz op afstand te houden?'

Bettina aarzelde. Buiten begon de donkere nacht op te trekken.

'Ik weet niet zeker of ik...'

Ze wist niet goed hoe ze haar situatie moest verwoorden.

'Er is iets wat ik je nog niet heb verteld. Of iemand anders, bedenk ik me nu...' Het voelde onwerkelijk om de woorden eindelijk hardop te zeggen. 'Nou ja, ik weet bijna zeker dat ik zwanger ben.'

Ze probeerde een glimlach te forceren, maar tevergeefs. De geschokte uitdrukking op Richards gezicht begon te verzachten en veranderde in medelijden. Ze kon daar slecht tegen.

'Het komt heus wel goed. Je zei zelf dat ik een verstandig hoofd op mijn schouders heb, dus maak je niet zo druk. Je weet dat Max en ik er vurig op hadden gehoopt.'

'Mijn god, Betti, waarom heb je me dit niet eerder verteld?'

'Ik wist het niet zeker, en ik wist ook niet of het goed zou gaan. Bovendien, hoe graag ik dit ook wilde, er is weinig reden om te juichen. Als iemand het hoort, Albrecht bijvoorbeeld...'

Meer hoefde ze niet te zeggen. Hij kende de risico's voor ongehuwde moeders in het huidige klimaat. Het vooruitzicht dat de pasgeborene onder dwang zou worden weggehaald en ter adoptie zou worden aangeboden, of, erger nog, als er een vermoeden was van

Joods vaderschap. Ze hadden nog steeds geen idee waar Albrecht toe in staat zou zijn.

'En er is nog iets...'

Bettina ging naar de keukentafel om de zwart met gouden doos te pakken, die ze hem overhandigde. Hij hield de sigaret tussen zijn tanden en tilde met beide handen het deksel op, waardoor de porseleinen Viking zichtbaar werd. Het duurde lang voordat Richard begreep waar hij naar keek, maar toen lachte hij ongelovig.

'Waar heb je die in hemelsnaam vandaan?'

'Van Karl. Ze zijn blijkbaar moeilijk te krijgen. Wat de vraag oproept waarom iemand zo'n porseleinen beeldje zou maken op basis van een relatief obscuur schilderij. Het is gemaakt in Allach, mocht je het nog niet hebben geraden.'

Het besef drong langzaam tot Richard door.

'Max?'

'Je hebt zijn beeldhouwwerken nog nooit gezien, maar dit lijkt echt op zijn werk. En zie je het konijn?' Ze wees naar de gedaante, half begraven in het kreupelhout. 'Dat zat in het originele portret, maar toen heb ik eroverheen geschilderd. Niemand anders kon dat weten. Het is een signaal aan mij, dat weet ik zeker.'

'Er zijn fabrieken die gevangenen uit Dachau gebruiken als dwangarbeiders, dus het klinkt best logisch. Vooral gezien Himmlers connecties. Maar toch, je moet niet te veel hopen, Betti.'

Haar gezicht stond vastberaden. 'Ik weet het. Je hebt gelijk, maar ik kan het onmogelijk negeren... Karl Holz is misschien wel de sleutel om bij Max te komen.'

Maanden gingen voorbij, de zomer vervaagde en het groen stierf weg tot stof. Bettina stond op een podium met wit tapijt. Ze droeg een ivoorkleurige jurk met brede schouders en kapmouwen die leken op overlappende bloemblaadjes. Haar empirejurk had een eenvoudige snit, hij raakte de grond en spreidde zich uit. Achter haar trok een jonge vrouw met witte katoenen handschoenen de sleep recht en stapte achteruit om haar werk te bewonderen.

Bettina bekeek haar eigen spiegelbeeld in een drievoudige spiegel. Ze rechtte haar schouders, dankbaar dat de pasvorm haar bolle buik flatteerde en verborg. Ze voelde een merkwaardige afstand en keek emotieloos naar zichzelf. Haar jongere zelf zou hebben gehuild bij de gedachte zo onverschillig te zijn over de keuze van haar bruidsjurk, maar aangezien ze die dag totaal anders had voorgesteld, deed het er weinig toe. Het was prima zo, dacht ze. Rijen kleine, vastgenaaide zaadparels daalden van haar hals naar haar borst in geschulpte golven, de druk ervan werkte beklemmend. Ze stopte er een vinger in, om haar keel van wurging te verlossen.

'Niet doen,' snauwde Liesl. 'Zo krijg je een kalkoennek.'

Zittend in een blauw fluwelen fauteuil wierp Bettina's toekomstige schoonzus een kritische blik op het geheel.

'Ik ben blij dat je wat aankomt. Je was veel te dun, niet flatteus voor een rijper gezicht. Je mag dan jonger zijn dan Karl, je bent geen lentebruid.'

Bettina ademde diep in en probeerde haar maag in te houden. Op zulke momenten vroeg ze zich af hoever ze hierin zou durven gaan.

Nadat ze haar nieuws met Richard had gedeeld, had hij haar galant ten huwelijk gevraagd. Ze had natuurlijk gehuild en hem bedankt, maar nee gezegd. Ze wilde Max' ongeboren kind wanhopig beschermen, maar kon Imre dat onmogelijk aandoen, omdat ze wist dat het haar zou slopen.

Ze had verder geen ander plan dan met de dag te leven, tot Karl Holz haar plotseling ten huwelijk vroeg, op een heldere ochtend aan het meer.

Hij had haar het weekendhuis aangeboden om een paar dagen te ontsnappen, wat ze dankbaar had aanvaard. Op de tweede dag dook hij uit het niets op en deed haar een aanzoek. Het was allemaal zo onverwacht dat ze een tijdlang sprakeloos was, totdat ze zich gedwongen voelde de stilte te vullen. Ze zei dat ze erover zou nadenken, in de heldere wetenschap dat ze de man nauwelijks kende en geen gevoelens voor hem koesterde. Ze was niet zijn vriendin, noch zijn geliefde – ze was slechts iets wat hij leek te willen bezitten.

In de dagen daarna overwoog ze het voorstel en kwam ze tot de conclusie dat ze allebei iets kregen wat ze nodig hadden. Er bestond een vreemd soort gelijkheid in het gebrek aan gevoel van beide kanten. Hij wilde een mooie artistieke vrouw, zij wilde bescherming voor de baby die in haar groeide en een weg terug naar Max, mocht ze dat kunnen regelen.

Maar zo overtuigd als ze op het moment ja had gezegd, zo anders was het vervolg geweest. Haar werkelijke situatie drong pas gestaag tot haar door in een reeks naschokken.

Karl werd zes maanden in Wenen gestationeerd, met vrijwel onmiddellijke ingang. Liesl beweerde dat een lange verloving ongepast zou zijn op hun leeftijd en dus werd de bruiloft vervroegd. Eerst aanvaardde Bettina het nieuws dankbaar, omdat ze graag een plausibele dekmantel wilde hebben voor haar zwangerschap, die steeds moeilijker te verbergen was, maar naarmate de gebeurtenis dichterbij kwam, werd ze misselijk bij het idee zich aan hem over te geven. Ze hield zich voor dat het een kleine prijs was voor veiligheid, dat het haar eigen beslissing was, maar in werkelijkheid voelde ze zich langzaam ontdaan van alle zeggenschap.

Er klonk een zachte kuch en plotseling besefte ze dat de jonge naaister op een antwoord wachtte. Ze schonk haar een vluchtige glimlach.

'Het is prima zo, dank je, Gretl.'

Liesl snoof. 'Oké, meisje, help mijn zus even voorzichtig uit haar jurk. Dan kijken we naar haar uitgaanskledij.'

'Die heb ik niet nodig, Liesl,' zei Bettina. 'Karl moet meteen na de bruiloft door naar Wenen, dus we kunnen rustig aan doen.'

'Integendeel, dat is des te meer reden om er iets speciaals van te maken. Je moet in ieder geval aandringen op een huwelijksreis.'

Achter haar begon Gretl met de ingewikkelde taak de tientallen zijden knopen los te maken die tot bovenaan Bettina's ruggengraat liepen. Ze voelde een merkwaardige afstandelijkheid toen een bijna vreemde haar uitkleedde, terwijl er nog een zat toe te kijken. Hoewel ze nog weinig tijd met Liesl had doorgebracht, voelde ze zich steeds vaker verplicht innig met haar te zijn.

'Je hebt in ieder geval een nieuwe jurk nodig voor de bruidsschool. Wanneer ga je?'

'Ik weet niet of ik erheen ga. Ik ben minstens een decennium ouder dan de andere bruiden.'

Ze had geen zin in ruzie met Liesl, maar was ook niet van plan zich de les te laten lezen over wat er nodig was om een goede nazi-echtgenote te zijn.

'Je moet gewoon gaan, Bettina. Het kan Karl in diskrediet brengen als je het niet doet.'

Voor Liesl was het van groot belang dat Bettina het aanzien van haar broer positief zou beïnvloeden. Of dat van haarzelf.

'Je hebt verschrikkelijk veel geluk,' ging Liesl verder. 'We hadden zoiets niet in mijn tijd. Ik kan me voorstellen dat er een echte kameraadschap onder de meisjes is. Er zijn veel dingen die ik als jonge bruid had willen weten. En in tegenstelling tot jou had ik niet het geluk een zus te hebben die het me kon leren.'

Liesl had Bettina sinds de verloving 'zus' genoemd, hoewel haar idee van zusterschap niet verder leek te gaan dan bazig te doen en haar te kleineren. Bettina was vastbesloten haar mond te houden en kalm te blijven. Liesls onvermogen hetzelfde te doen bleek nuttig te zijn voor het verzet.

Toegang krijgen tot Karls intimi was waardevoller gebleken dan Bettina had kunnen dromen. Richard kon de operatie uitbreiden van Berlijn naar München, met Bettina als tussenpersoon. Ze hield haar ogen en oren open en schreef een wekelijks verslag over alles wat ze opving: de telefoongesprekken, flarden van gesprekken, de grappen en geruchten die werden verspreid. Ze gaf haar verslagen af bij de uitgeverij van een katholiek tijdschrift in München en adresseerde de enveloppen aan Richards broer Peter, die hun gedane arbeid leek te coördineren. Richard weigerde haar te vertellen wat ze deden met de verzamelde informatie. Hij vond dat veiliger, maar verzekerde haar dat ze de zaak enorm hielp en meer hoefde ze niet te weten.

Toen de jurk helemaal losgeknoopt was pakte het meisje haar schouders, draaide haar voorzichtig om en hield haar middenrif uit Liesls kritische zicht.

'Blijf zo staan,' fluisterde ze.

Ze liep naar het rek en greep een lange zijden jurk die ze om Bettina's schouders sloeg. Ze knielde om een mooie strik in de taille te maken, die zowel haar buik verborg als de aandacht trok. Gretl stapte opnieuw achteruit om het effect te bewonderen. Liesl wierp haar een duistere blik toe.

'Waarom dartel je zo rond?'

Bettina wierp het meisje een dankbare glimlach toe terwijl ze wegliep. Liesl zag haar vertrekken.

'Dat meisje is een domoor. Heeft ze Slavisch bloed?'

Ze richtte haar aandacht weer tot Bettina.

'Je hebt een soort klederdracht nodig, een mooie dirndl, iets traditionelers, meer *Völkisch*, voor zomerse dagen aan het meer of in de Alpen. Je bent geen Magda Goebbels en je krijgt geen vrijbrief omdat je kunstenaar bent. Mijn broer is nog niet zo vooraanstaand dat jij mag doen wat je wilt.'

'Bedankt voor al je hulp, Liesl. Ik waardeer het echt.'

'O, dat is niet nodig. Ik doe alleen mijn plicht. Zoals je weet heb ik me lang geleden in dienst gesteld van mijn broer en zijn carrière.' Ze tikte Bettina op de rug van haar hand. 'God weet dat we allemaal op een of andere manier afhankelijk zijn van zijn bevordering.'

Liesl pakte een krant van een bijzettafeltje en schudde de pagina's uit, waarna ze fanatiek de koppen scande.

'Goed te zien dat Mussolini eindelijk verstandig is, zij het op zijn eigen vreselijke Latijnse manier. Hij heeft een manifest over ras geschreven, heb je het gezien?'

Bettina schudde haar hoofd en Liesl zuchtte.

'Blijf wel bij, je moet proberen de ontwikkelingen te volgen.'

Bettina aarzelde.

'Liesl, denk jij dat we oorlog gaan voeren? Ik heb het Karl herhaaldelijk gevraagd, maar hij ziet het kennelijk niet echt gebeuren.'

Liesl liet haar stem zakken en blafte naar Bettina: 'Ik zou je er niet aan moeten hoeven herinneren, maar spreek niet publiekelijk over dingen die Karl privé tegen je zegt.'

Bettina boog schuldbewust haar hoofd. Ze kon voelen dat Liesl genoot van haar berouw. Karl had haar al gewaarschuwd dat zijn zus van plan was om van Bettina een project te maken.

'Ze verveelt zich, denk ik, met alleen de kinderen als gezelschap. Ze heeft zo weinig te doen sinds haar man overleed en de andere ss-echtgenotes in München hebben niet veel aandacht voor weduwen. Ze worden er niet graag aan herinnerd dat het huwelijk met een soldaat uiteindelijk een smerig rotzooitje wordt,' had hij gezegd.

Bettina had Liesls belangstelling destijds als een zegen gezien, maar al snel bleek dat ze haar huwelijk gebruikte om weer tot het hogere nazi-echelon toe te treden, ondanks haar uitgesproken minachting ervoor. Ze had een geïrriteerde spreekstijl die Bettina graag deelde in haar brieven aan Peter, wetend dat Richard en hij haar venijnige uitspraken amusant zouden vinden.

Op dat moment werd ze zich ervan bewust dat ze onder een vergrootglas lag. Liesl glimlachte lief naar haar en bleek geen greintje schaamte te hebben.

'Weet je, het is me nooit eerder opgevallen, maar bij daglicht vind ik je meer knap dan mooi. Niet dat daar iets mis mee is, het is gewoon dat je een… mannelijk soort schoonheid bezit.'

Ze legde een troostende hand op Bettina's pols.

'Mag ik wat advies geven? Je moet niet de kant opgaan van Frau Himmler. Hoe die mollige slons de aandacht van haar man wist te trekken is mij een raadsel. Wist je dat ze eerder getrouwd was? Het is onvoorstelbaar.'

Liesl keek om zich heen en dempte haar stem.

'Blijkbaar heeft Heinrich nu een heel jonge secretaresse op wie hij nogal dol is. Zeg nou zelf, wie neemt het hem kwalijk? Dit zijn machtige mannen en er zijn genoeg andere vrouwen binnen handbereik, als ze die willen. Als een man het elders zoekt omdat jij er geen werk van maakt, dan is dat gewoon je eigen schuld.'

Bettina sloeg dat stukje *Kaffeeklatsch* mentaal op om het aan haar volgende verslag toe te voegen.

Gretl kwam terug met een rek vol jurken en pakken. Liesl smaalde.

'Het werd tijd.'

Ze wendde zich weer tot Bettina en glimlachte minzaam.

'Laten we hopen dat hier iets nuttigs bij zit.'

Een uur later ging Liesl haar voor de marmeren trap af en de straat op, waar Karls chauffeur Gerhard op hen wachtte. De late middagzon weerkaatste op het witte stucwerk van de gebouwen, waardoor ze hun ogen dichtknepen toen ze naar binnen klommen. Liesl instrueerde de chauffeur dat hij hen, voordat hij terugreed naar het appartement, even naar de Botanischer Garten moest brengen.

'We moeten het beste maken van deze laatste warme dagen. Voor je het weet is het winter.'

De tuinen lagen er goudkleurig bij toen Liesl en Bettina arm in arm langs de fontein van Neptunus wandelden, die met zijn grijze stenen gewicht op een kronkelend paard zat, zijn drietand als een spade op zijn schouder gehesen.

Een tijdlang leek Liesl tevreden met haar eigen commentaar, met haar terloopse opmerkingen over het milde weer of de mooie omgeving, maar Bettina merkte dat ze meer kwijt wilde. Tegen de tijd dat ze twee rondjes om de gestileerde bloembedden hadden gelopen, had ze blijkbaar besloten dat de tijd rijp was.

'Mag ik eerlijk tegen je zijn, Bettina? Ik vraag me soms af of je wel begrijpt waar je aan begonnen bent.'

Bettina wist niet hoe ze moest reageren, maar Liesl ging onverminderd door.

'Mijn broer heeft een zeer belangrijke plek in de samenleving. Een bevoorrechte plek, maar daar hoort een grote verantwoordelijkheid bij. Ik heb met je te doen, echt waar.'

Bettina onderdrukte een glimlach, wetende dat Liesl alleen maar haar eigen belangen voor ogen had.

'Nadat je getrouwd bent, zul je een nieuw domein betreden. Een Reich van vrouwen, zeg maar. Wij horen ons niet bezig te houden met wat de mannen in de wereld doen. Ons rijk is huiselijk, de plek waar ze naar terugkeren, die hun troost en verlichting biedt.'

Liesl sprak tegen haar met het geduld van een moeder tegen een heel lastig kind.

'In de kring die jij binnengaat hebben de vrouwen een forensisch oordeel. Zij beïnvloeden hun mannen. Deze mannen hebben macht en controleren de toegang van anderen daartoe, wat van levensbelang is voor Karl. Je kunt hem dus ofwel helpen, ofwel tegenwerken.'

Bettina begreep haar impliciete dreigement: als je tekortschiet, heeft dat gevolgen voor ons allemaal.

Ze voelde dat ze moest terugslaan, in ieder geval een beetje.

'Liesl, ik ben niet geïnteresseerd in roddels of het beklimmen van een sociale ladder. Ik heb mijn eigen werk.'

'Dit is precies wat ik bedoel. Je stopt met werken zodra je getrouwd bent. Jouw enige taak is mijn broer een gezin te geven, en snel.'

Bettina wist donders goed dat dit haar enige echte plan was. Het verbaasde haar alleen dat Liesl zo direct was.

'Dat ben ik ook van plan, maar ik vind dat het je niets aangaat,' antwoordde ze kalm.

'Natuurlijk wel. Het is cruciaal. Ik wil niet dat mijn toekomstige nichtje of neefje wordt opgevoed door een flutmoeder, het type vrouw dat niet kan wachten haar kinderen uit het nest te duwen als ze haar in de weg zitten.'

Bettina vroeg zich weer af hoelang ze in deze wateren kon overleven. Overal waar ze zich begaf was er verdrinkingsgevaar.

'Je broer weet wie ik ben. Hij heeft me nooit gevraagd me aan hem te onderwerpen of mijn werk op te geven. Hij heeft mijn carrière zelfs actief aangemoedigd.'

Liesl gaf haar een korte, humorloze glimlach.

'Zo schattig dat je zelfs op jouw leeftijd nog zo naïef kunt zijn. Je was achtergebleven op de plank, mijn liefste. Je had geluk dat mijn broer zich verwaardigde je eraf te halen. Ik ontken niet dat je talent hebt, maar dat is niet je doel in het leven. Te zijner tijd zul je je eigen belangen opzijzetten en hem twee of drie prachtige kinderen baren. Maak je maar geen illusie, na de bruiloft is het uit met de kunst.'

Ze denkt dat ze me doorheeft, dacht Bettina. *Dat ik gewoon een onafhankelijke geest ben die zich niet laat temmen.*

'Onze familie heeft de grote pech gehad met slappelingen te trouwen. Onze kracht lijkt hen aan te trekken. Karls eerste vrouw heeft ons allemaal een dienst bewezen toen ze stierf zonder hem een kind te schenken. We zagen wat staal in jou en dat bewonderen we, maar als je niet meebuigt, zul je worden gebroken. Daar zal ik zelf voor zorgen.'

Bettina verbleekte bij het horen van haar wreedheid. Ze liepen langzaam verder, langs een laag bed van goudsbloemen en viooltjes, verbrand oranje met paars. Uiteindelijk antwoordde Bettina op afgemeten toon: 'Ik waardeer je eerlijkheid, Liesl. Het helpt me te begrijpen wat er van me verwacht wordt. Echt, mijn enige prioriteit is de man van wie ik hou, dat verzeker ik je.'

De dagen werden korter, maar de tijd leek steeds sneller te gaan. Bettina zat aan de kaptafel in de bruidssuite en keek naar haar spiegelbeeld. Het was laat en haar gezicht was schoon en ontdaan van alle make-up. Achter haar hing de witte bruidsjurk met kralen, als een vlag die haar overgave aankondigde.

Ze was buiten adem geraakt van de haastige voorbereidingen. Hoewel Bettina pleitte voor een kleine bruiloft in München of Berlijn, had Liesl haar voorkeur in de wind geslagen. Zij vond dat een huwelijk in Obersalzberg, in de Beierse heuvels, Karls status zou versterken. Het was geliefd bij de nazitop en status betekende alles, zoals Liesl haar graag in herinnering bracht.

Bij hun aankomst werd Bettina verrast door de schoonheid van de bergen. Er hing een gevoel van rust over de plek, met zijn dichte bossen en glooiende weiden bezaaid met wilde bloemen in violet, oranje en wit. In de dalen weerklonk het geluid van bulderende klokken. Onder andere omstandigheden had ze hier gelukkig kunnen zijn, misschien zou ze zelfs haar rust hebben gevonden. Maar vandaag niet.

Bettina zag blauwe schaduwen van vermoeidheid onder haar ogen. Ze zag er net zo moe uit als ze zich voelde. De bruiloftsgasten hadden zich al lang teruggetrokken in hun bed, verdoofd door de berglucht en gebrand op rust, maar zij wist dat ze nog uren van haar slaap verwijderd was.

Sinds ze Karls aanzoek had geaccepteerd, had ze het gevoel dat haar leven onder haar weggleed. In haar wanhoop had ze zich in een hoek geschilderd en ze leek niet langer in staat het roer om te gooien. Het leek wel gisteren sinds Max en zij hun ontsnapping hadden gepland. Nu probeerde ze zich te verzoenen met het vooruitzicht van een huwelijk met een man die ze nauwelijks kende.

Ze fantaseerde over het inpakken van haar koffer, over vertrekken. Ze zou lopend naar het station gaan, de melktrein nemen ergens heen, waar dan ook. Ze kon halverwege Zwitserland zijn voordat iemand ontdekte dat ze weg was. Maar dat zou betekenen dat ze Max aan zijn lot overliet, wat ze nooit zou kunnen doen. Ze zou de hoop niet opgeven hem te helpen, hem weer te zien.

De volgende ochtend zou ze zich verbinden aan een man van wie ze niet hield en van wie ze haar kunst moest opgeven, het enige wat haar gezond hield. Ze voelde zich gerechtvaardigd, wetende dat ze alles zou doen om haar ongeboren kind te beschermen. En toch viel het vooruitzicht haar zwaar. Het vooruitzicht van jaren zonder Max of haar werk voelde als een half geleefd leven.

Ze werd door een korte, harde klop op de deur uit haar depressieve bui opgeschrikt. Ze verwachtte geen last minute felicitaties en er zouden geen vrienden of familie aanwezig zijn.

'Wie is daar?'

'Ik ben het,' antwoordde Karl met een schorre stem.

Even bevroor Bettina. Ze had hem nauwelijks gezien sinds hun aankomst. Tot Liesls voelbare teleurstelling had de bruiloft niet de hogere echelons van de partij aangetrokken, en degenen die wel aanwezig waren leken allemaal in het middenkader van het fascisme te opereren. De mannen hadden vandaag met z'n allen de komende besprekingen tussen Hitler, Chamberlain, Daladier en Mussolini proberen te ontleden.

Bettina sloeg haar oude zijden kimono om zich heen en liep door de kamer om de deur te openen. Ze zag meteen dat Karl dronken was. Zijn grijzende haar, normaal gekamd en in model gebracht, lag nu over één oog dat glinsterde met een duistere bedoeling. Ze stak haar hand uit om hem weg te duwen, haar palm tegen zijn borst.

'Je hoort hier niet te zijn.'

'Kom op, zeg. Iedereen is naar bed. Ik wil gewoon een laatste drankje met je drinken, voordat je een getrouwde vrouw bent.'

Hij haalde een fles schnaps tevoorschijn die hij onder zijn arm had gehouden. Hij was bijna leeg. Hij duwde tegen haar hand, strompelde de kamer in en plofte neer op het bed. Hij duwde de fles naar haar toe. Ze sloot de deur zachtjes en haalde een porseleinen kopje van het dressoir, stak het uit en hield zijn hand in bedwang terwijl hij inschonk. Ze ging weer aan de kaptafel zitten en nam een klein slokje.

'Volgens mij ben je dronken,' merkte ze op.

'Ik denk dat je gelijk hebt,' antwoordde hij en hij schopte zijn laarzen uit. Ze bukte zich om ze op te rapen en zette ze netjes naast elkaar. Toen ze zich omdraaide keek hij haar pruilend aan; zijn gezicht bijna onherkenbaar in zo'n kinderlijke houding, zijn wangen rood en licht bezweet.

'Waarom hou je niet van me?'

Ze schrok zo erg dat ze haar mond opende om te antwoorden, maar er kwam niets uit. Hij keek haar aan vanonder zijn oogleden.

'Heus wel,' zei ze uiteindelijk. 'Natuurlijk, dat weet je toch.'

Hij schudde langzaam zijn hoofd, een uitdrukking van overdreven verdriet op zijn glimmende gezicht.

'Ik denk van niet. Liesl had gelijk. Ze zei dat je dat niet deed.'

Bettina's stemming daalde bij het noemen van zijn zus.

'Liesl kan de pest krijgen.'

Hij wuifde afwijzend met zijn hand. 'Ze zegt trouwens dat het niet uitmaakt.'

'Is dat zo?'

Hij keek haar ondeugend aan, haar reactie peilend.

'Kun je een geheim bewaren?'

Ze dacht aan het hare, genesteld in haar baarmoeder. 'Ik sta er bekend om,' zei ze.

'Ik denk dat het nu niet meer uitmaakt. We zijn toch al bijna getrouwd. We kunnen net zo goed eerlijk tegen elkaar zijn.'

Zijn ogen gingen heen en weer.

'Dit alles was eigenlijk Liesls idee. Ze zei dat ik je een aanzoek moest doen.'

Bettina lachte geschokt. Karl stak zijn hand op om te protesteren.

'Het is omdat ze je zo bewondert. De eerste keer dat ze je ontmoette zei ze: "Dat is wat je nodig hebt. Geen melkmuil, maar een vrouw met wat vuur in zich."'

Hij pauzeerde zijn herinnering even en ging vervolgens peinzend verder.

'Ik denk vaak dat zij het beter zou hebben gedaan dan ik. Zij zou hogerop zijn gekomen, als ze een man was geweest. Ze heeft zoveel meer ambitie.'

Bettina sloeg haar armen over elkaar.

'Dus je had zelf niets te zeggen over met wie je zou trouwen?'

Hij viel achterover op het bed en staarde omhoog naar het met dennenbomen bekladde plafond.

'Ik zag de zin er wel van in. Ik wilde een kind, dus ik had een vrouw nodig. Maar het moest de juiste vrouw zijn en Liesl kent me beter dan ik mezelf ken.'

Hij slaakte een diepe zucht.

'Ze is zo praktisch. Ze liet zelfs iemand je voorouders onderzoeken, om er zeker van te zijn dat er geen kwaad bloed was.'

Bettina voelde een misselijkheid opkomen, hoewel het haar niet verbaasde.

'Ik neem aan dat ik niet tekortgeschoten ben...'

'We zouden hier niet zijn als dat zo was.'

Hij keek haar aan vanuit zijn ooghoeken.

Oké, dus je houdt niet van mij,' zei hij.

'Maakt het uit onder de omstandigheden?'

Ze had hem nooit op deze manier gezien, zijn emoties volkomen beheerst.

'Nee, eigenlijk niet.' Hij sloot zijn ogen om het schommelen van de kamer tegen te gaan. Bettina keek hem nadenkend aan.

'Waarom al die haast, als je dit niet eens zelf wilde?'

'Liesl vond dat we snel moesten handelen, om er zeker van te zijn dat je niet van gedachten veranderde.'

Hij snoof, vol zelfmedelijden.

'Je moet haar nu niet vertellen wat ik gezegd heb, hè? Ze zou vreselijk boos worden.'

Bettina was totaal verbijsterd dat deze meedogenloze en dominante man nu zo kinderlijk overkwam, gekoeioneerd door zijn zus de weduwe. Ze voelde een golf van woede en gêne. Ze zou hem moeten zeggen ervan af te zien en toch bleef ze gewoon zitten, hopeloos opgesloten, zwanger en afhankelijk van hem. Ze moest blijven omwille van Max.

En toen besefte ze iets. Er nestelde zich opeens hoop in haar: een manier waarop ze meer zou kunnen doen dan gewoon wachten.

‘Ik zal geen woord tegen Liesl zeggen, dat beloof ik, als je me maar met één ding helpt.’

Ze probeerde een air van beheersing en zelfvertrouwen uit te stralen, hoewel ze geen van beide bezat. Karl ging rechtop staan.

‘Ik zal het Liesl niet vertellen, maar ik zal met je trouwen en je het kind geven dat je wilt, meteen, als je me er maar iets voor teruggeeft.’

Ze bekeek zijn blik aandachtig. Hij fronste, leek haar woorden te wegen.

‘Ik wil iets tastbaars, Karl. In ruil voor een gezin moet je me vrijheid van expressie geven. Jij kent mensen bij Allach, jij kunt ervoor zorgen dat ik de beeldhouwer ontmoet die mijn Viking heeft gemaakt, zodat hij me kan leren zelf iets te maken. Mijn werk is mijn leven en ik heb het nodig om door te gaan.’

Hij dacht even na, knipperde toen plechtig en knikte. ‘Prima. Het zal mijn huwelijksgeschenk aan jou zijn. Maar eerst moet het kind komen, geef me dat tenminste. Daarna kun je je vrijheid krijgen.’

‘Ik beloof het,’ zei ze.

Hoofdstuk dertien

Dachau
November 1993

Toen ze door de poorten van Dachau liep zette Clara de koptelefoon op van de draagbare cd-speler die ze van Lotte had geleend.

'Ik denk dat ik iets aards nodig heb om naar te luisteren,' had ze tegen haar dochter gezegd.

De openingsnoten van 'Für Alina' waren zo vertrouwd dat ze haar tot rust brachten, waardoor ze zich kon concentreren. Dat had ze hier nodig. Slechts vierentwintig uur eerder waren zij en Lotte in München aangekomen voor een vakantie. De beslissing om te gaan was spontaan genomen – een paar dagen om te vieren dat Lotte haar onderzoeksvraag had ingediend.

'Nu moet ik dat verdomde ding nog maken,' zei Lotte sardonisch.

In werkelijkheid had de reis ook wat praktische voordelen. Lotte wilde van de gelegenheid gebruikmaken meer te weten te komen over Bettina als kunstenares en beiden wilden graag terug naar het oude land. De laatste keer dat ze er waren geweest was Lotte nog een kind en ze kon zich dat nauwelijks herinneren.

Ze hadden maar een paar dagen en besloten dat ze die beter goed konden indelen: Clara regelde een bezoek aan de archieven in Dachau, terwijl Lotte het Haus der Kunst ging verkennen, waarvan ze wist dat haar grootmoeder er ooit exposeerde. Ze maakten hun plannen terwijl ze aan de ontbijttafel in het kleine *Gasthaus* ham op roggebrood en dikke plakken harde gele kaas aten. Clara besefte hoe gebrekkig haar Duits was toen ze advies vroeg over het beste vervoermiddel. Lotte zou lopend naar het Haus der Kunst gaan, terwijl zij naar de dichtstbijzijnde tramhalte ging, die *Strassenbahnhaltestelle*. Een mooi woord dat ze op een of andere manier uit haar geheugen opviste.

De twee spraken af elkaar daarna te ontmoeten in de oude stad, waar ze notities konden vergelijken en een zoete toost konden uitbrengen op de matriarch.

Na een reis met tram, trein en bus kwam Clara eindelijk aan in Dachau. Sinds de bevrijding van het kamp in 1945 was de stad Dachau uitgebreid en was het kamp opgeslokt. Gebouwen en huizen omringden het gebied inmiddels, maar ze kon de psychische tol van het leven zo dicht bij deze voormalige hel niet helemaal doorgronden.

Toen ze door de poorten liep merkte Clara dat ze haar ogen naar beneden gericht hield. Gebarsten en afbrokkelende grond strekte zich uit onder haar voeten. Haar stappen voelden loodzwaar aan en deden haar denken aan een trage processie achter een doodskist, haar bloed bevroor ter plekke.

De lucht was dof door de mist en het was ijskoud, zo vroeg in de morgen. Er waren nog weinig andere bezoekers, dus liep Clara alleen over het grijze grind van de appelplaats. Haar hersenen riepen beelden op die ze in oude journaals had gezien: sepiatinten en korrelig, het materiaal stotterend en trillend. Lotte en zij hadden een documentaire over Dachau gezien en de beelden stonden in haar geheugen gegrift: opgestapelde en verwrongen lichamen als een brandstapel, de ogen van de overlevenden die dof in de camera staarden. Het had allemaal zo ver weg geleken toen ze plannen maakten in Londen. Nu was het helemaal echt.

Terwijl ze over het terrein liep, bood de sonore stem van Arvo Pärts piano een vreemde troost. De negatieve ruimtes spraken even luid als de noten zelf, iets wat ze terugzag in het landschap. Op twee na waren alle barakken, waar duizenden mensen hadden gewoond, afgebroken. Niets was ervan over, behalve hun contouren, afgebakend door betonnen stoepranden. De grond leek bijna vulkanisch, alsof de aarde zichzelf probeerde schoon te schroeien. Alles was monochroom in deze uitgebleekte wereld; ivoren gebouwen en zwarte metalen woorden ingebed in een sierlijke poort. De zin ARBEIT MACHT FREI stak schril af tegen de mistige grijze lucht. 'Werk maakt vrij' – handgemaakt door een gevangene, gedwongen de leugen te reproduceren. Een groene laan met populieren die naar de crematoria leidde verzorgde de enige kleur.

Weken voordat ze hier aankwam had Clara geschreven dat ze misschien interesse had het archief van de bibliotheek te bezoeken, om te proberen vast te stellen welke informatie over professor Adler er eventueel was. Ze stuurde de gegevens en bijzonderheden op die Jacob Cohen haar had gegeven, want ze wilde graag nauwkeurig zijn. Hun antwoord was beleefd, maar ze besefte al snel dat ze zich moest laten leiden door het beschikbare bewijsmateriaal en haar verwachtingen moest temperen. Ze moest niet proberen de hooiberg die ze zocht te definiëren, noch de aard van de naald die *ze* wilde vinden.

Het bezoekerscentrum was warmer en drukker bevolkt dan het buitenterrein. Ze voelde zich opgelucht nu de geschiedenis weer een beetje op afstand werd gehouden. Ze liep langzaam door de tentoonstelling, met foto's van de geallieerden die het kamp bevrijdden. Ze waren ooggetuigen met zo'n vooruitziende blik dat ze vastlegden wat ze aantroffen, wetend dat toekomstige generaties hun vraagtekens konden zetten bij zo'n onvoorstelbare waarheid.

Toen ze haar stijve vingers had opgewarmd, ging ze naar de balie om te informeren naar de bibliothecaris met wie ze had gecorrespondeerd. Toen Herr Albert verscheen, bleek dat hij een lief, zachtaardig iemand was. Hij droeg een dikke trui en een warme sjaal. Ter voorbereiding op haar bezoek had hij alles verzameld waarvan hij dacht dat het relevant zou kunnen zijn: onder andere negentien verschillende microfilms met de volledige namen van vele duizenden mensen die in de kampen waren aangekomen in de jaren voor en na het begin van de oorlog in 1939. Voor achternamen beginnend met B was er een aanzienlijke hoeveelheid informatie, maar voor A – Adler – minder. Albert had ook Rol Tien klaar – een kopie van een handgeschreven grootboek met ongeveer zevenendertigduizend namen van 1933 tot 1940. Rol Dertien was een chronologische lijst van aankomsten en vertrekken, inclusief sterfgevallen, van 1941 tot 1942.

Hij legde in prachtig Engels uit dat barbaarsheid niet altijd een papieren spoor oplevert. De nationaalsocialisten waren efficiënt geweest in het vinden van nieuwe manieren om mensenlevens te vernietigen en hielden dat proces vaak methodisch bij, maar de ss'ers waren niet naïef. Een van hun laatste daden voor de bevrijding van het kamp was de vernietiging van grote hoeveelheden schriftelijke informatie.

Clara knikte. *'Ich verstehe,'* zei ze om aan te geven dat ze het begreep.

Sommige bladzijden waren bedekt met strak getypte woorden en hadden nog de geur van de opslagplaats: van stof en vage schimmel, decenniaoude inkt en kartonnen mappen.

Clara scande pagina na pagina, zo transparant als sigarettenvloei, maar ze vertelden haar niets nieuws. Er waren de klinische en administratieve voornamen en de nummers waartoe de gevangenen werden gereduceerd, of notities over bezittingen en spullen die ze achterlieten. Maar er was geen tastbaar, specifiek bewijs van de man Ezra Adler.

Andere documenten hadden betrekking op de overplaatsing van gevangenen in 1941. Clara kwam erachter dat de porseleinfabriek veel arbeiders kwijtraakte aan het front naarmate de oorlog vorderde, en dus ging er een oproep uit naar andere kampen, voor gezonde gevangenen met passende ervaring. Als hoogleraar kunstgeschiedenis was Ezra matig geschikt voor dergelijk werk, maar toch werd hij per spoor naar Dachau gestuurd, samen met verschillende anderen.

Er was veel meer over het kamp ná de bevrijding, toen de geallieerde soldaten probeerden te begrijpen wat ze aantroffen. Ezra's volledige naam en leeftijd stonden in een grootboek, opgesteld begin mei 1945, maar het was oppervlakkige informatie. Clara vroeg zich af hoe geschokt de bevrijdende soldaten geweest moeten zijn toen ze het kamp binnenkwamen. De stapels lijken, zo achteloos achtergelaten, de uitgemergelde overlevenden, op sterven na dood. Clara verwonderde zich over de wilskracht van Ezra Adler om naar de andere kant van de planeet te reizen en opnieuw te beginnen. Wat een enorm verschil tussen Dachau en de Play-Doh-fabriek in Cincinnati en die sobere kamers in Over-the-Rhine.

Nadat het kamp was bevrijd, werden de plaatselijke bewoners uitgenodigd om met eigen ogen te zien wat er uit hun naam was aangericht. Het was de bedoeling het project uit te breiden, zodat grote delen van de bevolking het zelf konden ervaren, maar praktische bezwaren stonden dat in de weg. Uiteindelijk gingen vooral degenen die in de buurt van de kampen woonden. Er waren foto's van een rij mannen en vrouwen die in hun gewone kleren stonden te wachten om naar binnen te mogen, met zakdoeken tegen hun gezicht gedrukt. Clara vroeg zich af of ze dat deden om hun tranen te drogen, hun gezichten te verbergen of zich te beschermen tegen de stank van de dood. Misschien wel alle drie, dacht ze.

Ze bestudeerde deze beelden, eerst de gezichten van de gevangenen, om te zien of Ezra Adler er misschien bij zat. Ze herkende hem niet tussen de tientallen die naar de camera stonden of zaten te staren, wezenloos of behoedzaam, met holle wangen, strijdbaar of verslagen. Na een tijdje voelde ze ook de behoefte de getuigen in de rij te onderzoeken. Ze vroeg zich af of haar grootmoeder en oom van moederskant ertussen zaten. Ze zou ze waarschijnlijk niet herkennen. Er bestonden geen familiealbums en Bettina had zelden over hen gesproken. Haar moeder had vaak liefdevol gesproken over Berlijn en München, over Weimar en Dessau, maar ze had haar antipathie tegen Allach niet onder stoelen of banken gestoken en wilde er nooit meer naar terug. Ze sprak nooit over Dachau en pas nu, op deze heilige plek, besefte Clara dat haar moeder er slechts twaalf kilometer vandaan geboren en getogen was. Dichtbij genoeg om zich in deze rij te voegen en toch was ze vreemd genoeg niet nieuwsgierig naar haar voorouders. Uit familiebronnen had Clara genoeg gehoord om te weten dat haar oom een nazi en alcoholist was en haar grootmoeder kil en wreed. Als haar moeder geen interesse had in hun lot, waarom zou zij dat wel hebben?

Albert vroeg zachtjes in het Engels of ze gevonden had wat ze zocht. Ze bedankte hem voor zijn vriendelijkheid. Iets meer. Niet veel.

Ze bleef maar denken aan de vrouw en kinderen die Ezra in Sachsenhausen had achtergelaten. Zou het helpen als ze die plek ook bezocht?

Albert vroeg haar even te wachten. Hij kwam terug met een bedrukte kopie uit een grootboek: Zofia Adler stierf in Sachsenhausen in 1942, zevenentwintig jaar oud.

Maar de dochters dan, Amelie en kleine Hanna, vroeg Clara zich af. Was er een kans dat ze het overleefd hadden, misschien geadopteerd en van naam veranderd?

'Ik vraag me af... zou mijn moeder de kinderen hebben gekend, misschien zelfs Hanna hebben geadopteerd? Ze is tenslotte in 1940 geboren, dus bijna even oud als ik. Misschien ben ik Hanna en noemde ze mijn vader daarom "de porseleinmaker"?'

Albert schudde zijn hoofd. Tijdens de oorlog werden duizenden Poolse kinderen ontvoerd en 'gegermaniseerd' door ze bij Duitse gezinnen onder te brengen, maar zij waren arisch, beschouwd als raszuiver. Het zou niet mogelijk zijn geweest. De meest waarschijnlijke en kille conclusie was dat tussen die miljoenen doden en nog eens miljoenen onteigenden, het leven en de dood van twee kleine Poolse meisjes nauwelijks vermelding verdienden.

Verloren in bijna totale afzondering liep Clara weer de ijskoude mist in. Gruwelijke gebouwen leken uit de nevel voor haar op te doemen, hun gekartelde lijnen en tegenstrijdige eenvoud pasten volledig bij deze omgeving. Ze kreeg vooral de indruk dat er iets afwezig was – geluid, beweging, menselijkheid. Een groot gedenkteken was gehuld in mistdruppels, de verwrongen vorm deed bewust denken aan uitgemergelde lichamen met een dunne huid over het skelet. Het plotselinge geklingel van een nabije klok doorbrak de stilte, met een nerveus, koperachtig geluid. Ze besefte dat ze zich zelden zo verlaten en alleen had gevoeld. Ze rilde, verkleumd tot op het bot en stond te popelen deze plek te verlaten en terug te keren naar het gezelschap van haar dochter en het warme menselijke gedruis.

Hoofdstuk veertien

Porzellanmanufaktur Allach
Herfst 1940

Max werkte nauwgezet, zijn hoofd gebogen, zijn schouders bol. Hij zat bij het raam van de kelderkamer een sierlijke kandelaar te snijden. De zon verwarmde zijn rug en het kostte hem weinig moeite, dus liet hij zijn gedachten afdwalen. De vormen die hij maakte waren zo vertrouwd, hij had zoiets simpels als dit in zijn slaap kunnen beeldhouwen. Hij richtte zijn blik op de fijne details en merkte dat hij niet meer zo goed van afstand kon zien, alsof hij zijn ogen had getraind om zich te concentreren op wat recht voor hem lag. Hij had sowieso niet veel reden om naar de horizon te kijken – er was hier weinig te zien, behalve rijen prikkeldraad.

Door de toenemende vraag moest Porzellanmanufaktur Allach uitbreiden. Op het terrein van het ss-opleidingscentrum, veel dichter bij het hoofdkamp in Dachau, was een nieuw onderkomen gevonden. Holger, Max en nog tientallen anderen werden daarheen overgebracht om de productie op te starten. In de tweede fabriek werd fijn porselein geproduceerd en het was er razend druk. Met het uitbreken van de oorlog wilden steeds meer trouwe Duitsers een tastbaar bewijs van trouw kunnen laten zien.

Op een ochtend, kort na hun verhuizing naar het nieuwe gebouw, kwam Holger langs onder het mom van een werkinspectie. De twee konden nog steeds lastig communiceren. Max werd constant gecontroleerd door het Aussenkommando en hun korte gesprekjes leken niet opgewassen tegen de kloof die ze moesten overbruggen. Daarom nam Holger zijn windhond Marthe mee, omdat hij wist dat Max dol op haar was. Elk gesprek dat om haar draaide was veilig. Nadat ze zijn aandacht had gekregen, was ze neergezakt aan Max' voeten, haar natte neus zoog de koude lucht op die door de ventilatiegaten in de muur kwam. Het was die dag koud geweest en Max rilde van de ongebruikelijke tocht die als naalden in zijn huid prikte. Holger had er luid commentaar op gegeven.

'Er komt een rukwind doorheen. Je moet die baksteen meteen rechtzetten.'

Na zijn vertrek had Max de muur gecontroleerd. Hij besefte dat hij de baksteen kon verwijderen en dat daarachter een diepe, droge nis was. Helemaal achterin, opgerold in een doek, lagen een paar wollen vingerloze handschoenen, een stuk zeep en een reep chocolade. Max' hart ging sneller kloppen toen hij het zag, maar hij had alles haastig opgeborgen, bang dat het een soort valstrik was. Hij hield de ruimte dagenlang in de gaten of niemand eraan zou zitten, maar de steen bleef onaangeroerd. Uiteindelijk durfde hij de handschoenen en de zeep eruit te halen en mee naar de barakken te nemen. Hij liet de chocolade gewoon liggen en gunde zichzelf om de paar dagen een stukje, de smaak was ongekend.

Max had een van een groeiend aantal witte haren uit zijn slaap getrokken en tussen de baksteen en de muur geprikt. Die bleef daar een hele tijd onaangeraakt zitten, tot hij een keer bij een controle zag dat de haar was gevallen. Hij haalde de steen eruit en vond twee in papier verpakte appels. Een paar dagen later lag er een stuk gezouten vlees en weer later een doosje lucifers. Zo ging het maar door. Soms waren de spullen nuttig – dingen die Max zou kunnen verhandelen, zoals tabak of zelfs een zakmes. Soms waren ze zoet: een papieren wikkel met gedroogde abrikozen of kersen. De spullen kwamen sporadisch, maar leken vaak samen te vallen met dagenlang slecht weer, of als in het kamp een ziekte uitbrak die de gevangenen teisterde, ondervoed als ze waren.

Max wist maar al te goed wat er kon gebeuren als zijn schuilplaats werd ontdekt. Het bezit van een verboden voorwerp, zoals gereedschap of een mes, werd als extreem schandelijk beschouwd en stond vermeld in de *Lagerordnung*, een catalogus met de straffen die de bewakers konden opleggen. Betrapt worden met smokkelwaar kon tweeënveertig dagen eenzame opsluiting betekenen in een cel met een hard bed, op een brood- en waterrantsoen met één warme maaltijd per week. Als je op een slechte dag de verkeerde man tegenkwam, kon het nog veel slechter aflopen.

Nu, al die maanden later, dacht Max aan de papieren zak met zoete, gedroogde dadels waarvan hij wist dat ze in de nis op hem lagen te wachten. Hij wilde ze eruit halen als de altijd waakzame bewaker naar buiten ging om te plassen. Tot die tijd moest een detail van de kandelaar verzacht en afgewerkt worden, dus pakte hij een rafelige spons, die bijna uit elkaar viel, en doopte die in een pan met water. Hij gebruikte hem om de randen glad te strijken waar de kaars zou komen te staan. Hij wilde zo graag iets wilds maken, iets natuurlijks, minder uniform, maar dat gebeurde tegenwoordig zelden. Hij moest vooral werken aan borden en penningen, kandelaars en juwelenbakjes.

Hij hoorde dat er bewakers aankwamen en stopte met zijn werk, waarna hij naast de bank ging staan, hoofd naar beneden, ogen op de grond gericht. Hij keek naar zijn voeten, zijn zware laarzen waren gescheurd en stoffig, de zolen waren flinterdun. Toch was hij er blij mee. Ze hadden zijn voeten relatief droog kunnen houden in de winter en nu de zon de modder had weggebrand beschermden ze hem veel meer dan de klompen en sandalen die zoveel anderen droegen. De prikkeldraadpaden die het kamp in en uit liepen waren geplaveid met kleine, scherpe stenen. Zelfs met zijn laarzen aan voelde hij de kartelige randen erdoorheen prikken.

Vanuit zijn ooghoek zag hij de laarzen van de twee bewakers uit het kamp. Ze waren gepoetst, hadden zware zolen en waren relatief schoon, ondanks het stof binnen en buiten. De mannen spraken met de jonge dienstdoende bewaker. Hij hing rond bij een open deur en gooide kiezelstenen naar een zwerfhond die naar etensresten zocht. Weinig hoopgevend, dacht Max.

Hij luisterde hun gesprek af en hoopte dat de bewaker zou worden berispt, maar het leek erop dat de mannen van het kamp te druk waren om er iets van te vinden. Er moesten formulieren worden ingevuld en papieren worden gestempeld en ondertekend. Ze wilden dat de jonge bewaker een nieuwe arbeider voor de porseleinfabriek zou opvangen, zoals gevraagd. Hij was met de trein naar Dachau gekomen en hierheen gestuurd.

'Wie heeft om hem gevraagd?' vroeg de jonge bewaker.

'In de brief staat dat jullie arbeiders nodig hebben om de opgeroepen mannen te vervangen. Ze stuurden een oproep naar de andere kampen voor gevangenen met ervaring in dit soort werk.'

'En jullie brachten hem hier?'

De twee haalden hun schouders op. 'We hebben alleen het bevel gekregen hem over te dragen aan dit Aussenkommando. Hij is nu het probleem van het nevenkamp.'

Max hield zijn hoofd een beetje scheef zodat hij de gevangene kon zien zonder dat ze hem zagen gluren. Er stond een oudere man met niets anders dan de kleren die hij droeg en wat spullen opgerold in een doek. De bewaker blafte hem vragen toe. Hij antwoordde dat hij uit Sachsenhausen kwam, hij was een Jood uit Krakau, een kunsthistoricus.

De mannen van het kamp overhandigden het papierwerk en vertrokken, blij van het probleem af te zijn. De fabrieksbewaker wendde zich tot Max. 'Zoek iets voor hem om te doen.' Hij pakte zijn geweer, rolde de papieren op en stampte de kamer uit. Max hief zijn hoofd op naar de bezoeker en stak zijn hand uit.

'Max Ehrlich.'

'Ezra Adler.'

Zijn hand was zo groot als een peddel, met een stevige greep.

'Welkom bij Porzellanmanufaktur Allach, Ezra. Kom je van een ander kamp?'

Ezra knikte en keek de kamer rond. Hij zag de sierlijke kandelaars, de met klei bedekte werkbladen en de drogende beelden op de vensterbank. Behalve Max' werkplek waren de andere tafels onbezet. Het was nog te vroeg voor de fabrieksarbeiders uit de stad. Afgezien van de altijd aanwezige bewaker was Max op dit uur van de dag alleen met zijn werk en gedachten.

'Jij bent beeldhouwer?' vroeg Ezra. Zijn toon verraadde ongeloof.

'Ik werkte in de oude fabriek in Allach voordat ik werd gearresteerd,' legde Max uit. 'Toen openden ze een nieuwe fabriek, dichter bij het kamp, en verplaatsten ze ons hierheen. Heeft iemand je verteld over Allach-porselein?'

De oudere man schudde zijn hoofd.

'Ik heb alleen te horen gekregen dat ik in een fabriek ging werken. Ik moet bekennen dat ik heel weinig weet van porselein. Ik was vroeger hoogleraar kunstgeschiedenis in Krakau.'

'Teken je?' vroeg Max.

'Altijd.'

'Nou, dat zal je goed van pas komen.'

Max haalde een emmer met relatief vers water en een doek voor Ezra om zijn handen te wassen. Hij maakte zich zo goed mogelijk schoon en schrobde het vuil en roet weg van zijn lange reis.

'Hoe is het hier?' vroeg hij.

'We zijn beter af dan sommigen, afhankelijk van je ploeg. Ik voel me in veel opzichten bevoorrecht. Fabriekswerk is meestal warm en droog.'

Dat niet alleen, hij had ook een beschermengel in de persoon van Holger, al durfde hij dat niet te zeggen.

'De oven stoken is slopend, maar je slaapt bij het vuur, wat een uitkomst is in de winter.'

Hij dacht aan de oven met zijn rode zwavelige muil en aan Stefan die daar zwoegde, zwetend en onder het kolenstof.

'Het is nu veel te warm, maar spoorwegdiensten zijn het ergst: de karren met stenen uit het depot trekken. Ze zetten er een paar man op en die moeten werken tot ze erbij neervallen.'

De twee mannen wisselden blikken uit, hopend dat Ezra daarvan gevrijwaard bleef.

'Hoe zit het met eten? We hebben in Sachsenhausen bijna niets gehad sinds de winter.'

Ezra was een grote man, maar zijn huid was grijs en zijn sleutelbeenderen staken uit zijn uniform. Max voelde zich opnieuw schuldig over zijn eigen mazzeltje; hij had vaak honger, maar hij kreeg dagelijks een rantsoen brood en soep, hoe karig ook.

'Als we geluk hebben zit er soms een beetje vis in de zondagse soep.'

Hij verlaagde zijn stem.

'Mijn advies: verzamel alle kleine stukjes klei die je te pakken kunt krijgen. Je kunt daarvan dingen maken om te ruilen: een kam, misschien een lepeltje. Er is een boer in de buurt die me een aardappel geeft voor een kleipijp als hij een nieuwe nodig heeft. Maar pas in godsnaam op, de bewakers mogen je niet vinden met gestolen goederen.'

Max klapte dicht bij het horen van de straffe stappen van de bewaker.

Hij sprak tot Ezra, zijn gezicht stond op onweer. 'Het lijkt erop dat je hier moet blijven om zijn klei klaar te maken.' Hij snauwde naar Max. 'Blijf daar niet staan. Laat hem zien wat hij moet doen.'

Hij keerde terug naar de deuropening en stak een sigaret op.

'Laten we maar beginnen.'

Max nam Ezra mee naar een werkbank. Hij observeerde hem zijdelings. Hij was niet veel ouder dan hij, dacht hij, al had hij wat meer grijze haren bij zijn slapen en in zijn stoppelbaard.

Onder de bank lag een zak natte klei, ingepakt tegen uitdroging. Max trok een grote homp uit het kneedbare materiaal en boetseerde er een bal van.

'Weet je hoe je klei moet wiggen?'

De bebaarde man keek Max serieus aan. Zijn stem was resonerend en diep.

'Ik kan je veel vertellen over de oorsprong van sgraffito in Byzantijns aardewerk, als je dat wilt, maar ik heb geloof ik nooit van mijn leven een bol klei aangeraakt.'

Max lachte hardop.

'Laat mij dan je gids zijn.'

Hij sloeg de klei op het tafelblad.

'Je moet gewoon proberen alle lucht eruit te krijgen en ervoor zorgen dat het klaar is om te vormen.'

Hij stapte achteruit om Ezra zijn gang te laten gaan. Zijn handen waren breed met dikke, sterke vingers die hij in de dichte, soepele klei liet zakken.

'Mijn grootvader was bakker, misschien heb ik hier een natuurlijke affiniteit mee.'

Ezra stortte zich gretig op zijn taak. De ruimte vulde zich inmiddels langzaam met de arbeiders uit de stad, hoewel er niet veel waren die ooit met Max spraken. De twee mannen in gestreepte uniformen spraken zachtjes, als ze konden, en deelden langzaam hun geschiedenis. Max sprak over zijn leven voor zijn arrestatie als architect en beeldhouwer. Professor Adler had het over de universiteit in Krakau. Beiden spraken niet graag over persoonlijke zaken, hoewel Ezra tijdens hun gesprek over zijn overplaatsing uit Sachsenhausen de familie noemde die hij had moeten achterlaten.

'Ik kan alleen maar aannemen dat ze er nog zijn. Ik heb ze niet meer gezien sinds de dag dat we allemaal aankwamen.'

Ezra bewerkte de klei terwijl hij mijmerde.

'We zaten urenlang als beesten in de trein gepropt. We waren zo blij toen we de frisse lucht in mochten. Toen scheidden ze de mannen en de vrouwen. Het ging zo snel dat we geen afscheid konden nemen. Ik keek om en zag alleen Amelie, zwaaiend naar mij, of gebarend, ik wist niet wat. Ik dacht dat ze ons misschien apart zouden inschrijven en dan weer samen zouden brengen, maar… Ik heb ze sindsdien niet meer gezien. Dat was acht maanden geleden. Ik kreeg bericht van een rabbijn die hoorde dat Zofia en de meisjes nog samen waren, maar toen ze me hierheen verhuisden vertelden ze me niets. Ik heb de mannen gevraagd een boodschap naar mijn vrouw te sturen, maar dat ligt nu in Gods handen.'

Zijn vuisten sloegen diep in het zware bezinksel. Er viel niets meer te zeggen.

Toen ze die nacht terugkeerden in het kamp, kreeg Ezra een bed in een andere barak dan Max, hoewel beiden waren ondergebracht op de Joodse afdeling, gescheiden van de politieke gevangenen, de Russen, de Roma en de homoseksuelen, ook bekend als de 175'ers, met hun roze driehoekjes. Iedereen werd hier ingedeeld op geslacht, ras, nationaliteit, cijfer, leeftijd, werkstatus, gezondheid of ziekte.

Max en Ezra werden de volgende ochtend herenigd toen ze het kamp verlieten om naar de fabriek te gaan, van de kampbewakers naar de werkploegbewakers, die hun bevelen toeblaften en bulderden als Duitse herders vastgeketend aan hun halsbanden. De gevangenen hadden hier in ieder geval een doel en het was in het belang van de autoriteiten dat ze aan het werk waren, al zat er natuurlijk een grens aan dat belang. De fabrieksarbeiders waren over het algemeen dankbaar voor hun werk, hoewel hun nut hen niet overal voor behoedde. Als er 's avonds één slaaf minder terugkeerde naar het kamp, om welke reden dan ook, lieten degenen die ze telden geen traan.

In de Porzellanmanufaktur zaten gevangenen uit Dachau verspreid over het hele gebouw, sommigen in de ateliers, anderen op de binnenplaats. Max' vriend Stefan werkte met de grote ronde ovens die dag en nacht brandden. Hij hielp met het onderhoud en het dragen van de lange houten bladen met zware mallen voor borden, kommen en urnen door het gebouw.

Tot Ezra's komst was Max de enige gevangene die als beeldhouwer werkte. De arbeiders uit de stad negeerden hem grotendeels, zodat hij altijd alleen zat. Ze kwamen later binnen dan de gevangenen en zaten op banken waar ze lantaarns maakten voor de volgende zonnewende, samen met kandelaars en beeldjes. Boven elke werkplek hing een kleine geëmailleerde lamp om hun werk te verlichten. Meisjes en vrouwen werkten in één ruimte, hun behendige vingers wurmden zich in kleine gaten terwijl ze elk stuk gladstreken om het klaar te maken voor de oven. Het productieproces ging zo snel dat er op elk moment en elke werkplek aan tientallen stukken tegelijk werd gewerkt, achter elkaar. Het ging maar door, er kwam altijd wel iets langs.

Toen de werkdag begon keerde Max terug naar zijn kandelaar en begon Ezra aan de ochtendklus: hij moest klei binnenhalen en klaarmaken, het slib in canvas persen. Er waren taken bij die hij meteen weer moest doen zodra hij klaar was, zoals het onophoudelijke schoonmaken en opruimen van klei, het binnenhalen van zakken met ruwe ingrediënten en het leeghalen van de planken met de afgewerkte stukken.

Beide mannen voelden zich al snel vertrouwd in elkaars gezelschap. Kunst was een gedeelde passie en het hielp hen de hoge muren en het prikkeldraad te ontstijgen. Ezra vertelde Max dat hij in Sachsenhausen bij zijn verstand bleef door zich galeries en tempels te herinneren die hij in het verleden had bezocht. Hij beeldde zich in dat hij naar binnen liep, een route die hij misschien tientallen jaren eerder had genomen, en stelde zich voor dat hij voor een favoriet schilderij of raam stond en probeerde elk detail te herbeleven.

'Er is iets met die stille contemplatie, het brengt je dichter bij God. Je zou het eens moeten proberen.'

'Ik belijd al jaren niet meer,' zei Max, 'maar het idee van ontsnappen, ook al is het in mijn verbeelding, dat klinkt me als muziek in de oren.'

De fabriek was in rep en roer. Voor het eerst in maanden zou Reichsführer Heinrich Himmler zelf de fabriek bezoeken en het voltallige personeel was bezig met de voorbereidingen: gevangenen en arbeiders hadden schoongemaakt, opgeruimd en gepoetst en waren uren bezig met het opvegen van het alomtegenwoordige witte kleistof dat nog steeds tot in elke uithoek van het gebouw leek te zweven.

Voor Himmler was Allach niet alleen een fabriek die snuisterijen voor thuis produceerde. Het was een essentiële pilaar in de opbouw van het Reich als idee. Er konden nieuwe tradities worden ingevoerd en oude ideeën worden verankerd. Het was een propagandamiddel dat een ideaal verkocht, zowel van kunst als van het gezinsleven.

Op de ochtend van de inspectie kwam stipt om tien uur een grote groep mannen van middelbare leeftijd door de poorten gelopen. Ze leken allemaal verschillende tinten bruin te dragen, van bleke tabakskleur tot leemachtige turf, in tweed en regenjassen, wol en gewaxt katoen. Ze waren allemaal weldoorvoed en welvarend, hartelijk en handenschuddend, als schooljongens die een dagje vrij hadden.

Reichsführer Himmler viel op tussen deze verfrommelde bruine wezens. Zijn leigrijze uniform was onberispelijk, de gesteven kraag van zijn overhemd maagdelijk wit, zijn kniehoge laarzen hooggIanzend gepoetst. Toen hij later die dag naar zijn kantoor terugkeerde, trof zijn adjudant wit kleistof aan dat in elke vezel was doorgedrongen, dat uit de stof moest worden geklopt en van het leer gepoetst.

Toen ze de fabriek binnenkwamen, ging Himmler voorop. Terwijl ze van kamer naar kamer gingen liepen zijn begeleiders naast hem, een leger van binnenvallende soldatenmieren. Himmlers kleine ogen keken nieuwsgierig rond vanachter een knijpbril zonder montuur op zijn neusbrug. Als hij sprak, luisterden de andere mannen. Als hij een grapje maakte, lachten ze – iets te hard, iets te geforceerd. Himmler genoot er zichtbaar van om het terrein zo te overzien, als een feodale koning met Allach als zijn leengoed, zijn enige troost in een verder smerige, gevaarlijke en gecompliceerde wereld. Noodgedwongen werd het grootste deel van zijn werkzame leven in beslag genomen door oorlog. Dit was zijn beloning. Hij kwam voor kunst en plezier, niet voor pijn.

De mannen rondom hem schoven en schuifelden door, handen op hun rug geklemd, hoofden voorovergebogen zodat ze konden kijken maar niets hoefden aan te raken. Bijna elk oppervlak was gevuld met breekbaar porselein, klaar om geïnspecteerd en beoordeeld te worden, voordat de optocht stilzwijgend uit elkaar ging. De mannen in het bruin waren joviaal en oplettend, ze glimlachten en praatten met de opzichters en met elkaar, hoewel ze de hele tijd hun oren gespitst hielden naar de figuur in hun midden. Ze inspecteerden de werktafels waar de meisjes zaten, hun vlechten netjes, hun schorten schoon, hun werkplekken aangeveegd. Op de planken naast hen stonden een heleboel onvoltooide *Julleuchters*: de lantaarns die bij de winterzonnewende werden aangestoken. Hoewel het nog maanden duurde wisten de mannen in het bruin dat plichtsgetrouwe Duitsers zich spoedig naar de winkels zouden snellen, om er een in huis te halen zodat hun reputatie niet zou worden beschadigd.

Af en toe sprak de Reichsführer met een van de arbeiders en vroeg hij naar iets kleins. Dan leunde hij voorover om hun gefluisterde antwoord te horen en terwijl hij dat deed knarsten de leren bretels tegen zijn borst. Hoewel niemand hem recht durfde aan te kijken, verzekerde hij hun dat de voorwerpen die ze hier maakten een belangrijke rol zouden spelen in het Duitse leven, dat ze jarenlang gekoesterd en bewaard zouden worden. Voordat hij een kamer verliet, vertelde hij de aanwezigen dat zij niet alleen ambachtslieden waren die een edel vak uitoefenden, maar dat zij ook een belangrijke rol speelden bij het herstel van de geest van de natie en de waardigheid van het Duitse volk.

Tijdens de hele rondleiding zwierf een lange man aan zijn zijde. Holger Ostendorf, gekleed in een onberispelijk paardenharen pak, lachte minder vaak dan de grappende bruine mieren, zijn uitdrukking was vaak gespannen. Maar wie kan het hem kwalijk nemen? Als Reichsführer van de Schutzstaffel ging Himmler over Holgers lot, samen met dat van elke man, vrouw en kind in het gebouw.

Himmler was een kind van München, geboren in de stad aan het begin van de eeuw. Een soldaat en een liefhebber van porselein. Hij was dol op voordrachten, vooral over het onderwerp schermen, waarover hij meermaals vertelde.

'In veel opzichten is het de ultieme sport. Het is een duel in zijn puurste vorm: twee strijders tegenover elkaar, beiden ontdaan van alles, behalve hun kunde en kracht. Dit zijn eigenschappen die we moeten vieren. Ik wil een beeldje dat recht doet aan het onderwerp. Holger, jij gaat dat regelen.'

Het was geen vraag, dat was het nooit. Het was een vermoeden van overeenstemming. Himmler had al lang een aandeel in Allach-porselein, maar inmiddels had de SS de facto de controle over de fabriek en het hele productieproces. Hij was God binnen deze muren en heerste dus over de schepping. Zijn attaché, die nooit ver van zijn zijde week, pakte een klein in leer gebonden boekje en maakte een aantekening.

Naarmate de rondleiding vorderde verlieten Holgers ogen zelden het gezicht van de man met de bril, alsof hij probeerde zijn stemming te peilen of zijn volgende verzoek te voorspellen. Holger staarde naar de kin en de kaak van de kleine man: die gleed terug in zijn nek, terwijl zijn haarlijn boven zijn bril uit kwam. Als hij niet zo enorm agressief was geweest, zou je dit soort gezichten kunnen associëren met zwakte, maar niemand durfde er grapjes over te maken, zelfs niet achter zijn rug om. Hij was niet zwak, maar juist onberekenbaar wreed. Zijn mannen wisten dat ze moesten oppassen voor zijn Messerschmitt-temperament en wachtten tot het weer voorbij was.

De groep concentreerde zich steeds rond hem. Toen ze aan het eind van de rondleiding naar buiten gingen om de omheining te inspecteren, kwamen ze allemaal dicht bij elkaar, maar hij liep alsof hij alleen was. Hij stopte aan de rand van een greppel om het fundament te bestuderen. Een donkere wachttoren doemde op en er stonden hoge en lage hekken langs elkaar, met erbovenop prikkeldraad, opgerolde spoelen met vlijmscherpe klauwen. Hij hield weer een voordracht, dat er zoveel arbeiders waren opgeroepen waardoor de fabriek gebruik moest maken van de gevangenen. Hij wilde ze geen mensen noemen omdat hij ze niet als volwaardig wilde beschouwen, maar ze waren een noodzakelijk onderdeel van de machines, gemaakt voor zwaar werk: voor het verplaatsen van zakken grondstoffen of het optillen van vaten met slib. Zou het niet nuttiger zijn om deze twee onderdelen op dezelfde plaats onder te brengen – de productie en de bewegende delen? De bruinhemden waren het er allemaal over eens. Het was bewonderenswaardig efficiënt – ze moesten worden onderhouden als radertjes in een uurwerk, maar ze waren nog steeds vervangbaar. En, in tegenstelling tot metaal, waren mensen een middel dat makkelijk kon worden aangevuld.

Terwijl het aangename gemurmel verstomde, kuchte Holger zachtjes en Himmler wist genoeg. Ze waren klaar met de rondleiding. Wilden ze nog even naar binnen? Misschien een biertje ter ontspanning? Himmler liep verder en zij volgden hem, als planeten die steeds maar weer ronddraaien om de zon.

De ruimte waar ze naar terugkeerden had brede, gebogen muren. Er stonden houten kasten tegenaan met voorbeelden van het meest recente werk van de fabriek. Onder het zwak verlichte koepelvormige plafond leek het een heilige kapel gewijd aan de cultus van het porselein; relikwieën van het Reich.

De zaal was gehuld in sigarenrook en Holgers secretaresse liep rond met flessen bier en gekoelde moezelwijn, speciaal voor de gelegenheid geopend. Het was een prima wijn, maar de meeste aanwezigen hielden zich in, ze wisten dat de Reichsführer weinig ophad met hen die zich verloren in de drank.

'Het is een gebrek, maar het kan overwonnen worden. Er is weinig wat niet kan worden bereikt door zelfdiscipline en wilskracht. Ik ben bijvoorbeeld rechtshandig, dus oefen ik het schieten met links om een eventuele zwakte aan die kant te compenseren.'

Himmler keek de kasten in terwijl hij verder oreerde en de uitgestalde waren bekeek. Hij pakte een catalogus voor het komende jaar. Op het omslag een drummer en een mooie geometrische vaas gevuld met lentebloemen. Al bladerend door de pagina's maakte hij tegen Holger opmerkingen over het werk van verschillende kunstenaars, zowel lovend als kritisch. Hij trok zijn kin wat in als hij werk tegenkwam dat hem niet beviel en dan schudde hij teleurgesteld zijn hoofd.

Hij vertelde Holger dat hij blij was dat de catalogus een land in oorlog weergaf; het aantal militaire beeldjes werd alleen overtroffen door hondjes. Himmler was hoorbaar enthousiast over een klein poppetje dat een vlag droeg en was even lovend over een gehelmde soldaat, in gedachten verzonken.

'Ik hou hiervan. Je hebt echt zijn menselijkheid gevangen. Soldaten weten zo goed wat ze doen. Daarom is de kunst van Allach van vitaal belang. Een manier om waardigheid uit te drukken zodat onze natie dat kan zien en begrijpen.'

Holger was blij dat het werk zijn goedkeuring wegdroeg. Hij stond toevallig vlak naast hem toen Himmler een afbeelding van *De Viking* tegenkwam en die even bestudeerde. Holger kon zich zijn instructies aan de fotograaf herinneren: het moest worden gefotografeerd op een lage, zwarte fluwelen sokkel, tegen een effen zwarte achtergrond, om het glanzende effect te benadrukken dat Max had aangebracht.

'Ah, de altijd ongrijpbare Viking!'

Himmlers fascinatie met de noordse mythologie was bekend, maar toch was Holger verbaasd dat hij ervan wist, ze produceerden elk jaar zoveel van dit soort objecten.

'Heb je dit werk bij de hand, Holger?'

Holger wees naar zijn secretaresse, die naar de gebogen wand met houten kasten liep en het beeldje eruit haalde. Ze overhandigde het aan Himmler, die het op zijn onderarm legde en ernaar glimlachte alsof het een baby was.

'Mooi gedetailleerd. Wie was het, Holger? Was het Debitsch?'

Holger moest even nadenken over zijn antwoord. Max' arrestatie en zijn terugkeer naar Allach als gevangene leken plotseling een valstrik die hij eigenlijk had moeten vermijden.

'Ik denk van niet, meneer... Ik zou mijn administratie moeten inzien, we hebben hier tegenwoordig zoveel geweldige kunstenaars werken.'

Himmlers kleine ogen onderzochten hem.

'Mijn kantoor werd vorig jaar overspoeld met mensen die dit wilden hebben. Er leek een tekort te zijn, maar ik kan me niet voorstellen hoe dat kan. Wij leveren u alles wat u nodig hebt.'

Holger probeerde het gesprek naar veiliger vaarwater te leiden. Er was wat vertraging geweest, gaf hij toe, maar het stuk deed het redelijk goed. Misschien wilde de Reichsführer alvast kijken naar voorbeelden van nieuw werk dat nog moest uitkomen?

Maar Himmler liet zich niet misleiden. Hij draaide de figuur om en onderzocht hem nauwkeurig.

'We hebben de noordse landen weer nodig om onze oorlogsinspanningen tot een succes te maken. Een stuk als dit spreekt boekdelen.' Hij staarde Holger aan. 'Ik wil graag nog een bevredigend antwoord op mijn vraag. Nogmaals, wie heeft het gemaakt?'

De kwebbelende mannen in het bruin, de oren constant gespitst naar Himmler, merkten de verandering in zijn toon op en stopten hun eigen gesprekken. Holger werd overvallen door koud zweet.

'Ben je je geheugen of je verstand kwijt?'

Himmler wendde zich tot de jonge secretaresse.

'Jij! Ga eens uitzoeken wie het was,' riep hij.

Holger legde een geruststellende hand op de schouder van het doodsbange meisje.

'Dat is echt niet nodig.'

Hij wendde zich weer tot de Reichsführer en probeerde zijn kalmte te hervinden.

‘Ik weet het weer. De bewuste beeldhouwer is een begenadigd voormalig architect. Een verbluffend natuurtalent, zoals u ziet…’

Hij stond er nu alleen voor.

‘Hij is een van de gevangenen, de enige die beeldhouwt. Hij werkte voor ons voor zijn arrestatie vorig jaar. Hij heet Max Ehrlich.’

Himmlers lip krulde. ‘Ik neem aan dat hij een Jood is?’

Holger gaf een klein, kort knikje en zweeg verder. Opnieuw wendde Himmler zich tot de secretaresse, die vlakbij stond, met een bleek gezicht en grote ogen.

‘Ga hem voor me halen.’

De vrouw verliet de kamer en Himmler ging aan de eettafel zitten. Hij nam een sigaar en drukte hem tussen zijn vingers, stopte het uiteinde in een knipper en guillotineerde de stomp eraf, die op het damasten kleed viel. Hij richtte zich tot Holger zonder hem aan te kijken.

‘Ik ben een drukbezet man en toch wil je dat ik het nog drukker krijg. Voortaan wil ik een veto over alle opdrachten. Ik wil niet dat untermenschen deze heroïsche vormen beeldhouwen. Ben ik duidelijk, Herr Ostendorf?’

Hij rolde zijn r’en als het lage geroffel van een militaire trommel. Een schuchter klopje betekende de terugkeer van de secretaresse.

‘Binnen.’

Ze leidde Max de kamer in. Zijn gestreepte uniform zat onder de gedroogde klei en hij haalde een grijze hand door de stoppels op zijn hoofd. Zijn ogen dwaalden door de kamer, ontmoetten uiteindelijk die van Holger en zagen zijn bezorgde blik.

Himmler knipte met zijn vingers waardoor Max ineenkromp, en hij richtte zijn ogen, nu donker van angst, op hem. Terwijl hij naar de figuur van *De Viking* gebaarde, vroeg Himmler: ‘Heb jij dit gemaakt?’

Max knikte.

Himmler keek naar het beeldje dat op het doek voor hem stond.

'Het is niet slecht. Maar je had dan ook goed bronmateriaal.'

Hij wendde zich tot de dichtstbijzijnde man in een tweed jachtjasje en gebaarde naar het beeldje.

'Ongelooflijk dat een vrouw het origineel heeft geschilderd, nietwaar? Zo'n studie in mannelijkheid. De oude Karl Holz was nogal dol op haar, als ik het goed begrijp. Trouwde met het meisje en maakte haar meteen zwanger – wie had gedacht dat die ouwe reus het nog in zich had?'

Hij richtte zich weer tot Max, die naar elk woord van hem luisterde, zijn gelaat even wit en ondoorgrondelijk als dat van *De Viking.*

'Zoals ik aan Herr Ostendorf uitlegde, mogen Joden zulke heroïsche figuren niet beeldhouwen. Dat gaat gewoon niet, maar ik zie geen reden waarom je hier niet verder kunt. Hou het voortaan bij dieren en levenloze voorwerpen. Begrepen?'

Max keek naar Holger, die een kort knikje gaf en voor Max insprong.

'Dank u, *Reichsführer.*'

Himmler draaide zich om en wuifde Max weg. Holgers secretaresse leidde hem de kamer uit.

Himmler rolde het gloeiende uiteinde van zijn sigaar door de kom van een porseleinen asbak. De fijne grijze as viel eraf en er bleef een rond, smeulend uiteinde over. Hij draaide zich om naar Holger.

'We hebben meer bier nodig, een beetje vloeibaar brood voor mijn kameraden, voordat we terugkeren naar München.'

Holger knikte en maakte een buiging.

'En, Holger?'

Himmler pakte *De Viking* op en bekeek hem even voordat hij hem terugsmeet op het dikke doek. Hij landde hard en zwaar, maar brak niet.

'Ik wil dit nooit meer zien. Vernietig de mallen.'

Hoofdstuk vijftien

München
November 1993

Ergens tussen Dachau en München begon het te regenen. Clara nam de tram naar de Marienplatz en gidste zichzelf met een papieren toeristenkaart, terwijl de ijskoude mist van de ochtend veranderde in aanhoudende motregen. Ze ging zitten en probeerde de vochtige origamivouwen glad te strijken, terwijl ze de route naar haar eindbestemming volgde.

Toen ze uit de tram stapte werd ze meegesleurd door de menigte, hoofden omlaag, paraplu's omhoog, langs het grote operagebouw. Ze leken de sierlijke zuilen en weelderige friezen nauwelijks op te merken. Ze ging tegen de stroom in, ontsnapte eraan en kwam alleen uit in een smalle zijstraat met hoge, grijze herenhuizen. Door de sierlijke ramen en gevels hadden ze het uiterlijk van een kindertekening, alsof de architect de decoraties niet kon weerstaan. Ze bleef gluren tot ze uiteindelijk Lotte aan een tafeltje zag zitten, met een dampend kopje voor haar neus die roze was van de kou.

Lotte keek op door het geluid van de rinkelende deurbel en zwaaide naar Clara terwijl ze tussen de tafels door slingerde.

'Hemeltje, je bent helemaal doorweekt,' zei haar dochter. 'Ik heb een koffie met cognac besteld. Dat zou je moeten opwarmen.'

Een serveerster bracht een tweede kopje naar de tafel, afgetopt met een toef slagroom en geraspte chocolade. Clara nam een slok en voelde de vurige cognac met de zoetheid mee naar binnen glijden.

'Dat is een pittig brouwseltje.'

'Een flinke schop onder je kont! Hoe was Dachau, heb je iets gevonden?'

Ze schudde troosteloos haar hoofd.

'Het was vreselijk triest, maar ik heb het gevoel dat de weg hier ophoudt. En jij?'

Lotte had haar eigen bedevaart gemaakt naar het Haus der Kunst, waar haar oma voor de oorlog had geëxposeerd. Daardoor was *De Viking* haar beroemdste schilderij geworden.

'Ik had het niet beter kunnen timen, mam. Er was een schitterende tentoonstelling met werk van hedendaagse kunstenaars die hun gevoelens uiten over het naziverleden van het museum. Echt inspirerend voor mijn eindtentoonstelling. Ik raakte aan de praat met iemand van jouw leeftijd.'

'Zo vaak zie je ons niet in het wild,' zei Clara plagend.

Lotte lachte. 'Maar ze wist alles over *De Viking*. Ze zei dat er in die tijd zo weinig vrouwelijke kunstenaars mochten exposeren in het Haus der Kunst. Oma was echt een uitzondering.'

'En toen?'

'Ik vroeg haar wat er met *De Viking* was gebeurd. Ze dacht dat die een paar jaar geleden op een veiling was verkocht. Ze belde een vriend van haar, een kunstcriticus, en hij herinnerde het zich nog goed. Er was destijds kennelijk nogal wat ophef in de kranten; er bestond een hele catalogus van wat zij "nazikunst" noemden, hoewel die criticus zei dat het iets genuanceerder lag dan dat. Het werd echt een cause célèbre.'

'Is er een manier om uit te vinden wie *De Viking* heeft gekocht?'

'Nou, dat is het probleem. De man die het kocht wilde het aan de stad schenken, maar die heeft het kennelijk afgeslagen. Het is sindsdien niet meer te koop geweest, dus ze dachten dat het waarschijnlijk nog in zijn bezit was. En nu komt het, mam… ze belden hem…'

'En? Voor de draad ermee!'

Lotte straalde.

'Zijn naam is Herr Ostendorf en hij wil vanmiddag met ons afspreken. Hij blijkt in de oude stad te wonen, een paar straten verderop.'

Clara klapte verrukt in haar handen.

'Kom, drink op. We mogen niet te laat komen.'

Hoofdstuk zestien

München
Herfst 1940

‘Heida, kun jij Clara klaarmaken voor haar wandeling?’

Bettina zelf droeg een grijze zijden peignoir en maakte geen aanstalten zich aan te kleden. Ze keek toe hoe de jonge vrouw het broekje met ruches over Clara’s knieën trok. De titel ‘baby’ paste echt niet meer bij haar. Ze was zuigeling af en zat niet meer stil en gaf zich niet meer over aan haar kindermeisje. Clara stond op en probeerde weg te lopen, maar Heida greep haar riempjes vast. Bettina voelde zich zo dankbaar voor het goedgehumeurde meisje dat haar ontembare dochter onder haar hoede nam. Ze raakte zelf soms uitgeput als Clara weer haar grenzen opzocht, met zulke vastberadenheid in elke gelaatstrek. Haar gezicht was symmetrisch maar scherp: hoekig met treurige donkergrijze ogen.

In de eerste maanden na de geboorte van haar dochter was Bettina in een diepe depressie beland, elke dag was voor haar een opgave. Ze werd altijd vol goede moed wakker, probeerde de controle terug te winnen, totdat haar dochter met haar enorme levenskracht alle energie uit haar wegtrok. Uiteindelijk bracht Liesl met haar vastberadenheid 'om te komen helpen' ongewild de oplossing. Dat vooruitzicht maakte haar wakker. Bettina beweerde dat ze nog liever doodging dan zich aan Liesls genade te onderwerpen.

Daarom werd Heida, het kindermeisje, aangesteld om voor Clara te zorgen. Christophe en Julia hadden haar niet langer fulltime nodig en zij was blij dat ze nu aan iemand anders dan Liesl kon rapporteren. Bettina kreeg door haar hulp de broodnodige ruimte om zich door de zwarte wolken heen te slaan. Week na week, beetje bij beetje, werd ze weer zichzelf en, met vertraging, moeder.

De dokter vertelde hun dat Clara waarschijnlijk zo was omdat ze zo vroeg was geboren, hoewel ze bij de geboorte al een opvallend pittig kindje was en altijd luid krijste. Bettina, die donders goed wist dat het kind voldragen was geboren, wist dat haar eigen humeur volledig te wijten was aan het verlies van Max. Richard kwam een paar keer op bezoek en ze merkte dat hij haar meer opbeurde dan wat dan ook.

Karl had nauwelijks last van deze huiselijke drama's. Hij was zelden in München en vaak in Parijs gestationeerd met Hildebrand Gurlitt, en van daaruit bezochten ze de grootste kunstcollecties van West-Europa. Hij kwam nooit terug voor de kille sfeer in het appartement, maar wel voor het kind. Hij leek te genieten van Clara's temperamentvolle karakter. Hij stuiterde haar op zijn knieën, met haar donkere opspringende lokken, een schijnbaar eindeloos reservoir van energie samengebald in haar kleine, gedrongen gestalte. Hij gooide haar in de lucht tot ze zo gilde van opwinding dat Bettina Heida wilde roepen om haar naar de kinderkamer te brengen.

Als Karl thuiskwam verviel zijn vrouw algauw in haar gebruikelijke mantra: wanneer kon hij regelen dat ze naar Allach mocht? Heida kon voor Clara zorgen, zij wilde gewoon weer bezig zijn. Karl bleef talmen. Hij zwoer dat hij contact had opgenomen met Himmlers secretaresse en wachtte op haar antwoord. Je kon deze mensen niet opjagen, zei hij nog maar eens. Ze waren verschrikkelijk belangrijk en hadden andere, meer dringende prioriteiten – de oorlog, bijvoorbeeld.

Bettina antwoordde steeds weer feller dat hij het had beloofd en dat zij zich aan haar afspraak had gehouden. Heb geduld, zei hij dan, geniet van het moederschap. Ontspan.

Imres brief arriveerde samen met de eerste sneeuw. De vlokjes kwamen zodra de nacht begon te vallen. Eerst bleven ze niet liggen, maar ze bleven maar komen, tot ze een ondoordringbare laag vormden die nooit leek te smelten.

Bettina werd op een ochtend wakker in de weerkaatste helderheid van de sneeuw, waardoor de kamer baadde in licht. Ze besloot er het beste van te maken en sprong ongewoon energiek uit het notenhouten bed. Ze ontdekte een envelop op de eetkamertafel en draaide hem om, verbaasd dat ze het handschrift niet herkende. Ze opende hem en zag maar een enkele beschreven pagina, met slechts een paar alinea's en daaronder Imres mooie handtekening, in netjes gevormde, cursieve letters.

Beste Betti,

Het is een tijd geleden dat we elkaar voor het laatst spraken – ik hoop dat je het me vergeeft. Eerlijk gezegd twijfelde ik of ik je moest schrijven, omdat ik misschien hysterisch overkom, maar ik wil erg graag weten waar Richard is. Niemand in Berlijn heeft hem de afgelopen weken gezien en Libertas en ik zijn bezorgd over zijn welzijn. Het laatste wat we weten is dat hij van plan was naar Frankfurt te gaan en daarna jou en Clara te bezoeken in München.

Als hij iemand ontmoet heeft en besloten heeft niet naar Berlijn terug te keren, vertel het me dan, als vriendin. Laat hem weten dat ik niet boos op hem ben, ik wil alleen weten dat hij veilig is. Ik maak me gewoon zorgen over waar hij is.

Liefs,
Imre

De kracht vloeide weg uit Bettina en ze ging aan tafel zitten, verteerd door een sterk gevoel van déjà vu.

Hoelang geleden was het dat ze hem voor het laatst had gesproken? Hij had haar toen gebeld, hoewel hij dat meestal vermeed uit angst dat 'er waarschijnlijk ss'ers meeluisterden'. Ze nam verrast op en hoorde zijn vrolijke stem.

'Hoe zit jij volgend weekend?' had hij gevraagd.

'Vrij als altijd. Het leven van een nieuwe moeder is alleen maar eentonig.'

'Ik ga proberen mijn twee meisjes te bezoeken, maar laten we kijken hoe het verdergaat. Gaat het goed met jou, ouwe dame?'

Ze had gelachen. 'Alles bij elkaar denk ik van wel. En jij dan?'

'Ook wel prima. Luister, ik moet ophangen. Ik hoop dat je het niet erg vindt dat ik bel, maar ik wilde je stem horen...'

'Tuurlijk niet, het is ook heerlijk om die van jou te horen. Ik mis je.'

'Ik mis jou ook, Betti. Sorry voor de haast. Ik hou contact.'

'Goed, hoor.'

Dat was vier weken geleden, volgens haar berekeningen. Niet ongebruikelijk, maar als zij, Imre én Libertas niet wisten waar hij was, wie dan wel?

Bettina stapte de volgende middag de trein uit op het station van Allach. Ze huiverde om het feit dat ze daar weer was en had levendige herinnerde aan de avond dat Max was verdwenen, toen ze het verlaten perron naar hem had afgezocht, vurig hopend dat hij daar op haar zou wachten. Er was intussen weinig veranderd, hoewel ze zichzelf nauwelijks herkende.

Na het lezen van Imres brief had ze uren gepiekerd, voordat ze besloot dat de enige tot wie ze zich kon wenden Peter Amsel was, Richards oudere broer. Ze had hem nauwelijks gezien sinds hij haar had geholpen in haar tijd van nood, maar ze voelde zich verwant met hem door haar rapportages over Karl en Liesl aan hem te richten. Ze wist dat ze door haar bezoek aan hem het risico liep hen beiden in gevaar te brengen, maar ze kon nergens anders heen.

Ze liep snel door de natte straten, zette de dikke fluwelen kraag van haar jas op, haar schoenen kraakten door het bevroren poeder van een recente sneeuwbui. De terracotta daken van de buitenwijk waren nauwelijks zichtbaar onder de sneeuw, de luiken goed gesloten tegen de kou. Op een kruispunt waren duidelijk zwarte bandensporen zichtbaar, hun diepe boogjes verlicht door de lage winterzon die daalde aan de horizon. Ze wachtte op het passeren van een militaire motor met zijspan en bedekte haar gezicht voor het geval de bestuurder haar toevallig herkende. Het laatste wat ze wilde was een confrontatie met haar broer. Toen de motor voorbij was stak ze de straat over en opende het hek in een hoge, besneeuwde heg.

Het huis erachter was drie verdiepingen hoog met een uit hout gesneden balustrade, bleek stucwerk onder rode dakpannen, de luiken verweerd en Pruisisch blauw gekleurd. Ze wist dat zowel Richard als Peter daar geboren was. Hun ouders waren gestorven toen Richard nog op school zat, waardoor Peter zijn jongere broer moest opvoeden. De twee woonden er samen totdat Richard naar de stad verhuisde om kunst te studeren.

Bettina trok haar dikke wollen handschoenen uit om aan te kloppen. Ze wachtte en toen de deur openging stond Peter voor haar; dunner en minder opvallend dan zijn broer, met kortgeknipt blond haar, en zijn blauwe ogen half verborgen door een bril. Achter hem was het huis gehuld in duisternis.

'Peter. Het spijt me dat ik onaangekondigd langskom. Mag ik even binnenkomen?'

Een bezorgde frons tekende zijn voorhoofd.

'Natuurlijk, natuurlijk, het is ijskoud. Ik heb een vuurtje in de keuken. Kom binnen.'

Hij leidde haar door een donkere gang naar een kleine, rommelige kamer die eruitzag alsof hij al ruim twintig jaar onveranderd was. De muren waren bleek en afgebladderd. In het midden stond een kleine tafel, vol met stapels kranten en pamfletten. Het rook er naar hout en de zwavelachtige kooldampen.

'Wil je een glas water?' vroeg hij.

'Nee, dank je.'

Ze zag de bezorgdheid in zijn ogen en ging er meteen op verder.

'Het gaat over Richard, ben ik bang. Ik wilde vragen wanneer je voor het laatst iets van hem hebt gehoord?'

'Al een paar weken niet. Misschien een maand.'

Bettina voelde de hoop die ze had wegvloeien.

'Hoezo, wat is er gebeurd?' Peter kon haar teleurstelling voelen.

'Ik heb een brief van Imre gekregen. Het lijkt erop dat niemand in Berlijn in vier, vijf weken iets van hem heeft gehoord. Hij ging naar Frankfurt en sprak toen over doorreizen naar München, maar voor zover ik weet heeft hij dat nooit gedaan. Ik hoopte dat jij misschien een idee had waar hij zou kunnen zijn…'

Peter zette zijn bril af en streek met beide handen over zijn gezicht, een gewoonte van zijn broer die haar pijnlijk bekend voorkwam. Ze moest zich even vasthouden en ademde een paar keer diep in.

'Laten we proberen niet in paniek te raken.' Peter kneep in zijn neusbrug. 'Mijn broertje kan voor zichzelf zorgen, dat weet je. Misschien vond hij het tijd om onder te duiken.'

'Het is niets voor hem om te verdwijnen zonder iets te zeggen.'

'Ik ken mensen in Frankfurt, we hebben gemeenschappelijke vrienden. Zij weten misschien waar hij verbleef. Ik zal kijken wat ik te weten kan komen. Ga voorlopig naar huis en blijf daar.'

Ze begon tevergeefs te protesteren.

'Ik waardeer je komst, maar doe alsjeblieft niet weer zoiets overhaasts. Als Richard is gearresteerd, zijn we allemaal in gevaar. Hij sterft liever dan dat hij ons beschuldigt, maar hij zou niet de eerste zijn die gedwongen wordt te praten. God weet wat ze hem aan kunnen doen.'

Ze had zichzelf beloofd sterk te blijven, maar ze voelde haar vastberadenheid afbrokkelen. Ze knikte alleen maar, te bang om te praten.

'Als je iets hoort, kom dan niet terug hiernaartoe. Stuur me een brief op de katholieke uitgeverij, weet je nog?'

Dat deed ze. Ze bracht daar nog steeds soms verslag uit, al had ze minder te delen nu Karl en Liesl zelden thuis waren.

'Ik schrijf je als ik nieuws heb. Denk je dat je post wordt onderschept?'

Het was nooit bij haar opgekomen.

'Ik denk van niet. Ik ben er meestal alleen met het personeel.'

Bettina pakte haar handschoenen en Peter greep haar hand. Hij aarzelde even en sloeg toen zijn armen stevig om haar heen. Hij hield haar even vast en liet haar toen beschaamd los.

Een plotselinge gedachte kwam bij haar op toen ze wilde vertrekken.

'Misschien dat mijn man kan helpen. Ik kan hem vragen ernaar te kijken, of hij wat kan regelen?'

'Nee,' zei Peter terwijl hij zijn hoofd schudde. 'Dat is een gevaar voor jou en voor Richard. Wat als hij morgen opduikt, alsof er niets aan de hand is?'

'Nou, Peter, dat zou een godsgeschenk zijn.'

Peter probeerde haar een geruststellende glimlach te schenken, maar het leek meer op een gekwelde grijns.

'Als iemand zich uit de problemen kan praten, dan is het mijn broertje wel. Dat heeft hij al zo vaak gedaan, geloof mij maar.'

Een paar dagen later vond Bettina weer een brief op de eetkamertafel, een korte. De vrienden in Frankfurt zeiden dat Richard vier weken eerder zijn hotel had verlaten. Niemand wist waar hij heen ging of waar hij nu zou kunnen zijn. Er waren rond die tijd invallen en arrestaties geweest in heel Frankfurt; hij kan zijn opgepakt. Het was goed mogelijk dat hij was ondergedoken. Er was geen reden om het ergste te vrezen.

Maar Bettina wist dat Richard hemel en aarde zou hebben bewogen om iemand te laten weten dat hij veilig was, áls dat kon. Dit had haar donkerste vermoedens alleen maar bevestigd.

Bettina bekeek elke ochtend de tafel en vroeg Heida en Gerhard, de chauffeur, om haar te laten weten als er post was aangekomen, maar het was wekenlang stil.

Karl telegrafeerde dat hij tijdens de winterzonnewende een paar dagen thuiskwam. Bettina besloot dat het risico van zijn hulp vragen ruimschoots zou worden gecompenseerd door de beloning. Ze kleedde zich weloverwogen aan en koos voor een nieuwe karmijnrode jurk van crêpe de Chine, elegant maar behoudend. Ze golfde haar haar, dat ze lang had laten groeien en dat tot over haar schouders krulde, en bracht zorgvuldig een beetje rouge en lippenstift aan, maar niet te veel. Ze wilde eruitzien als een plichtsgetrouwe echtgenote, om Karl geen reden tot verwijt te geven als ze hem om hulp zou vragen.

Ze had gehoopt op een intiem diner in een rustig hoekje, maar de Osteria Bavaria, waar hij haar mee naartoe nam, was rumoerig en vol. De rood aangelopen officieren brulden naar elkaar terwijl ze hun pullen kapotsloegen. Het gekras van hun stoelen en de klank van hun stemmen weerkaatsten tegen de harde, betegelde oppervlakken en bezorgden haar een hoofdpijn die op haar slapen drukte. Ze deed haar best het te verbergen.

Karl bestelde biefstuk en zij luisterde geduldig naar elk detail van zijn reis. Hij somde de zware taken op die horen bij het hervormen van een cultuur, de eindeloze bureaucratie die nodig is om de overwonnenen zich te laten aanpassen. Hij bleef haar bestoken met vragen over Clara: hoe ging het met haar, kon ze al cijfers schrijven, welke nieuwe woorden had ze geleerd?

Ze veinsde jolijt, maar dat werkte al snel op haar zenuwen; ze voelde zichzelf te hard lachen, te breed grijnzen. Kon hij dat zien? Hij leek vaak een zesde zintuig te hebben, maar leek zich op zijn gemak te voelen. Ze probeerde scherp te blijven terwijl ze haar tekst repeteerde. Als ze de woorden er maar op de juiste manier uit kreeg, dan zou alles goed komen. Toen hij om een tweede fles wijn vroeg, voelde ze dat haar moment daar was.

'Mag ik je misschien om een gunst vragen...'

'Ik kan mezelf niet verlagen door weer naar Himmlers kantoor te gaan, Bettina. Ze vertellen het me wel als ze nieuws hebben.'

'Nee, dat is het niet.' Ze baalde dat hij haar zo snel afscheepte. 'Ik weet dat je het vreselijk druk hebt, maar het lijkt erop dat een vriend van mij wordt vermist. Ik heb hem al lang niet gezien, maar zijn verloofde is bezorgd en ze vroeg me of ik kon helpen. Ik kan natuurlijk niet veel doen, maar aangezien jij zulke goede connecties hebt...'

Ze bleef stil en lachte, wat klonk als een broos, kunstmatig gilletje.

‘Wat is de naam van deze vriend?’ vroeg hij droogjes.

‘Je hebt hem een keer ontmoet. Hij was op je zomerfeest. Richard Amsel.’

Hoewel Karls uitdrukking niet veranderde kon Bettina merken dat zijn lichaam verstijfde. Hij wist het nog wel, maar gaf geen antwoord. Het lawaai van de feestende mannen omringde hen, maar zij zaten in stilte; een tijdskloof die een eeuwigheid leek te duren. Ze voelde een overweldigende behoefte om de ruimte te vullen.

‘Ik heb hem dus in maanden nauwelijks gezien, maar Imre maakt zich enorme zorgen.’

Karl keek haar niet glimlachend aan, hoewel zijn stem best vriendelijk was.

‘En hoe denk jij dat ik kan helpen?’

Kon hij de schrik op haar gezicht zien? Ze had spijt dat ze iets had gezegd. Peter had gelijk, het had hen allemaal in gevaar gebracht, maar ze kon nu niet meer terug.

‘Hij is voor het laatst in Frankfurt gezien. Ik dacht dat je misschien met je contacten daar zou kunnen praten, kijken of ze iets weten. Uitzoeken of hij in de problemen is gekomen.’

‘En jij denkt dat hij is gearresteerd.’ Het was geen vraag maar een verklaring.

‘Verwisselde identiteit, misschien? Je hoort dat weleens.’

Ze nam een grote slok wijn en slikte hard. Het prikte achter in haar keel. Karl staarde haar aan als een nieuwsgierige vogel.

‘In mijn ervaring worden mensen meestal gearresteerd als ze ergens schuldig aan zijn.’

Ze bloosde. Hij keek naar zijn bord en begon weer met scherpe precisie zijn bebloede biefstuk te snijden.

‘Hij is een goed man, Karl.’ Ze stak een hand naar hem uit. ‘Een goede Duitser.’

Karl keek niet op van zijn vlees.

'Ik heb een paar vrienden in Frankfurt, bij de Gestapo. Het is nadelig voor mij, maar ik zal hen om hulp vragen.'

Ze voelde opluchting door haar lichaam stromen.

'Maar ik waarschuw je meteen, als hij zichzelf in de problemen heeft gebracht, kunnen jij en ik niets voor hem doen.'

'Dank je, Karl. Erg aardig van je. Ik kan je niet zeggen wat het betekent... voor Imre. Ze is zo'n lieve meid en ze was zo bezorgd.'

'Net als jij, zo te zien.'

Ze forceerde een strakke glimlach. 'Hij is een oude vriend, Karl. Meer niet.'

Hij hield zijn hoofd schuin.

'Daar ga ik van uit.'

Na de maaltijd in de Osteria keerde Karl terug naar Parijs en de winterweken strekten zich eindeloos uit tot in het nieuwe jaar, koud en saai en donker. Bettina's humeur weerspiegelde dit, totdat zelfs Liesl zich zorgen maakte over haar lusteloosheid en ze Karl aanspoorde om haar op te vrolijken.

Hij vroeg haar een paar dagen bij hem in Berlijn te logeren, terwijl hijzelf naar Carinhall reisde, het buitenverblijf van Reichsmarschall Goering. Karl had een museum in Parijs maandenlang 'aangemoedigd' een paar topstukken af te staan en ze te schenken aan de Carinhall-collectie. De Reichsmarschall wilde ze op tijd laten ophangen voor zijn verjaardagsfeest en dus werd in allerijl een reis naar de hoofdstad geregeld. Bettina was weinig in Berlijn geweest sinds Max en zij de stad ontvlucht waren.

Naarmate de dag dichterbij kwam, raakte ze opgewonden over het vooruitzicht van de reis, omdat ze in zulk hooggeplaatst gezelschap zeer waarschijnlijk interessante informatie zou kunnen opvangen. Ze overwoog een verslag te schrijven, wat haar des te meer herinnerde aan Richards afwezigheid in de stad.

Karl kwam naar München om haar op te halen. Hij zag er altijd onberispelijk uit en leek ongemakkelijk bij het zien van al haar kleding en chaos. Hij stond er stokstijf bij en keek vanuit de deuropening naar haar terwijl ze spullen in een kleine koffer propte. Ze keek hem over haar schouder aan.

'Ik weet nooit wat ik voor deze gelegenheden moet inpakken.'

Hij haalde zijn schouders op. 'Doe zoals je normaal doet, je ziet er altijd goed uit. Er zijn natuurlijk diners. Misschien dat we wat gaan paardrijden.'

Ze verbleekte bijna bij het vooruitzicht zo lang de schijn te moeten ophouden.

'Er zijn daar vast genoeg mensen bij wie je je thuis voelt, maak je geen zorgen. Walter is een kunsthandelaar en zijn vrouw Bertha restaureert schilderijen. Zij zullen je op je gemak stellen.'

Hij keek op zijn horloge. 'Ik wil de Reichsmarschall echt niet langer laten wachten...'

'Sorry. Waarom zeg je Clara niet alvast welterusten? Ze is verdrietig dat ze bij Heida moet achterblijven.'

Ze haalde een laatste paar jurken tevoorschijn, waaronder de jurk van crêpe de Chine die ze in de Osteria had gedragen op de avond dat ze hem om hulp had gevraagd. Haar ogen schoten naar Karl en ze zag dat hij hem ook herkende. Woordeloos hing ze hem terug op de hanger en pakte er een grijze fluwelen jurk voor in de plaats.

'Ik heb trouwens iets gehoord over je vriend.'

Zijn toon was terloops maar koel. Bettina voelde een kalmte over zich heen komen, alsof een verkeerde beweging hem zou kunnen afschrikken.

'Het is geen goed nieuws, ben ik bang. Er loopt een arrestatiebevel tegen hem, maar zijn verblijfplaats is onbekend. Ze vermoeden dat hij het land heeft verlaten. Ondergronds is gegaan, om het te omzeilen.'

‘Maar hij zou nooit...’ stamelde Bettina.

‘Een schuldig man zal heel ver gaan om zijn hachje te redden.’

Ze probeerde haar toenemende paniek te verbergen.

‘Waarvan wordt hij beschuldigd?’

‘Ik kan niet in detail treden, maar laat ik zeggen dat hij in slecht gezelschap verkeerde. In oorlogstijd is dat verraad.’

Ze voelde zijn harde ogen op zich gericht.

‘Ik heb je lang geleden voor hem gewaarschuwd.’

‘Dat herinner ik me.’ Ze wist dat ze berouw moest tonen. ‘Ik had moeten luisteren.’

Ze draaide zich terug naar het bed om haar gezicht te verbergen, het bloed bonkte in haar oren. Ze stelde zich voor hoe ze Karl bij zijn schouders greep en hem de waarheid probeerde te ontfutselen. Ze pakte een zijden blouse en legde die neer, vouwde de mouwen zorgvuldig op.

‘Laten we het hier gewoon bij houden. Ik wil zijn naam niet meer horen.’

Hij geniet ervan me te straffen, dacht ze. *Net als zijn zus.*

Ze kon beter haar mond houden, dus knikte ze maar. Ze ging door met het opvouwen van de blouse en voelde dat ze boven het tafereel zweefde en naar zichzelf keek. Tranen welden op in haar ogen. Met haar rug naar hem toe voelde ze een druppel op de zijde vallen. Ze wreef er stiekem over, ze wist dat hij haar niet mocht zien huilen.

‘Mijn hemel,’ mompelde ze. ‘Ik vergat bijna mijn kousen.’

Ze liep snel naar de badkamer en sloot de deur achter zich, bijtend in het zachte vlees van haar handpalm om de snikken niet te laten ontsnappen.

Toen ze in Berlijn aankwamen schreef Bettina aan Peter op de katholieke uitgeverij en deed de envelop in de hotelbrievenbus. Ze koos zo vriendelijk mogelijke woorden en stelde zich de reis voor die de brief zou maken en het effect ervan op de ontvanger. Ze zou willen meereizen, om er voor Peter te zijn als hij de pagina's las, hoewel ze wist dat ze het risico zouden lopen in nog groter gevaar te geraken.

Ze bracht de week door in onverholen ellende, maar Karl was zich er niet van bewust. Of was er opzettelijk blind voor. Ze vermoedde dat hij de recente gebeurtenissen wilde afsluiten. Bovendien hadden ze nauwelijks tijd voor elkaar, druk als ze waren met de sociale verplichtingen van de reis. Bettina had nog nooit zoveel tijd doorgebracht in de hogere echelons. Terwijl Karl tot laat bleef zuipen, suste zij zichzelf in slaap door elke avond de informatie te herhalen die ze met Peter zou delen bij haar terugkeer, te bang om het ver van huis op papier te zetten.

Op de laatste dag werd Karl onverwacht teruggeroepen naar Carinhall. Hij verontschuldigde zich, maar zij wuifde dat weg. Ze vond het prima, beweerde ze. Ze zou naar een galerie gaan.

In plaats daarvan nam ze een tram en reisde de stad door naar de kleuterschool waarvan ze wist dat Imre er werkte. Ze stond voor het raam en gluurde door het papieren kruis dat daar was geplakt om te voorkomen dat het glas naar binnen zou vallen, mochten de Britten het gebouw bombarderen. Ze zag Imre geknield op de grond met een kind praten. Bettina tikte met haar knokkels op het glas. De jongere vrouw keek op van het geluid en werd bleek toen ze haar zag. Ze sprong overeind en praatte met haar collega: een haastig, gemompeld gesprek. Even later kwam ze naar buiten en trok een vest aan tegen de kou.

'Is hij dood?'

'Ik weet het niet.'

Uit angst te worden afgeluisterd liepen ze samen doelloos door de brede, natte straten. Bettina herhaalde precies de woorden die Karl tegen haar had gezegd, hoewel ze weinig troost boden.

'Hij weet meer dan hij mij heeft verteld, dat weet ik zeker. Ik denk niet dat Richard het land ooit zou verlaten. Hij kende de risico's, maar was vastbesloten te blijven.'

Imre huiverde terwijl ze luisterde, het wollen vest strak om haar heen geslagen. Ze stak haar handen in de mouwen om ze warm te houden.

'Zijn geluk raakte op. We wisten dat het zou gebeuren.'

Ze zei het botweg, bijna zonder emotie. Toen ze bij de school terugkeerden, omhelsden ze elkaar woordeloos, alsof ze Richard nog een laatste keer vasthielden, niet bereid elkaar los te laten.

Terug in München merkte Bettina dat haar depressieve bui was teruggekeerd. Ze kon niet slapen en Clara's onstuimige eisen kon ze nauwelijks verdragen. Ze trok zich terug in de grote slaapkamer en tekende schets na schets van Richard en Max, om hen in haar geheugen te bewaren, hoewel ze die allemaal in het vuur gooide, bang voor wat er zou gebeuren als ze ontdekt werden.

Karl had besloten in München te blijven, zodat hij het verjaardagsfeest van de nazipartij in het Hofbräuhaus kon bijwonen. Het was een prestigieuze uitnodiging en, zoals haar schoonzus haar voortdurend in herinnering bracht, er zat zelfs een kennismaking met de Führer in.

Toen de dag aanbrak werd Bettina zo ziek van dat vooruitzicht dat ze migraine kreeg en Liesl smeekte in haar plaats te gaan. Zij hapte vrolijk toe en Bettina, zwak van opluchting, ging vroeg naar bed.

Toen ze terugkwamen leken broer en zus getransformeerd door de ervaring. Liesl kwam triomfantelijk haar kamer binnen, nog stralend nagenietend.

'Iedereen was er, echt iedereen. Je hebt de ontroerendste toespraken gemist die ik ooit heb gehoord.'

'En je werd gemist, Bettina,' zei Karl, warmer dan hij in vele maanden tegen haar had gesproken. 'Ik had je graag aan mijn zijde gehad.'

Liesl somde de namen op van de aanwezigen: Hitler, natuurlijk, Hess en Bormann. En Heinrich Himmler, die zelf met Karl sprak.

'Blijkbaar kent hij je nog, of in ieder geval je werk. Hij sprak over *De Viking*, nietwaar, Karl?'

'Dat klopt, ja.' Karl glimlachte trots naar haar. 'Hij zei dat hij blij zou zijn als je met Allach zou willen samenwerken. In het belang van de partij, natuurlijk.'

Hij klonk nog steeds nors en vaderlijk, maar hij was duidelijk zachtmoediger.

'En nu Clara wat ouder is zie ik geen reden voor bezwaar.' Hij keek naar Liesl, die krachtig knikte en hem duidelijk haar zegen gaf. 'Heida kan denk ik goed genoeg voor haar zorgen.'

Bettina sprong op en kuste haar weldoeners innig, uit dankbaarheid. Ze kon niet helemaal bevatten dat ze Max eindelijk weer zou zien. Ze voelde dat ze zou breken en moest zichzelf inhouden, terwijl ze voelde dat de zwarte hond aan haar hielen zich terugtrok.

Hoofdstuk zeventien

München
November 1993

Het gebouw dat ze zochten bleek vier verdiepingen hoog en vreselijk smal. Het was niet meer dan één kamer breed. Clara scande het koperen paneel bij de deur en vond de naam die ze zocht helemaal bovenaan: Ostendorf, geschreven in een keurige print op een crèmekleurig kaartje. Ze drukte op de bel en wachtte. De intercom kraakte en een jonge vrouw vroeg of ze een pakje kwamen brengen. Zo ja, dan konden ze het in de lobby achterlaten.

Clara probeerde uit te leggen dat ze niets kwamen afleveren, maar dat ze hoopte te worden verwacht. Ze bloosde terwijl ze worstelde met haar moedertaal. Ze was enigszins vergeten wat ze ooit goed kende.

'Ich habe Deutsch verlernt.'

De intercom viel uit en ze luisterde naar de lege stilte, zich afvragend of ze opnieuw moest aanbellen. Uiteindelijk klonk er weer ruis.

'Wie heissen Sie?'

'Mein Name ist Clara Vogel und meine Tochter ist Lotte Woolf.'

Gelukkig was de basis van haar Duits nog intact. De lijn viel weer dood. Clara stapte achteruit en staarde naar de ramen. Dunne regendruppels vielen op haar gezicht. Er was geen teken van beweging boven. Lotte trok een gezicht naar haar; was hij de afspraak vergeten? Clara haalde haar schouders op. Eindelijk sprak de vrouw weer door de intercom: ze moesten hard tegen de deur duwen en naar de bovenste verdieping komen.

Het elektronische slot kwam tot leven en Clara en Lotte strompelden voorwaarts, de donkere koelte van een marmeren lobby in. Er sprak voorzichtig oud geld uit; het gebouw zag eruit zoals het er een eeuw eerder ook had uitgezien, knap en goed onderhouden.

Achter een rij sierlijke brievenbussen en postvakken had Clara een lift verwacht, een vooroorlogs relikwie misschien met een kooi en schuifdeuren. Maar er lagen gewoon donker geaderde marmeren treden met ijzerwerk, die breed begonnen en dan smaller werden en in een spiraal steil omhooggingen. Omhoog en omhoog en omhoog; tegen de tijd dat ze vier trappen hadden beklommen, deden Clara's dijen branderig pijn en was ze bijna buiten adem. Zelfs Lotte liep de laatste trap langzamer.

Clara zoog een teug lucht naar binnen en klopte op de deur. Een jonge vrouw deed open en wenkte hen beiden naar binnen. Ze droeg haar haar in een paardenstaart en had een lichtblauwe kiel aan over een spijkerbroek; het uniform van de huishoudelijke dienst. Ze was duidelijk niet de dochter, of kleindochter, die Clara had verwacht toen ze de stem voor het eerst hoorde.

De vrouw leidde hen door een lange gang. Het appartement was smal, maar diep. Elke muur die ze passeerden was bedekt met ingelijste foto's: etsen van exotische vogels en rijen botanische aquarellen. Er hingen clusters olieverfschilderijen in paren en los, sommige symmetrisch geplaatst, andere nogal lukraak. Er waren sierlijke bijzettafels, een met een verzameling koralen, en een andere met een oud, Frans huwelijkskoepeltje waarvan het ooit rode fluwelen kussentje inmiddels roze was geworden. Elk vlak leek een fraai voorwerp te tonen, eenvoudig uitgestald, naast een venushaarvaren of een vaas met dahlia's in taupe- en crèmetinten. Dit alles gaf een elegant effect. Een verzameling spullen die tijdens een leven was samengesteld met smaak, geld en zelfkennis.

De vrouw opende een deur aan het eind van de gang, naar een studeerkamer die rook naar hout en sterk geurende kaarsen, rijk aan wierook. Diepe mahoniehouten planken stonden van vloer tot plafond vol met boeken. Twee versleten leren banken stonden voor het vuur. Kleine bijzettafeltjes op spillepoten waren volgeladen met nog meer boeken, waarvan vele open waren gelaten met aantekeningen tussen de bladeren. Dit was een drukbezochte kamer.

'Warten Sie hier, bitte.'

De jonge vrouw deed de deur zachtjes achter zich dicht. Even later hoorden ze in een andere kamer een stofzuiger opstarten. Vanuit de haard trok het gekraak van brandend hout Clara's aandacht en ze draaide zich om zodat ze zich kon opwarmen. Haar blik werd getrokken door een schilderij dat boven de mantel hing: daar, omgeven door een zware, sierlijke lijst, hing *De Viking*, Bettina's beroemde schilderij. Clara zocht de arm van haar dochter om zich staande te houden. Lotte volgde haar blik en slaakte een kreet van herkenning.

Clara had alleen een reproductie gezien en was meteen getroffen door de grootte ervan. De meeste eerdere werken van haar moeder waren kleiner, iets terughoudender. Dit was groot en onbeschaamd. Het vulde de muur boven de mantel en domineerde de ruimte.

Clara merkte een flinke discrepantie op tussen de werkelijkheid die ze voor zich zag en het schilderij dat ze al jaren in haar hoofd meedroeg. Haar beeld was louter gebaseerd op foto's en goedkoop gedrukte posterreproducties. Ze had er zelf een gekocht als student, maar ze had die nooit opgehangen, omdat ze zich op een of andere manier schaamde voor de dramatiek van het tafereel. Het deed haar denken aan het omslag van een bouquetroman, veel te opgeblazen en overdreven voor haar eenvoudige, jeugdige smaak.

Het kleurenpalet was donkerder en extremer dan ze had verwacht. De versies die zij kende hadden kennelijk verzadigde kleuren en waren afgezwakt, want het schilderij voor haar was levendig, de kleuren hier en daar bijna schreeuwerig. Het gaf het geheel een naargeestig voorgevoel. De verf had ook meer structuur dan ze zich had voorgesteld; dit was het gekraste oppervlak van een onrustige zee. De dikke, rollende wolken waren compact en vol donkere energie.

In het midden stond de mannelijke figuur, de Viking zelf, geteisterd door een wind die zijn haar optilde en de vacht over zijn schouders in beweging bracht. Hij was behoorlijk knap, maar te echt om een held te zijn. Hij had hoekige gelaatstrekken en een stevige kaak, maar ze vond hem niet uitdagend. Hij leek zich neer te leggen bij zijn lot, er niet tegen te vechten.

Lotte mompelde droogjes: 'Ik geloof dat mijn onderzoeksvraag wat herziening behoeft, vind je niet?'

Ze waren allebei zo gefocust op het schilderij dat ze niet beseften dat ze gezelschap hadden totdat er een kuchje van achteren kwam. Clara en Lotte draaiden zich tegelijkertijd om, half vermoedend dat de Viking zelf was verschenen, maar er stond alleen een frêle oude man. Hij was tamelijk lang en flinterdun, met een keurige witte baard en een bril met draadmontuur. Hij droeg een camelkleurige blazer met een zijden pochet en leunde met zijn gewicht op een slanke wandelstok. Toen hij sprak, was dat rechtstreeks tot Clara en in perfect Engels, hoewel zijn accent verraadde dat hij Duits was.

'Clara, mijn liefste. Wat heerlijk om je weer te zien. Je weet niet hoe ik naar deze dag heb verlangd. Ik dacht dat ik het misschien niet meer zou meemaken.'

Hoofdstuk achttien

Dachau
Lente 1941

Het meisje hield het meest van de reuzenkonijnen in Dachau. Hun vacht was de zachtste die ze ooit gevoeld had, door de kleine plukjes boven op hun oren zagen ze er grappig uit. Het waren lieve, stevige vrienden, zo groot dat ze al haar kracht nodig had om ze op te tillen. Ze noemde haar favoriet Fluffig. Hij was geweldig. Hij vulde haar schoot en hing eroverheen, zijn donzige vacht langs haar smalle dijen.

Altijd als Püppi met haar vader naar zijn werk ging, vroeg ze of ze naar de konijnenkooien mocht. Ze hield van ze allemaal, maar Fluffig had een speciaal plekje in haar hart en ze bracht altijd de meeste tijd met hem door, want hij was de hoofdprijs. Ze boog haar hoofd over hem heen, met haar blonde slingerende vlechten, en fluisterde vertederingen terwijl ze zijn oren streelde, ze stevig vasthield in haar kleine vuistjes en hun warme lengte als zijde weg liet glijden.

Dit keer, voordat ze de konijnen mocht bezoeken, was ze eerst naar de boomgaard gebracht om de perenbomen te inspecteren. Ze had genoten van een uurtje dwalen daar, slingerend onder de laaghangende takken door, waardoor de bloesem neerdwarrelde. Daarna hadden ze een rondje door de moestuin gemaakt, net zo een als ze thuis hadden. Ze had paprika's en erwtenscheuten geplukt en in haar zak gestopt om later aan Fluffig te voeren.

Als mensen haar naar haar naam vroegen, zei ze dat het Gudrun was, maar haar vader noemde haar Püppi, omdat ze voor altijd zijn pop zou zijn. Tijdens hun uitje gaf hij haar gekonfijte amandelen, waarvan het pastelkleurige omhulsel bijna te mooi was om op te eten. Hij maakte een sussend gebaar; het zou hun geheimpje zijn. Hij frutselde ze uit zijn zak en hield ze achter zijn rug, handpalm omhoog, terwijl hij sprak met een van de vele heren die aan zijn lippen leken te hangen.

Dit soort dagen waren haar favoriet, omdat ze dan bij papa kon zijn terwijl hij werkte. Hij werd zo vaak weggeroepen en dan miste ze hem vreselijk, hoewel hij elke avond belde en haar vaak schreef. Zijn werk was van levensbelang, had moeder uitgelegd, en De Baas hield hem aan het werk, harder dan wie dan ook, wat zij erg oneerlijk vond.

Toch begreep ze dat ze hem moest delen. Zoveel mensen waren afhankelijk van zijn wijze raad. Half Europa, eerlijk gezegd. En er was een troost: heel af en toe, als het werk hem te lang van huis hield, kon hij haar laten overvliegen om hem te zien. Ze rende dan naar hem toe over een afgelegen vliegveld en hij ving haar dan op en gooide haar in de lucht.

Vandaag hoefden ze niet ver te reizen. Dachau, waar haar geliefde Fluffig woonde, was dicht bij huis. Na de lunch had Püppi eindelijk de konijnenhokken mogen bezoeken, opgestapeld als keurige appartementsgebouwen, rij na rij, boven elkaar, vele hoger dan haar hoofd. De hokken waren verwarmd, dus elk snuffelend bundeltje kwam er ovenwarm uit. Haar fluwelen jasje met pofmouwtjes was erg mooi, maar hield de kou niet buiten, dus was ze blij met hun behaaglijke, zachte lijfjes. Ze tilde de konijnen uit hun schone hooi en hield ze dicht tegen haar borst en drukte hun wangen tegen die van haar.

Over het algemeen waren de konijnen tam en zachtaardig. Slechts enkele hadden een venijnige of depressieve inslag, waardoor ze konden krabben of bijten. Een heel klein aantal was zo van slag door hun opsluiting dat ze hun eigen jongen opaten, maar dit soort feiten werden voor Püppi verborgen gehouden, die niets kwaads over hen wilde horen.

Ze was bezig een dier uit te kiezen om als eerste te knuffelen toen ze de gevangene opmerkte. Een slechtgeklede, ongeschoren kerel aan de andere kant van de binnenplaats, die de hokken schoonmaakte en vers hooi neerlegde. Ze zag dat hij zijn hand naar binnen stak en wist meteen dat hij de pech had een bijtertje uit te kiezen. Hij vloekte en liet het konijn bijna vallen toen hij probeerde zich los te maken uit zijn scherpe tanden en het terug in zijn kooi te moffelen. Püppi had het drama ernstig en stil gevolgd, geïntrigeerd door het bloed. Ze kroop later naar haar vader toe, fluisterde naar hem en wees hem op de dader. Daarna zag ze hoe de man haastig werd afgevoerd, zijn armen strak achter zijn rug geklemd, zijn voeten raakten nauwelijks de grond. Mooi, dacht ze. Opgeruimd staat netjes.

Maar toen de man niet terugkwam begon ze zich zorgen te maken. Toen ze vroeg waar hij was, werd haar snel verzekerd dat ze de man nooit meer hoefde te zien. Ze begon te huilen, bang dat hij misschien vanwege haar was gestraft. Zelfs op haar elfde had ze genoeg gehoord en gezien om te weten dat, tenminste hier, niet alle mannen gelijk waren.

Haar tranen waren moeilijk te bedwingen. Haar vader was met gezwinde spoed opgeroepen. De secretaresse die voor haar moest zorgen wist dat ze de kleine pop tevreden moest houden en vreesde voor haar eigen veiligheid mocht dat niet lukken.

Toen vader terugkwam had Püppi Fluffig op haar schoot en borstelde zijn vacht met een fijn getande kam. Het konijn snoof tevreden door zijn babyroze neus. De tranen op haar ivoorkleurige wangen waren opgedroogd tot strepen, ze hikte alleen nog wat na van haar eerdere gespannenheid. Haar vader ging naast haar zitten en streelde de achterkant van haar blonde hoofd terwijl hij zich over het reusachtige konijn boog. Ze keek op, haar onderlip pruilde van ontevredenheid. Hij deed haar na, zijn slappe kin ingehouden.

'Toe nou, Püppi, wees niet verdrietig. Als dat schepsel het konijn pijn heeft gedaan, dan verdient hij het om gestraft te worden. Deze kleine dieren zijn erg waardevol en hun vacht houdt onze dappere piloten warm.'

Hij krabde aan de oren van Fluffig.

'Wij behandelen dieren met fatsoen, misschien wel de enige mensen ter wereld die dat echt doen. Laat het een troost zijn te weten dat we niet harteloos zijn als het om deze menselijke dieren gaat, maar je moet je er echt niet druk om maken. Het is misdadig om je tranen eraan te verspillen. Vooruit, kop op. Wat zou je ervan zeggen als papa een speciaal porseleinen konijn voor jou zou laten maken? Zou dat fijn zijn?'

Ze knikte, maar bleef ernstig kijken. Hij gebood zijn secretaresse de konijntjes te brengen. Püppi gilde van genot toen hun kleine, trillende lijfjes in haar armen werden geschoven. Ze kreeg er zoveel tot haar beschikking, om zomaar mee te spelen. Rij na rij na rij.

De bewaker liep met een strak gezicht naar Max, zijn geweer over zijn schouder. Hij greep een gescheurde en vuile jutezak en slingerde de zware lading op de tafel.

'Ostendorf heeft je een cadeau gestuurd.'

Max knipperde met zijn ogen. De bewaker schoof de vuile zak naar hem toe.

'Ga je gang. Kijk maar even. Ik waarschuw je wel, je mag hem niet koken.'

Max trok de zak langzaam naar zich toe en pulkte hem open. Hij deinsde geschrokken terug bij het zien van een groot en erg dood witharig konijn. De bewaker lachte om zijn uitdrukking, die verraadde dat hij walgde.

'Schiet wel op. Ze willen het bont en de huid voordat alles is vergaan. Ik kom het over een dag of twee ophalen.'

Nadat de bewaker was vertrokken, tilde Max het konijn uit de zak en legde het op tafel. Zijn mond en ogen stonden open, de kleur ervan was diep en felroze, alsof er waterig bloed doorheen had gespoeld. Max vermoedde dat het konijn net dood was; het lichaam was nog slap en zijn lange oren, met hun opzichtige bont, lagen plat langs zijn rug. Max zette het rechtop en probeerde een levensechte pose te creëren. Hij wist zeker dat hij de schaal en de accenten van het schepsel kon vastleggen, maar het zou een uitdaging zijn het weer levend, ademend vlees te laten lijken. Toch was het een welkome afwisseling met de borden en urnen. Hij pakte zijn schetsboek en zette zijn hand en oog aan het werk.

Een reeks zwoele dagen daalde neer op Dachau, een vroege voorbode van de zomer, en het duurde niet lang of de rottende konijnenstank werd bijna ondraaglijk. Zijn maag zwol op van gassen en een dunne rode vloeistof lekte uit zijn ogen, waardoor er bleke, bebloede traansporen op de vacht kwamen. Max raakte er gehard van en wilde het gedetailleerd vastleggen nu het beest nog voor hem zat. Het dode konijn verstijfde al snel, dus legde hij het plat op zijn zij, maar hij schetste het gehurkt en op vier poten, alsof het zich schrap zette om te gaan rennen.

Een van de jongste bewakers was zo kwaad over de stank dat hij op de grond voor de deur was gaan zitten. Hij dreigde Max met een pak slaag als hij niet snel klaar was met schetsen en vloekte dat hij het stinkende lijk in de oven zou gooien. Max wist wel beter. De bewaker die hem het konijn had gegeven zou hem de nek omdraaien. Je moest zo'n waardevol product gewoon niet beschadigen. Sinds de oorlogsverklaring aan Rusland was de behoefte aan warme, met angorawol gevoerde kleding toegenomen.

De gevolgen van deze opmars naar het oosten waren in het hele kamp voelbaar. Dag en nacht stroomden Sovjet-krijgsgevangenen binnen door de poorten van Dachau, sommigen lopend, anderen afkomstig uit een konvooi vrachtwagens of de stalen buik van een vrachttrein. Ze brachten luizen en tyfus met zich mee en vulden elk bed in hun barakken, drie of vier man per slaapplaats, en sliepen in ploegendienst. Max zag ze aankomen, met verweerde, doodvermoeide gezichten, hun grote jassen nog steeds onder de dikke Russische modder. De bewakers leken hen te zien als volledig vervangbaar. In een paar weken tijd werden tallozen doodgeschoten of uitgehongerd, waardoor hun aantal zichtbaar afnam. De wreedheid hiervan sijpelde door in Max' dromen en hij merkte dat hij geen rust kon vinden, hoe moe hij zich ook voelde. Na wat slapeloze nachten vond hij in de nis achter de baksteen een pakje: carbolzeep, een appel en een hoopje gerstsuiker. De vriendelijke gebaren van Holger – hoe klein ook – maakten het leven draaglijker.

Toen de laatste vorst dooide en de grond in modder veranderde, moesten steeds meer fabrieksarbeiders in militaire dienst. Door de toestroom van Russen was er nooit een tekort aan menselijke onderdelen voor de machine, maar geschoolde vaklieden waren veel moeilijker te vervangen. Af en toe kwam er versterking uit andere kampen: uit Flossenbürg, Mauthausen en Neuengamme. Max, Ezra en Stefan waren geduldige docenten. Ze verwelkomden de mannen in hun gelederen en pasten hen in, tot er binnen elk productiestadium een gevangene of tien werkte.

Op een koude maar onbewolkte dag vertelde de bewaker Max dat hij boven in het atelier van de kunstenaar moest zijn, in plaats van in zijn eigen kleinere kelderruimte. Max volgde de man door het gebouw, ervan uitgaande dat hij een team nieuwelingen zou krijgen om op te leiden. Het atelier was een luchtige ruimte waar de vaste tekenaars en modelleurs werkten, hun creatieve ruimte meestal niet bezoedeld door de aanwezige gevangenen. Dit was het publieke gezicht van Allach, eerder een werkplaats van een kunstenaar dan een fabriek. Het stond vol met grote stukken, van urnen tot bustes en beelden. Zelfs tijdens de kortste dag werd de ruimte overspoeld met licht. Na een winter in de kelder voelde Max zich alsof hij opsteeg naar de hemel.

Toen de bewaker de deur opende werd hij verblind door de helderheid van het moment en was hij verbaasd dat er geen vermoeide rekruten op hem stonden te wachten. Midden in de kamer stond een eenzame figuur: een vrouw die van hem wegkeek en zich onderzoekend boog over een beeldje van een mannenhert. Ze droeg een op maat gemaakt fluwelen jasje in pauwgroen met geplooide rok.

Ze draaide zich om toen ze hen hoorde naderen en sprak kortaf tegen de bewaker.

‘Dank je, je kunt gaan.’

De bewaker aarzelde.

‘Ik verzeker je, ik red me wel. Haal Herr Ostendorf en zeg hem dat we klaar zijn.’

Hij maakte rechtsomkeert en ze luisterden allebei tot zijn voetstappen op de metalen trap wegstierven in de verte.

Max leunde tegen de dichtstbijzijnde tafel en gebruikte de stevigheid ervan. Hij keek omlaag naar zijn hand die de rand vasthield: zijn huid was gebarsten en bedekt met klei die hij er nooit helemaal vanaf kreeg. Even was hij bang dat ze een visioen was. Vol ongeloof sloeg hij zijn ogen weer op.

'Het spijt me zo,' zei Bettina. 'Ik wilde je niet laten schrikken.'

Hij besefte dat hij helemaal vergeten was hoe haar stem klonk. Het timbre ervan, laag en lief. Hoe was dat überhaupt mogelijk?

'We hebben maar even, ik wilde je alleen niet in het kantoor ontmoeten, met al die andere mensen daar, dus dit alles is mijn schuld.'

Ze stond voor hem en was dezelfde maar toch heel anders. Opgepoetst en opgeruimd op een manier die zijn Bettina nooit was.

Ze kwam voorzichtig naar hem toe, hoewel hij nog steeds twijfelde of ze wel echt was, totdat ze met haar uitgestoken hand de zijne wilde aanraken.

'Zeg iets,' smeekte ze hem zachtjes. 'Ben je boos?'

Hij opende zijn mond om te spreken, maar merkte dat hij geen geluid kon maken. Hij schudde zijn hoofd en deed een stap terug, zich bewust van de konijnengeur die nog steeds aan hem kleefde. Hij wist hoe hij er ongeveer uitzag: stoffig en verfomfaaid, uitgemergeld en ondervoed.

Ze sloeg haar armen om zich heen.

'Ze hebben je mooie haar afgeknipt.'

Hij bracht een hand naar de strak geschoren stoppels, die raspten onder zijn vingers.

Bettina wendde zich vervolgens van hem af en zocht in haar mouw naar een zakdoek.

'Het spijt me zo. Vergeef me alsjeblieft.'

Hij glimlachte zwakjes. 'Ik denk eigenlijk dat je een luchtspiegeling bent.'

'Voel maar. Ik beloof je, ik ben nog steeds dezelfde.'

Ze stak haar hand uit, de gouden ring glinsterend aan haar vinger. Ze zag dat hij ernaar keek en trok hem terug, alsof ze zich had gebrand. Ze stopte hem diep in haar zak.

Dus Himmler had gelijk. Ze was getrouwd.

Hij keek weg en probeerde zijn hart te kalmeren. Hij staarde naar de uitgestrekte horizon, naar de kilometerslange rijen eenlagige gebouwen. Toen ze sprak, hoorde hij haar stem trillen.

'Ik heb op je gewacht. Op het station.'

Bezorgd ging ze verder.

'Ik heb geprobeerd je te vinden, ik ben nooit gestopt. Ik deed alles wat ik kon…' Ze zweeg.

'Ik probeerde jou ook een boodschap te sturen,' zei hij.

'*De Viking*? Ik wist dat jij het was! Je herinnerde je het konijn.'

'Mein kleines Kaninchen. Alsof ik het zou kunnen vergeten.'

Hij wilde haar vasthouden, maar vulde de kloof tussen hen met woorden.

'Reichsführer Himmler laat me een konijn maken voor zijn dochter.'

'Dat zei Herr Ostendorf al. Hij dacht misschien dat het jouw zaak zou helpen.'

'Hij is een goed mens. Hij zorgt voor mij.'

'Ik ben blij dat iemand hier dat doet.'

Ze probeerde te glimlachen, maar hij zag dat het haar niet lukte.

'Max, ik moet je iets vertellen.' Ze was ernstig en vastberaden. 'Ik zou je dit nieuws liever niet op deze manier willen vertellen, maar we hebben zo weinig tijd…'

Uit haar zak haalde ze een foto die ze hem overhandigde. Het was een foto van een lachend kind, net een pop, de benen stijf naar voren. De foto was met de hand ingekleurd, waarbij de kunstenaar verschillende tinten had gekozen – zacht, bruin golvend haar, roze lippen en op de achtergrond een meer dat ongelooflijk helder hemelsblauw was geschilderd.

'Haar naam is Clara en ze is bijna twee. Ze is je dochter, Max.'

Hij hoorde de woorden en begreep hun betekenis, maar hij voelde een merkwaardige afstandelijkheid. Een dochter? Het was te veel om te bevatten.

Bettina's handen trilden. Ze klemde ze samen om het trillen te stoppen. Zijn blik ging terug naar de getinte donkergrijze ogen op de foto.

'Ik wou dat ik je alles over haar kon vertellen. Ze heeft zoveel pit en houdt zo van lol maken. Ik zal je alles vertellen, maar niet vandaag. Er is geen tijd meer.'

Ze keek nerveus naar de deur, alsof ze verwachtte dat die elk moment open kon gaan.

'Ik heb een overeenkomst met Herr Ostendorf. Een regeling, zodat ik hier kan blijven komen om je te zien. Alles wat ik heb gedaan, álles, is zodat wij samen kunnen zijn.'

Er kwam geluid uit het trappenhuis. Het was de stem van Holger, die naar boven galmde en tegen de betegelde muren weerkaatste. Normaal sprak hij zacht, maar hij leek ongewoon energiek dichterbij te komen.

Bettina duwde de foto in zijn handen.

'Goed bewaren!'

Toen stapte ze terug en liep stijfjes naar het raam. Hij stopte de foto in zijn zak en boog toen zijn hoofd, zijn handen strak voor zich gehouden.

Holger kwam als eerste binnen, een paar stappen voor de rest.

'Heren, mag ik jullie Frau Holz voorstellen. Ik neem aan dat alles in orde is?'

Max kon het niet laten op te kijken naar Bettina toen hij de naam hoorde. Hij voelde dat ze zich scherp bewust was van zijn blik op haar.

'Absoluut. Ik kan niet wachten om te beginnen. Dit project is al lang in de maak en is mij erg dierbaar.'

Holger draaide zich om en keek Max aan.

'Dank je, Max. Je mag weer aan het werk.'

Max gaf een ferme knik, keek weer omlaag en liep snel de kamer uit. Hij draaide zich om toen hij de deur bereikte. Bettina stak vriendelijk haar hand uit toen Holger de groep introduceerde. Ze zag eruit als het toonbeeld van verfijning. Hun ogen ontmoetten elkaar en zij hield zijn blik vast totdat de deur dichtging en hij haar opnieuw kwijt was.

Afgebeeld: de beroemde schilderes Frau Holz, voorheen Fräulein Vogel, gezien bij Porzellanmanufaktur Allach. De kunstenares draagt een flesgroene maatrok en een getailleerd jasje met brede schouders en een modieuze, ingenomen taille. De revers zijn versierd met gitzwarte kralen en ze draagt een prachtig gevormde hoed van gekreukt zwart fluweel.

De fotograaf positioneerde Bettina in het midden van de kamer met kleinere, gedetailleerde werken op de voorgrond en de grotere, dramatischere stukken die hoogte creëerden achter haar. Hij zette een paar naturalistische, landelijke schilderijen van de kunstenaar strategisch in beeld.

Later voegde de redacteur enthousiaste bijschriften toe aan de foto's, waarin de schoonheid van de blozende vrouw in het hart van het Allach-imperium werd bejubeld, klaar om haar kunstzinnigheid tot leven te brengen met de hulp van hun getalenteerde ambachtslieden.

De nieuwe collectie zou bestaan uit een porseleinen menagerie, elk exemplaar gebaseerd op een dier uit haar schilderijen. De reizende tentoonstelling van Grote Duitse Kunst had haar werk naar de provincies gebracht, waar ze met de pastorale thema's en het spectaculaire realisme vele fans had gekregen. Zij hadden reproducties gekocht van haar zachte lammetje, de lentehaas die door het veld rent en de zangvogel die kwettert op een tak. Binnenkort zouden ze te koop zijn als handgeschilderde porseleinen beeldjes.

Herr Holger Ostendorf vertegenwoordigde Allach als een van hun creatieve leiders, verantwoordelijk voor de presentatie van dit nieuwe werk aan een dankbaar Duits publiek.

'We zijn vereerd dat Frau Holz meewerkt aan deze collectie en kijken ernaar uit om de komende maanden nauw met haar samen te werken.'

Op de vraag of er plannen waren om het beroemdste werk van Frau Holz, *De Viking*, te reproduceren, werd de redacteur verrast door het bestaan van een eerder beeldje. Het vormde de basis van deze collectie, maar was helaas niet meer verkrijgbaar. Deze nieuwe stukken zouden wel door Frau Holz zelf met de hand worden beschilderd, waardoor zij een unieke plaats innamen in de annalen van de toch al indrukwekkende geschiedenis van Allach.

Reichsführer Himmler had zijn zegen gegeven aan deze samenwerking en zag ernaar uit het nieuwe werk in de nabije toekomst te zien. Hoewel nog geen van de handgeschilderde stukken te bezichtigen was, presenteerde Herr Ostendorf graag een voorproefje in de vorm van een porseleinen konijn, persoonlijk besteld door de Reichsführer zelf. Dit exquise stuk was te zien in de huidige catalogus en te koop in winkels in Allach.

Frau Holz poseerde voor nog meer foto's terwijl de verslaggever haar bestookte met vragen die de lezers van *Frauen Warte* zouden waarderen. Dit was tenslotte het vrouwentijdschrift van de nazipartij en kunst was maar van beperkt belang voor hun lezerspubliek.

Hoe beviel het moederschap haar? Uitstekend, verzekerde ze hem, hoewel het nogal eenzaam was; haar man was bezig met de oorlog en zou de komende drie maanden in Parijs gestationeerd zijn. Veel Duitse vrouwen zouden het ongetwijfeld begrijpen. Wat vond haar man van haar collectie? Hij was erg blij voor haar en keek ernaar uit de beeldjes bij zijn terugkeer te zien. Hoe kon ze tegelijkertijd werken en een liefdevol huishouden creëren in de Holz-residentie in het centrum van München? Het was zo'n geschenk dat werk te kunnen combineren en voorwerpen te maken waarmee ze hun huis zou opleuken. Ze had al een hele verzameling Allach-porselein van haar favoriete kunstenaar verzameld. Ze zou maar wat graag haar eigen porselein daaraan toevoegen.

Toen de journalist vroeg wat haar favoriete recepten waren, lachte ze hartelijk. Zoals elke moeder was ze op zoek naar nieuwe en zuinige manieren om haar gezin te voeden. Ze maakte graag *Eintopf*, een eenpansgerecht met kip en aardappelen. Dat kwam vooral van pas in een tijd van rantsoenering.

'Bovendien is dat het enige wat ik kook en zelfs dat kan ik niet goed,' zei ze, hoewel de redacteur dat citaat bewust wegliet uit het uiteindelijke artikel.

Voordat het *Frauen Warte*-team vertrok, vroeg Herr Ostendorf om nog één foto.

'Ik vraag me af, zou je het erg vinden als we heel snel een groepsfoto maken? Voor de marketing, begrijp je.'

Tijdens het interview stonden twee mannen vlakbij met schetsboeken en voorlopige modellen in de hand. Dit waren de arbeiders die de klei zouden vormen en glazuren, legde Herr Ostendorf uit. Frau Holz zou eens per week naar de fabriek komen om de afgewerkte stukken handmatig te beschilderen.

Hij gebaarde naar de twee mannen om aan Frau Holz' rechterzijde te gaan staan, terwijl hij aan haar linkerzijde plaatsnam. Het tweetal had hun stoffige handen over hun kiel gewreven en daarna door hun kortgeschoren haar, om zichzelf toonbaar te maken. Frau Holz straalde naar hen, een toonbeeld van schoonheid en verfijning.

'Stuur mij een paar afdrukken, als je wilt?' vroeg Herr Ostendorf.

Later, in de donkere kamer, toen de fotograaf de redacteur de proeven liet zien waaruit ze moesten kiezen, waren ze allebei enthousiast over deze foto.

'Ze is hier echt heel mooi. Helemaal opgelicht,' zei hij.

'Dat klopt, ja. Jammer van deze twee.' Hij gebaarde naar Max en Ezra. 'Je kunt duidelijk het uniform zien onder hun jassen. Dat kan gewoon niet. Doe mij in plaats daarvan eentje van haar alleen.'

Daarna bracht Gerhard Bettina elke dinsdag van de brede straten van München naar Porzellanmanufaktur Allach. Ze staarde uit de ramen terwijl ze door de verregende straten gleden, weerspiegeld in de zwierige vleugels van de zwarte sedan. Tijdens de reis kon ze zich mentaal voorbereiden en haar emoties afsluiten, zodat ze tegen de tijd dat ze de trap naar de kleine werkkamer zou afdalen wist dat haar angst en verdriet onzichtbaar zouden zijn.

Zodra ze het terrein van de ss-trainingsbasis op reden minderde de chauffeur vaart. Hij reed langs de wachttorens en het prikkeldraad waar het kale landschap mee bezaaid was. Bettina onderzocht de gezichten van alle officieren die ze zag en vroeg zich af of haar broer er misschien bij zat. Zonder zijn tussenkomst op die noodlottige dag hadden zij en Max kunnen ontsnappen, hadden ze nu als gezin kunnen wonen in het glazen huis dat Max had ontworpen. Ze suste zich vaak in slaap met wraakfantasieën, een woest slaapliedje.

Naast talloze officieren in ss-uniform zag ze gevangenen werken in kleine groepjes, een weg uitgraven of zware karren vol stenen of kolen verslepen. Hun gezichten achtervolgden haar, hun ogen verzonken in holle kassen. Het zou makkelijk zijn om weg te kijken, hun menselijkheid te negeren. Alleen door zichzelf eraan te herinneren dat Max een van hen was voelde ze dat ze hen echt zag. Ze vroeg zich af wat Max at, hoe hij werd behandeld door de bewakers van het Aussenkommando. Ze voelde een loodzware schuld vanwege haar eigen geluk.

De fabriek zelf was bleek en plomp, de kelder stak eruit, als een treinperron. Er liep een trap aan beide uiteinden, maar er was weinig aandacht besteed aan de esthetiek. De behoefte aan daglicht en verlichting woog zwaarder dan alle andere criteria. Tientallen reusachtige ramen met metalen kozijnen liepen in rijen rond het gebouw, waardoor de kamers in de winter bitter koud waren en brandgevaarlijk op een zomerse dag. Er was weinig schaduw te vinden; slechts een handvol cederbomen stonden in de buurt, hun donkere uitgezakte takken huilden.

Toen ze de voorkant van het gebouw bereikten, stopte Gerhard en parkeerde hij. Hij begeleidde Bettina altijd naar de voordeur en droeg haar over aan Fräulein Schaffer, Holgers secretaresse, die daar op haar stond te wachten. Gerhard reed terug naar de stad en kwam haar aan het einde van de middag ophalen.

Eenmaal in de fabriek ging Fräulein Schaffer haar voor in een centrale gang die als een slagader door het gebouw liep. Bettina volgde, terwijl ze haar buitenste lagen afdeed en een glimlachend, positief masker opzette.

De reis voerde hen door het hart van Porzellanmanufaktur Allach, waar ze het hele proces meekreeg. Het levensbloed van het gebouw stroomde in schakeringen van wit, van duifgrijze slib tot het ijsblauw van de afgewerkte, gepolijste beeldjes. Hieraan werden heel ruime kamers gewijd: open planken van grenenhout, van vloer tot plafond gevuld met urnen en vazen. Een bibliotheek van schimmen.

Aan het einde van de gang begon een snelle afdaling naar de kelder, waar de ramen klein waren en het werk wat smeriger was. Dit was de machinekamer van de fabriek; zwart roet vermengd met wit kleistof, zoals het asachtige residu van een crematorium. Hier werkte Max, verdiepingen lager dan het ruime atelier waar haar fotosessie plaatsvond. Zijn kamer had lage plafonds en vierkante ramen, met kleine geëmailleerde lampenkappen die boven zijn hoofd slingerden. Ernaast stond een klein team van ambachtslieden, te oud om opgeroepen te worden. Bekwaam in de meest fijnzinnige taken, ieder met tientallen jaren ervaring, maar hooguit beschouwd als ambachtslieden.

Fräulein Schaffer had Bettina aangemoedigd het atelier boven te gebruiken, samen te werken met andere kunstenaars en de stukken gewoon heen en weer te sturen naar Max en Ezra in de kelder. Ze was geschokt toen Bettina erop stond naar beneden te komen om direct met hen te werken en ook verbaasd toen Holger ermee instemde.

De Aussenkommandoführer, verantwoordelijk voor de gevangenen met werkdienst, werd ermee belast. Hij nam persoonlijk de verantwoordelijkheid voor de veiligheid van Frau Holz en daardoor werden Bettina, Max en Ezra zelden gestoord, maar nooit helemaal alleen gelaten. Er was altijd een bewaker aanwezig, in de kamer zelf of in de gang buiten. De ambachtslieden zaten een deur verder en twee of drie keer per dag kwam de zorgzame Fräulein Schaffer bij Frau Holz 'om de hoek' kijken.

Doordat er zoveel mensen aanwezig waren konden ze nauwelijks een privégesprek voeren. In de korte momenten dat ze alleen waren sprak Bettina meestal over hun dochter en Max luisterde opgetogen en met volle aandacht. Ze probeerde te vragen naar zijn leven in het kamp en de omstandigheden van zijn arrestatie, maar hij leek daartoe niet bereid en hield het gesprek af. Ze begreep het. Ze had haar eigen rauwe wonden. Ze vertelde Max al snel over Richards verdwijning en bekende dat ze nu zeker wist dat hij dood was.

'Ik wil hoopvol blijven, maar mijn hart weet het. Ik kan het niet ontkennen.'

Het onderwerp Karl werd grotendeels vermeden. Ze vertelde Max alleen maar over haar besluit, de weg die ze had gekozen om Clara te beschermen en op hem te wachten. Ze liet Max weten dat Karl grotendeels afwezig was in hun leven, maar verder hoefde hij de details niet te horen – haar angst dat Karl uiteindelijk weer thuiskwam, haar weerzin tegen zijn aanraking en het pijnlijke feit dat de kleine Clara dacht dat hij haar vader was.

Bettina probeerde zich maar te richten op hun zegeningen: dat Max nog leefde, dat zij hier was, dat hun dochter een bloeiend leven had.

Als Bettina aan het eind van de dag de kelder verliet, liep ze vaak in een roes naar Holgers kantoor en klopte op zijn deur. Max vertelde haar dat hij hem volledig vertrouwde en dat hij de ware aard van hun relatie duidelijk begreep, hoewel geen van beiden er ooit rechtstreeks over sprak. Ze konden de feiten beter niet hardop zeggen, zodat ze alles konden ontkennen.

Holgers vriendschap gaf haar een troost die ze miste sinds Richards verdwijning. Alleen al de wetenschap dat zij en Max een bondgenoot hadden in deze anders zo vriendeloze wereld was zo belangrijk.

'Ik vind het afschuwelijk hem hier te zien,' zei ze.

'Jij doet alles wat je kunt. Jouw aanwezigheid geeft hem kracht.'

Na verloop van tijd kwam hun kleine achterafkelder tot leven. Op Holgers voorspraak werd Ezra gepromoveerd om hun werk te ondersteunen; om Bettina te helpen haar verf voor te bereiden, om al hun prototypes te glazuren en te bakken. Hij werkte nauwgezet, maar het was zijn diepe en onvoorwaardelijke liefde voor de kunst waardoor ze hem een warm hart toedroeg. Met zijn rustige stem mijmerde hij over symboliek en betekenislagen. Het bracht haar terug naar haar Bauhaus-tijd, naar l'art pour l'art.

Bettina's collectie bestond uit porseleinen dieren die aan haar schilderijen werden ontleend. Het plan was dat Max ze zou boetseren, waarna zij ze allemaal handmatig zou beschilderen, met de penseelstreken van haar originelen.

De planning en uitvoering kwamen hun allen onverwacht ten goede. De dagen van de twee mannen kregen er een doel en betekenis door. Hun hersenen werden vijftien uur achtereen volledig in beslag genomen door het schetsen, boetseren en vormgeven van elk dier. Van woensdag tot maandag werkten ze aan een beeldje, klaar voor de volgende dinsdag, wanneer Bettina er weer was.

Na vele tests had ze besloten onderglazuur te gebruiken, even gedetailleerd als ze op het doek had gedaan. Het kostte uren om voor elk stuk het gewenste resultaat te bereiken. De diepte en de tinten van de kleuren veranderden tijdens het bakken en Bettina's eigen techniek ontwikkelde zich terwijl ze onbekende texturen onder de knie kreeg, want ze had nooit eerder met drie dimensies op zo'n poreus oppervlak gewerkt.

Ezra probeerde uiterst geduldig de tinten en texturen van de wezens die ze jaren eerder had geschilderd te evenaren, zoals een haas die door een omgeploegd en mistig veld springt.

'Max vertelde me dat deze dieren jouw zelfportretten zijn.'

'Dat klopt, hoewel dat in het abstracte idioot klinkt.'

'Helemaal niet. De gedaanteverwisseling kent een lange en nobele traditie in de kunst – je zou dit theriantropie kunnen noemen. Sommigen zien grotschilderingen vanuit dat perspectief: elk dier symboliseert iets voor en van de kunstenaar, afhankelijk van hoe je het interpreteert.'

Terwijl hij met haar praatte, laadde hij het werk van de dag op een lange, dikke plank, klaar om naar de oven te brengen voor het eerste baksel.

'Jouw konijn bijvoorbeeld. De Nederlanders schilderen ze altijd dolgraag, dode tenminste: *Voluptas Carnis*. Ze staan voor de zonden van het vlees. En je kent natuurlijk *Feldhase* van Dürer? Weet je, als je goed kijkt, zie je de reflectie van een raam in zijn oog. Hij wil ons waarschuwen dat een wild ding gevangen kan worden.' Hij deed zijn handen omhoog. 'Die les hebben we hier niet nodig.'

Hij gebaarde naar het stuk waaraan ze werkten.

'Volgens de Thora zijn deze wezens onrein, maar ik ken geleerden die zeggen dat ze de diaspora vertegenwoordigen, overleven. Wat vind jij, Max?'

Max had als antwoord gewoon geglimlacht, opgaand in het prettige gezelschap terwijl hij werkte. De drie brachten vaak lange periodes door in comfortabele stilte, alleen onderbroken door de geluiden van de fabriek boven en rondom hen. Het luide gebrul van de altijd aanwezige bewakers voor hun deur.

Naast een konijn en een haas wilde Bettina ook een veldmuis, een zanglijster, een raaf en een mol maken. Ze bevonden zich allemaal in een ander stadium, maar het konijn, gebaseerd op wat Max voor Gudrun Himmler had gemaakt, was nu zo goed als klaar. Bettina zou snel beginnen met schilderen, zodra ze het kleurenpalet hadden vastgesteld.

Ze vond de nieuwe processen moeilijker dan verwacht en was blij dat ze door de bedrieglijke eenvoud van het konijn alles onder de knie kreeg. Ze worstelde om de juiste dieproze kleur voor de ogen van het konijn na te bootsen. Elke test resulteerde na het bakken in wat leek op glanzende plassen bloed. Monster na monster werd naar de ovens gestuurd, maar elke keer kwam er een teleurstelling voor terug.

'Maak je geen zorgen. We gaan door,' zei Ezra ter geruststelling, hoewel Bettina stiekem genoot van het uitstel. Zij moest niet denken aan wat er zou gebeuren als ze klaar waren.

De volgende dinsdag werd Bettina wakker met hernieuwde vastberadenheid. Ze mochten dan allemaal in rouw zijn om een leven dat ze niet konden hebben, maar zij kon tenminste een beetje glans brengen in de bedompte kelder. Ze ging naar haar kleerkast en pakte een crèmekleurige wollen jas, met een warme grijze wollen sjaal om haar te beschermen tegen de ijzel.

Ze daalde die ochtend vroeg de keldertrap af, voordat de ambachtslieden achter hun bureau zaten. Ze trof Ezra aan, die op haar wachtte, zijn ogen dansten van opwinding. In de dagen sinds haar laatste bezoek had hij gewerkt aan verdere kleurstalen die goed tegen de hitte van de oven konden. Hij gaf ze aan haar ter goedkeuring.

'Deze zijn prachtig, Ezra, dank je,' zei Bettina.

'Prijs mij niet. Het is Stefans verdienste.'

Max, Ezra en Stefan hadden een soort broederschap gevormd. Het stoken van de ovens was zwaar en smerig werk, maar net als Max had Stefan een aangeboren ruimtelijk gevoel, het vermogen om in drie dimensies te denken en te plannen. Hij werd zo bedreven in het inladen van de oven dat hij belast werd met het bakken van de meest verfijnde en waardevolle stukken. Max stond erop dat het werk van Frau Holz door niemand anders werd gebakken.

Samen hadden Stefan en Ezra een week lang tientallen proefexemplaren gemaakt en gebakken. Uiteindelijk waren ze het er allebei over eens dat ze precies de juiste tint rozerood hadden gevonden voor het konijnenoog: een vloeibare framboos die blonk van leven.

'We kunnen eindelijk beginnen,' zei Ezra. Bettina glimlachte van dankbaarheid, hoewel ze vanbinnen een steek voelde omdat ze weer een stap dichter bij het einde was.

Over de krijtwitte basis begon ze vaste kleurvlakken te schilderen. Eerst het zachte grijsbruine dons van de vacht langs de neus van het konijn, daarna een stopverfkleurige vleestint tussen de tenen, het roze van de binnenoren en ten slotte het kristalrode van de ogen. Toen ze daarmee klaar was, ging ze over op een meer transparante techniek. Hier bracht ze lagen aan om de textuur van kleine vezels na te bootsen, zoals de vederzachte vacht op de wangen en de borst van het konijn.

Toen haar eerste figuur klaar was, ging ze zitten om het te bewonderen. Ze waren het er allemaal over eens dat het een werk van grote precisie was; romantisch realisme maar met een wild randje dat het authenticiteit gaf. Bettina vroeg Ezra of hij het meteen naar de oven kon brengen. Ze wilde zo snel mogelijk weten of de kleuren werkten. Er zou nog meer geglazuurd en gebakken worden, waardoor de tinten zouden veranderen en ze geleidelijk zouden verdiepen en verrijken, maar deze eerste zou het ijkpunt zijn waarop ze voelde of ze de goede kant opgingen.

De jonge Aussenkommando die de wacht hield die dag stond verveeld en lusteloos bij de deur. Op Bettina's verzoek kwam hij in beweging en opende met tegenzin de deuren zodat Ezra met zijn plank toegang kon krijgen tot de bakruimte. Hij liep achter de oude man aan, met zijn geweer in de aanslag.

Toen ze weg waren, ging Bettina weer achter het bureau zitten en trok het volgende stuk naar zich toe, erop gebrand haar techniek te blijven verbeteren. Ze was vastbesloten het juiste evenwicht te vinden tussen transparantie en textuur. Een kalme helderheid overviel haar toen ze begon te schilderen en alles om haar heen viel weg.

Plotseling, vanuit het niets, voelde ze een druppel van iets vloeibaars op haar wang spatten. Ze legde haar vingers erop en staarde onbegrijpend naar de toppen ervan. Ze waren besmeurd met wat leek op nat bloed. Ze zag druppels van hetzelfde boven in haar jasje verdwijnen plus een wijnrode traan op het gezicht van het konijn.

Ze keek op naar Max en er viel een moment van absolute stilte: hij zat tegenover haar aan het bureau en er droop bordeauxrode verf uit een penseel in zijn hand. Ze barstten allebei in lachen uit door de schok van herkenning, hoewel Max onmiddellijk een hand op zijn mond legde.

'Waarom deed je dat in hemelsnaam?' vroeg ze, nog steeds lachend.

Max wreef een hand langs zijn gezicht, zijn kaak verslapt van schrik.

'Het spijt me zo. Ik... Ik heb geen idee wat me bezielde! Je zag er zo geconcentreerd uit en ik wilde je aan het lachen maken...'

'Nou, dat lukte.'

'Het lijkt alsof je bent beschoten. Mijn god, je jasje...'

Vanwege zijn angstige blik barstte ze opnieuw in lachen uit. Max sprong overeind, pakte een relatief schone lap en doopte die in water. Hij depte de wol, maar het haalde niets uit.

'Maak je alsjeblieft geen zorgen. Het geeft allemaal niets. Ik dacht gewoon niet na toen ik dit aantrok. Ik ben zo dom. Normaal draag ik nooit zo'n outfit als ik werk. Ik wilde er gewoon fris en zonnig uitzien. Ik hoopte dat je er blij van zou worden.'

'Dat ben ik sowieso als jij er bent, wat je ook draagt.'

'Toch moet ik er wel heel raar uitzien, om hier zo gekleed binnen te komen.'

'Ik werd verliefd op je toen je een overall droeg, je zat boven op een ladder, voor het geval je het niet meer weet.'

Ze bloosde bij de gedachte aan het naïeve, lichtgeraakte meisje dat ze was toen ze elkaar voor het eerst ontmoetten; arrogant en opvliegerig.

'Natuurlijk wel, maar ik was toen zoveel jonger. In bijna elk opzicht.'

Ze nam het doekje van hem aan en wreef over de rode vlek op haar wang.

'Is het helemaal weg?'

Max veegde met zijn hand het laatste beetje roze weg. Hij treuzelde, genietend van het gevoel van haar vlees.

'Trouwens, de volgende keer dat ik je zag droeg je helemaal niets.'

Hij ging met zijn duim over haar lippen. Ze namen afstand met een zucht. Zij stak haar hand uit, de toppen van haar vingers raakten de zijne. Ze vervlochten zich en op die manier verstrengeld trok hij haar zachtjes naar zich toe.

'Max...'

Van boven kwam het plotselinge geluid van voetstappen op de trap.

Ze sprongen uit elkaar, Bettina bloosde, een felle kleur op haar bleke huid. Max zocht om zich heen, zijn blik ging in paniek van de deur naar het met verf bespatte konijn op tafel.

Bettina fluisterde dringend: 'Wat is er? Ben je iets kwijt?'

Hij schudde zijn hoofd. 'Alleen mijn verstand.'

Door de nerveuze spanning kreeg Bettina een giechelbui, waardoor ze tranen in haar ogen kreeg. Ze probeerde die te bedwingen, wat juist leidde tot een hoestbui.

De bewaker kwam de kamer binnen met Ezra vlak achter zich, zichtbaar bezorgd.

'Is alles in orde, Frau Holz?'

'Prima, dank je,' zei ze, terwijl ze de tranen wegveegde. 'Ik ben bang dat ik er tijdens jouw afwezigheid een flinke puinhoop van heb gemaakt.'

Ze wees op de druppels rode verf die nog op de tafel, het konijn en haar jas zaten.

'Je kunt mij duidelijk niet alleen laten.'

Ezra en Max hielpen Bettina zo goed mogelijk met schoonmaken, hoewel zowel het konijn als haar jasje er niet op vooruitging. De bewaker maakte buiten een wandeling om te roken en zijn benen te strekken.

Toen ze terugkeerden naar hun bureaus en Ezra bezig was met opruimen, fluisterde Max nog een verontschuldiging. 'Ik weet echt niet wat me bezielde. Ik werd in één klap heel ondeugend.'

Ze schudde glimlachend haar hoofd. 'Ik dacht dat ik je kende, Max Ehrlich, maar je hebt duidelijk nog wat verrassingen voor me.'

'Kennelijk.'

Ze rilde bij de herinnering aan zijn aanraking.

'We moeten echt voorzichtiger zijn. Wat als we betrapt zouden worden?'

'Je hebt gelijk, het spijt me. Ik weet dat je gelijk hebt.'

Naarmate de uren verstreken, praatten ze verder in gefluisterde flarden en gecodeerde taal, hoewel ze stilvielen zodra er iemand in de buurt kwam en minuten later weer verdergingen waar ze gebleven waren. Onderwerpen die ooit te pijnlijk leken om aan te snijden waren pas genezen littekens geworden. Kwetsbaar, maar open voor verkenning.

'Ik weet niet hoeveel langer ik dit had kunnen verdragen als jij niet was gekomen.'

'Toen ik eenmaal wist waar je was, kon niets me meer van je weghouden.'

Beiden konden zich moeilijk concentreren, ook al waren ze weer aan het werk. Toen Bettina opkeek zag ze dat Max naar haar keek. Ze hield het konijn voor hem omhoog. Hoewel ze verschillende lagen verf had aangebracht bleef de bloedige traan hardnekkig zichtbaar.

'Hij zal vermoedelijk wel een keer verdwijnen,' zuchtte ze. 'Maar ik vond die bloedige traan best leuk.'

Max boog zich over het bureau om ernaar te kijken. 'Vreemd genoeg zag het er precies zo uit toen ik het schetste.'

Hij pakte de tekeningen die hij had gemaakt voor Gudrun Himmlers konijn.

'Ze gaven me een echt angorakonijn om mee te werken. Dood, natuurlijk. Er sijpelde een dunne rode vloeistof uit de ogen, alsof het bloed huilde.'

Max spreidde ze uit over de tafel.

'Ze fokken ze in het hoofdkamp vanwege hun vacht, echt honderden. Ze schijnen beter behandeld te worden dan de gevangenen.'

'De perfecte metafoor voor deze godvergeten plek,' fluisterde Bettina, terwijl ze naar de schaduw van de bewaker buiten de deur keek.

Max snoof spottend.

'Waren ze maar half zo barmhartig met mensen. Opgesloten, uitgehongerd en geslagen. Gevangen in overvolle, ijskoude barakken in het holst van de winter, terwijl de konijnen hun verwarmde hokken hebben.'

'Echt waar?' vroeg ze. Ze kon altijd heel slecht tegen onmenselijkheid.

Hij spuugde zijn woorden bijna uit als antwoord. 'Ik heb er nauwelijks woorden voor. Ze breken gezinnen op, buiten ons uit tot op het bot, ontzeggen ons onze vrijheid en vermorzelen onze geest. Ze doden zonder enige schaamte. Ze vermoorden de zwakken of doen ze God weet wat voor vreselijks aan.'

In al die weken sinds hun hereniging had ze hem nog nooit zo horen praten. Zijn stem steeg terwijl zijn woede vlam vatte.

'Deze plek is een menselijke boerderij, Bettina. Een slachthuis.'

Ze keek nog even of de bewaker in de buurt was, voor het geval hij het zou horen. Ze bracht waarschuwend een vinger naar haar lippen en hij dempte zijn stem tot een boos gefluister.

'In plaats van huisdieren snijden zouden we werk moeten maken dat deze hel werkelijk laat zien.'

Hij sloeg de bladzijden van zijn schetsboek om. Steeds weer beelden van het konijn in ontbinding, rottend voor haar neus, met verzonken ogen die bloed huilen. Zijn woede was aanstekelijk.

'Je hebt gelijk. Een rat in een val of een vos die door honden wordt verscheurd. We zouden dit verdomde bloedeloze medium moeten gebruiken om elke vorm van marteling te laten zien die er bestaat: hoe mensen worden uitgehongerd, vergiftigd, beschoten, geslagen, gevangen, ingesloten.'

'Ik weet wel iets. Een slagerij waar het vee op twee benen naar hun dood wordt gebracht.'

Bettina's ogen glinsterden, verlicht door de visioenen die voorbijschoten.

'Wat als we de beelden waaraan we hebben gewerkt tot echte kunst zouden kunnen omvormen, om de wereld te laten zien wat hier gebeurt? Een ondermijning van deze zogenaamd "pure" vorm die allesbehalve dat is. We zouden ze niet in een oven maar in het crematorium moeten bakken.'

Ze praatte zo snel dat haar gedachten haar inhaalden.

'Ik kan ze naar buiten smokkelen, maar God weet of ze ooit het daglicht zullen zien. We zouden het zelfs alleen voor onszelf kunnen doen. Zoals *De Viking*. Gewoon weten dat jij het was gaf hem zoveel betekenis voor mij. Het gaf me kracht.'

Ze was inmiddels buiten adem.

'Stel je eens voor, Max. Vroeger zouden we er meteen bovenop zijn gesprongen. We moeten iets doen, anders kunnen we net zo goed dood zijn.'

'Maar wat heeft het voor zin? Je weet dat het niets zou veranderen.'

'Voor ons wel. We moeten deze pijn en woede ergens kwijt, vorm geven,' hield ze vol. 'Richard vocht terug, maar ik was te bang. Nu is hij weg en zit jij hier opgesloten. Als ik nu niet terugsla, wanneer dan wel?'

Ze ging door, smekend.

'We hebben allebei een doel nodig, iets om voor te leven, ons erdoorheen te slepen. Als dit alles eindigt, wanneer het eindigt, en dat gebeurt zeker, dan zal ons geweten intact zijn. Clara moet weten dat ik voor haar vocht, voor ons. Denk er alsjeblieft over na.'

Hij knikte.

'Ik hoef niet na te denken. Ik wéét dat je gelijk hebt. Ik ben nog nooit zo zeker geweest.'

'Echt waar?'

Ze was bijna buiten adem van opwinding.

'We signeren ze met "de porseleinmaker van Dachau". Een echte collaboratie: jij en ik, eindelijk samenwerkend. Zoals het altijd moest zijn.'

Hoofdstuk negentien

München
November 1993

De oudere heer glimlachte om Clara's verbaasde blik.

'Het spijt me, mijn excuses. Ik wilde jullie niet laten schrikken. Toen Paulina, *die Putzfrau* – de jonge vrouw die voor me schoonmaakt – me je naam vertelde, kon ik het niet helemaal geloven, maar zodra ik je zag, wist ik dat ik gelijk had. Alsjeblieft, allebei, kom verder, ga zitten.'

Hij liep stijfjes naar de twee banken bij het vuur en liet zijn smalle gestalte langzaam zakken.

'Dus hier ben je dan eindelijk – Clara Vogel, helemaal volwassen! En dit is…'

'Mijn dochter, Lotte.'

Hij zwaaide met een vinger naar haar. 'Lotte Woolf, ja! Jou had ik natuurlijk wel verwacht. Dus, laten we opnieuw beginnen.'

Hij leunde voorover op de stok tussen zijn knieën, zijn handen een knoop van aderen.

'Hoe ben je bij mij terechtgekomen? Bettina heeft je gestuurd, neem ik aan?'

Clara en Lotte wisselden een bezorgde blik.

'Mijn moeder is drie jaar geleden helaas overleden.'

'Ah.'

Hij liet zijn hoofd zakken, een lichte knik van berusting.

'Meine liebe Bettina. Ik hoopte dat je me zou vertellen dat ze gezond en wel was. Ik had haar graag nog eens willen zien. Ik gaf veel om je moeder.'

'Het spijt me zo. We weten pas sinds kort van uw bestaan.'

Lotte vulde haar aan. 'Ik sprak iemand in het Haus der Kunst die me vertelde over *De Viking*.'

Clara opende de sluiting van haar tas en haalde er de foto van haar moeder uit.

'En ik denk dat u dit bent, op een foto die ik onlangs in bezit kreeg.'

Ze overhandigde het korrelige zwart-witbeeld dat hij aandachtig bekeek.

'Het komt uit 1941. Heb ik gelijk? Bent u dit naast mijn moeder?'

'Je hebt gelijk. Maar vertel, bitte, je noemde jezelf net Clara Vogel. Ben je nooit getrouwd?'

'Getrouwd en gescheiden. Ik heb mijn meisjesnaam weer aangenomen.'

'Net als je moeder.'

'Kende u haar man, Karl?'

Hij grimaste.

'Niet echt, ik heb hem maar één of twee keer ontmoet. Ik mocht hem niet. Hij was haar niet waardig, wat hij denk ik zelf ook wel wist.'

Clara kon nauwelijks bevatten dat ze eindelijk bij iemand was die misschien antwoorden had op de talloze vragen die haar zo bezighielden.

'Vergeef me, Herr Ostendorf. Ik weet niet waar ik moet beginnen. We zijn naar München gekomen om erachter te komen wie mijn vader was. U bent misschien de enige levende persoon die ons kan helpen. Mijn moeder wilde nooit over hem praten, maar ze noemde hem ooit "de porseleinmaker van Dachau". Zegt u dat iets?'

Hij schaterde kort.

'Maar natuurlijk!'

Hij gebaarde naar de vierde figuur op de foto: de kortgeknipte vreemdeling, tussen haar moeder en Ezra Adler in.

'Dit is 'm, dit is je vader. Max Ehrlich, mijn goede vriend.'

Hij gaf haar de foto terug en grijnsde breed, zijn gezicht was getransformeerd.

'Ik herinner me die dag nog levendig.'

Clara bestudeerde de foto en bekeek hem nu heel anders. De gespierde man met de betoverende donkere ogen was haar vader.

'Jullie lijken allebei zoveel op hem. Ik denk dat ik zou hebben geweten wie jullie waren, zelfs als jullie je naam niet hadden gezegd.'

Hij wees naar het schilderij boven de schoorsteenmantel.

'Jullie zien de gelijkenis toch wel?'

Zowel Lotte als Clara draaide zich om en keek nogmaals naar *De Viking*. Clara voelde de hand van haar dochter in de hare grijpen – ze hadden Bettina's gelaatstrekken alleen in hun gezicht weerspiegeld gezien: de ronde lippen en de gebogen wenkbrauwen. Nu namen ze allebei andere details van het schilderij in zich op: de sterke kaaklijn, de lange rechte neus, de ernstig kijkende ogen.

'*De Viking* was gebaseerd op een portret van je vader, Max. Onder dat schilderij zit een ander verborgen; een expressionistische schets die je moeder van je vader maakte. Ik heb het natuurlijk nooit gezien, maar ze vertelde me dat het er zat. Bettina heeft haar talent nooit volledig kunnen ontplooien, maar toch vertellen alle lagen van dat schilderij haar verhaal.'

Opnieuw wees hij ernaar met een trillende vinger.

'Decennialang wilde ik het zo graag met de wereld delen. Nu is het jullie erfstuk en moeten jullie samen beslissen wat jullie ermee willen doen.'

Hoofdstuk twintig

Porzellanmanufaktur Allach

Lente 1942

In de parken van München lag een bloesemtapijt dat door de rukwinden in de onstuimige lente naar beneden was gewaaid. Zeventien kilometer noordelijker vertoonde de omgeploegde aarde weinig van dat soort tekenen, want daar groeide niet zoveel.

Een ruige stoet karren kwam voorbij over een modderig pad, getrokken door mannen in tuig. De wagens waren doorgaans gevuld met aarde of grind, maar op deze dag waren het de lichamen van mannen die te gesloopt waren om door te kunnen die erin lagen. De bleke ledematen zagen er hol uit, als vogelbotjes, bijna licht genoeg om weg te waaien. Dit was een heilige lading die goddeloos werd behandeld.

De dood bleef in Dachau vaak onopgemerkt. Er was geen overgangsritueel, geen waardigheid werd toegekend aan de laatste dagen. Geen begrafenis, geen tijd om te rouwen. Wreedheid was aan de orde van de dag. Een leven kon op elk moment voor je neus worden beëindigd. Het einde kwam plotseling en in zoveel vormen dat de gevangenen er bijna aan gewend raakten. Het kwam bij het ochtendappel of op weg naar het werk en als het gebeurde was het zelden heroïsch. Voor sommigen leek het misschien een zegen, vergeleken met eerdere gebeurtenissen.

Max had in de vroege ochtend in zijn eentje naar de voorbijrijdende karren gekeken. Het beeld was maar wat bekend, maar toch bleef hij staan kijken. Hij bad voor de doden, in de hoop dat iemand hetzelfde voor hem zou doen. Hij wist dat als hij ooit ziek zou worden, hij waarschijnlijk naar Hartheim bij Linz zou worden overgebracht, waar de zieken van Dachau heen moesten om te sterven. Er was enige troost in de wetenschap dat hij misschien in Oostenrijkse grond begraven zou worden, maar hij wist dat niemand daar überhaupt voor hem zou bidden.

Hij was nog steeds bang voor de dood, maar vond het niet langer schrikbarend, omdat hij erdoor omgeven was. Hij werd door grotere angsten geplaagd, die hij vooral voelde opkomen wanneer hij zich zijn wereld zonder Bettina voorstelde. Alle hoop leefde en stierf met haar.

In de fabriek begon de dag met geschreeuw, gekletter en gebonk. Geen tijd voor eerbied. Voor degenen die capabel waren, was werk leven.

Even later zat Max over zijn werk gebogen toen hij Bettina's stem in de verte hoorde. Het fleurde hem wat op. Inmiddels waren dit de momenten die hem een doel gaven. Op de dagen dat zij afwezig was voelde hij een stilte over zich neerdalen en hij leefde pas op als zij terugkeerde.

Toen ze binnenkwam stond de bewaker in de houding. Ze begroette Ezra, informeerde naar zijn gezondheid en vroeg of hij al iets had gehoord uit Sachsenhausen. Hij had toestemming gekregen om Zofia te schrijven, dus had Bettina voor papier en een postzegel gezorgd, maar hij wist niet of zijn vrouw de brief ooit had ontvangen. Hij bleef hoop houden, in afwachting van een antwoord. Bettina begreep het, zo voelde ze zich ook over Richard. Als Imre en zij brieven uitwisselden, spraken ze over hem in de tegenwoordige tijd, geen van beiden bereid de hoop op te geven.

Max keek toe hoe Bettina haar jas uittrok en haar oude tabaksbruine schilderskiel aandeed. De kleurige maatkleding die ze in de eerste weken had gedragen was nu naar de kleerkast verwezen. Die hoorde bij Frau Holz. Dit was zijn Bettina.

Ze glimlachte en maakte een buiging.

'Goedemorgen, Max.'

'Goedemorgen, Frau Holz.'

Hoewel de formaliteit vreemd aanvoelde genoot hij er bijna van. Een teken dat hun dag samen was begonnen. Na dit moment vloog de tijd voorbij. Ze zou weer weg zijn voor hij het wist.

'Gaat het goed met je?'

'Heel goed, dank je.'

Ezra begaf zich naar het verste eind van de kamer, waar hij met luidruchtige energie nieuwe klei begon te kneden. Ze hielden allemaal de schijn op, hoewel Max zeker wist dat Ezra de ware aard van hun gevoelens kende. Bettina keek in het rond en reikte toen over het bureau naar een potlood. De kans op enige vorm van intimiteit was klein. Hoewel ze wisten dat het hun ondergang kon worden, werden ze toch tot elkaar aangetrokken. In het moment zelf leek de beloning van een vluchtige aanraking of blik op te wegen tegen het risico, maar daarna zouden ze worden verteerd door schuldgevoelens en bang zijn voor de gevolgen als ze zouden worden betrapt.

Tijdens haar laatste bezoeken waren ze serieus begonnen met het werk aan hun geheime menagerie, waardoor ze weer een iets concreter doel hadden. Ze wisten dat hun tijd samen eindig was – de hoofdcollectie was bijna klaar. De hele fabriek maakte zich op voor de volgende inspectie van de Reichsführer, wanneer Bettina de stukken persoonlijk aan hem zou presenteren. Daarna was alles ongewis: een einde aan de wekelijkse bezoeken en de verhalen die zij hem over hun dochter vertelde, een einde aan alles wat het bestaan zin gaf. Het betekende dat ze moesten genieten van deze resterende uren. Bettina sprak zachtjes, hoewel de bewaker aan de andere kant van de deur stond en Ezra luidkeels zong terwijl hij werkte.

'Ik heb nagedacht over de zangvogel.'

Hun collectie staatsgevaarlijke dieren was vrij klein begonnen. Een eenvoudige porseleinen muis die in een echte val was gevangen, zijn nek gebroken, een bloedvlek over de snorharen en tanden heen. Ze hadden hem onderling stiekem doorgegeven en eraan gewerkt tot ze hem compleet vonden. Max had hem verstopt in de nis achter de ventilatiesteen.

Daarna kwam een konijn op een marmeren plaat. Bang dat Holger de stukken achter de ventilatiesteen zou ontdekken, had Bettina besloten ze te bewaren in een grote tapijttas die ze bij zich had, gewikkeld in een vochtige handdoek en een gewaxte lap. Het was slechts een tijdelijke oplossing; ze was bang dat ze betrapt zou worden.

Op een heldere ochtend vloog een dikke houtduif de kamer binnen en nam zijn intrek in de dakspanten. Ze konden hem urenlang horen koeren, maar hij bleef onzichtbaar tot de bewaker met een bezem omhoog was geklommen om hem weg te vegen. De volgende dag bracht Bettina de muis en het konijn mee en stopte ze in hun schuilplaats tussen de dakspanten. Ze hoefden ze op een onbewaakt moment alleen nog maar naar beneden te halen. Een derde beeldje – een raaf – werd spoedig aan de andere twee toegevoegd, alle drie in een ander stadium van voltooiing.

Ze werkten gestaag door, maar het onderwerp van het volgende stuk werd nogal een discussiepunt. Het zou idealiter een variatie moeten zijn op een van de wezens uit de officiële collectie, maar Bettina was vastbesloten er echte betekenis aan te geven.

'Ik wil dat dit volgende werk gaat over propaganda. Deze fabriek produceert kunst die een verhaal vertelt, over de oorlog, over een gedeelte van de Duitse manier van leven, maar we weten dat dat verhaal een leugen is. Het is allereerst gestoeld op dwangarbeid, onzichtbaar voor het publiek.'

'Daar lijkt het wel op. Ze kiezen ervoor niet te veel vragen te stellen,' antwoordde Max.

'Dat artikel over mij in *Frauen Warte* was pure propaganda. Onze hoofdcollectie is hetzelfde. Ik heb er geen spijt van – we kunnen daardoor samen zijn, maar sowieso voor hen werken voelt als samenzwering, los van mijn bedoeling. Dat maakt deze geheime collectie zo belangrijk. Ik moet iets doen om deze lokroep tegen te gaan.'

'Dus wat moet het zijn? Een waarschuwing misschien? Een soort stellingname?'

'Dit gevoel van medeplichtigheid, het spookt door mijn hoofd. Ik word er misselijk van en het doet me denken aan een gevoel uit mijn kindertijd, maar ik weet niet precies wat. Gisteravond drong het tot me door: wat Albrecht altijd deed toen we opgroeiden. Het achtervolgt me al jaren.'

Max keek somber bij het horen van de naam van haar broer.

'Ik moet tien of elf jaar geweest zijn, hij was een paar jaar ouder. Op een dag ging hij naar het bos achter onze boerderij en ving een vogeltje. Ik denk dat het een zanglijster was, misschien een nachtegaal. Hij gaf haar aan mij in een kooitje en zei dat het ons geheim was. Ik wist dat ik haar van mama en papa had moeten laten gaan, dus volgde ik zijn raad op en hield haar onder een doek verstopt in de kelder, om ervoor te zorgen dat ze niet zou zingen.

'Ik was er dol op. Ik groef kleine wormen op en vond rupsen om haar te voeren. Ik liet haar op mijn vinger springen, maar na verloop van tijd leek ze daar te verpieteren. Uiteindelijk zei ik tegen Albrecht dat we haar moesten laten gaan, maar hij weigerde dat. Op een dag, niet lang daarna, ging ik naar beneden en was ze weg. Ik wist dat hij haar had meegenomen, dus ging ik op zoek in het bos.'

Haar ogen waren donker van langdurige schaamte.

'Ik kon hem eerst nergens vinden en toen hoorde ik het. Een vogel begon te zingen en het was zo mooi dat ik op een of andere manier wist dat ze van mij was.'

Max kon de scène en het liedje bijna voor zich zien.

'Het duurde even voordat ik haar vond. Tegen de tijd dat ik aankwam was ik te laat. De kooi hing aan een tak en er waren andere vogels in de buurt, vijf of zes, allemaal stervende. Eentje was al dood, hangend aan zijn pootjes, hoewel ze zich op een of andere manier aan de tak vasthield. Ik begreep niet wat ik zag, maar hij vertelde het me. Hij genoot er zelfs van.'

Haar bleke lippen persten zich samen.

'Het is een stroperstruc. Hij had alle takken ingesmeerd met sterke lijm, zo dik als vernis. Hij hing de vogelkooi in de boom en toen hij de doek eraf haalde, was mijn vogeltje zo blij dat ze eindelijk de lucht kon zien dat ze uit volle borst zong. De andere vogels werden erdoor aangetrokken en landden vlakbij om naar haar lied te luisteren. Toen ze weer weg wilden vliegen, was het te laat – ze zaten vast. Ze raakten in paniek en fladderden en spartelden tot alles vastzat: veren, vleugels en snavels. Ze raakten bijna verstrikt in zichzelf toen ze wilden ontsnappen, maar hoe meer ze vochten, hoe erger het werd.'

'Hij probeerde het niet voor je te verbergen?'

'Hij lachte. Hij stond erbij en keek ernaar terwijl ze worstelden. Uiteindelijk gaven ze allemaal op en stierven. Hij doodde zelfs mijn vogeltje. Hij draaide haar nek om en dreigde me te slaan als ik mijn moeder vertelde wat hij had gedaan.'

Ze kromp ineen van de herinnering.

'Hij was een sadist. Nog steeds, zoals we maar al te goed weten. Het spijt me meer dan ik ooit kan zeggen dat ik hem in je leven heb gebracht.'

'Het was niet jouw schuld. Niets ervan.'

Ze wendde haar gezicht van hem af, wachtend tot de schaamte zou wegebben. Max was aan het schetsen toen ze weer opkeek. Toen hij klaar was, duwde hij de tekening naar haar toe.

'We kunnen de zanglijster uit de hoofdcollectie als uitgangspunt nemen. Is dit wat je in gedachten had?'

In zijn schets waren de vleugels in vlucht gebogen, maar eentje zat vast aan de tak, de vogelkop gedraaid, de nek verwrongen terwijl hij zich probeerde te bevrijden.

Bettina knikte dankbaar.

'Precies goed. Kun je de tak waar de vogel op zit wat groter maken? Ik wil hem omwikkelen met het *Frauen Warte*-artikel. En de lijm moet transparant zijn. Iets wat kan uitharden als gesmolten glas.'

'Ik zal kijken wat ik kan doen.'

Ze legde haar hand vlak bij de zijne. 'Misschien zijn dit onze eigen persoonlijke golems, Max. Weet je nog?'

'Natuurlijk.'

'We boetseren ze uit klei en sturen ze dan de wereld in om ons te beschermen.'

'Met een beetje geluk behoeden ze ons,' zei hij.

'Ik hoop het. We hebben het nodig.'

De volgende ochtend stond Bettina erop terug te keren naar Porzellanmanufaktur Allach. Ze vertelde Karls chauffeur dat ze vanaf nu elke dag naar de fabriek zou gaan. De tijd drong, want over ruim een week was Himmlers inspectie.

Toen ze aankwam was hun kelderkamer een levendige bedoening. Max en Ezra inspecteerden pas gebakken stukken en bespraken hoe het uiteindelijke werk zou worden tentoongesteld. Himmler zou wat stukken kiezen voor massaproductie en Max wist zeker dat de collectie populair zou worden.

'Misschien kun je daarom alsnog blijven langskomen en schilderen?'

Bettina glimlachte en knikte, maar leek afgeleid. Ezra wisselde een blik met Max en verkondigde dat het tijd was de volgende stukken naar de oven te brengen. De bewaker opende de deur voor hem en hielp hem de trap op.

'Zeg Stefan dat hij voorzichtig met ze doet!' riep Max hem na.

Toen ze weg waren, fluisterde hij Bettina dringend toe.

'Is alles in orde?'

Ze schudde haar hoofd, haar onderlip trilde.

'Ik kreeg gisteravond een telegram van Karl. Hij komt veel eerder terug dan gepland: een paar dagen na de inspectie. Zelfs als Himmler opdracht geeft voor een nieuwe collectie, heeft Karl er ooit mee ingestemd dat ik er maar eentje zou maken.'

Ze kon haar onrust niet langer verbergen.

'We moeten iets doen, Max. Ik kan niet weglopen en je hier achterlaten,' fluisterde ze. 'Wekenlang mocht ik van mezelf naar deze plek slaapwandelen. We waren zo lang gescheiden dat ik daar wel om mocht vragen. Maar ik kan niet terug naar mijn oude leven. Ik heb gezien wat hier gebeurt, wat ze jou hebben aangedaan en misschien nog gaan doen...'

Haar stem vloog op vleugeltjes van angst, als een paniekerige mot die naar het licht vlucht.

'Waarom heb ik er toch al die jaren geleden niet gewoon mee ingestemd om te vertrekken, toen je het me vroeg?'

'We wisten niets. We konden niet in de toekomst kijken.'

'Ik heb elke keer de verkeerde keuze gemaakt. Ik weet nog steeds niet wat ik moet doen... Het enige wat ik weet is dat ik je hier niet kan achterlaten en dat ik geen moment langer bij Karl kan blijven.'

'Weet je zeker dat hij je zou laten gaan?'

Ze schudde haar hoofd. 'Net zomin als het Aussenkommando jou dat zou toestaan. We zitten allebei gevangen, maar ik zit in een gevangenis die ik zelf heb gemaakt. Ik blijf hopen dat er iets tot me doordringt, dat er een oplossing komt, maar er is geen uitweg. Het is hopeloos.'

Ze hoorden stemmen buiten en vielen stil, Bettina friemelde met haar vingers in haar schoot. De bewaker opende de deur en Fräulein Schaffer kwam binnen, met een warme glimlach op haar gezicht.

'Sorry dat ik u stoor, Frau Holz, maar Herr Ostendorf vroeg of u later met hem wilt lunchen.'

Bettina rechtte haar schouders en probeerde enthousiast te kijken.

'Dank u, Fräulein. Zeg hem dat ik graag kom.'

'Ik zal de bewaker vragen u over een uur te brengen.'

Ze verliet de kamer en ze konden het zachte geroezemoes van hun gesprekje horen. Max fluisterde Bettina dringend toe.

'Luister naar me, Bet. Clara en jij moeten daar weg. Jullie veiligheid is het enige wat telt voor mij. Ga naar Zwitserland, zoek mijn ouders. Ik heb hier al zo lang overleefd. Als ik weet dat jullie allebei veilig zijn, dan weet ik zeker dat ik het volhoud. Praat met Holger,' stelde hij voor. 'Hij zal je goede raad geven, dat weet ik zeker.'

'Weet je zeker dat je hem vertrouwt?' vroeg ze.

'Volledig. Zoveel als ik jou vertrouw.'

Bettina schudde haar hoofd en sloeg zijn bewering in de wind. 'Ik verlaat je niet. Ik verlaat je nooit. We moeten een andere manier vinden.'

De zware deur zwaaide nogmaals open en de jonge bewaker stak zijn hoofd om de deurpost.

'Ik ben ontboden bij de Aussenkommandoführer, Frau Holz. Het duurt niet lang, daarna kom ik terug om u naar het kantoor van Herr Ostendorf te brengen.'

'Dank je.'

Max wachtte tot het geluid van zijn voetstappen langzaam verdween.

'Ik heb iets gemaakt voor je.'

Hij reikte naar boven, naar de gebogen balken boven hem. Het regende stof en puin op de tafel. Hij tilde een klein kleien beeldje van een zanglijster omlaag, nog gewikkeld in een vochtige doek. Hij had de vleugel gedraaid, precies zoals Bettina had beschreven, en een nieuwe tak gemaakt, iets groter dan zijn officiële evenbeeld.

Bettina was onder de indruk en dacht na over haar volgende stap. De krantenpropaganda erop plakken zou vrij makkelijk zijn, de echte uitdaging was tijd en een veilige plaats te vinden om het ongestoord te doen. Hoewel ze af en toe de stukken naar huis smokkelde om er 's nachts aan te werken durfde ze niet het risico te nemen ze daar lang te bewaren. Er was personeel dat toegang had tot elke kamer van het appartement en de kleine Clara was inmiddels zo oud dat ze elke tas of doos die ze tegenkwam binnenstebuiten begon te keren. Bettina keek naar Max' mooie interpretatie. Ze wilde ze nog steeds zo graag delen met de wereld, hoewel de hoop daarop steeds meer vervaagde.

Ze droomde vaak van een ander leven, waar ze allebei naar hartenlust konden werken. Hun kunst zou leven buiten deze muren. Ze stelde zich de kamers boven hen voor, gevuld met rekken beelden, rijen vol vaten, met stro erin om deze kunstwerken het rijk rond te sturen. Elke week werden honderden stukken van hier naar Berlijn en het hele Reich verscheept. Konden zij maar hetzelfde doen. Het zou best eenvoudig zijn. Eén vat zou hun hele collectie bevatten, met het stempel DE PORSELEINMAKER VAN DACHAU op de zijkant.

Langzaam bekroop haar een besef: stel dat ze geen list nodig hadden, maar moed? Er werden immers voortdurend beeldjes vanuit hier verzonden, die bijna niemand een tweede blik waardig gunde. Ze hoefde toch alleen maar te zorgen dat ze de juiste verpakking vond en overtuigend zou overkomen?

Ze vroeg zich inmiddels af waarom ze zo lang voorzichtig was geweest. Als ze ze gewoon allemaal in een mooi Allach-kistje zou verpakken, met een strik eromheen, wie zou er dan naar omkijken? Ze lachte hardop, verbaasd dat ze hier niet eerder op was gekomen.

Holger zat aan zijn bureau, een opname van de opera *Dalibor* zachtjes hoorbaar op de achtergrond. Hij werkte aan een voorontwerp van de nieuwe catalogus toen hij het geklop van de bewaker op de deur hoorde.

'Frau Holz, wat een genoegen! Kom, kom. Fräulein Schaffer heeft een koude lunch geregeld in de eetkamer, maar ik dacht dat je misschien eerst hier even zou willen uitrusten.'

Hij stuurde de bewaker weg met een knikje en sloot de deur achter zich.

'Kan ik iets voor je halen? Een warme chocolademelk, misschien?' Hij kende haar voorkeur.

'Nee, dank je.' Ze glimlachte. 'Maar ik wil wel iets sterkers, als je iets in je onderste lade hebt? Ik hoorde dat je daar wat lekkers bewaart voor noodgevallen.'

Holgers ogen fonkelden bij de gedachte aan zoiets ondeugends. Hij pakte de fles en twee kleine glazen. Bettina sloeg de whisky in één keer achterover en voelde die vurig naar beneden branden. Ze liet haar hoofd even hangen, wachtend tot de warmte haar moed zou geven.

'Ik wil een delicate kwestie met je bespreken. Het gaat over Max...'

Holger voelde een steek van bezorgdheid. 'Is alles in orde?'

Ze haalde diep adem. 'Ik ben eerlijk gezegd nogal wanhopig. Het zal je niet verbazen, maar Max betekent heel veel voor me. Hij betekent eigenlijk alles.'

'Ik hecht ook veel waarde aan onze vriendschap.'

'Jij zorgt voor zijn veiligheid, tot nu toe, maar je kunt niet vertrouwen op die veiligheid.' Ze schraapte haar keel. 'We hebben altijd om dit onderwerp heen gedraaid, maar de tijd dringt en dus moet ik eerlijk zijn. Ik heb begrepen dat mijn man over ruim een week terugkeert naar München.'

Ze keek naar haar handen, de vingers verstrengeld in haar schoot. 'Ons huwelijk was van hem uit altijd opportunistisch en van mij uit noodzakelijk, maar de omstandigheden zijn veranderd en ik besef dat ik niet langer bij hem kan blijven. Ik moet mijn dochter meteen gaan ophalen, maar... we kunnen niet weg zonder haar vader.'

Holgers ogen werden groot toen de betekenis van haar woorden tot hem doordrong.

'Ik begrijp het.'

'Er zit een groot aantal risico's aan vast, maar ik heb zelf gezien wat Max doormaakt en dat weegt zwaarder dan alle andere overwegingen. Ik geloof dat ik een plan heb, maar nu heb ik iemand nodig die me helpt het uit te voeren.'

'Mijn lieve schat, wat kan ik doen? Je hoeft het alleen maar te vragen.'

Haar gezicht verkreukelde bijna van opluchting, maar ze was vastbesloten sterk te blijven. Ze rechtte haar schouders, alsof ze Holger uitdaagde haar overtuiging te betwijfelen.

'Je moet ervoor zorgen dat Max dit gebouw uit kan lopen en kan ontsnappen.'

Ze spraken een uur lang en de volgende dag opnieuw. Holger probeerde haar te overtuigen en de redenen uiteen te zetten waarom haar plan krankzinnig was, maar zij weerlegde ze allemaal. Toen hij er uiteindelijk mee instemde zei hij dat het tegen beter weten in was: ze hadden het tot nu toe overleefd en moesten zo doorgaan, maar Bettina liet zich niet weerhouden.

'Jij weet net zo goed als ik dat een mensenleven hier waardeloos is. Niet alleen van de mannen, maar ook van de vrouwen en zelfs de kinderen,' hield ze vol. 'Kinderen, Holger! De barbaarse verhalen die ik heb gehoord, de dingen die ik heb gezien. Ik weet dat jij hetzelfde hebt gezien.'

Holger kon haar niet tegenspreken, al vond hij het nog steeds waanzin. Max was nog de enige die ze moest overtuigen en de tijd drong: Himmlers inspectie stond bijna voor de deur, net als Karls terugkeer. Ze wist vanbinnen dat ze nu in actie moesten komen.

In kleine gestolen momenten, terwijl ze werkten, legde ze het hele plan aan hem uit.

Onder de dekmantel van de inspectie van de Reichsführer zouden zij samen met Clara ontsnappen. De crux was, legde ze uit, dat Max vermomd zou gaan in het uniform van haar vroegere echtgenoot. Ze was al begonnen haar grote tapijttas te vullen met warme kleren en speelgoed voor Clara, maar ze had genoeg ruimte gereserveerd voor iets veel groters – Karls oude uniform, dat nog schoon en geperst in hun kledingkast hing. Ze was van plan het voor Max mee te smokkelen, samen met Karls nette schoenen, zijn winterjas en zijn reservepet. Ze vermoedde dat weinigen het lef of een reden zouden hebben om te vragen naar de papieren van een ss-officier, maar toch had ze een fijn verfkwastje en een vergrootglas losgelaten op een oud paspoort van Karl, voor het geval dat. Ze wist in één oogopslag dat het genoeg op Max leek.

In eerste instantie was hij geschrokken, en hij weigerde zelfs haar plan goed te keuren. Het was waanzin om de veiligheid van haar huwelijk met Karl op te geven plus de bescherming die hij haar en Clara bood, maar Bettina liet zich niet vermurwen.

'We kunnen niet terug naar hoe het was. Ik deed wat ik moest doen, op jou wachten, maar nu heb ik het zelf gezien. Ik kan je hier geen dag langer laten dan nodig is. Geloof me, ik ga nog liever dood.'

Hij stribbelde tegen, maar zij beantwoordde elke reden met logica en vastberadenheid.

'We hebben lang hoop gekoesterd, maar laten we nu de realiteit onder ogen zien. Hoeveel levens heb je de afgelopen jaren weggenomen zien worden? Hoeveel heb je gezien wat je me niet verteld hebt? Wat voor verschrikkingen? Ik weet het, Max. Ik zie hoe het je blijft achtervolgen.'

Hij kon het niet ontkennen.

'We waren al zoiets van plan voordat je werd gearresteerd. We kunnen het nu weer doen. Ik weet dat we het kunnen. We zullen weer een gezin zijn, zoals altijd de bedoeling was.'

De tapijttas lag nog verborgen achter in haar kledingkast onder wat oude dekens. Ze zou vertrekken in de kleding die ze aanhad. Ze zou niets meer meenemen. Hij verzette zich tot hij niet langer kon vechten. Hij wilde het ook. Hij voelde zich afwisselend opgetogen en doodsbang. Ten slotte berustte hij erin.

Drie dagen voor de inspectie was Bettina zo nerveus dat ze het nauwelijks kon onderdrukken. Ze sprong op bij elk geluid, brabbelde haar gedachten als ze niet werden afgeluisterd en maakte plannen voor een nog onzekere toekomst.

'Je kunt weer door met het ontwerpen van het huis. We kopen zo snel mogelijk een veilig stuk bos en bouwen het daar: onze bosschuilplaats. En als het klaar is werken we daar samen en laten we de wereld zien wat er gebeurt.'

'Een schuilplaats in het bos, dat klinkt hemels.'

Max' eigen gedachten waren gefixeerd op hun dochter. Op de pop die hij alleen maar op een foto had gezien. Die bleef zijn dierbaarste bezit, verborgen onder de dekens in zijn bed, tussen het stro en het stof. Boven zijn bureau, in het donker, deed hun golem hetzelfde. Max stelde voorzichtig voor om ze te vernietigen, bang dat ze ontdekt zouden worden, maar Bettina wilde daar niets van weten.

'Ze zijn te belangrijk, ze zijn onze stem. We zouden duizend verhalen kunnen vertellen over wat hier gebeurt, maar wie zou naar ons luisteren? Ze spreken op een manier die taal overstijgt. We nemen ze mee, we moeten wel.'

Ze wilde de stukken inpakken en meenemen naar het atelier, wanneer ze de officiële collectie zouden laten zien. Daarna konden ze ze overhevelen in de tapijttas, in de ruimte waar eerst het uniform lag, en ze in Clara's kleren wikkelen.

'En als we in Zwitserland zijn maken we er nog tien. Ik had een idee voor nog een konijn. We hangen haar op aan een prikkeldraadhek.'

Max keek verward, dus begon ze het uit te leggen.

'Sorry, ik vergeet altijd dat je een stadsjongen bent. De landbeheerders doen dat om te bewijzen hoeveel ongedierte ze hebben gedood. Ik zag ze de hele tijd toen ik opgroeide; rijen konijnen en mollen, hun lijken hangend aan de draad, achtergelaten om te rotten. Ze hoopten dat hun lichamen een waarschuwing zouden zijn en anderen zouden afschrikken.'

Max' ogen werden troebel. Een herinnering die hij diep had weggestopt kwam naar boven en hij huiverde.

'Ja. Dat werkt wel.'

Toen Bettina die avond afscheid van hen nam waren Ezra en Stefan aanwezig, samen met de bewaker bij de deur. Ze moest genoegen nemen met een blik van verstandhouding met Max.

'Ik zie jullie allemaal morgen.'

Ze glimlachte naar Max, die naar haar terugglachte. Er stonden nog sporen van zonlicht aan de hemel toen ze het gebouw verliet. De dagen worden langer, dacht ze. Ze leefde op door de komst van de lente, die haar deed denken aan München.

Toen ze uit de lift stapte, de vestibule in van het appartement, verbaasde het haar Liesl aan te treffen, die bevelen gaf aan de bedienden die heen en weer renden. Er stonden koffers en dozen in de hal en stapels vers linnengoed. Bettina keek verdwaasd rond.

'Wat is hier in hemelsnaam aan de hand?' vroeg ze.

Liesl wierp haar een scherpe blik toe.

'Ik zou jou hetzelfde kunnen vragen. Waar ben je geweest?'

'Ik was in de fabriek. Aan het werk.'

'Ik ben je secretaresse niet, Bettina. Je gaat normaal één keer per week op dinsdag. Hoe kon ik weten waar je was toen Karl belde en zei dat hij je wilde spreken? Ik had geen idee wat ik moest zeggen.'

'Heeft hij gezegd wanneer hij zou terugbellen?'

'Je man komt zo thuis, Bettina, en vraagt zich ongetwijfeld af waar zijn vrouw heeft uitgehangen.'

'Maar hij komt pas over een paar dagen terug,' zei Bettina.

Liesl vernauwde haar ogen.

'Je bedoelde, denk ik, te zeggen: wat heerlijk, mijn man komt eindelijk thuis.'

Liesl bekeek haar van top tot teen, haar stoffige werkkiel en haar strakgetrokken haar. Ze kneep in de arm van een passerende dienstmeid, bepakt met schone was.

'Ursi, laat een bad vollopen voor Frau Holz.'

Ze wendde zich weer tot Bettina, met samengetrokken lippen.

'Je kunt in ieder geval proberen jezelf toonbaar te maken.'

Bettina stond voor de open kast en staarde naar Karls uniform dat daar nog hing. Daaronder, onder de stapel dekens, lag de tapijttas. Was die verplaatst? Ze dacht van niet. Ze knielde om erin te kijken. Clara's kleren en speelgoed lagen er nog, precies zoals ze ze had achtergelaten. Ze werd zich bewust van haar eigen ademhaling: snel en oppervlakkig. Ze zakte achterover tegen het bed. Haar benen zeiden dat ze moest rennen, maar haar verstand gaf niet thuis. Logica werd gesmoord door verwarring en beneveld door angst.

Vanuit de verte hoorde ze Karls stem door de muur galmen. Daarna kwam Liesls schrille antwoord en het geluid van Clara die over het dikke tapijt van de gang raasde. Bettina stond op en liep naar de deur. Ze legde een hand op de koude koperen klink, wachtend en luisterend. Ze kon haar eigen naam horen in de mêlee van stemmen. Ze sloot haar ogen en drukte haar voorhoofd tegen de deurpost. Het was nu te laat, er was geen uitweg meer. Ze leek te zweven, opende de deur en forceerde een glimlach.

In de vestibule hing Clara om Karls nek, zijn stoffige, geüniformeerde armen om haar heen, en hij tilde haar op.

'Je bent zo zwaar geworden, Liebchen!' zei hij lachend.

Bettina kwam naar hem toe. Hij slingerde Clara op zijn heup en schoot naar voren om zijn vrouw te kussen. Hij lachte toen zij terugdeinsde.

'Sorry,' zei hij. 'Onhandig van me.'

'Helemaal niet.'

Ze bood haar wang aan en hij leunde voorover om haar opnieuw te kussen. Clara greep een handvol van haar haar en trok eraan. Bettina kromp ineen en maakte haar kleine vingers los.

'Hoe was je reis?'

'Vermoeiend. Ik ben blij dat ik thuis ben.'

Met een schaterlach voegde Liesl zich weer bij haar. 'En we zijn allemaal blij dat je er weer bent, nietwaar, Bettina?'

Ze duwde haar mondhoeken nog verder omhoog. 'Natuurlijk zijn we dat.'

Liesl tilde Clara uit de armen van haar broer.

'Ik dacht dat we misschien allemaal samen zouden kunnen eten. Wil je je eerst omkleden?'

Karl hield zijn ogen op Bettina gericht.

'Eigenlijk wil ik liever alleen met mijn vrouw dineren, Liesl.'

Clara protesteerde, maar Liesl suste haar.

'Natuurlijk! Ik ga met de kinderen eten, dan kunnen jullie bijpraten. Kom mee, Clara.'

Het dienstmeisje dekte de tafel voor twee personen, terwijl de huishoudster een porseleinen terrine bracht, gevuld met een romige, in wijn gedrenkte *Hasenpfeffer*-stoofpot, plus dampende schalen nieuwe aardappelen en asperges. Karl opende een fles champagne.

'*Zum Wohl.* Drink op! We komen bijna om in dat spul!'

Bettina ging akkoord en nam een flinke slok voordat ze de fles wegschoof, zich bewust van Karls blik. Hij sneed netjes zijn vlees en kauwde in meditatieve stilte op een hapje. Ze had een geanimeerd gesprek verwacht. Meestal kwam hij terug met eindeloze verhalen over zijn avonturen met Gurlitt en de lotgevallen van de Vichy-regering, maar vanavond leek hij ongewoon afgeleid. Na een paar minuten sprak hij eindelijk.

'Vertel me eens, wat heb je gedaan in mijn afwezigheid? Liesl zegt dat ze je nauwelijks kon volgen.'

'Ik ben de meeste tijd in de porseleinfabriek geweest om de collectie af te maken.'

Hij knikte bedachtzaam. 'En ben je tevreden met het resultaat?'

'Voor zover dat kan in dit stadium. Himmler komt de stukken over drie dagen zelf inspecteren.'

'En nu maar hopen dat het de moeite waard is geweest.'

Nog een gekwelde stilte, toen sprak hij eindelijk weer.

‘Ik kan net zo goed ook mijn nieuws delen, al merk ik dat je er niet om vroeg.’

‘Goed nieuws, hoop ik?’

‘Ik durf te stellen dat het reden is voor een feestje. Hildebrand Gurlitt heeft mij officieel uitgenodigd samen met hem kunst te verwerven voor het nieuwe Führermuseum dat in Berlijn zal worden gebouwd.’

Ze hief haar glas op hem. ‘Gefeliciteerd, Karl, dat is prachtig! En zo enorm verdiend. Ik weet hoe hard je hiervoor gewerkt hebt.’

Hij gunde zichzelf ter erkenning een bescheiden, lichte glimlach. Ze nam nog een grote slok van de champagne.

‘Nou, vertel. Waar word je gestationeerd?’

‘In Parijs, zoals je zou verwachten. En ik ben bang dat ik meteen nodig ben. Ik moet direct terug.’

Ze onderdrukte een zucht van verlichting. Ze had niet durven hopen dat zijn bezoek zo kort zou zijn.

‘Dat is zo jammer. Clara zal teleurgesteld zijn, ze had allerlei plannen met je.’

Hij glimlachte minzaam. ‘En ik met haar.’

Hij legde zijn mes en vork neer en zweeg even, kennelijk om over zijn volgende woorden na te denken.

‘Ik moet eerlijk zijn en je informeren dat ik van plan ben voor onbepaalde tijd in Parijs te blijven.’

‘O?’

‘En daarom… heb ik besloten dat ik Clara bij me wil hebben. Ik mis haar vreselijk als ik weg ben.’

‘Maar we kunnen niet met je mee, Karl. Om te beginnen is er die inspectie…’

‘De inspectie? Je gaat niet terug naar de fabriek. Dat is niet nodig.’

Bettina werd overvallen door doodsangst. Hij hield een hand omhoog.

'Ik ben ook niet van plan jou mee te nemen naar Parijs. Alleen Clara.'

'En de reden daarvoor?'

Ze keek hem verbijsterd aan. Zijn glimlach was zuur.

'Ik heb lang gehoopt dat een beetje mildheid van mijn kant jou meer op je gemak zou stellen. Maar ik merk inmiddels dat je er nogal verwend door bent geraakt. Jij vindt dat je je plichten als vrouw en moeder kunt verwaarlozen.'

Ondanks de implicaties van zijn woorden droeg zijn gezicht een uitdrukking van welwillend geduld. Vastbesloten kalm te blijven legde Clara haar bestek rustig op haar bord.

'Verklaar je nader.'

'Het lijkt mij vrij duidelijk. Je hebt lang genoeg misbruik gemaakt van mijn vrijgevigheid.'

Ze voelde het verlangen hem te bijten. 'Aha. En waarvoor moet ik deze keer om vergeving smeken?'

'We kunnen misschien beter afzien van deze poppenkast.' Hij zuchtte. 'Het personeel, míjn personeel, heeft me goed op de hoogte gehouden van al je activiteiten. Alle geheime ontmoetingen met ongure vrienden door de jaren heen. Mannelijke bezoekers in je atelier. En recenter je dagelijkse bezoeken aan de fabriek, ook al hadden we één dag per week afgesproken. Geheime brieven en telefoontjes. En nu heb ik begrepen dat er een ingepakte tas verborgen ligt in je kledingkast. Dacht je nou echt dat niemand je in de gaten hield?'

'Je hebt me bespioneerd.'

'En terecht, zo lijkt het.'

Ze verbleekte bij het vooruitzicht. Hij smeet zijn servet neer, vastbesloten haar te straffen als een kind.

'Het idee alleen al dat ik je ooit met Clara zou laten vertrekken! Je weet donders goed dat ik het niet toesta en toch blijf je volharden in deze absurde vertoning. Jouw drama kan ik door de vingers zien, maar ik ga niet werkeloos toekijken hoe jij mij van mijn kind berooft.'

Hij schudde zijn hoofd, blijkbaar aangeslagen.

'Wat me vooral verdrietig maakt is dat ik echt dacht dat je de vorige keer je les had geleerd. Het gebrek aan respect dat je me nu toont is stuitend.'

'Waar heb je het over? Welke vorige keer?'

'Ik ruim niet graag jouw rotzooi op, Bettina.'

Ze staarde hem aan, nu totaal verbijsterd.

'Kom op, moet ik het uitleggen? Die ongelukkige toestand met die heer in Frankfurt?'

Er begon iets te dagen.

'Heb je het over Richard?'

'Ik heb je al gezegd dat ik zijn naam niet uit jouw mond wil horen.' Zijn blik werd hard. 'Laat ik het zo zeggen, die heer zal ons niet meer lastigvallen.'

Ze onderzocht zijn gezicht en zag dat hij haar het zwijgen wilde opleggen, maar dat weigerde ze.

'Wat bedoel je?'

Er viel een moment van absolute stilte voordat hij zijn servet neergooide.

'Ik waarschuwde je voor hem, maar je wilde niet luisteren. Daarna had je het lef mij lastig te vallen met je zielige verhaal.'

'Wat heb je gedaan, Karl? Vertel het me!'

Hij geloofde nauwelijks dat ze het zelfs maar vroeg.

'Wat wil je dat ik zeg? Dat je vermiste "vriend" het daglicht niet meer zal zien, tenzij ze besluiten de Rijn uit te baggeren?'

Haar vermiste vriend.

'Je hebt het aan jezelf te wijten, Bettina. Jij bracht hem onder mijn aandacht. Je drukte mijn neus er bijna op.'

Bettina's handen fladderden als vogels naar haar gezicht, paniek sloeg toe, een blik van afschuw toen ze het besefte.

'We zijn in oorlog en ik vecht voor de toekomst van mijn dochter. Er zullen zeker slachtoffers vallen. Het zou goed zijn dat te onthouden, voor je eigen bestwil.'

Ze voelde het braaksel in haar keel opkomen en rende de kamer uit. Ze was net bij de wastafel toen het roze hazenvlees eruit stroomde, samen met de room. Ze voelde zich als een kind in het *Teufelsrad* op de kermis, het rad van de duivel dat draaide en draaide en je vervolgens tegen de muur uitspuugde en je gebroken op de grond achterliet.

Ze stond minutenlang naar haar eigen gezicht in de spiegel te kijken, zonder besef van tijd. Bevend veegde ze haar mond af met de rug van haar hand. Ze was een en al oog en wassen huid, een vlek lippenstift als opgedroogd bloed. Een expressionistisch schilderij, helemaal geen echte vrouw. Wankel keerde ze terug naar de eetkamer, waar Karl rookte en zijn kalmte kennelijk had hervonden.

'Ik heb de dokter gebeld. Ik heb hem gezegd dat je overspannen bent en rust nodig hebt. Ik vermoedde al een beetje dat mijn nieuws deze uitwerking zou hebben. Het schijnt dat er in Italië een fatsoenlijke behandeling beschikbaar is. Je hoeft niet veel in te pakken, je zult niet veel kleren nodig hebben.'

'Alsjeblieft, Karl, doe dit niet. Stuur me niet weg. Ik smeek het je.'

'Ik kan niets meer doen. Je bent volkomen hysterisch en als ze je opsluiten, wat ze zeker zullen doen, zal het voor je eigen bestwil zijn.'

Ze smeekte hem. 'Maar Clara heeft haar moeder nodig. Dat moet je begrijpen!'

'Clara kan bij mij in Parijs wonen tot je tot bezinning komt. Wat heeft ze aan jou in jouw huidige toestand? Heida zal heel goed voor haar zorgen, dat zei je zelf al toen je smeekte om te mogen werken.'

Karl staarde haar kil aan. Ze kon niet begrijpen hoe ze hierin terecht was gekomen, hoe ze het ooit zover had laten komen.

'In hemelsnaam, waarom straf je me zo?'

'Je liet me geen keuze! Dit is geen straf, het is rehabilitatie en je zou me ervoor moeten bedanken. Anderen zouden niet zo vergevingsgezind zijn, maar zo'n soort man ben ik nu eenmaal.'

'O, ik weet precies wat voor soort man je bent.'

Ze zag Richard voor zich.

'Je bent een moordenaar en een monster. Je bent je eigen grootste angst in levenden lijve en ik zal ervoor zorgen dat Clara dat ook weet.'

Op dat moment maakte het haar niet uit wat hij haar nog meer zou aandoen. Zonder Max was ze al niets. In uiterste wanhoop spoten de woorden uit haar en gleden ze naar binnen als een mes.

'Ik heb nooit van je gehouden en zij gaat dat ook niet doen. Daar zal ik voor zorgen.'

Karl kwam verstijfd overeind, alsof het bloed in zijn aderen was gekristalliseerd. Ze zag zijn mond werken, kauwend op de woorden die hij haar toe wilde spugen, hoewel ze geen van alle echt goed leken te smaken, want hij maakte geen geluid. Hij besprong haar bijna, alsof hij over de tafel naar haar keel wilde grijpen. Ze schrok terug en keek toe hoe hij zichzelf vermande, zijn knokkels inmiddels als gepolijst ivoor.

'Het geeft niet,' siste hij tussen zijn tanden door.

Hij schonk zichzelf nog een glas champagne in en ze zag dat zijn hand trilde.

'Jij bent mijn vrouw, Clara is mijn dochter en ik zal doen wat ik het beste acht voor dit gezin. Ga nu maar rusten. De dokter komt zo.'

In Dachau begon de vroege ochtend als altijd met het appel. Daarna werd iedereen ingezet om de barakken schoon te maken tot ze helemaal netjes waren. Himmler kon zomaar besluiten het kamp te inspecteren bij zijn bezoek aan de fabriek en de Kommandant kende zijn passie voor reinheid als geen ander. Ziektes mochten niet de vrije loop krijgen, zoals hier meerdere malen was gebeurd. Er zat geen greintje menselijkheid in het bevel, hij zag het gewoon als een erezaak.

In de fabriek werd koortsachtig gewerkt aan de voorbereidingen. Vandaag zouden de laatste stukken uitgekozen worden. In de kelder waren exemplaren van elk beeldje klaargelegd. Bettina zou de beste uitkiezen en die nog iets opkrikken: een beetje extra glans voor de kijker, om elk beeldje tot leven te brengen. Daarna werden ze uitgestald, in een bedje van stro, elk in zijn eigen perfecte Allach-kistje dat voor de gelegenheid was gemaakt.

Maar eerst waren er de gewone ochtendwerkzaamheden: klei klaarmaken voor de komende dag en Bettina's werkplek in orde brengen. Max voelde de spanning bij elke beweging die hij maakte. Hoe gewoner de taak, hoe gewichtiger die werd. Hij voelde alle dagen weerklinken die hij sinds zijn arrestatie had doorgebracht met het uitvoeren van dezelfde taken en rituelen, stuk voor stuk opgedragen en onveranderlijk. Nu pas kon hij zich oprichten en terugkijken op de afgelopen jaren. Ze voelden voor hem als een heel leven.

De zon kroop door het raam en vulde de kamer met licht. Max keek naar het plafond, bang voor het geval iets daarboven de aandacht van de bewaker zou trekken, maar de golem bleef veilig verborgen. Alleen tijdens de helderste dagen kon het licht de diepe duisternis van de kelder binnendringen.

Hij keek op zodra iemand de ruimte binnenkwam, op zoek naar haar bekende gezicht. Ezra, Stefan en zelfs Holger kwamen en gingen, maar haar stoel bleef leeg. Max dwong zichzelf te werken en begon aan een eenvoudige vaas ter afleiding. Herhaaldelijk doorliep hij de eerste fase van hun geplande ontsnapping. Zij had met Holger samen het plan verder uitgewerkt. Hoewel hij geen gelegenheid had gehad om er met zijn oude vriend over te spreken, had Bettina het hem de dag ervoor in haastig gefluister uitgelegd.

Op de ochtend van de inspectie zou Holger Max naar zijn kantoor roepen, waar ze zouden wachten op Bettina en Clara. Max was opgelucht dat hij zijn dochter eerst op afstand zou zien. Hij hoopte dat hij daardoor beter voorbereid was op hun ontmoeting. Hij wilde niet dat haar eerste herinnering aan hem een huilbui zou zijn.

Holgers secretaresse, Fräulein Schaffer, zou Bettina en de kleine Clara naar het atelier begeleiden en daarna Holger en Max ophalen. Bij hun aankomst zou Bettina een ziekte veinzen en Holger zou aanbieden haar naar huis te rijden omdat haar chauffeur er niet was.

Fräulein Schaffer kon hen daarna naar buiten laten, met Max alleen in het atelier, waar hij Karls ss-uniform zou aantrekken, dat Bettina zou hebben verstopt, samen met hun porseleinen golems. Hij zou via de brandtrap naar buiten gaan. De fabriek stond in het hart van het ss-trainingscomplex, dus nog een man in uniform zou niet echt de aandacht trekken. Holger zou bij de oprit wachten om hem op te halen. Hij zou ze alle drie naar het station brengen en daar afzetten, voordat hij terugkeerde naar de fabriek, op tijd om gezien te worden door tientallen anderen die de laatste voorbereidingen troffen, zodat hij een alibi had. In de chaos van de dag kon het uren duren voordat iemand werd gemist.

Max, Bettina en Clara konden naar de trein naar Zürich lopen – de familie Holz, compleet met het nodige papierwerk. Max was bang dat Clara bezwaar zou hebben tegen zijn gezelschap of hem zou verloochenen als ze ondervraagd zouden worden, maar Bettina verzekerde hem dat ze heel goed was in het spelen van ingewikkelde fantasiespelletjes.

'Als ik haar vertel dat je haar vader speelt in een spel, gaat ze daar bloedfanatiek in mee. Ze heeft een levendige verbeelding.'

'Net als haar moeder,' had Max geantwoord.

Hij had slechts een vaag besef van de volgende etappe van de reis naar de grens: een flauwe hoop dat die rustig zou verlopen en een waarschijnlijker scenario waarbij ze de trein vermoedelijk uit zouden moeten en te voet zouden doorgaan, midden in de nacht. Het was een enorm risico, hoe je het ook bekeek, maar beter dan elk ander alternatief.

Max hoorde buiten een geluid en kwam weer bij bewustzijn. De zon stond nu op zijn hoogste punt en de taak voor hem bleef liggen, het mes losjes in zijn hand vastgehouden. De deur zwaaide open, maar tot zijn duidelijke teleurstelling was het helaas Holger.

'Alles in orde hier?'

De jonge bewaker bij de deur verschoof zijn voeten. Max knikte, zijn ogen gericht op Bettina's lege stoel. Holger ving zijn blik en vroeg de bewaker: 'Frau Holz nergens te bekennen vandaag?'

De bewaker haalde zijn schouders op en schudde zijn hoofd.

'Ik vraag me af waar ze heen is,' mijmerde Holger, terwijl hij zijn ogen weer op Max richtte. 'Ongetwijfeld is ze morgenochtend vroeg terug. We moeten gewoon afwachten.'

Tegen de tijd dat Holger de volgende ochtend de galmende trap afdaalde, zag Max grijs van de zorgen. Zijn ogen waren al duister door ondervoeding, zijn pupillen donker als een overstroomde put, en Holger kon door de flinterdunne huid heen inmiddels zijn aderen zien.

De bewaker vertelde hem wat hij al wist – ook de tweede dag was Bettina afwezig. Holger knikte mistroostig bemoedigend en zei hardop: 'Ik ga er nu meteen zelf achteraan.'

Hij ging terug naar zijn kantoor en vroeg Fräulein Schaffer naar het appartement van Frau Holz te bellen, maar er kwam geen antwoord. Hij zat vijf minuten aan zijn bureau met zijn hoofd in zijn handen en wilde iets beslissen, stond toen op en deelde mee dat hij wegging. Hij liep naar zijn auto en reed rechtstreeks naar de stad, waar hij in de brede straat tegenover het appartement van de familie Holz parkeerde. Even overwoog hij wat hij verder zou doen. Hij keek naar de verkeersstroom in het gebouw, naar de mensen die binnenkwamen en naar buiten gingen, en stak toen de straat over. Hij ging snel de lobby binnen en liep meteen naar de lift. Volledig zelfverzekerd gaf hij zijn bestemming op: de Holz-residentie. Hadden ze hem verwacht? Natuurlijk. De portier moest hem wel naar boven laten. De lift kwam uit in de milde stilte van de bovenste verdieping, waar een eenzame dienstmeid te zien was. Holger stapte uit en groette het meisje.

'Kun je mevrouw vertellen dat Holger Ostendorf hier is om haar te zien?'

Hij wachtte, alleen in de weelderige, ruime vestibule. Er was geen teken dat hier een kind woonde, geen speelgoed, geen spoor van een gezinsleven. Elk raam bood een hoog uitzicht over de stad. Bettina leefde hier ongetwijfeld vrij comfortabel, maar zelfs in een vergulde kooi kan een wilde vogel ernaar verlangen te ontsnappen.

Het dienstmeisje kwam terug met een vrouw met een zuinig gezicht en gekleed in een lange zijden kamerjas, die ze met slanke hand strak tegen het sleutelbeen klemde.

'Zou ik u moeten kennen?'

Haar gezicht stond zowel ongelovig als verveeld.

'Sorry dat ik u stoor, maar ik hoopte Frau Holz te zien.'

Hij haalde een keurig visitekaartje uit zijn zak en overhandigde het aan haar.

'Holger Ostendorf. Artistiek directeur van Porzellanmanufaktur Allach.'

Een enkele wenkbrauw ging omhoog. 'Dus?'

Hij vervolgde: 'En ik ben een vriend van Frau Holz. We werken al enkele maanden samen.'

Haar gezicht verzuurde. 'Ik wist niet dat mijn schoonzus vrienden had. Maar gezien de uitgebreide porseleincollectie die ze de afgelopen maanden heeft gekocht verbaast me dat niet. Mijn broers portemonnee houdt jullie overeind!'

Ze gebaarde naar de nabijgelegen schoorsteenmantel waar Holger de meeste stukken die Max de afgelopen vier jaar voor hem had gemaakt zag uitgestald.

'We verwachtten haar vanmorgen in de fabriek te zien. Ik maak me zorgen. Is ze in orde?'

'Ik ben bang van niet. Ze is plotseling ziek geworden. Overwerkt, denken de artsen.'

Ze keek hem nadrukkelijk aan, alsof hem persoonlijk iets te verwijten viel.

Holger vervolgde kalmpjes: 'Ik vraag het alleen omdat ze morgen een ontmoeting zou hebben met de Reichsführer-ss en ik weet zeker dat hij naar haar afwezigheid zal informeren.'

Het verwijzen naar Himmler leek in ieder geval haar aandacht te trekken. Ze zuchtte, duidelijk gefrustreerd dat hij vastbesloten leek een meer inhoudelijk antwoord te krijgen.

'Niet dat het iemand buiten de familie aangaat, maar ze had kennelijk een soort latente zenuwaandoening. Ze is voor behandeling naar Italië gestuurd. Verontschuldig ons maar bij de Reichsführer.'

'En wanneer kan ik hem vertellen dat we haar terug mogen verwachten?'

'Het spijt me, Herr Ostendorf, ben ik niet duidelijk genoeg geweest? Bettina komt niet terug. U zult haar niet meer zien.'

Ze riep de dienstmeid.

'En nu moet ik u toch echt vragen te vertrekken. Dit is een zeer zware tijd voor haar hele familie, zoals u zich kunt voorstellen.'

Holger liet Max halen en bracht het nieuws zo voorzichtig mogelijk, maar er bestond geen manier om zo'n klap te verzachten. Hij verwachtte enigszins dat hij zou instorten, maar hij luisterde gewoon, zijn uitdrukking onpeilbaar. Uiteindelijk merkte Holger dat zijn pogingen hem te troosten het tegenovergestelde effect hadden, dus bleef hij zwijgen, waarna Max eindelijk sprak.

'Er was geen teken van Clara?'

'Ze waren allebei afwezig.'

Max pulkte onbewust aan zijn nagels. Holger staarde naar de rafelige nagelriemen, blootgelegde diepe groeven van rauw roze vlees.

'Je vermoedt het ergste.'

'Jij niet?'

Hij stopte met plukken toen hij Holgers blik opmerkte.

'Het is de klei. Die heeft de huid verhard, hoezeer ik er ook aan pulk.'

Max stak zijn handen in zijn zakken, draaide zich om en beëindigde daarmee het gesprek.

'Max?'

Hij keek om.

'Verlies de hoop niet, jullie hebben elkaar al eens eerder teruggevonden.'

'Ik wou dat ik je kon geloven, maar ik denk dat ze ergens doorhadden dat ze van plan was te ontsnappen. Ze waren hun kleine huisdier bijna kwijt. Die fout zullen ze niet meer maken.'

Toen hij weg was voelde Holger zich te rusteloos om aan het werk te gaan. Dus slenterde hij rustig door het gebouw en observeerde de voorbereidingen voor het bezoek van Himmler, die nu in volle gang waren. Hij ging eerst naar de oven, waar Ezra en Stefan bezig waren een paar seizoensgebonden snuisterijen te bakken – een last minute verzoek van de Reichsführer. Nu Bettina's collectie compleet was moest Ezra helpen op andere afdelingen. Het feit dat

Max zijn dag vrijwel geheel alleen zou doorbrengen, maakte Holger alleen maar ongeruster. Hij deelde zijn zorgen met de oude man en vertelde hem wat hij tegen Max had gezegd.

'En hoe reageerde hij?'

'Hij zei heel weinig, maar wat hij deed was vrij fatalistisch.'

'Hij moet rouwen, Herr Ostendorf. We moeten dat op zijn beloop laten.'

Holger zette zijn bril af en wreef in zijn ogen. Hij kon zich niet concentreren.

'Ik vrees voor hem, Ezra.'

'Hou hem dan bezig. Laat hem Himmlers bezoek voorbereiden en alle uren werken die God stuurt. Hij heeft iets nodig om bezig te blijven. Daarom hebben alle culturen een eigen versie van een levaje, een begrafenis.'

'Ze is niet dood. Misschien komt ze ooit nog terug.'

'Wat er ook gebeurd is, ze zijn hem ontnomen, allebei. Geloof me, we blijven om ze rouwen, ook al leven ze.'

Fräulein Schaffer maakte afspraken met de Aussenkommandoführer, die lette op alle werkende gevangenen: Max zou een speciale taak krijgen en het atelier klaarmaken voor de inspectie van de Reichsführer.

De grote werken hadden prioriteit. Ze moesten goed worden uitgestald. Van primair belang waren de menselijke figuren en bustes, zoals een trommelaar, een schermer en zelfs de Führer zelf; ieder van hen was een model van ijzige perfectie. Ze zouden het centrum van de kamer innemen, tentoongesteld op afzonderlijke sokkels. Dan waren er nog de urnen en kelken met eikenbladeren, runentekens en symbolen, die er allemaal uitzagen alsof ze uit een Vikingbanket afkomstig waren. Ze zouden worden geplaceerd op een reeks vierkante zuilen aan de rechterkant van de ruimte. Aan de linkerkant zou een lange tafel de collectie dieren tonen die in samenwerking met Frau Holz was gemaakt. Elk dier werd gepresenteerd in een Allach-kistje met de dubbele ss-bliksemschichten en genesteld in een bedje van hooi.

Alles moest zorgvuldig gepland, opgebouwd en gechoreografeerd worden, als een toneelstuk. Het bood Max afleiding en zou zijn volledige aandacht eisen.

De nacht voor het bezoek van Himmler kwam Holger zelf de studio bekijken. De galmende ruimte was gehuld in duisternis, afgezien van het maanlicht dat door de grote ramen scheen. Max zag er uitgeput uit, als een geest, maar de ruimte was onberispelijk, de presentatie van elk item feilloos. Hij liet Holger de tafels, sokkels en planken zien, allemaal klaar voor inspectie. Terwijl ze rondliepen maakte hij aan elk stuk nog kleine aanpassingen, om ze zo goed mogelijk tot hun recht te laten komen.

Uiteindelijk leidde Max Holger naar de lange tafel waar zijn eigen werk stond. De zes kistjes stonden perfect op één lijn. Holger tilde het deksel van het eerste op en zag Bettina's handwerk, het fijn geschilderde konijn, liggen in een bed van echt, geurig hooi. In het vage licht leek het zo levensecht dat Holger zich bijna kon voorstellen dat je de roze neus kon zien trillen.

'Het spijt me zo dat ze dit niet kan zien, Max. Maar je moet weten dat je haar trots hebt gemaakt.'

Max verschoof zijn voeten en schudde zijn hoofd.

'Ik wilde haar alleen maar beschermen. Ik had zoveel meer moeten doen.'

Uren later werd Max wakker in de duisternis voor zonsopgang. Hij had nauwelijks geslapen, zijn onrustige dromen werkten pijnlijk verlammend. Telkens als hij wakker werd besefte hij dat Clara en Bettina van hem waren weggenomen en die wetenschap sloeg de adem uit zijn longen.

De laatste keer dat hij wakker was geworden uit een visioen, dat ze alle drie aan het verdrinken waren, was er een gil naar zijn lippen gestegen die hem bijna ontsnapte toen hij zijn eigen borst met water voelde vullen. Daarna besloot hij dat het beter was om wakker te blijven en op de ochtend te wachten. Het appel zou vrij snel komen, gevolgd door de inspectie. Hij kon zich daarna geen enkele toekomst voorstellen; die strekte zich voor hem uit, als een dor landschap, een enorme mistbank aan de horizon.

Even verderop in de barakken werd een rabbijn wakker die een kort dankgebed uitsprak voor nog een dag van leven. Hij was dankbaar dat zijn ziel vanuit de kleine slaapdood in zijn lichaam was teruggekeerd, al durfde hij Gods naam niet aan te roepen, want hij moest zijn handen nog wassen. Max vroeg zich af hoe de rabbijn zulke dankbaarheid volhield. Hij had de kale plekken op zijn kin gezien waar de haren afzonderlijk uit waren getrokken, omdat de bewakers hem in al hun barbaarsheid wilden straffen voor zijn aanhoudende geloof.

Langzaam veranderde het licht van zwart naar indigo en Max zocht onder zijn met stro gevulde matras naar de foto van Clara die hij daar had verstopt. Hij had nog maar heel even de tijd om naar het dierbare beeld van zijn dochter te kijken voordat hij werd gesommeerd op te staan.

De foto was een venster op een andere wereld. Het kind zat op het grijsgroene gras, dat zich uitstrekte tot aan de waterkant. Achter haar een meer, zoals dat waar haar vader en moeder voor het laatst de zon op hun schouders voelden. Beiden hadden afzonderlijk de pijn van het verlies doorgemaakt, maar hadden elkaar gevonden toen ze rillend uit de donkerste diepten waren teruggekeerd. Ze waren daarna weer gelukkig geweest, maar nooit meer zo zorgeloos.

Max luisterde naar de geluiden van tientallen mannen die uit hun slaap ontwaakten. De harde planken waarop ze sliepen kraakten uit protest. Wie het niet langer kon ophouden werd gedwongen te pissen in het metalen blik dat voor hun voedsel was bestemd, een moeilijke afweging omdat voedsel bijna het enige was wat de dag je bood.

In verschillende kooien lagen mannen die niet blij waren dat ze uit hun slaap ontwaakten. Het aanbreken van de dag was het moeilijkst voor de skeletten met trieste ogen, met geelzucht en koorts, die wisten dat ze weinig tijd meer hadden. Voor de zieken en stervenden was er geen kans op behandeling; de enige artsen in Dachau waren degenen die vastbesloten waren erachter te komen wat een menselijk lichaam kon verdragen. Het opkomen van de zon verkleinde hun overlevingskansen. Als ze struikelden of flauwvielen, kon een bewaker besluiten het laatste leven uit hen te slaan. Wie dat lot bespaard bleef zou spoedig naar Hartheim worden gestuurd, waar de gaskamer wachtte.

Na hen kwamen volgens Max degenen die alle hoop hadden verloren. Ze leefden, hoewel hun levensdoel hen had verlaten. Ze verlangden inmiddels alleen nog naar een snel zelfgekozen einde. In de eerste dagen van zijn gevangenschap voelde Max diezelfde wanhoop over zich heen komen, maar die verdween een beetje toen hij herenigd werd met Holger en nog meer met de komst van Bettina. De gedachte aan haar, aan Clara, had hem sindsdien op de been gehouden. Nu voelde hij de koude schaduw weer binnendringen. Hij ging ervan rillen.

Max stopte de foto terug in zijn schuilplaats. Hij hoefde hem niet te zien om zich elk plooitje en vouwtje en elk sproetje op het zonnige gezicht van zijn dochter te herinneren. Hij sprak een stil gebed uit voor hen beiden, waar ze ook mochten zijn. Hij noemde niet de naam van God, want hij durfde niet te hopen dat er iemand luisterde.

Alle arbeiders keerden vroeg terug naar de fabriek. Er was nog veel voor te bereiden en de Reichsführer-ss was een enorme kniesoor.

Wee iedere luierende man die werd betrapt terwijl Himmler in het gebouw was. Zelfs het Aussenkommando stond wat stijver op zijn post.

De dag brak helderder aan dan alle in de maanden ervoor. Het was eindelijk lente met de bijbehorende felle straling van de zon, die de wereld verlichtte maar alle gebreken blootlegde. Holger had verzocht eerst het atelier te vegen, zodat de stofwolken de tijd zouden hebben om te bezinken en daarna nog eens te vegen, maar kleine vlagen witte deeltjes bleven zich als zandduinen ophopen tegen de kamerplinten en vulden de kieren tussen de vloerplanken. Ze vlogen weer omhoog toen knisperende witte tafelkleden klapten als zwepen en werden neergelegd. Kurkdroog keramiek en ivoorkleurige figuurtjes kregen een laatste borstel- en poetsbeurt, voordat ze weer op hun gipsen zuilen werden gezet om zich te laven aan het heldere lentelicht. Eindelijk was alles klaar.

De modelleurs van Allach namen hun plaatsen in en stonden naast hun werk. Niet alle stukken zouden gegarandeerd door de keuring komen, maar de exemplaren die dat wel deden zouden spoedig in groten getale in het hele Reich worden gereproduceerd en verkocht. Elke beeldhouwer droeg zijn lange witte kiel, onberispelijk schoon, gezien de gelegenheid. Alleen Max droeg de gele davidster op zijn arm.

Om tien uur kwam er een stoet auto's aanzetten over de grindweg. Holger had Fräulein Schaffer opgedragen om hen bij de deur te begroeten en Himmler en zijn mannen door het gebouw te gidsen. Hij ging de strijd uit de weg: Himmler leidde de stoet graag zelf door de betegelde straten van zijn porseleindomein. Op deze dag had hij een groep andere hoge officieren, vijf in totaal, in zijn kielzog. Ze hadden vrijwel identieke uniformen aan en alleen de gecodeerde taal van hun strepen en knopen, hun medailles en linten bepaalde wie dicht bij de Reichsführer mocht staan en wie op gepaste afstand moest blijven, wie commentaar mocht geven en wie er alleen maar was om te knikken en aandachtig te luisteren. Hoewel Himmler verreweg de kleinste man was straalde hij een kracht uit die zijn gestalte ruimschoots overtrof. Zijn smalle schouders mochten dan afzakken onder het gewicht van zijn stijve leren jas, toch dromden de mannen als aaseters om hem heen, op zoek naar plek.

Hun voetstappen weerklonken in het trappenhuis en ketsten af op de harde keramische muren terwijl ze naar het atelier klommen. Toen hij hen hoorde naderen sloot Holger even zijn ogen. Daarna kwamen ze de kamer binnen, Himmler voorop, bedaard knikkend naar alles wat hij inspecteerde. Alle aanwezigen staken hun borst vooruit en gingen iets meer rechtop staan, hun armen omhoog in een fikse groet. Holger stapte naar voren.

'Zo, mijn beste Ostendorf, wat heb je vandaag voor me in petto?'

'Flink wat fantastisch werk, Reichsführer. Echt fantastisch.'

Hij leidde hem eerst naar het trio gipsen sokkels, stuk voor stuk afgetopt met een menselijk beeldje; het hoogtepunt van Allachkunst. Er was een gedecoreerde soldaat op een steigerend paard, een vriendelijk herderinnetje dat een lammetje wiegde, en een drummer met opgerolde hemdsmouwen en achterovergekamd haar. De vijf mannen rondom Himmler maakten voorzichtig goedkeurende geluiden, hun ogen dwaalden van de beeldjes naar zijn gezicht en terug. Niemand wilde riskeren ze te veel of te weinig te prijzen. Himmler nam zijn tijd. Hij bukte zich om elk beeldje in detail te bekijken en ging met een voorzichtige vinger over de afwerking voordat hij zijn oordeel velde. Uiteindelijk werden ze alle drie ideaal bevonden en een vrolijk geroezemoes borrelde op onder zijn metgezellen. Nu ze wisten hoe de wind waaide konden ze het zich veroorloven hun bewondering uitbundig te ventileren.

Holger besloot dat dit eerste succes een goed moment was om de buste van Hitler te laten zien. Het was een uitstekende uitvoering, maar kon tegelijkertijd provocerend zijn: zijn kleilippen waren samengetrokken, zijn kaak gespannen en vooruitgestoken, het toonbeeld van strijdlust. Himmler hurkte neer en stond oog in oog met zijn geliefde leider. Zijn kleine ogen vernauwden zich even.

'Het is mooi,' verklaarde hij.

Holger zoog een grote hap opluchting naar binnen.

'Maar je moet ervoor zorgen dat het precies zo blijft – het mag niet worden verpest door een glazuurlaag, dat is het belangrijkste.' Hij wierp een blik op de secretaresse en snauwde: 'Schrijf het dan op, Fräulein!'

Holger leidde de weg naar een bijzettafel met verschillende seizoensgebonden borden: lekkere tussendoortjes, puur in hun eenvoud. Himmler bekeek ze stuk voor stuk en gaf ze door aan de officier, die de verschillende motto's bewonderde. Uiteindelijk richtte Himmler zich tot Holger en overhandigde hem een bord met een zonnewiel in het midden plus het motto *MEINE EHRE HEISST TREUE*, mijn eer heet trouw.

'Laten we het wiel gebruiken, het is geschikter voor de winter en ik hou van zijn elegantie. Maar toch, er is iets met de fakkel. Ik heb een grote nis aan weerszijden van de deuren van mijn kantoor. Ik wil dat motief graag op een paar urnen.'

Holger knikte. 'Natuurlijk, Reichsführer. Het zou ons een genoegen zijn.'

Ten slotte richtte hij de aandacht van de mannen op de rij van zes kistjes.

'Deze stukken waren onderdeel van een samenwerkingsverband tussen Allach en de kunstenares Frau Holz. Een collectie handgeschilderde dieren, geïnspireerd op haar schilderijen.'

Holger wierp een korte zijdelingse blik op Max, die zijn ogen neergeslagen had.

Himmler keek om zich heen. 'Is ze hier?'

Holger sprak de man rechtstreeks aan en dempte zijn stem: 'Ik moet u helaas meedelen dat de dame zich niet goed voelt. Ze wordt inmiddels behandeld.'

Himmler trok ongeïnteresseerd een wenkbrauw op.

'Arme oude Holz, hij heeft niet veel geluk met vrouwen.'

Holger deed een stap terug en nodigde de zes heren uit ieder een doos te openen. Zijn ogen gleden weer naar Max, die erbij stond, zo stil als een standbeeld.

De mannen in uniform waren verheugd toen ze werden uitgenodigd mee te doen. Ze pakten de deksels vast en tilden ze op, benieuwd naar wat erin zat. De eerste slaakte een zucht, daarna de ander. Toen begonnen de uitroepen, deze keer niet met voorbehoud, maar vrijelijk gegeven. Iedereen bukte zich om het stuk voor zich beter te bekijken. Max had zichzelf overtroffen en de verfijnde details van Bettina's penseelwerk deden daar nog een schepje bovenop. Hoewel hij ze al kende bekeek Holger ze allemaal opnieuw. Dit waren geen volgzame huisdieren; ze hadden op de een of andere manier een wilde uitstraling meegekregen. Na de nietszeggende witte parade van borden, bustes en kommen, waren dit levendig gekleurde wezens die oplichtten onder het glazuur.

Himmler tilde het konijn van het bedje stro en draaide het om, terwijl hij voelde aan Bettina's handtekening, die naast het ss-teken stond. Toen liep hij langs de tafel, tilde elk stuk op en hield het tegen het licht: de zangvogel op de tak, met de snavel wijd open, alsof ze elk moment kon gaan zingen. Elk veertje was verfijnd en verschillend. De muis, klaar om op soepele pootjes weg te sprinten, zijn roze oren zo dun dat het licht erdoorheen scheen.

Himmler knikte tegen zichzelf, duidelijk tevreden over wat hij zag. Hij draaide zich om naar Holger en gaf hem een schouderklopje.

'Een triomf, Herr Ostendorf. We moeten ervoor zorgen dat de Führer zelf ze ziet.'

Hij keek stralend naar de mannen, die verheugd leken dat hun geliefde leider kennis zou nemen van hun aandeel in een dergelijke machtsgreep. Midden in een oorlog was het zinvol je te hechten aan goed nieuws, waar mogelijk. Er brak een golf van applaus uit, wat Himmler op zichzelf leek te betrekken en hij boog bescheiden.

Op dat moment werd Holger zich bewust van een opstootje net buiten de deur. De bewakers die hen naar het atelier hadden begeleid stonden samen met de Aussenkommandoführer in een groepje te fluisteren. Het ging er verhit aan toe, waardoor ze de aandacht trokken. Toen ze even niet opletten, richtte Himmler zich tot de dader.

'Wat is de reden van deze verstoring?'

'Excuses, Reichsführer.'

De Aussenkommandoführer liep door de kamer naar hem toe. Holger zag dat hij iets vasthield wat hij aan Himmler wilde laten zien. Het was een porseleinen konijntje, neergelegd op een marmeren plak. Zelfs van een afstand herkende Holger de stijl.

De man stopte voor de Reichsführer en liet het werk zien. Het porseleinen konijn was anatomisch perfect en albastwit, waardoor de lange rode snee in de kern van het konijn nog meer opviel. Het leek alsof het van keel tot kruis was opengereten, een wond zo donker dat hij bijna zwart was. Bloederige ingewanden en een kluwen blauwgrijze darmen lagen over de plaat verspreid en glinsterden nat.

Himmler fronste zijn wenkbrauwen. 'Wat is hier de bedoeling van?'

De Aussenkommandoführer draaide zich om en gebaarde naar de bewakers om naar hen toe te komen.

'De bewakers ontdekten een aantal van deze...'

De twee mannen stapten naar voren, ieder met een porseleinen creatie, waarvan de felle kleuren en verwrongen vormen volkomen verwarrend overkwamen. Hier zat een zangvogel op een bebloede tak, de bast verpakt in krantenpapier. Ze leek op de vogel die op de tafel zat, maar dan zonder de schokkende, ruwe roze huid onder de vleugel, waar ze haar eigen vlees had gescheurd in een wanhopige poging te ontsnappen aan de kristalachtige lijm die haar vasthield.

De tweede bewaker hield een klein grenen kistje vast, dat deed denken aan een eenvoudige houten doodskist. Daarin lag een porseleinen raaf, in grijsblauw en zwart, rustend op een bedje van witte stenen. Een gekartelde karmijnrode wond topte zijn schedel, veroorzaakt door een steen.

Holger wist niet hoe hij dit visioen moest rijmen met de andere beeldjes: hij staarde naar het konijn op de marmeren plak, de glazige, met bloed omrande ogen en de sporen van roestige tranen in de vacht. De vier poten van het dier waren vastgepind als bij een kruisiging en langs een melkwitte flank was een tatoeage van zes blauwe cijfers zichtbaar. Hij kon ze niet duidelijk onderscheiden, maar hij wist zeker dat ze overeenkwamen met die op Max' arm.

De grijsharige bewaker mompelde tegen zijn commandant.

'Er zijn er beneden nog meer, Reichsführer...'

Hoewel Himmler van hem afgekeerd stond kon Holger voelen hoe de kleine man zich oprichtte, zijn ruggengraat nu kaarsrecht, diep vanbinnen kokend van woede. Zijn metgezellen staarden allemaal naar de porseleinen stukken, vol walging en onbegrip, maar Himmler leek de inherente dreiging volledig te begrijpen. Zijn gezicht was asgrauw en zijn blik was gericht op Holger.

'Kun je dit uitleggen, Ostendorf?'

'Dat kan ik niet, Reichsführer. Ik heb deze nog nooit gezien. Wij zouden nooit opdracht geven voor dit soort werk.'

'En toch zijn ze hier, in een fabriek onder jouw artistieke leiding.'

Zijn stem knetterde van gevaar. Hij wendde zich tot de bewaker. 'Waar heb je ze gevonden?'

'In de kelder, Herr Direktor.'

'Zo kunnen we de dader onthullen. Wie werkt daar, Holger? Geef me de namen.'

Vanuit zijn ooghoek zag Holger de beweging van een man die naar voren stapte. Kille paniek maakte zich meester van hem. Hij probeerde ongemerkt zijn hoofd te schudden, maar Max deed nog een stap naar voren, nu vastberadener.

Himmler draaide zich naar hem om. Zijn ogen vernauwden zich en toen... een flits van herkenning.

'Ik ken jou.'

Zijn toon was onheilspellend. Bekendheid deed er hier niet toe.

'Mijn naam is Max Ehrlich.'

Holger zakte bijna door zijn knieën door een gevoel van gewichtloosheid, hij kwam bijna los van zijn gedaante.

'Dit is mijn werk, van niemand anders.' Max aarzelde even, maar werd toen sterker. 'Ik heb ze gemaakt en verstopt in de dakspanten – vraag het de bewakers, ze zullen bevestigen dat ze ze daar hebben gevonden. Ik heb Frau Holz' werk gestolen en opnieuw gebruikt om de wereld te laten zien wat er met ons gebeurt in dit knekelhuis. Ik ben de porseleinmaker van Dachau en dit is mijn collectie.'

Hij haalde adem, maar voordat hij weer kon spreken stond de man met de bril al voor hem, trok zijn vuurwapen en sloeg hem in een oogwenk tegen de grond. Himmler stond hijgend over Max heen, met zijn vingers om de loop van het pistool, zijn knokkels wit, zijn gladgekamde haar slingerde als een groot, ingevet gordijn voor zijn gezicht.

Max kwam weer half overeind en hief zijn gezicht op. Hij opende zijn mond om weer te spreken, een veeg scharlakenrood op zijn tanden, maar werd tot zwijgen gebracht door de harde terugslag van het pistool. De eerste kogel doorboorde zijn borst en liet een kleine rode blos achter op het wit van zijn jas, als een verfspat of een corsageroos, en bloeide daar langzaam op voordat er een tweede bij kwam, allebei de randen rafelig zwart. Een derde kogel doorboorde zijn hart, waardoor hij zich vooroverboog. Een vierde verwoestte zijn jukbeen, vlak onder de zwarte schaduw van zijn oog; tergend diep en glanzend. Door deze kogel tuimelde hij opzij en werd hij uitgeschakeld. Hij stak geen hand uit om zichzelf te redden, want er viel niets meer te redden. Hij lag daar, zijn ogen open, maar hij zag niets. Er boorde zich nog een vijfde kogel in hem, en toen een zesde, hoewel het leven hem al had verlaten.

Verteerd door een wreedheid die zelfs zes schoten niet konden verzadigen liep de man met de bril op de bewaker af die het porseleinen konijn vasthield. Hij pakte het van hem af en smeet het op de grond. Hij bleef er maar op rammen met de kolf van zijn pistool, een woedende drilboor die het dier aan splinters sloeg. De harde klei schoot omhoog, glasachtige scherven doorboorden de lucht. Met woordeloos gegrom van de inspanning tilde hij zijn arm telkens weer op, de woede verdween maar niet. Een bron van razernij die zich eindeloos vernieuwde en weigerde te stoppen tot er echt niets meer over was.

In de schreeuwende stilte die volgde vulde de lucht zich met poeder; stofdeeltjes wervelden door een straal van licht. Ze nestelden zich langzaam op Max' gebroken lichaam, als stuifmeel dat neerdaalde op een zomerse dag.

Hoofdstuk eenentwintig

München
November 1993

Tegen de tijd dat Holger klaar was met zijn verhaal was de regen gestopt en was het appartement schemerig geworden. Door de ondergaande zon weerkaatste een roze gloed van de daken en de gestucte gebouwen van de oude stad. Lotte zat met haar arm om haar moeder heen en ze staarden naar de stervende sintels van het vuur. Minuten gingen voorbij. Ergens in het appartement klonk een klok.

Clara's hoofd zat vol beelden die zo levendig waren dat het meer herinneringen leken. Ze was de eerste die de stilte verbrak.

'Ik heb altijd gedacht dat ik geen last zou hebben van een afwezige vader toen ik opgroeide. Hoe kun je iets missen wat je nooit hebt gehad? Maar nu weet ik hoeveel ik heb verloren. Ik zou er alles voor geven om hem gekend te hebben.'

Holgers stem was zwanger van emotie. 'Ik geloof dat hij op dat moment dacht dat hij die kans nooit zou krijgen. Hij deed het voor je moeder en voor Ezra, en voor mij. Hij nam de schuld en de kogels op zich om ons allemaal te redden. Als hij geloof had gekoesterd, had dat hem misschien de kracht gegeven om te vechten en door te gaan. Jullie zouden zijn zon en maan en sterren zijn geweest. Jullie allebei.'

'Mag ik vragen wat er met u gebeurd is, Herr Ostendorf... daarna?'

Doordat in het schemerdonker alleen zijn silhouet te zien was, kon Lotte zijn uitdrukking niet lezen.

'Ik was schuldig door associatie. Ik werd gearresteerd en naar Dachau gestuurd, zij het slechts voor een paar maanden. Himmler heeft me zelf gratie verleend, op voorwaarde dat ik terugkwam naar de fabriek. Mijn straf was alleen nodig zolang die zijn doel diende.'

'Ik begrijp niet hoe u het hebt overleefd. Jullie allemaal.' Lottes stem was nauwelijks meer dan een fluistering.

'Tot mijn eeuwige schaamte was ik een tijdlang boos op Max, woedend dat hij zich zo vrijwillig had opgeofferd. Maar toen kreeg ik door mijn tijd in het Lager – het kamp in Dachau – meer begrip voor wat hij had doorstaan. Ik heb nooit iets vergelijkbaars verloren. Als dat wel zo was, weet ik zeker dat ik hetzelfde had gedaan.'

Holger strekte zich om de tafellamp aan te doen. De witte glazen koepel gloeide met warm licht en verlichtte zijn gezicht, waar verdriet en spijt in stonden gegroefd. Hij stond op, verzamelde zijn krachten en liep naar een grote kast die de ruimte tussen de ramen domineerde. Hij opende een paar ingelegde eikenhouten deuren. Ze konden het doffe schijnsel van de inhoud ontwaren: een enkele plank, bedekt met gebroken scherven van wit porselein.

'Ezra veegde de restanten van Max en Bettina's collecties op – zowel de officiële als de subversieve. Hij bewaarde ze zorgvuldig en gaf ze aan mij voordat hij naar Amerika vertrok. In ruil daarvoor gaf ik hem een van de laatst overgebleven Viking-beeldjes. Het lijkt heel passend dat hij jullie naar mij heeft teruggeleid.'

Clara voelde hoe haar tranen begonnen te stromen, overweldigd door verlies, door liefde en door woede over alles wat van haar gestolen was. Ze bedekte haar gezicht en Lotte boog zich bezorgd naar haar toe.

'Gaat het, mama?'

Clara schudde heftig haar hoofd. 'Ik begrijp het niet. Waarom heeft ze dit allemaal voor mij verzwegen? Waarom het bestaan van mijn vader verbergen, terwijl het duidelijk is dat hij alles voor haar betekende?'

Holger kwam naast haar zitten.

'Ik had dezelfde vraag. Ik ging op zoek naar jullie beiden, na de oorlog. Ik spoorde het sanatorium op waar ze haar naartoe hadden gestuurd en schreef, maar ik heb nooit antwoord gekregen. Een paar maanden later kwam er een telegram met een uitnodiging om jullie te bezoeken in het huis aan het meer. Jullie hebben daar een tijd gewoond, voordat jullie naar Londen verhuisden.'

Een valse herinnering kwam bij haar op. Van zonlicht dat een voorovergebogen boom bespikkelde, de takken huilend op het heldere water.

Holger vervolgde: 'Ik herinner me dat ik op een grasveld zat dat afliep naar de waterkant. Je moeder en ik zagen je zwemmen in het meer. Je leek toen al zo op hem.'

Hij pakte haar hand vast in de zijne.

'Je moeder dacht dat ze je het pijnlijke verlies van je vader kon besparen door alles zelf te dragen. Max had zich voor ons allemaal opgeofferd en ze geloofde, terecht of onterecht, dat ze hetzelfde moest doen voor jou. Destijds twijfelde ik aan haar beslissing, maar ik denk dat ik het nu begrijp. Ze wilde haar verdriet niet achter zich laten. Ze wilde hem niet laten gaan.'

Zijn lichtblauwe ogen zochten smekend de hare op.

'Je moet begrijpen, Clara, dat jij het enige was wat haar op de wereld hield. Ze koos ervoor om voor jou te leven, maar ze stierf die dag met hem.'

Hoofdstuk tweeëntwintig

Starnberger See
Zomer 1946

Holger keek naar Bettina terwijl ze een lepel ijsblokjes in een glas limonade roerde, die tegen het glas kletterden. Ze overhandigde het hem en ging weer zitten. Hij voelde haar ogen op hem gericht terwijl hij naar Clara keek, die in het water speelde en als een otter de diepte in dook. Een ring van water kabbelde om haar heen.

'Zie je de gelijkenis?'

Hij knikte.

'Het is niet echt een compliment wat mij betreft.'

De zon liet scherpe schaduwen achter onder de parasol, de lucht hing zwaar in de middaghitte. Het wateroppervlak was praktisch vrij van briesjes, alleen Clara's gespetter en de kabbelende golven verstoorden de stilte. Bettina waaierde zichzelf koelte toe. Ze droeg een gele katoenen zomerjurk over een wit badpak, haar ogen afgeschermd door een zonnebril, een stijl die ze in Italië had opgepikt. Holger kneep zijn ogen dicht tegen het licht dat danste op het water en weerkaatste op de takken van de bomen.

'Het is hier heel vredig,' zei hij.

'Vind je? We kunnen straks een duik nemen als je wilt. Even afkoelen. Ik heb het hier altijd nogal stijf en formeel gevonden, moet ik zeggen, maar als je interesse hebt, ik verkoop het. Wij hebben een nieuwe start nodig, ver weg. Wij allebei.'

'Waar gaan jullie heen?'

'Waarheen we maar kunnen. Het maakt mij niet zoveel uit. De meeste plaatsen wilden ons geen veilig onderdak bieden toen we het nodig hadden. Het is ironisch dat ik dankzij Karl nu geld genoeg heb om zoiets mogelijk te maken.'

'Hij heeft je alles nagelaten?'

'Dat klopt. Nadat ze me uit het ziekenhuis hadden ontslagen kwam ik hier terug, ik kon nergens anders heen. Hij weigerde van me te scheiden, maar hij stuurde Clara tenminste terug. Ik hoorde pas over het testament nadat hij zichzelf van het leven beroofde. Het tij van de oorlog was toen gekeerd en hij zag de bui al hangen. Hij veranderde zijn testament omwille van Clara. Ik had het zeker niet verwacht. En Liesl al helemaal niet.'

Holger snoof. 'Ik heb haar ontmoet, weet je. Ik ging bij haar langs in München, toen je verdween. Zij was degene die me vertelde dat je was weggestuurd.'

'Ik kan me goed voorstellen dat ze daarvan genoot. Net zoals ik ervan genoot haar te vertellen dat Karl haar niets had nagelaten.'

'En je eigen familie, wat is er met hen gebeurd?'

Ze keek naar hem over haar bril.

'Moeder stierf in 1944, maar helaas is liebe Albrecht nog steeds onder ons. Hij werd gearresteerd en wacht op zijn proces, dat niet goed voor hem zal aflopen, gezien alle mensen die hij in de loop der jaren pijn heeft gedaan. Raad eens waar ze hem heen hebben gestuurd?'

Hij schudde zijn hoofd. Haar mondhoeken gingen omhoog, hoewel je het geen glimlach zou kunnen noemen.

'Dachau. Ze hebben het veranderd in een kamp voor oorlogsmisdadigers en de ss. Toen ik hoorde dat hij was gearresteerd en daar opgesloten, gaf me dat de grootste voldoening die ik in jaren heb gevoeld.'

'Dat kan ik me voorstellen,' antwoordde hij droogjes.

Hij voelde dat ze hem nog steeds observeerde, maar haar bril was te donker om dat te kunnen zien. Hij probeerde zijn toon net zo licht te houden als de hare.

'En hoe hebben ze de dokters overtuigd dat je gek was?'

Hoewel de vraag hem lang dwars had gezeten, wendde hij zijn ogen af, zodat hij het effect ervan op haar niet hoefde te zien.

'Dat was niet nodig. Het werd gewoon een gegeven. Nadat Max was vermoord, werd ik ondervraagd door de *Kameraden* van mijn broer. Ze wilden weten of ik afwist van zijn plan. Ik werd gedwongen hem te verloochenen. Als ik dat niet had gedaan, hadden ze me vermoord en Clara door Karl laten opvoeden.'

Ze nam een slokje van haar limonade, haar hand trilde.

'Als ik ons beiden had kunnen uitwissen, zouden we hier nu niet zijn.'

Hij keek over het water en had het koud ondanks de hitte. *Dit is een wake*, dacht hij. *Voor Max en alles wat we verloren hebben.*

'Daarna duurde het maanden voordat ik weer bij zinnen was. Ik kan me er nu eerlijk gezegd niet veel meer van herinneren. Waarschijnlijk maar beter ook. Karl koos voor de beste behandeling – elektroshocktherapie. Het is een rage in Italië. Het bracht me terug, in zekere mate.'

'Ik ben erg blij dat het gelukt is.'

'Ja. Ik ook, denk ik.'

Ze stak haar hand uit en keek ernaar.

'Soms voel ik de stroom nog steeds door me heen lopen. Sindsdien heb ik geen streep meer kunnen zetten. Ik denk niet dat ik dat ooit nog zal doen.'

Ze fronste bij de woede die ze op Holgers gezicht zag.

'Niet getreurd, het hoort bij mijn boetedoening. Het minste wat ik verdien.'

'Je hebt niets om voor te boeten. We voelen allemaal ons deel van de schuld.'

'Ach, maar hebben we niet allemaal het bloed aan onze handen van de twee mannen van wie we het meest hielden? Waarschijnlijk wel.'

'Dat is gewoon niet zo.'

'Niet? Max gaf zijn leven om mij te beschermen en werd neergeschoten als een dier. Richard, mijn beste vriend, werd vermoord door mijn jaloerse man. Allemaal vanwege mij.'

Ze leek ver weg en ver verwijderd van wat ze beschreef.

'Er was altijd kwaad bloed in mijn familie. Ik probeerde het te ontlopen, maar hoe moet je dat doen als je het gif in je draagt? We zijn een product van wat er door ons heen stroomt.'

'Als dat zo is, dan is Max nog steeds hier, in Clara.'

'Dat is het enige wat me op deze aarde houdt. Ze is alles wat er van hem over is en zolang ze me nodig heeft, zal ze me hebben, wat ze er ook aan heeft. Ik heb eerlijk gezegd medelijden met iedereen die de pech heeft door mij bemind te worden.'

Bettina ademde langzaam in en uit toen Clara's lach over het water zweefde, als een zaadje gedragen door de wind.

'Wat ga je haar vertellen, als ze ouder is?' vroeg hij.

'Dat weet ik nog niet. In mijn hart wil ik haar beschermen tegen de vreselijke waarheid en haar de kans op geluk gunnen. De schade die het zou kunnen aanrichten als ze begreep wat er van haar was gestolen, het kwaad waartoe mensen in staat zijn... Hoe iemand van ons met die wetenschap doorleeft gaat mijn begrip te boven.'

'Maar de mens is ook in staat tot veel goeds, tot opoffering.'

Ze fronste vastberaden.

'En Max was daar het mooiste voorbeeld van, maar Clara heeft hem niet eens ontmoet. Het is zo wreed. Onbeschrijfelijk en onmenselijk.'

'Je kunt haar er niet helemaal tegen beschermen. Ze zal op een dag de waarheid moeten horen.'

'Wie heeft besloten dat de waarheid een moreel absoluut gegeven is? De waarheid is niet neutraal – ze is hardvochtig en sadistisch en ik ga het Clara niet aandoen. Clara is onbezoedeld, het enige goede in de wereld, het laatste residu van hem, met alleen mij nog als bescherming.'

Holger bloosde. 'Dat is nogal een last op je schouders.'

'En ik zou die alleen moeten dragen. Om zoiets dierbaars van haar af te nemen... Misschien is het vriendelijker als ze het nooit weet.'

Er hing een zware, glinsterende warmte in de lucht, het gezoem van insecten verstoorde de rust. Bettina ademde opnieuw diep in en legde beide handen op haar knieën.

'Klaar nu. Je hoeft mij niet de hele dag horen leuteren.'

Ze stond op en zwaaide naar het meisje dat in het water plonsde.

'Clara, schat, ik kom er ook in.'

Ze draaide zich om naar Holger en glimlachte, voluit deze keer.

'Wacht je op me? Ik weet niet of ik terug durf te komen tenzij ik weet dat jij hier bent. Ik heb gewoon de behoefte om mezelf onder te dompelen, om alles eraf te wassen.'

Terwijl ze sprak trok ze de katoenen zonnejurk over haar hoofd en gooide die op het gras. Ze keek over het bewegende water van het meer. Het licht weerspiegelde, verblindde haar en scheen in golven over haar gezicht. Ze liep naar de waterkant en waadde er langzaam in. Het meer was zo koud als de dood. Ze deed haar hoofd omlaag en dook.

Epiloog

München
Zomer 1994

Pinakothek der Moderne München
(Museum voor Moderne Kunst, München)

U bent uitgenodigd voor een privé-bezichtiging van 'De porseleinmaker van Dachau. Een tentoonstelling van ontaarde kunst'.

Onder de uitgeleende werken is *De Viking*, een schilderij van Bettina Vogel, ooit bewonderd door de NSDAP en beschouwd als karakteristiek voor het Duitse romantisch realisme, hier zichtbaar als een vermomd expressionistisch portret dat behoort tot de weinig bekende avant-gardistische fase van de kunstenares.

De bovenkant toont *De Viking* als arisch ideaalbeeld. Daaronder zit haar eerdere portret verstopt van Max Ehrlich, een viscerale chromatische weergave van een Joodse man. Kunstenares en onderwerp hadden een levenslange relatie, waaraan een einde kwam door zijn moord door toedoen van Heinrich Himmler in 1942, toen hij als gevangene werkte in Porzellanmanufaktur Allach, een nevenkamp van het concentratiekamp Dachau.

De dubbelportretten worden in al hun dramatische complexiteit onthuld nu hun dochter, Clara Vogel-Ehrlich, de restauratieafdeling van het museum toestemming heeft gegeven een deel van de buitenste laag van *De Viking* op te lossen, zodat het originele portret weer tot leven komt.

Het schilderij wordt getoond naast een retrospectief van ander werk van de kunstenaar en geselecteerde werken van Max Ehrlich en Lotte Woolf:

Gudruns konijn en andere werken – porseleinen beeldjes gebeeldhouwd door Max Ehrlich tussen 1938 en 1942, in bruikleen uit de privécollecties van Clara Vogel-Ehrlich en Holger Ostendorf.

Blauwdrukken van Forest Haven – Max Ehrlich 1936-1938
Architectuurtekeningen in potlood, zwarte inkt en gekleurde wassingen op papier.

Golem – gemengde media door Lotte Woolf, 1994
Een denkbeeldige reconstructie van de subversieve werken van het kunstenaarscollectief 'De porseleinmaker van Dachau': Max Ehrlich en Bettina Vogel.

* * *

Dankwoord

Easton, mei 2023

Hoewel *De porseleinmaker van Dachau* zich afspeelt in een bepaalde tijd en plaats waar schrijvers en lezers steeds weer naar terugkeren, is het een fictiewerk. Het voelt als bekend terrein en toch weten we niet precies wat er allemaal gebeurde in deze tijd. Ik heb mijn best gedaan om accuraat te zijn, maar ik ben geen geleerde en ik weet zeker dat er details zullen ontbreken. Sommige historische figuren, instellingen en plaatsen zijn gebaseerd op de werkelijkheid, terwijl andere puur verbeelding zijn. Gudrun en Heinrich Himmler waren behoorlijk echt, maar ik beweer niet dat ik hun innerlijke leven begrijp. Gudrun bezocht de concentratiekampen met haar vader en reisde naar Dachau in de lente van 1941, maar ik besloot haar naar de konijnenhokken te sturen. De konijnen zelf en hun verwarmde barakken waren goed gedocumenteerd: Himmler fokte er 65.000 in de verschillende kampen in het Reich en hield fotoalbums bij van zijn favorieten. Allach-porselein en het nevenkamp Porzellanmanufaktur Allach in Dachau bestonden echt, en laatstgenoemde maakte gebruik van dwangarbeiders uit de kampen. Bettina,

Max, Richard, Holger en anderen hebben echter nooit buiten deze pagina's bestaan.

In de loop van mijn onderzoek bleken veel mensen en bronnen van onschatbare waarde.

Mijn speciale dank gaat uit naar Dmitri Abrahams en Richard Freedman van het Cape Town Holocaust & Genocide Centre, die zo behulpzaam waren.

Naar de Weense Holocaust Bibliotheek, David Irwin en Ben Barkow die ongelooflijk gul waren door in het verleden hun herinneringen aan de bibliotheek te delen.

Naar Albert Knoll en het Comité International de Dachau, die onvermoeibaar werken om ervoor te zorgen dat de misdaden die zijn gepleegd in het concentratiekamp Dachau en de nevenkampen niet worden vergeten.

Het United States Holocaust Memorial Museum, een bron van onschatbare waarde die zoveel voor mij tot leven bracht, van artefacten tot getuigenissen van overlevenden. En mijn dank gaat ook vooral uit naar de overlevenden van de Holocaust die hun verhalen met de wereld deelden, zodat we nooit zullen vergeten wat ze hebben doorstaan.

Ik wil graag de Oekraïense kunstenaars bedanken, omdat ze zo krachtig hebben getoond wat een cruciale rol kunst speelt in het overbrengen van de gevolgen van oorlog. Ik hoop dat deze roman dient als een herinnering aan de menselijkheid van alle vluchtelingen. Als andere landen in de wereld hen aan het eind van de jaren dertig makkelijker hadden opgenomen, wie weet hoeveel miljoenen mensen er dan hadden kunnen overleven?

Het schrijven van *De Porseleinmaker van Dachau* zou niet mogelijk zijn geweest zonder een ongelooflijk briljant team van aardige en slimme mensen, die mij hebben begeleid en die met hun wijze raad dit boek veel leesbaarder hebben gemaakt dan het anders zou zijn geweest.

Bovenal zou dit verhaal simpelweg niet bestaan zonder de onschatbare Walter Iuzzolino, mijn mentor en vriend. Als ik de moeder van dit verhaal ben, dan is hij de vader, en zijn DNA zit in elke pagina. Walter gaf me het vertrouwen om überhaupt te gaan schrijven, en zijn constante steun en advies hebben me door het goede en het slechte heen geholpen. Een natuurkracht en een buitengewoon mens, ik kan hem niet genoeg bedanken voor alles wat hij heeft gedaan. Ik ben zo blij dat ik al die jaren geleden zo verstandig was geweest me aan jou te binden, lieve schat.

Jo McGrath is al tientallen jaren een vriend, een topper en een ongelooflijk gulle en attente lezer, een absolute inspiratie en een enorm genadige raadgever. Niets van dit alles zou mogelijk zijn zonder Jo. Ik kan niet uitdrukken hoeveel dank ik je verschuldigd ben voor alle tijd die je me hebt gegeven en het vertrouwen dat je in me hebt gehad.

Clare Hey en Louise Davies bij Simon & Schuster, allebei heel erg bedankt voor jullie hulp om de ruwe klei van het eerste ontwerp op te pakken en vorm te geven. Jullie wijsheid en ervaring hebben het allemaal zoveel beter gemaakt. Jullie zijn ongelooflijk geduldig en begripvol geweest en ik ben echt dankbaar voor deze kans.

Charles Spicer van St Martin's Press, jouw enthousiasme en energie zijn zo dankbaar ontvangen. Vriendelijke woorden en geweldige inzichten hebben zo'n verschil gemaakt bij het aanscherpen van dit boek, en ik kan je niet genoeg bedanken voor al je inspanningen om het naar een breder publiek te brengen.

Cari Rosen, niet alleen een fantastische tekstredacteur maar ook een oude vriendin. Door goede timing kruisten onze paden elkaar dit keer opnieuw, tot mijn grote geluk. Je hebt je in alle bochten gewrongen om mij te helpen dit verhaal te vertellen. Het was een voorrecht om dit boek te mogen schrijven, en dit ging beter dankzij jouw doordachte en genereuze bijdragen in zo'n belangrijk stadium.

Ik ben ook heel dankbaar voor de bijdrage van alle creatieve teams die de roman ondersteund hebben, van de prachtige coverontwerpen tot pers en marketing, en productie en verkoop; heel erg bedankt voor jullie geweldige werk.

Aan al mijn vrienden en familie, bedankt voor jullie steun en aanmoedigingen bij dit gekkenwerk.

Philip Nockles, mijn liefste. Je hebt me de tijd en de ruimte gegeven om dit te doen, en het zou nooit en te nimmer mogelijk zijn geweest zonder jouw steun. Je bent eindeloos geduldig geweest, hebt zoveel op je genomen en veel opgeofferd om ruimte voor mij te maken, waarvoor ik je echt dankbaar ben. Dank je, Thing, mijn stille voorvechter. Bedankt voor je geduld, je steun en al je grappen. Zonder jou was ik nooit begonnen en had ik het nooit kunnen afmaken.

Aan mijn dochter Esme, mijn lieve muis. Bedankt voor alle inspiratie die je me hebt gegeven. Ik hoop dat je dit op een dag zult lezen en dat je me alle tijd die ik spendeerde om te schrijven zal vergeven. Jij bent mijn zon, mijn maan en mijn sterren.

Aan mijn mama, aan wie ik alles te danken heb, inclusief mijn liefde voor lezen en schrijven en kunst en nog veel meer. Je bent een inspiratie en mijn grootste cheerleader, en ik hou zoveel van je. En aan mijn geweldige zus, die de bende compleet maakt; ik kon me geen betere zus wensen, je hebt me altijd gesteund en ik aanbid je. Ik hou echt van ons.

Aan mijn briljante broer, ik ben zo dankbaar dat je in mijn leven bent gekomen. Ik hou zielsveel van je. En aan Liz omdat ze de best mogelijke Milly was, zo aardig en eeuwig ondersteunend. Ik heb zoveel geluk gehad met jou en Merv.

Zoveel vrienden verdienen dank voor het lezen en aanmoedigen: mijn eeuwige bestie Shaheen en mijn petekind Rania, de dames van het dorp Heather, Charlie, Dionne, Natalie, Fi, Leila en Sophie.

Speciale dank aan Rebecca, die urenlang naar me luisterde en me hielp om Bettina, Max en Richard tot leven te brengen, en aan Catherine, die me zo gul voorzag van haar ervaring, advies en aanzienlijke Duitse taalvaardigheden.

Aan Edmund de Waal, wiens werk zo'n bron van inspiratie was. En aan Dan Snow, wiens werk en uitzendingen een venster boden op zoveel zelden vertelde verhalen uit deze tijd. Dank aan Elizabeth Haynes, Rebecca Horsfall en Claire Fuller voor hun wijsheid en vrijgevigheid aan een beginneling.